Jürgen Seibold

Sag niemals noi

Jürgen Seibold

Sag niemals noi

Roman

Silberburg-Verlag

Jürgen Seibold, 1960 in Stuttgart geboren, war Redakteur der Esslinger Zeitung, arbeitete als freier Journalist für Tageszeitungen, Zeitschriften und Radiostationen und veröffentlichte 1989 seine erste Musikerbiografie. 2007 erschien bei Silberburg sein erster Regionalkrimi, 2010 die erste Komödie. Außerdem schreibt er Thriller und Jugendbücher. Jürgen Seibold lebt mit Frau und Kindern im Rems-Murr-Kreis und macht Musik – wenn er mal Zeit dafür findet.
www.juergen.seibold.de

1. Auflage 2015

Umschlaggestaltung:
Christoph Wöhler, Tübingen.
Coverfoto:
© Aleksandar Dancu – iStockfoto.
Druck: Gulde-Druck, Tübingen.
Printed in Germany.

ISBN 978-3-8425-1395-2

Der Vorspann

Eine schöne Erinnerung

»Weg da, Jonger!«

Der Ruf kam von links, noch ein gutes Stück entfernt. Aber sofort danach: spritzender Dreck, ein schneller Schritt zur Seite, und schon konnte ich dem Rüpel nur noch hinterherschauen, der eben an mir vorbei den Hang hinuntergerast war. Tief über den Lenker gebeugt, streckte er mir seinen fülligen Hintern entgegen, den er aus dem Sattel gehoben hatte und der wie der Rest des massigen Körpers wie eine Presswurst in bunt bedruckten Stoff gezwängt war.

»Arschloch«, grummelte ich und stapfte weiter, die Hände tief in den Jackentaschen vergraben, den Blick finster auf den Boden gerichtet.

Der nächste Biker warf sich direkt hinter mir talwärts. Ich konnte für einen Moment den Fahrtwind im Nacken spüren, dann wurde ich heftig angerempelt und ein, zwei Schritte nach vorn gestoßen. Ich drehte mich um und stierte dem Radler hinterher, und als der mit dem Vorderrad auf einen kleinen Stein geriet, die Kontrolle über sein Gefährt verlor und kurz darauf im hohen Bogen und kopfüber über die Steilwandkurve flog, bevor er krachend im Dickicht der Äste verschwand, sah ich seelenruhig zu und gönnte mir ein böses Grinsen.

Das metallische Scheppern, mit dem das Bike auf dem harten Waldboden aufschlug, konnte ich deutlich hören, ebenso wie die kläglichen Hilferufe aus dem Unterholz. Doch stocksteif blieb ich stehen und sah zur Steilwandkurve hin. Ich kannte das Gefühl, dort hinten im Unterholz zu landen, nur zu gut. Ich selbst war damals zwar glimpflich davongekommen, weil der Schnee meinen Aufprall abgemildert hatte – aber umso mehr schmerzte mich der Gedanke an diesen Moment vor einigen Monaten.

Drunten am Rand der Downhill-Strecke schoben sich nun zwei Hände in Radlerhandschuhen über die Dreckkante, aber ich sah sie eigentlich nicht. Ich war in Gedanken, und für mich war der Hang wieder mit Schnee bedeckt, es war klirrend kalt und Laras Lachen perlte durch den sonnigen Winternachmittag.

Lara …

»He, du Sembel!«, krächzte eine Stimme und riss mich aus meinen Gedanken.

Der Radler hatte sich inzwischen so weit aus dem Unterholz hervorgearbeitet, dass sein Oberkörper zu sehen war. Das hautenge Trikot war nun nicht mehr quietschbunt, sondern staubig und dreckverschmiert. Der Helm fehlte, und ein überraschend faltiges Gesicht, eine hohe Stirn und eine Restmähne aus grauen Locken waren zu sehen. Im lockigen Haarkranz steckten kleine Zweige. Mit schmerzverzerrtem Gesicht sah mich der Seniorenbiker an.

Das hätte ich mir ja denken können, dass außer mir nur Rentner Zeit hatten, sich unter der Woche tagsüber hier oben herumzutreiben.

»He du, was isch? Kannsch du mir mol helfa?«

Viel Ähnlichkeit hatte der Graureiter nicht mit … Ich biss die Zähne aufeinander … aber auch der andere war auf seinem Rad wie der Henker durch Stuttgart gefahren, und …

»Jetzt schtand net rom wie agossa, Jonger!«

Ob Lara jetzt wohl mit ihm zusammen war? Oder ob sie einen anderen hatte?

»Jetzt komm scho ond helf mir uff!«

»Nö«, knurrte ich dem Radler zu.

Ich wandte mich um, setzte meinen Spaziergang fort und hielt im Weggehen noch die rechte Hand hoch, den Mittelfinger deutlich ausgestreckt. Als ich mich später noch einmal umdrehte, humpelte der Radler langsam den Hang hinauf, gestützt auf zwei andere grauhaarige Presswürste, die ihm zu Hilfe geeilt waren. Ein Dritter trug ihm das ramponierte Bike hinterher, und der Verletzte deutete immer wieder zu mir herüber und schien sich bitter über meine mangelnde Hilfsbereitschaft zu beschweren.

Ich gönnte mir noch ein finsteres Grinsen, dann schritt ich kräftiger aus und wanderte in den Wald hinein. Bald hatte ich die Downhill-Strecke weit hinter mir gelassen, und außer einem Eichelhäher, der mit seinen aufgeregten Schreien die anderen vor mir warnte, und einem irgendwo vor sich hin hämmernden Specht war nun nichts mehr zu hören. Kein Wunder eigentlich: An einem Dienstagvormittag kurz nach elf konnten es sich nicht viele einrichten, einen Ausflug nach Bad Wildbad zu machen, die Seilbahn auf den Sommerberg hinauf zu nehmen und zur Grünhütte zu wandern. Allenfalls ein freischaffender Autor wie ich … und Rentner wie die Fahrradfreaks vorne an der Strecke.

In der Grünhütte war trotzdem schon ordentlich Betrieb. Eine Gruppe betagter Ausflügler saß bei Bier und Vesper in der Sonne. Ich setzte mich an den freien Nebentisch und streckte die Beine aus.

»Hier draußen ist Selbstbedienung, junger Mann!«

Ich kannte die Stimme nicht, obwohl ich in der Hütte schon einige Male gewesen war. Unleidig sah ich auf und kreuzte den Blick mit einem knochigen Kerl, der zu den Ausflüglern gehörte, aber von allen am Tisch am wenigsten entspannt wirkte. Er hatte sich zu mir herumgedreht, sah mich streng an und versuchte mir nun, als er meine Aufmerksamkeit hatte, mit Gesten klarzumachen, dass ich hier draußen nicht bedient werden würde, sondern mir mein Getränk oder Vesper gefälligst selbst zu holen hatte. Das wusste ich selbst, mir war nur nicht klar, was es ihn anging, also musterte ich ihn mürrisch.

Der Alte ähnelte mit seinem asketischen Gesicht, dem stechenden Blick und den hochgezogenen Augenbrauen meinem

Mathelehrer aus der siebten Klasse, und er schien ein ähnlicher Pedant zu sein. Einen Moment lang lag mir ein patzige Antwort auf der Zunge – ich war heute einfach zu schlecht gelaunt für solche Erbsenzähler, die sich in alles einmischten –, da sah ich Felix aus der Tür treten, zurück in die Hütte huschen und keine zwei Minuten später mit zwei Gläsern Milch und wehendem Küchenschurz herbeieilen.

»Mensch, Nick!«, rief Felix aus, und seine Freude wirkte echt. »Was machst du denn hier oben, am helllichten Tag?«

Er prostete mir zu und sah mich an, ganz gespannt, was ich ihm wohl zu erzählen hätte. Dass der ältere Gast neben uns nach Luft schnappte und uns beiden empörte Blicke zuwarf, schien ihn nicht weiter zu stören.

Ich erzählte ihm die ganze Geschichte – er war ja selbst zu Beginn ein Teil von ihr gewesen –, obwohl Lara ihm vermutlich längst ihre Version geschildert hatte. Er hörte geduldig zu und manchmal räusperte er sich, und dann hatte ich fast das Gefühl, er habe ein schlechtes Gewissen wegen irgendwas. Aber ich hatte keine Ahnung, warum. Vielleicht, dachte ich mir, hatte es mit der App zu tun – und damit lag ich richtig. Auch wenn aus einem ganz anderen Grund als dem, den ich zunächst vermutete.

Doch vielleicht sollte ich Ihnen lieber mal erzählen, was es mit meiner Geschichte, mit Lara und dieser App auf sich hat. Bitteschön …

Kapitel 001

Jobst hat eine Idee

Als ich Lara kennenlernte, hing ich abends oft mit Jobst Seiler ab, einem Schriftsteller, der mal erfolgreich gewesen war und dieser kurzen Zeit seither nachtrauerte. Ich hielt Jobst damals für eine Lusche, eigentlich tue ich das heute noch, und manchmal frage ich mich, ob ich mit ihm nur deshalb regelmäßig auf ein Bier in eine der Stuttgarter Szenekneipen ging, weil ich mich neben ihm immer als Gewinner fühlen durfte.

Mir ging es nicht schlecht, verstehen Sie mich nicht falsch. Ich war Chefredakteur des angesagtesten Stadtmagazins in Stuttgart – na ja, damit war ich im Grunde genommen nur mein eigener Vorgesetzter, denn einen anderen festen Angestellten als mich hatte die Redaktion nicht. Für mich arbeiteten einige ziemlich schräge Vögel. Manche hatten nur die Tatsache zu bieten, dass sie jemanden kannten, der jemanden kannte, über den man Artikel schreiben konnte. Andere hielten sich für brillante Reporter, und weil ich nicht genug andere Leute fand, die für ein lausiges Honorar Veranstaltungen besuchen und zeilenträchtig darüber schwafeln wollten, ließ ich ihnen ihren Irrglauben. Dann gab es noch Leute, die schreiben konnten, aber zu abgedreht und chaotisch waren, um es in einer richtigen Redaktion zu etwas zu bringen.

Zu dieser letzten Gruppe zählte Jobst. Ich weiß gar nicht mehr, wie sein einziges wirklich erfolgreiches Buch hieß, aber inzwischen war es nicht mehr lieferbar, weil die Verkaufszahlen zuletzt in den kaum mehr messbaren Bereich abgerutscht waren. Seither schlenderte er immer etwas langsamer durch die Stadt, wenn wir an einem Antiquariat oder an der

Grabbelkiste einer Buchhandlung vorbeikamen, und schielte leidlich unauffällig zu den Büchern hin, ob nicht womöglich sein Roman darunter war.

Jobst hielt sich mit Aufträgen als Werbetexter über Wasser, er veröffentlichte im Selbstverlag Kurzgeschichten und Romane und war darin eher fleißig als erfolgreich – und zwischendurch schickte ich ihn in Konzerte oder zu einem Krimidinner, zu Musicalpremieren oder ins Varieté, damit er mit seinem Presseausweis vom Büfett schnorren oder mir hinterher eine gesalzene Spesenquittung vorlegen konnte. Ab und zu gab er Lesungen, er tingelte vor allem eifrig mit den Krimis, die er mit heißer Nadel zusammenflickte und unlektoriert als E-Books herausbrachte. Ich glaube aber nicht, dass er jemals ein zweites Mal von einer Buchhandlung oder Bücherei engagiert wurde, denn Jobst als vortragender Autor … das kommt meiner Vorstellung von Tod durch Langeweile schon sehr nahe.

Ich habe ihn mal in einer seiner Lesungen erlebt, das hat mir gereicht. Und wach war ich nur geblieben, weil schräg vor mir eine atemberaubende Schönheit in viel zu engem Oberteil saß, die Jobst den ganzen Abend über mit ihren Blicken verschlang, während ich ganz versonnen ihr Profil betrachtete. Sie hat mich, glaube ich, überhaupt nicht bemerkt, und auch Jobst hatte nach der Lesung keine Zeit mehr für mich, weil er direkt nach dem höflichen Schlussapplaus mit der erhitzten Schönen von dannen zog.

Warum Jobst einen solchen Schlag bei Frauen hat, kann ich gar nicht sagen. Er sieht nicht schlecht aus, er kann nett und witzig sein, aber ich erkenne nichts an ihm, worin ich ihm nicht mindestens ebenbürtig wäre. Und falls er eine Granate im Bett sein sollte, können die Frauen das ja vorher schließlich nicht wissen. Vielleicht bringt der Beruf als Autor so etwas mit sich, und ich hatte damit ja auch schon meine Erfahrungen gemacht: Als … nun ja … Chefredakteur des Stadtmagazins war es oft keine große Sache, eine hübsche Praktikantin rumzukriegen oder vor der Schleyer-Halle ein süßes Mädchen zu finden, das für eine Pressekarte für das Konzert ihrer Lieblingsband auch hinterher noch auf einen Cocktail irgendwohin mitging.

Aber für so etwas fühlte ich mich inzwischen etwas zu erwachsen, meistens jedenfalls, und deshalb fragte ich Jobst an diesem Abend, wie ich es denn seiner Meinung nach anstellen sollte, endlich die Frau fürs Leben zu finden. Ich weiß nicht mehr, ob ich mich wirklich so geschwollen ausdrückte – ich weiß nur noch, dass Jobst mich amüsiert ansah, bevor er sich von mir noch ein Bier spendieren ließ und mit Ratschlägen nur so um sich warf. Jobst war bester Stimmung. Und ich hatte mir zunächst artig die ausführliche Schilderung einer Lesung in einer größeren Buchhandlung irgendwo im Ostalbkreis angehört.

»Ich habe meinen neuen Krimi vorgestellt, du weißt doch: der achte Fall von Ronnie Rupff, dem misanthropischen Privatdetektiv, wo er mit Sina und Wolle in der Calwer Passage …«

»Klar, weiß ich«, unterbrach ich ihn.

Ich hatte keine Ahnung, was das für ein Krimi war, aber wenn ich Jobst nicht rechtzeitig gestoppt hätte, wäre er in seiner Zusammenfassung nicht mehr zu bremsen gewesen. Und es gab nur eines, was Jobst noch weniger konnte, als lesbare Bücher zu schreiben oder aus ihnen vorzulesen: die Handlung von Büchern zusammenfassen.

»Na, dann kannst du dir ja die überraschten Gesichter vorstellen.«

Er feixte mich erwartungsvoll an, und ich konnte mir gar nichts vorstellen, lächelte aber dünn und nickte.

»Die haben nämlich eigentlich gar nicht mich gemeint, als sie mich engagiert haben. Die hatten sich auf Lutz Seiler gefreut.«

»Aha? Ein Onkel von dir oder ein Cousin?«

Jobst schnappte für einen Moment nach Luft, dann schüttelte er fassungslos den Kopf.

»Du hast echt keine Ahnung! Mit Literatur kennst du dich ja echt kein bisschen aus!«

»Klar kenn ich mich aus – ich kenn ja dich.«

Ich grinste ihn an, dann fiel mir auf, dass meine launige Bemerkung durchaus auch als boshaft verstanden werden konnte, aber Jobst schüttelte nur weiterhin den Kopf.

»Kruso – das sagt dir nix?«

»Doch, klar. Das ist der Typ, der auf dieser einsamen Insel strandet und der einen kennenlernt, den er Freitag nennt.«

Jobst sah mich entgeistert an.

»War's nicht der Freitag?«, fragte ich und zuckte mit den Schultern. »Na ja, vielleicht vertu ich mich, weil heute Freitag ist. Aber irgendein Wochentag war's, richtig?«

»Nein, Mann: Lutz Seiler, Kruso – der hat dafür den Deutschen Buchpreis bekommen! Den hatten sie erwartet, und dann komme ich und lese aus meinem Krimi vor.«

Er prustete, sah mich an, und ich tat ihm den Gefallen und stimmte in sein Lachen mit ein.

»Die werden mich natürlich kein zweites Mal einladen«, brachte er schließlich hervor.

»Hätten die sowieso nicht«, dachte ich, sagte aber nichts und lachte Jobst zuliebe noch ein bisschen mit. Literatur interessierte mich nicht die Bohne – nur die Romane von Ian Fleming machten eine Ausnahme. James Bond: Das war mein Thema! Ich hatte alle Bond-Bücher im Regal, und dazu alle Bond-Verfilmungen mit Sean Connery in der Rolle des 007. Dazu Plakate, CDs, Filmrequisiten und so weiter. Auch mein liebstes Hobby hatte mit Bond, James Bond, zu tun – aber davon erzähle ich Ihnen später mehr.

An diesem Abend jedenfalls hörte ich mir alles Mögliche an, was Jobst so auf dem Herzen lag – bis ich unser Gespräch endlich auf das Thema lenken konnte, das mich wirklich beschäftigte.

»Und wozu willst du eine feste Freundin?«, sagte Jobst schließlich, als ich ihm mein Anliegen anvertraut hatte. »Ich meine, schau *mich* an. Ich bin Single, und ich genieße es in vollen Zügen. Und wenn ich abends nicht allein nach Hause möchte …«

Er grinste vielsagend, sah sich um und entdeckte zwei junge Frauen, die zwei Tische entfernt von uns saßen. Die eine war sehr hübsch, die andere leicht pummelig und ziemlich erfolglos aufgebrezelt, und beide hingen ziemlich deprimiert über ihren halb vollen Macchiato-Gläsern. Jobst sah so lange zu ihnen hin, bis eine der Frauen aufsah und leicht irritiert seinem Blick begegnete.

»Siehst du?«, raunte mir Jobst zu, und er wirkte sehr zufrieden mit sich.

Ich schaute auch kurz zu den beiden Freundinnen hinüber, die nun tuschelten. Die Hübsche sah etwas genervt aus, die andere wirkte empört, wenn auch nur ein ganz kleines bisschen und vielleicht sogar nur vorgetäuscht, denn sie musterte Jobst dabei durchaus aufmerksam. Er selbst nahm die Reaktionen der beiden nicht weiter zur Kenntnis.

»Also: Warum eine feste Freundin?«

»Weil ich keine Lust habe, mich ständig in Bars herumzutreiben, um fremde Frauen aufzureißen?«, bot ich ihm an. »Weil ich mich mal auf jemanden mehr einlassen will? Weil ich allmählich erwachsen werde?«

Jobst hatte die Augenbrauen hochgezogen und grinste.

»Große Liebe, Familie, Kinder – such dir was aus.«

»Oha!«, machte er. »Gleich das ganz große Besteck? Das ist allerdings wirklich nur im Paket zu bekommen, da hast du recht.«

»Red nicht so blöd daher, Jobst. Du sollst mir keinen Liebesroman schreiben, du sollst mir Tipps geben.«

»Tipps … um …« – er hob beide Hände und malte mit Zeige- und Mittelfingern Anführungsstriche in die Luft – »die Frau fürs Leben kennenzulernen?«

Er war ein bisschen lauter geworden, und die Hübsche sah nun schon etwas weniger unleidig zu ihm her.

»Schrei hier nicht so rum!«, zischte ich ihm zu. »Kannst du mir nun Tipps geben oder nicht?«

»Na ja, ich bin eher der Experte für …« Er deutete mit einem leichten Kopfnicken zu den beiden Frauen hin und grinste noch breiter. »Du weißt schon.«

»Okay, vergiss es«, winkte ich ab. »War eine blöde Idee, ausgerechnet dich zu fragen.«

»Nein, nein, war es nicht. Und jetzt sei nicht gleich beleidigt, nur weil ich einen Moment brauche, um mich in dich hineinzuversetzen. Ich helf dir natürlich, Ehrensache!«

Er sah kurz zu den beiden Frauen hinüber, und die Hübsche wich seinem Blick erst im letzten Moment aus und sah sehr konzentriert auf ihr Macchiato-Glas. Jobst lächelte noch für einen Augenblick in ihre Richtung, dann zwinkerte er der anderen zu und wandte sich wieder an mich.

»So, du hättest also gerne was Festes.«

Er musterte mich, und ich ärgerte mich noch immer darüber, dass ich ausgerechnet Jobst »One-Night-Stand« Seiler um Hilfe gebeten hatte.

»Hast du Vorlieben?«

Ich sah ihn verblüfft an.

»Wie, Vorlieben? Du meinst Handschellen oder so was?«

Als Stadtmagazin-Macher wusste ich natürlich, dass Stuttgart eine Sadomaso-Hochburg war, aber für mich kam das nicht infrage. Ein Bilderwitz kam mir in den Sinn, in dem sich ein Mann von seiner Domina verabschiedet, weil er es härter braucht – und sich deshalb eine Dauerkarte für den VfB kauft.

»Du lächelst?«, fragte Jobst. »Also tatsächlich Handschellen? Hätt ich nicht von dir gedacht.«

»Quatsch! Mir ist nur grad was Lustiges eingefallen. Aber was meinst du mit Vorlieben?«

»Na, blond oder braun, schwarz oder rot.« Er hob beide Hände vor seine Brust. »Viel oder wenig?«

Aus den Augenwinkeln bemerkte ich, dass die Hübsche jetzt grinste und sich ihre Freundin sehr aufrecht hinsetzte und die Brust durchdrückte.

Ich zuckte mit den Schultern.

Jobst schüttelte den Kopf. »Hübsch und sexy wär schon mal nicht verkehrt, oder?«, nahm er einen neuen Anlauf.

»Ja, schon. Aber Humor sollte sie haben, und blöd darf sie auch nicht sein.«

»Oje«, stöhnte er, »so einer bist du. Na, da werden dir die Frauen die Bude einrennen. Und wenn du jetzt noch im Haushalt helfen willst, reicht die Schlange bis raus nach Kaltental.«

»Ja, ja, mach du dich nur lustig über mich.«

»Nein, im Ernst. So was wie dich suchen die meisten – musst nur mal ein paar Frauenzeitschriften lesen.«

Nun grinste ich, und Jobst nickte anerkennend.

»Aha, hast du schon. Sehr gut. Also: hübsch, sexy, clever, humorvoll. Muss sie von hier sein?«

»Das wär mir egal. Ich will halt hier nicht wegziehen – schon nicht wegen meines Jobs, meiner Freunde, der Kneipen und so. Aber ich suche jetzt nicht zwingend eine Schwäbin mit Stuttgarter Ahnentafel bis zurück ins alte Herzogtum.«

Jobst zog einen winzigen karierten Block aus der Tasche und begann sich mit einem ebenso winzigen Bleistiftstummel Notizen zu machen.

»Äh … was wird das?«

»Das Profil deiner Zukünftigen«, sagte Jobst, ohne dass er mit den Notizen aufhörte. »Du musst doch schließlich festhalten, wonach du suchst.«

Ich fand das etwas albern, aber Jobst wirkte nicht, als würde er sich über mich lustig machen.

»Dann schreib noch dazu, dass sie auch James-Bond-Filme und -Romane gut finden sollte.«

Jobst verharrte mit dem Bleistiftstummel reglos über dem Block und sah mich an, als sei ich nicht ganz bei Trost.

»Okay, dann … schreib wenigstens hin, dass es gut wäre, wenn sie nichts gegen James Bond hätte, okay?«

Er zuckte mit den Schultern und kritzelte weiter. Ich sah mich um, ob uns die anderen Gäste womöglich beobachteten, aber von den beiden Frauen abgesehen schien sich niemand für Jobst und mich zu interessieren. Die Hübsche lächelte, ich nickte ihr kurz freundlich zu, nun lächelte auch die andere und entblößte ein paar ziemlich schiefe Schneidezähne. Mein Lächeln wurde etwas dünner und ich konzentrierte mich wieder auf Jobsts Notizen.

»Gut«, sagte der nach einer Weile, »das hab ich so weit notiert.«

»Und jetzt? Soll ich eine Anzeige aufgeben oder was?«

Ich hatte eigentlich einen Witz machen wollen, aber Jobst lachte nicht.

»Das ist dann doch etwas old school, Nick. Nein, das geht heute so …«

Er zog sein Smartphone hervor, machte ein Foto von mir, noch ehe ich protestieren konnte, und dann tippte er schon flink auf dem Display herum. Nach ein paar Minuten war er fertig, er besah sich den kleinen Bildschirm noch einmal und navigierte sich mit Wischbewegungen nach oben und nach unten, als wolle er noch einen letzten prüfenden Blick auf das werfen, was er gerade eingegeben hatte. Dann hielt er mir das Smartphone hin.

Am oberen Bildrand war ein knallrot gezeichnetes Herz zu sehen, das in Bild und Ton heftig pochte und um das eine Banderole mit der Aufschrift »247luv4me« geschwungen war. Unter dem Herz schmachtete sich ein junges Pärchen an: er lässig unrasiert mit Nerd-Brille und Cap, sie blond und hübsch und …

Ich stutzte, sah kurz zu den beiden Frauen hinüber. Jobst folgte meinem Blick, dann strahlte er mich an. Noch bevor ich etwas dagegen unternehmen konnte, stand er auch schon auf und ging zu den beiden hin. Er sprach leise auf sie ein, ich konnte nicht verstehen, was er sagte, aber wenig später kam er mit den beiden Mädels im Schlepptau zurück an unseren Tisch. Jobst zog kurzerhand zwei freie Stühle vom Nebentisch heran und bot sie den Frauen mit galanter Geste an. Dann winkte er der Bedienung, zeigte auf die Mädels und hob zwei Finger in die Höhe. Jobst setzte sich und strahlte die hübsche Blondine an, und schon kurz danach standen zwei neue Latte Macchiato vor ihr und ihrer Freundin auf dem Tisch. Jobst flüsterte der Bedienung noch etwas zu, bevor sie wieder davonflitzte, und die Blonde strahlte Jobst freudig an.

»Oh, haft du gefpickelt, waf wir vorhin hatten?«

Die Hübsche lispelte, sie drückte sich etwas gespreizt aus und ihre Stimme war ähnlich schrill wie das nervige Organ dieses berühmten Fotomodells, das seit einiger Zeit mit einer Castingshow im Fernsehen abräumte. Aber sie sah wirklich umwerfend aus, und ihre Bluse war für ihre ansehnliche Figur sehr geschickt gewählt. Ihre Freundin saß neben ihr wie ein hässliches Entlein, nicht ganz so schlank, nicht ganz so selbstbewusst und vor allem nicht halb so sexy wie die Blondine. Immerhin war ihr Lächeln recht nett – solange sie die Lippen geschlossen und die Schneidezähne verborgen hielt.

»Das ist Carina«, stellte Jobst mir die Hübsche vor, als würde er sie schon ewig kennen. »Und ihre Freundin heißt Molly.«

Carina gab mir die Hand. Ihre Finger waren kalt und sie hatte einen so laschen Händedruck, als wäre sie aus besonders dünnem Porzellan. Molly dagegen packte ordentlich zu, ihre Handflächen waren weich, warm und trocken – und auf den zweiten Blick fielen mir dann doch einige nette Details an ihr auf: funkelnde Augen, schön geschwungene Augenbrauen, lange Wimpern.

»Und Carina«, fuhr Jobst fort, nachdem wir uns alle begrüßt hatten, »ist das Covergirl von 247luv4me.« Er beugte sich ein wenig zu ihr hin. »Wir haben dich sofort erkannt, obwohl wir dich ja nur ganz kurz am anderen Tisch haben sitzen sehen.«

»Na ja, etwaf länger hingeschaut habt ihr ja wohl schon«, sagte Carina und deutete auf ihren Macchiato.

»Wundert dich das?«, säuselte Jobst, und mir wurde ganz anders, wie er seiner Stimme dieses vibrierende Timbre mitgab, wie ich es nur aus alten Filmen kannte.

Ich warf Molly einen Blick zu, ob sie wohl gerade genervt die Augen verdrehte, aber sie hing lächelnd an Jobsts Lippen und schien ganz einverstanden mit seiner Ausdrucksweise. Mich hatte so nicht einmal eine meiner Praktikantinnen angehimmelt … ganz offensichtlich hatte ich die Tipps von Jobst doch sehr nötig. Und es war höchste Zeit, dass ich mich in eine feste Beziehung flüchtete: Die »freie Wildbahn« war wohl nicht mehr wirklich mein Revier.

Eine kleine Pause entstand, weil sich Jobst und Carina lange in die Augen sahen, und neben mir entfuhr Molly ein leiser Seufzer. Ich rutschte unbehaglich auf meinem Stuhl herum, und als ich dabei ganz kurz mit dem Oberschenkel gegen Mollys Schenkel stieß, hob sie den Kopf und sah mich mit einem versonnenen Lächeln an.

»Äh … sorry«, stammelte ich.

Aber sie hob nur ihr Macchiato-Glas und prostete mir zu. Vor mir stand mein leeres Pils-Glas, und ich wollte gerade Nachschub ordern, als auch schon die Bedienung mit einem kleinen Tablett zu uns an den Tisch kam. Sie stellte zwei Cocktailkelche vor Jobst und mich. Die Gläser waren von einer dünnen Eisschicht bedeckt und gut gefüllt mit einer milchig trüben Flüssigkeit, darin lehnte ein kleiner Spieß mit drei Oliven.

»Oh«, flötete Carina und rührte mit dem Löffel in ihrem Macchiato, »daf fieht aber interefant auf!«

»Gell?«, flötete Jobst zurück. »Und was das ist, kann euch mein Freund Nick am besten erklären.«

Ich sah noch kurz den Luftbläschen beim Aufsteigen zu, dann nickte ich Jobst anerkennend zu.

»Ein Dry Martini«, dozierte ich. »Geschüttelt, nicht gerührt – so trinkt ihn James Bond am liebsten.«

Carina prustete und lehnte sich lachend an Jobsts Schulter, Molly verzog das Gesicht – von Bond und geschütteltem Dry Martini schien sie nicht viel zu halten.

Ich hob mein Glas. »Durch das Schütteln wird der Drink schneller kalt, zunächst aber auch trüb. Seht ihr die kleinen Luftbläschen hier? Die steigen auf, und allmählich wird der Dry Martini wieder klar. Aber bis dahin …« Ich prostete den anderen zu. »Bis dahin habe ich ihn längst ausgetrunken.«

Jobst folgte meinem Beispiel, und Carina und Molly nippten an ihrem Macchiato. Als auch ihre Gläser eine Viertelstunde später ausgetrunken waren, wechselten wir das Lokal. Die Location in der Stadtmitte galt als sehr angesagt, und der Barkeeper hantierte hinter dem riesigen Tresen mit großer Geste. Was er dabei fabrizierte, war nicht unbedingt Weltklasse, aber durchaus okay. Ich blieb bei Dry Martini, Jobst ließ den Mädels zwei Sex on the Beach mischen, die Anspielung quittierte Carina mit einem quiekenden Kichern und Jobst warf mir einen vielsagenden Blick zu. Danach orderte er eher stärkere Cocktails für unsere Begleiterinnen.

Molly, die sich als nicht sehr gesprächig erwies, beobachtete amüsiert, wie ihre Freundin immer aufgekratzter wurde, und ab und zu raunte sie mir eine spöttische Bemerkung über Carina und Jobst ins Ohr. Ihr warmer Atem an meinem Ohr bescherte mir eine ordentliche Gänsehaut, aber nach dem dritten Martini war es für weitergehende Ambitionen zu spät, und ich begnügte mich damit, Jobst zuzuhören, wie er den Frauen erklärte, was er eigentlich auf dem Flirtportal »247luv4me« zu suchen hatte.

»Mein Freund Nick sucht eine Frau fürs Leben.«

Ich hätte ihn erschlagen können, aber die Drinks hatten mich zu diesem Zeitpunkt schon angenehm schläfrig gemacht, also lümmelte ich weiterhin entspannt in meinem Sessel und warf ihm nur einen bösen Blick unter halb geschlossenen Lidern zu. Jobst kümmerte sich nicht weiter darum.

»Also hab ich ihm einen Account auf 247luv4me eingerichtet. Schaut, hier.«

Er hielt Carina und Molly das Smartphone hin, und die beiden wischten sich auch gleich durch die Angaben zu meiner Personen und meinen Vorlieben – während ich »meinen« Account noch nicht einmal zu Gesicht bekommen hatte.

»Och, Humor foll fie haben«, gickerte Carina und warf mir einen Kussmund zu. »Daf ift foo füüüüf, Nick!«

Ich funkelte Jobst zornig an.

»Ja«, stimmte der ungerührt zu, »Nick ist süß. Vielleicht habt ihr vorher mitbekommen, dass ich ihn nach den wichtigsten Eigenschaften seiner Traumfrau gefragt habe?«

Er lachte und hielt sich wieder beide Hände vor die Brust. »Ist ihm egal, hat er gesagt – ehrlich!«

Dabei linste er Carina in den Ausschnitt, und die lächelte ihn daraufhin so freudig an, als sei sie ihm geradezu dankbar dafür, dass er sie mit Blicken fast auszog. Neben mir erklang ein leises Schnaufen. Ich wandte mich zu Molly um: Sie war in ihrem Sessel nach hinten gesunken, hatte die Augen geschlossen und den Mund halb geöffnet, und ihr schweres Atmen kippte allmählich in ein leises Schnarchen.

Carina beachtete ihre schlafende Freundin nicht weiter, sondern flirtete mit Jobst, der wiederum in ihren Augen versank. Dadurch bekam ich endlich dessen Smartphone zu fassen und konnte selbst lesen, was er über mich in diesem Portal geschrieben hatte.

»Hi, ich heiße Nick, ich bin 31 Jahre jung und ich suche meine Frau fürs Leben«, stand da neben dem Schnappschuss, den Jobst im vorigen Lokal von mir gemacht hatte. Das Foto war nicht besonders gut geworden, aber ich fand mich trotzdem recht gutaussehend abgebildet mit meinen dichten schwarzen Haaren und meinem sorgfältig gestutzten Hipster-Bart. Ich hatte Jobst ziemlich verblüfft angeschaut, als er mich so unvermittelt fotografiert hatte, doch auf dem Handy-Display wirkte mein Blick eher wach, interessiert und etwas keck. Und auch meine Augenringe, die durch die ungünstigen Lichtverhältnisse noch etwas tiefer zu sein schienen, standen mir gar nicht mal so schlecht.

»Humor sollst du haben«, hatte Jobst weiter für mich getextet, »und man soll sich gut mit dir unterhalten können. Na gut, wenn du umwerfend aussiehst und sexy bist, schick ich dich trotzdem nicht gleich wieder weg … Nein, war nur Spaß. Mir sind innere Werte wichtiger. Magst du wie ich gutes Essen, ein Glas Wein, ein angenehmes Gespräch und Filmklassiker?«

»Sag mal, Jobst«, begann ich, ohne vom Display aufzusehen. »Sollten wir das mit den Filmklassikern nicht etwas präziser ausdrücken? Ich meine: Da steht nirgends was von James Bond. Vielleicht denkt sie ja bei Kinoklassikern eher an … was weiß ich … Heinz Rühmann oder ›Pretty Woman‹ oder ›Frühstück bei Tiffanys‹?«

»Hmmmm …«, machte Jobst.

Ich blickte auf und erkannte gleich, warum seine Stimme so gedämpft geklungen hatte: Carinas Lippen waren fest auf seine gedrückt. Und wenn ich mir so ansah, wohin ihre und seine Hände gerade wanderten, konnte ich davon ausgehen, dass Jobsts »Hmmmm …« eher nicht mit meiner Frage zu tun hatte.

»Hmmmm …«, machte Jobst noch einmal, und jetzt ließ sein Tonfall wirklich keinen Zweifel mehr, dass er gerade ganz anderes als meine Kontaktanzeige in dieser knallbunten Flirt-App im Sinn hatte.

Kurz darauf entknoteten sich die beiden dann auch, Jobst murmelte eine Verabschiedung, ohne seinen Blick von Carinas Augen und seine Hände von ihrer Hüfte zu lösen. Carina zog aus ihrer Hosentasche zwei Zettel, linste kurz auf den einen und steckte ihn weg. Den anderen legte sie vor ihrer schnarchenden Freundin auf den Tisch. Sie murmelte mir noch kurz ein undeutliches »ihre Adresse« zu, dann verhakten sich auch schon wieder ihre Lippen in die von Jobst. Die beiden zogen und schoben sich davon und waren wenig später nach draußen verschwunden.

Molly schnarchte inzwischen etwas lauter. Ich nahm den Zettel vom Tisch: Sie wohnte in der Hackländerstraße, einer recht guten Wohngegend auf der Gänsheide, etwa auf halber Höhe zwischen City und Fernsehturm. Dort hatte auch eine meiner interessanteren Praktikantinnen mal eine Bleibe gehabt, aber nach einigen Besuchen hatten mich ihre Eltern zum Teufel gejagt – sie waren offenbar nicht der Meinung, dass ein Stadtmagazin-Redakteur, der am späten Samstagvormittag noch in Slip und Shirt im Apartment ihrer Tochter Ramona herumschlurfte, der richtige Umgang für sie sei.

Schmunzelnd erinnerte ich mich an Ramona. Kurz nach meinem Zusammenstoß mit ihren Eltern hatte sie ihr Praktikum in meiner Redaktion an den Nagel gehängt. Sie war hübsch gewesen, aber als Autorin riss sie keine allzu große Lücke.

Mollys Schnarchen schreckte mich aus meinem Tagtraum auf. Wie sie da neben mir in ihrem Sessel lümmelte, die Augen geschlossen, Arme und Beine ausgebreitet, den Mund weit offen, die Lippen etwas über die schiefen Vorderzähne zurückgezogen und mit bebenden Nasenflügeln und schnarrendem Zäpfchen die Luft einsog, bot sie einen ziemlich krassen Kontrast zu Ramona.

Ich musterte sie noch kurz, kam aber auch nach eingehender Betrachtung zu keinem besonders positiven Urteil und winkte der Bedienung. Ich bezahlte für Jobst, Carina und Molly mit, vermutlich war das meine Gegenleistung für den Flirt-Account, den mir Jobst eingerichtet hatte. Dann steckte ich sein Handy ein – er würde es heute Nacht ohnehin nicht mehr brauchen. Und schließlich tippte ich Molly ein paar Mal an, um sie aufzuwecken. Nachdem ich meinen Zeigefinger etwas tiefer in ihren weichen Oberarm gebohrt hatte, änderte sich zwar die Tonlage ihres Schnarchens ein wenig, aber wach bekam ich sie nicht.

Ich wusste nicht recht, wie ich sie schlafend aus dem Sessel und aus der Bar bekommen sollte, aber schließlich setzte ich auf eine kleine Schocktherapie, beugte ich mich zu ihr hinunter und flüsterte ihr ins Ohr: »Komm, Schatz, wir müssen nach Hause.«

Tatsächlich brach ihr Schnarchen ab, sie hob die Lider halb und sah mich fragend an.

»Na, komm, Molly, hilf mir.«

Ich hielt ihr meine Hände hin, und obwohl sie im Moment ganz offensichtlich keine Ahnung hatte, wo sie mich schon einmal gesehen haben könnte, erhellte ein beschwipstes Lächeln ihr Gesicht, sie schnappte nach meinen Händen und zog sich mit meiner Hilfe hoch. Kurz blieb sie etwas unsicher stehen, ich hakte sie unter und bugsierte sie auf den Gehweg hinaus. Draußen winkte ich ein Taxi heran, öffnete die Hintertür und half Molly in den Wagen. Sie ließ sich wie einen Kartoffelsack auf die Rückbank fallen und machte keine Anstalten durchzurutschen, um mir Platz zu machen. Also drückte ich die Tür wieder zu und setzte mich vorn neben den Fahrer.

Es roch leicht nach Zigarettenrauch, in dem eine leicht süßliche Note mitschwang. Der Fahrer trug eine regenbogenbunte Wollmütze, unter der lockige Strähnen hervorquollen. Am Rückspiegel baumelte eine Plastikfigur, ebenfalls mit bunter Wollmütze und wilden Locken, die im Schneidersitz in der Luft baumelte und sich mit beiden Händen einen überdimensionalen Plastikjoint an die grinsenden Lippen hielt.

»Bob Marley, Mann«, grunzte der Fahrer, der meinem Blick gefolgt war. »Ond wenn dei Braut au was graucht hätt statt zom saufa, no wär euer Abend jetzt no net rom!«

»Das ist nicht …«, setzte ich an, aber Jobsts Handy meldete den Eingang einer Nachricht.

Ich zog das Smartphone aus der Tasche: Die Flirt-App war noch aktiv, mein Profil war nach wie vor geöffnet, und nun stand da in knalligem Rot – garniert mit zwei pulsierenden Herzen: »Match! Nick, wir haben zwei Treffer für dich!«

Ich las noch kurz die Beschreibung zu Ende, die Jobst für mich hinterlegt hatte. »Ich zieh gern um die Häuser«, hatte er getextet, »liebe aber auch einen romantischen Abend. In meiner Stadt kenne ich mich aus wie in meiner Westentasche, und ich würde dir die schönsten Winkel und die angesagtesten Locations gerne zu Füßen legen. Aber ich lass mich auch gern von dir überraschen und lerne kennen, was du magst.«

Was hatte Jobst denn da zusammengefaselt? Kein Wunder, dass er als Schriftsteller auf keinen grünen Zweig kam. Aber wenn er damit einen solchen Schlag bei Frauen hatte …?

Ich wischte mich zu den Treffern. Zwei weibliche Vornamen wurden angezeigt, daneben waren winzige Porträtfotos zu sehen und ein Link, der mehr Details zu dem jeweiligen Account versprach. Außerdem stand bei jedem Bildchen ein Wert, der die Übereinstimmung mit meinen Vorgaben beschrieb – in beiden Fällen lag dieser Wert bei 95 Prozent. Das klang nicht schlecht, fand ich.

Der Fahrer neben mir räusperte sich, aber ich beachtete ihn nicht weiter. Diese App hatte zwei Treffer für mich gefunden! Was das wohl für Frauen waren?

Die erste war eine »Lara«, ihr Foto war in der Übersicht etwas seltsam anzusehen, also bediente ich den Link und hatte ihr Bild nun displayfüllend vor mir. Sie sah nicht schlecht aus, ganz hübsch eigentlich, aber mit ihren aufgerissenen Augen, einem völlig übertriebenen Lächeln und dem großen, weit aufgerissenen Mund wirkte sie, als wolle sie mich gleich beißen. Außerdem waren ihre kurzen, struppig nach allen Richtungen abstehenden roten Haare nicht ganz mein Geschmack. Gut, man konnte sich ja trotzdem mal treffen – sie würde hoffentlich nicht den ganzen Tag mit aufgerissenem Mund herumlaufen.

Aber zunächst navigierte ich zurück zur Übersicht und öffnete das zweite Trefferprofil. Hier fühlte ich mich schon wohler: Eine blonde Schönheit lächelte mich gewinnend an, zumindest schien sie mich nicht gleich beißen zu wollen. »Linda« stand neben dem Bild.

»He, Mann, was isch? Wo goht's nah?«

»Was?«

Den Taxifahrer hatte ich im Moment komplett vergessen. Er hatte beide Arme über sein Lenkrad gelegt, hielt seinen Kopf schräg, wirkte sehr genervt und stierte mich ungeduldig an.

»Wo willsch nah?«

Ich nannte ihm ganz in Gedanken meine Adresse im Stuttgarter Westen und vertiefte mich wieder in das Profil der schönen Blonden. Sie hatte noch ein paar weitere Fotos eingestellt, eins begeisterte mich mehr als das andere. Und noch bevor das Taxi die Liederhalle passiert hatte, las ich ihr Selbstporträt, als wolle ich es auswendig lernen. Wenn ich nicht alles völlig falsch verstand, hatte ich hier in jeder Hinsicht meine absolute Traumfrau vor mir: Linda schrieb witzig und selbstironisch, clever, frech und selbstbewusst. In ihrem Text war davon die Rede, dass sie die Nase voll davon habe, wenn Männer sie immer nur nach ihrem Äußeren beurteilten – was meiner Meinung nach zumindest nahelegte, dass sie nicht nur im Gesicht sehr gut aussah. Ihre Figur war auch auf den anderen Fotos nur zu erahnen, aber schlank schien sie zu sein, außerdem zählte sie einige Sportarten auf, die sie gerne betrieb – das klang fast zu gut, um wahr zu sein.

Mein Ghostwriter Jobst kam mir in den Sinn. Ob auch die schöne Blonde sich den Text von jemand anderem hatte schreiben lassen? Na, selbst wenn: Auch eine enge Freundin würde sie nicht völlig im Gegensatz zu ihrem wirklichen Erscheinungsbild beschreiben, oder? Ich navigierte zu meinem eigenen Profil zurück. So falsch war es ja auch nicht, was Jobst über mich geschrieben hatte. Also schnell wieder zur Beschreibung der Blondine. Der Button, über den man mit ihr Kontakt aufnehmen konnte, pulsierte in tiefem Rot gleich neben ihrem Porträtfoto, und ich wollte ihn gerade antippen, da hielt das Taxi an.

Ich sah kurz auf: Wir hatten die Ecke Silberburg-/Lerchenstraße erreicht. Nur noch zum nächsten Hauseingang und dann die Treppe hoch bis unters Dach – so lange konnte die Nachricht an Linda auch noch warten. Zu einem schönen Glas Rotwein und vielleicht sogar bei Kerzenlicht würde sich die erste Botschaft an sie vermutlich auch besser formulieren lassen. Also drückte ich die Tür auf und war schon draußen, als mich der empörte Ruf des Taxifahrers noch einmal aufhielt. Ich nestelte einen Zwanziger hervor, schnippte ihn auf den Beifahrersitz und schlug die Tür hinter mir zu.

Oben in der Wohnung machte ich es mir erst einmal gemütlich. Ich dimmte das Licht im Wohnzimmer und startete den CD-Player. Zum vertrauten Klang von Shirley Basseys wuchtiger Stimme schlüpfte ich aus meiner Jeans – der kleine Zettel, der mir dabei aus der Tasche rutschte, schreckte mich kurz auf. Auf dem Papierschnipsel war Mollys Adresse zu lesen … die Adresse jener Molly, die ich auf dem Rücksitz des Taxis vergessen hatte!

Ich flitzte zum Fenster und sah zur Straße hinunter: Der Rastamann war längst weggefahren – na ja, Molly würde ihm auch selbst sagen können, wo sie wohnte. Und dass eine Frau auf seinem Rücksitz schnarchte, musste ihm ja bald auffallen.

Ich zog meine schlabbrigste Jogginghose an, und Shirley Bassey sang noch immer »Goldfinger«, als ich mir ein Henkelglas aus dem Regal holte. Ich schenkte mir einen trockenen Trollinger ein und wollte mich am Laptop in mein Flirt-App-Profil einloggen, aber Jobst hatte mir bisher noch keine Zugangsdaten gegeben, also tippte ich den Text, mit dem ich die blonde Linda zu einem ersten Treffen bewegen wollte, auf dem kleinen Display von Jobsts Smartphone ein.

»Liebe Linda …«

Ich trank einen Schluck, dann ließ ich meinen Finger auf der Löschen-Taste, bis die Anrede wieder verschwunden war.

»Hi, Linda!«

Viel besser. Jünger vor allem. Nur das Ausrufezeichen war zu viel.

»Hi, Linda. Du wurdest mir als einer von zwei …«

Löschen.

»Hi, Linda. Du wurdest mir als mein Match angezeigt.«

Klang das zu popelig, wenn ich nur einen Match auf meine Anfrage bekam? Schließlich sollte Linda gern glauben, sie stehe in einer sehr langen Reihe an. Ich brauchte fast zehn Minuten und das halbe Glas Trollinger, bis mein kurzer Text stand. Dann las ich alles noch einmal sorgfältig durch, bevor ich auf »Senden« tippte.

»Hi, Linda. Du wurdest mir als ein Match angezeigt, und ich finde dein Profil sehr interessant. Können wir uns nicht mal treffen? Ich kann zu dir kommen, oder wir treffen uns in einem netten Bistro in der Stadt. Ich freu mich schon, bis bald, Nick.«

Meine Nachricht wurde mir nach dem Versenden ähnlich wie in WhatsApp angezeigt, und einen Moment lang überlegte ich, ob ich das mit dem Profil noch durch einen kleinen Nachklapp korrigieren sollte. Ich meine: Profil, Seitenansicht, Oberweite und so – nicht dass Linda mir noch unterstellte, dass ich nur nach dem äußeren Eindruck urteilen würde. Wobei … Ich besah mir noch einmal einige der Fotos und lächelte. Dann – und überraschenderweise erst dann – las ich, woher Linda stammte beziehungsweise was sie als Wohnort angegeben hatte.

Karlsruhe.

Nicht dass Sie jetzt denken, ich hätte ein Problem mit Karlsruhe. Oder mit badischen Frauen. Einige meiner süßesten Praktikantinnen stammten nicht von hier. Sie waren aus Kopenhagen nach Stuttgart gekommen, aus Bamako, Wassertrüdingen und Paris. Nun gut, Karlsruhe war nicht dabei gewesen, aber ich hatte keine Vorbehalte gegen Frauen von anderswo, wirklich nicht!

Karlsruhe …

Ich wischte mich noch einmal zu der Seite mit meinen Nachrichten und tippte: »Wir können uns in Stuttgart treffen oder in Karlsruhe oder irgendwo dazwischen – ganz wie du magst.«

Den Smiley, den ich anhängte, fand ich erst ein bisschen affig, aber dann ließ ich ihn in der Botschaft stehen und drückte »Senden«. So müsste mein Angebot, mit dem Treffpunkt auf ihre Wünsche einzugehen, locker genug wirken. Und wenn Linda ein Problem mit Schwaben hätte, wäre sie nun zur Sicherheit auch noch einmal auf meine Herkunft gestoßen worden – vielleicht würde sie das ja sonst anfangs ebenso übersehen wie ich.

Die Soundtrack-CD zu »Goldfinger« lief durch, ohne dass Jobsts Smartphone eine Antwort auf meine Nachricht meldete. Ich schenkte mir Trollinger nach und startete die Filmmusik zu »Liebesgrüße aus Moskau«. Dann sah ich noch einmal meine Knetfiguren durch, begradigte Bonds ausgestreckten Arm mit der Waffe, drückte ein Detail in Miss Moneypennys Gesicht zurecht und machte mir Notizen dazu, was ich bei nächster Gelegenheit für mein Hobby mit diesen beiden Figuren umsetzen wollte.

Da ertönte das markante Signal der Flirt-App, und ich griff so schnell nach dem Smartphone, dass mir Miss Moneypenny auf die Tischplatte purzelte.

»Irgendwo dazwischen«, las ich, und dann nannte Linda den Ort, an dem sie mich treffen wollte.

— o —

Natürlich kenne ich Bad Wildbad.

Meine Eltern waren regelmäßig mit mir dort gewesen. Vermutlich bin ich damals mehr durch die Wälder entlang des oberen Enztals gelatscht als jeder andere schwäbische Jugendliche, der an solchen Tagen einfach nur mit offenen Augen auf dem Bett liegen und die neue Platte von Pearl Jam oder Soundgarden hören wollte. Gut möglich, dass mir das ein kleines Trauma verpasst hat und mir deshalb jahrelang kein Grund mehr dafür eingefallen war, dorthin zu fahren.

Immerhin, jetzt hatte ich wieder einen Grund – Linda. Sie hatte mich einer kleinen Prüfung unterzogen, und ich fand, dass ich mit Bravour bestanden hatte.

»Sommerberg. Morgen, drei Uhr nachmittags. Oder musst du da die Straße kehren? (zwinkernder Smiley)«

Ich sah auf die Uhr: halb zwölf. Der Abend in der Cocktailbar hatte durch Jobsts liebestollen Abgang ungewöhnlich früh geendet, normalerweise würde ich jetzt noch nicht in der Jogginghose zuhause sitzen. Immerhin war damit klar, mit Lindas »morgen« war wirklich der Samstag gemeint, für viele im Schwäbischen der feste Kehrwochentag.

Erst wunderte ich mich, dass Linda sich so kurzfristig mit mir treffen wollte, aber natürlich war es mir durchaus recht, dass ich nun nicht eine ganze Woche wie auf Kohlen sitzen musste, um aufs kommende Wochenende zu warten. Und unter der Woche war sie vielleicht beruflich zu sehr eingespannt oder konnte aus anderen Gründen nicht.

Die Anspielung auf die schwäbische Kehrwoche fand ich nur mäßig witzig: Natürlich hatte ich auch samstagnachmittags Zeit. Zum einen galt in Stuttgart inzwischen die Vorschrift, dass man den Gehweg nur kehren musste, wenn er auch wirklich schmutzig war – ein großer Fortschritt, wie ich selbst mal in einer Glosse gefrotzelt hatte. Und ich persönlich hatte schon seit langer Zeit keinen Besen und keine Kutterschaufel mehr in der Hand gehabt. Im Parterre meines Hauses wohnte die alte Erna, und der konnte es eh keiner recht machen mit dem Fegen und Wischen und Fußmattenausklopfen – also brachte ihr jeder süße Stückle vorbei oder bedankte sich mit einer Flasche Wein oder Mirabellengeist dafür, dass sie für die gesamte Hausgemeinschaft zuverlässig und penibel die Kehrwoche erledigte.

Welchen »Sommerberg« Linda meinte, wusste ich fast sofort: Es war gewissermaßen der Haushügel von Bad Wildbad, auf den aus der Innenstadt eine Seilbahn hinaufführte, und Bad Wildbad lag, wenn man es nicht allzu genau nahm, etwa gleich weit von Karlsruhe und Stuttgart entfernt.

»Grünhütte oder Bikepark?«, fragte ich zurück.

Das sollte ihr hinreichend deutlich machen, dass ich mich dort oben auskannte. Den Bikepark hatte es in meiner Jugend zwar noch nicht gegeben, aber einer meiner Fotoreporter hatte mal eine Bilderstrecke mitgebracht, auf der einige waghalsige Radler ihre besten Sprünge vorführten – und die Grünhütte war schon in meiner Jugend ein beliebtes Ziel von Wanderern und Skifahrern gewesen.

»Respekt!«, antwortete Linda dann auch und ich registrierte es mit einem sehr zufriedenen Grinsen. »Dann also die Skihütte beim Bikepark, okay?«

»Okay. Bis morgen um drei.«

Einen Moment lang überlegte ich noch, ob ich ein kurzes »Ich freu mich!« anhängen sollte, aber dann wollte ich doch lieber etwas cooler rüberkommen und ließ es bleiben.

— o —

Jobst traf ich am nächsten Tag. Er saß am späten Vormittag in unserem Lieblingsbistro, hing über einem Milchkaffee und sah ziemlich übernächtigt aus.

»Na, wie war's mit Carina?«

Er legte sein zerknittertes Gesicht in ein breites Grinsen. »Schau mich an, dann weißt du Bescheid.«

Ich nickte ihm anerkennend zu. »Respekt, Alter. Aber ganz ehrlich: Ich habe noch nicht ganz begriffen, warum du so gut ankommst bei den Mädels.«

Er zuckte mit den Schultern und schaute sehr selbstzufrieden drein. »Charme, gutes Aussehen, Spendierhosen«, tönte er. »Und wahrscheinlich finden es viele auch spannend, wenn ich von meinem Beruf als Autor erzähle. Egal, die Mischung macht's.«

»Wirst du Carina wiedersehen?«

Seine Mundwinkel gingen nach unten.

»Oh, tut mir leid, Jobst. Ich wollte keinen wunden Punkt treffen.«

»Nein, schon gut. Alles prima.«

Er war ein schlechter Lügner.

»Probleme im Bett?«, hakte ich nach.

Jobst sah sich um, ob die junge Bedienung auch weit genug weg war, damit sie ihn nicht hören konnte. Dann rührte er weiter im Kaffee, zuckte noch einmal mit den Schultern und ließ mich weiter warten.

»Ach, Jobst, das kann doch jedem mal passieren.« Ich schlug einen tröstenden Tonfall an, musste mir dabei aber ein Grinsen verkneifen.

Jobst sah auf und funkelte mich verärgert an.

»Red keinen Quatsch!«, begann er endlich. »Natürlich hab ich's gebracht, wo denkst du denn hin?«

»Aber du hast doch gerade selbst …«

»Nix hab ich! Behalt solche Unterstellungen bloß für dich, sonst macht das noch die Runde – dann kann ich vollends einpacken, wenn ich abends auf die Piste will!«

»Jetzt krieg dich wieder ein! Ich sag nix, Ehrenwort! Aber nun erzähl doch endlich: Was war los?«

»Und du behältst das für dich, ja?«

Ich hob beide Finger, als wolle ich schwören, und rückte etwas näher an den Tisch, weil er seinen Bericht vermutlich mit gesenkter Stimme vortragen würde.

»Wir sind von der Cocktailbar direkt zu Carina, die wohnt nur ein paar Minuten zu Fuß von dort entfernt. Wir beide also rauf zu ihr, rein in die Wohnung …«

Er lächelte versonnen.

»Wir haben's nicht mal mehr ins Schlafzimmer geschafft. Die Frau ist echt der Hammer! Mann, sah's danach in der Wohnung aus … Stühle, Stehlampe, Bilderrahmen – alles mussten wir hinterher wieder ordentlich arrangieren. Und was die Nachbarn von Carina denken, mag ich mir gar nicht ausmalen. Die ist abgegangen wie Schmidts Katze, ach, was red ich da, wie Schmidts Panther! Heiß ist die, Mann oh Mann, und wild … und ziemlich laut.«

Ich war mir nicht ganz sicher, ob er mir hier einfach eine Lügengeschichte auftischte, um sein Image als begehrter

Lover zu pflegen. Jedenfalls strahlte Jobst die ganze Zeit wie ein kleines Kind, das sich an seine schönste Bescherung erinnert. Dann wurde er ernst und stierte wieder trübsinnig auf seinen Kaffee. Spätestens jetzt schien eine wahre Geschichte zu kommen.

»Wir lagen danach völlig verschwitzt im Wohnzimmer herum. Carina hat uns Sekt eingeschenkt und hat Trauben und Käse hingestellt.«

Das klang weiterhin gut, und ich verstand nicht ganz, was genau daran Jobst zu schaffen machte. Mochte er keinen Sekt? War er allergisch gegen Käse oder Trauben? Hatte er zu viel Alkohol erwischt? War ihm Carina nach dem Sekt weggepennt?

»Ich hab eine Zeitlang kaum mehr Luft bekommen. Aber kaum hatten wir das Sektglas leer, wollte Carina schon wieder loslegen. Ich meine, kann man da nicht auch mal zufrieden sein?«

Er räusperte sich. Ich musste mich sehr beherrschen, nicht loszuprusten.

»Aber Carina hat keine Ruhe gegeben. Eine Weile hat sie es so probiert, dann ist sie raus und kam mit einer kleinen blauen Pille zurück.«

Jobst seufzte, trank seinen Milchkaffee leer und bestellte Nachschub.

»Du kannst dir also vorstellen, dass ich letzte Nacht nicht viel geschlafen habe. Und mir tut alles weh. Der Kopf auch.«

So genau wollte ich es gar nicht wissen.

»Und jetzt will sie dich nicht mehr wiedersehen?«

»Keine Ahnung, aber wahrscheinlich eher nicht, oder? Ich meine … wenn sie schon mit einer Pille nachhelfen muss? Was macht das denn für einen Eindruck?«

Dazu konnte ich nichts sagen, also schwieg ich. Dann fiel mir Jobsts Smartphone ein, das ich noch immer in der Tasche hatte. Ich legte das Gerät vor Jobst auf den Tisch.

»Da, dein Handy. Du hast es gestern in der Bar vergessen. Ich hab's für dich mitgenommen.«

»Ah, danke, das hab ich daheim wie blöd gesucht. Ich hatte schon Angst, es wäre mir bei Carina aus der Tasche gerutscht und ich müsste noch einmal in ihre Wohnung hoch, um es zu holen.«

Jobst musste vor dieser Frau ja geradezu panische Angst haben!

Er steckte das Handy weg, da fiel ihm etwas ein. »Sag mal, hast du dir eigentlich deinen Account auf der Flirt-App schon mal angesehen?«

»Ja, danke, gleich gestern in der Bar. Ich wollte dich noch fragen, ob wir nicht konkret erwähnen sollten, was ich unter Filmklassikern verstehe, aber du hattest da gerade den Mund nicht frei.«

Er nickte und sah mich lächelnd an. »Wirst sehen, da meldet sich bald eine. Ich drück dir die Daumen – aber erzählen musst du mir hinterher alles, versprochen?«

»Alles?«

»Weißt schon.«

»Übrigens gab es schon zwei Treffer«, sagte ich so cool wie möglich und trank meinen Espresso leer.

»Echt? Super!« Er griff wieder nach dem Handy. »Darf ich nachsehen?«

»Klar, mach nur. Du musst mir eh noch die Zugangsdaten zu meinem Account auf dieser App geben. Deshalb war ich froh, dass ich dein Handy hatte – da war der Account bis vorhin noch geöffnet.«

Er nannte mir Nutzernamen und Passwort, beides war recht einfach zu merken. Währenddessen schaltete er sein Smartphone ein und rief die App auf. Er seufzte kurz, als er auf der Startseite das Werbebild mit Carina sah, dann tippte er meine Zugangsdaten ein und ließ sich die beiden Frauen anzeigen, die der Algorithmus von »247luv4me« für mich ausgesucht hatte.

Er nickte anerkennend. »Nicht schlecht, Nick. Die Blonde gefällt mir am besten.« Er sah auf und grinste. »Da scheint auch ordentlich was dran zu sein, wenn ich mir den Rest zu dem vorstelle, was auf den Bildern zu sehen ist.«

»Die andere fand ich auch nett, sie könnte sehr … leidenschaftlich sein.«

Einen Moment lang hatte ich nach dem richtigen Wort gesucht, aber kaum hatte ich es ausgesprochen, tat es mir auch schon wieder leid – ein schmerzlicher Zug legte sich auf Jobsts Miene und sein Grinsen erstarb.

»Aber jetzt treffe ich mich erst einmal mit der Blondine«, fuhr ich schnell fort, um ihn abzulenken. Ich sah auf die Armbanduhr. »In drei Stunden.«

»Oha! So schnell. Hm …« Jobst wiegte nachdenklich den Kopf. »Hat die gute Linda womöglich doch einen Haken? Ich meine: wenn sie es so eilig hat?«

»Ach«, tat ich so, als hätte ich mir solche Gedanken nie gemacht, »das Wochenende wird ihr halt besser reinpassen als ein Werktag. Sie wohnt ja in Karlsruhe, ich in Stuttgart, also …«

»Sie wohnt … in Karlsruhe?«

»Ja, wieso?«

»Hallo? Karlsruhe?«

Jobst fingerte sich noch einmal zu Lindas Flirt-App-Profil, las ihren Wohnort und schüttelte den Kopf.

»Du weißt schon, dass Stuttgart und Karlsruhe … ich meine …«

»Blödsinn. Sie sieht super aus, scheint was in der Birne zu haben und wirkt sehr nett – also treff ich sie. Da kann sie wohnen, wo sie will. Erinnerst du dich an Kadidia, die kam aus Mali und mit ihr hatte ich …«

»Ja, ja, Kadidia war eine ganz Süße. Aber deine Linda kommt nicht aus Mali, die kommt aus … Karlsruhe!«

Er spuckte den Städtenamen beinahe aus und verzog dabei das Gesicht, als habe er in eine Zitrone gebissen.

»Lass stecken, Jobst«, brummte ich, legte das Geld für den Espresso auf den Tisch und stand auf. »Ich hätte nie gedacht, dass du einer dieser Spinner bist, die sich um so etwas wie Baden und Württemberg, um alte Grenzen und überkommene Klischees scheren.«

»Glaub mir, Nick, das wird nix!«, beteuerte er und sah dabei schon fast flehend zu mir hinauf. »Ich hatte mal eine Badenerin in der Klasse. Die war noch nicht mal aus Karlsruhe, sondern aus Bretten, aber als ich sie nach dem Tanzkurs nach Hause brachte und noch mit hoch wollte, hat sie mir …«

»Oh Mann, Jobst! Du bist Badenhasser geworden, weil dich eine Schulfreundin hat abblitzen lassen? Du arme Wurst!«

Ich schüttelte den Kopf und ließ ihn sitzen. Ich war echt sauer auf ihn. Warum musste er mir mein Date madig machen? Ich freute mich zwar noch immer auf das anstehende Treffen mit Linda, aber Jobsts letzten Satz bekam ich trotzdem nicht aus dem Kopf.

»Das geht niemals gut!«

Kapitel 002

Das erste Treffen

Meine Wut über Jobst lenkte mich noch im Auto ab, und bis ich auf meiner Fahrt aus der Stadt heraus den Schattenring erreicht hatte, war ich schon zweimal geblitzt worden. Dann wurde ich allmählich ruhiger, lehnte mich zurück, drehte das Radio auf und genoss es, gemächlich vor mich hin zu trödeln. Die Straßen waren noch feucht vom letzten Regen, da hatte ich bei Temperaturen nur knapp über null eh keine Lust, durchs Glemstal nach Leonberg zu fahren – also glitt ich auf vierspurigen Straßen dahin, bis die Ausbaustrecke bei Renningen endete.

Hinter Weil der Stadt riss der Himmel auf, und die Sonne kam durch. Die ersten Baumwipfel waren mit Schnee gepudert, und die restliche Strecke bis ins Enztal führte durch ein richtiges Winterwunderland. Die Wälder weiß eingefärbt, sogar auf den Wiesenstreifen neben der Straße war das Gras reifüberzogen, und darüber der Himmel mit größer werdenden, strahlend hellblauen Wolkenlücken. Vor allem in der Richtung, in die ich steuerte, hingen kaum noch Wolken am Himmel.

In Stuttgart war der November bisher grau geblieben, aber auf den Hügeln des Nordschwarzwalds lag schon etwas Schnee. Ich hatte mir das schon am Morgen gedacht, zur Sicherheit noch einmal am Laptop einige Webcams gecheckt und daraufhin meinen alten Holzschlitten hinten in den klapprigen Kombi gepackt, den ich für Fahrten außerhalb der Stadt nutzte. Daneben waren im Kofferraum noch Handschuhe, ein dicker Wollschal, Winterstiefel und meine warme Lieblingsmütze verteilt. Damit sollte ich für das Treffen auf dem Sommerberg gewappnet sein.

Die steile Straße zur Bergstation der Seilbahn machte dem Motor meines Wagens ordentlich zu schaffen, und als ich den Kombi oben auf dem Parkplatz abstellte, roch die Karre nach verbranntem Öl. Ich öffnete die Heckklappe und dachte kurz darüber nach, ob ich meine Winterausrüstung überhaupt mitnehmen solle. Dann kam ich zu dem Schluss, dass ein gutaussehender Hipster wie ich mit Wollmütze, Winterstiefeln und einem Holzschlitten unter dem Arm besonders lässig wirken musste. Kurz darauf stapfte ich beladen und mollig warm verpackt auf die Hütte zu, die Linda als Treffpunkt genannt hatte. Inzwischen war die Sonne herausgekommen und tauchte die ganze Umgebung in strahlend helles Licht.

Nun ja, »Hütte« war nicht ganz die richtige Bezeichnung für das Gebäude. Auf der verschneiten Wiese neben dem Gebäude hatte der Betreiber Liegestühle mit Decken darauf aufgestellt. Alle Liegeplätze waren besetzt, und ein paar Meter den Hang hinunter lümmelten weitere Gäste auf dem Boden, sie hatten die Arme in den Skioveralls in den Schnee gestützt oder lagen gleich ganz auf dem Rücken, Arme und Beine weit ausgestreckt.

Ich sah mich um, und nun wurde mir klar, dass wir in den Nachrichten, die Linda und ich gestern Nacht austauschten, etwas vergessen hatten: ein Erkennungszeichen. Irgendeine Rose oder ein Buch oder ein Fähnchen, was weiß ich – hier in diesem Trubel eine hübsche Blondine zu erkennen, die sich mit Kapuze, Schal und Sonnenbrille vor Kälte und Sonne gleichzeitig schützte, dürfte nicht allzu leicht werden.

Ich konzentrierte mich darauf, einzelne Frauen zu mustern. Aber von ein paar schrill kreischenden Hühnern drüben am Hang abgesehen, war gar nicht so einfach zu erkennen, wer allein da war und wer nicht. Ob Paar oder nicht, vor allem auf den Liegestühlen fläzten Singles vermutlich nicht weniger teilnahmslos nebeneinander als langjährig Verheiratete. Hangabwärts hockten noch einige Leute neben dem Weg, darunter auch zwei Frauen, die ich aber schnell ausschließen konnte. Bei der einen waren zwischen Schal und Sonnenbrille runzlige Haut und ein viel zu grell geschminkter Mund zu sehen. Und die andere trug zwar eine Sonnenbrille, aber keine Mütze – und rabenschwarzes Haar stand struppig in alle Richtungen davon. Zwar kam mir die Schwarzhaarige irgendwie bekannt vor, aber das konnte Zufall sein.

Und keine von beiden sah Linda auch nur entfernt ähnlich.

Nun musterte ich die weiblichen Gäste auf den Liegestühlen. Eine Frau nach der anderen konnte ich von meiner Kandidatinnenliste streichen, die Dritte, die ich mir im Vorüberschlendern ansah, war eine Matrone Ende fünfzig, die ihre Brille abnahm, als ich sie musterte, und mich daraufhin so biestig anstierte, dass ich meinen Schritt beschleunigte, meinen Schlitten ein Stück entfernt in den Schnee stellte und mich daraufsetzte. Die verbliebenen Liegestuhlschönheiten betrachtete ich nun aus einiger Entfernung und eher verstohlen. Schließlich sah ich eine, die Linda sein konnte. Ihr Gesicht war von einer riesigen Sonnenbrille teilweise verdeckt. Sie lag regungslos da, hatte ihren Liegestuhl sehr flach gestellt und den Reißverschluss ihres Overalls ziemlich weit aufgezogen. Ich konnte mir schon denken, dass sie damit etwas Farbe aufs Dekolleté zaubern wollte, aber das war eindeutig die falsche Strategie für eine Frau, die es satt hatte, dass sie jeder nur wegen ihres Aussehens interessant fand.

Ich ging noch die Reihe der übrigen Frauen durch, aber keine kam optisch auch nur in die Nähe dessen, wie ich Linda auf der Profilseite der Flirt-App gesehen hatte. Also musste es wohl die Blondine mit dem Ausschnitt sein. Ich zögerte noch einen Moment lang, aber als ich sah, dass sich die Matrone drei Liegestühle von der Blonden entfernt befand und inzwischen mit halb offenem Mund dalag, also vermutlich eingeschlafen war, fasste ich mir ein Herz und marschierte zu der blonden Frau hinüber.

»Äh … Linda?«

Meine Stimme war eher ein Krächzen gewesen, offenbar auch zu leise, also setzte ich noch einmal an.

»Entschuldige bitte, bist du Linda?«

Erst zuckte ein Finger, dann die ganze rechte Hand, und dann griff die Blondine nach ihrer Sonnenbrille und schob sie mit einer gezierten Bewegung so über die Stirn nach oben, dass sie in der blonden Mähne stecken blieb. Sie blinzelte mich an und kniff ihre Augen dabei so fest zusammen, dass sie ziemlich kurzsichtig sein musste – und obendrein zu eitel, eine Sehhilfe zu tragen. Offenbar hatte Linda in ihrem Flirtprofil die eine oder andere Eigenschaft zu erwähnen vergessen.

Ihr Gesicht war hübsch, hatte mit den Profilfotos in der App aber nur eine entfernte Ähnlichkeit. Ich dachte an den Schnappschuss, den Jobst von mir online gestellt hatte – auch ich sah nicht zu allen Tageszeiten aus wie auf diesem Foto. Dass sie bei vielen Männern mit ihrem Aussehen punktete, überraschte mich jedenfalls nicht. Skioveralls kleiden ja oft nicht sehr schmeichelhaft, aber die Rundungen, deren oberes Ende sie der Wintersonne aussetzte, hätte nicht einmal ein Kartoffelsack verbergen können. Ich hatte wohl einen Moment zu lang auf ihre Oberweite gelinst, denn als ich ihr wieder in die Augen schaute, spielte ein Grinsen um ihren breiten Mund.

»Oh, entschuldige bitte, Linda, ich …«

Nun lachte sie schallend, rückte in ihrem Liegestuhl ein wenig zur Seite und tätschelte das frei gewordene Fleckchen. »I han zwar koi Ahnung, was du mit deira Linda willsch, aber setz de doch! Ond hör endlich uff mit dera Entschuldigerei!«

Das klang nicht nach Karlsruhe. Ich setzte mich, und nun musterte mich die Blonde noch einmal, offenbar war ich inzwischen innerhalb ihres Sichtfeldes angekommen – und was sie sah, schien ihr zu gefallen.

»Aber wäga mir sag ruhig Linda. Kannsch mir au Tiernama gäbba, wenn's dir hilft.«

Sie lachte wieder. Ihre Stimme war rau und vibrierte manchmal so sehr, dass es mir durch Mark und Bein ging.

Wenn ich ihr Timbre und den Duft, der aus ihrem Mund und aus dem Overall aufstieg und mich allmählich einhüllte, richtig zusammenzählte, kam ich auf zwei Packungen Gauloise, ein Glas Rotwein und gut gewürztes Essen mit mediterraner Knoblauchnote. Und aus der Nähe betrachtet hatte sie nicht wirklich viel Ähnlichkeit mit den Fotos, die Linda von sich in die Flirt-App eingestellt hatte.

»Ich … äh …«

»Jetzt sagsch mir erscht amol, wie du hoisch ond wo du her bisch.«

Das Gespräch lief etwas anders als erwartet. »Linda« war sehr nett, beinahe mütterlich in ihrem Tonfall, aber ganz sicher nicht in ihrer Erscheinung. Ich schätzte sie auf Mitte dreißig, wie gesagt mit einer sehr … fraulichen Figur, vollen Lippen, und jetzt, wo sie mein Bild nicht mehr anstrengend gegen die gleißende Sonne scharf stellen musste und sich die Muskeln an Stirn und Wangen entspannt hatten, konnte ich erkennen, dass unter ihren langen, womöglich künstlichen Wimpern umwerfend blaue Augen strahlten.

»Ich bin Nick und komme aus Stuttgart«, antwortete ich artig.

»Ha, do wohn i au. Gschickt, Nick, gell?«

»Ja … äh … nein … ich glaube, ich hab mich vertan. Ich bin hier falsch, glaube ich.«

»Noi, noi«, widersprach sie mir, zog ihren rechten Handschuh aus und griff nach meinem Arm.

Ihre Finger schlossen sich wie ein Schraubstock um mein Handgelenk, aber ihre Haut fühlte sich trocken und angenehm weich an.

»Du bleibsch jetzt amol do. Du bisch nämlich von älle dene Schpenner heit der Netteschte.«

»Wie … von all den Spinnern heute? Von welchen Spinnern?«

»Ha, seit zwoi Schtonda kommt oiner noch em andra zu mir ond nennt mi Linda. Dabei hoiß i … ach, wurschtegal. Der oine hot a Wampe vor sich hergschoba, dass i scho Angscht ghet han, der rollt uff mi druff. En anderer hot seine Hoor dahoim vergessa, der nächschte hot en Hals ghet wie en Klapperschtorch ond so weiter ond so fort. Ganz ehrlich, dui Linda, mit dera die sich älle treffa wellat, kann oim loiddo!«

»Ich muss dann auch wieder«, brachte ich hervor und machte Anstalten aufzustehen.

Die Blonde ließ nicht los und lächelte mich keck an. »Bleib hocka, Kerle. Do kommt endlich amol oiner, wo dr net glei d' Milch sauer wird, ond no willsch glei wieder abhaua? Von wäga!«

Sie warf mir einen Blick zu, der kaum Fragen offenließ, und rückte ihr Dekolleté noch ein bisschen zurecht. Jobsts Erzählung kam mir in den Sinn, und ich fragte mich schon, ob derzeit irgendetwas in der Luft lag, das Frauen kirre machte.

»Nicht böse sein«, sagte ich und sah sie mit flehendem Blick an. »Ich muss wirklich wieder los. Ich bin mit Linda verabredet, wir …«

Sie hob eine Augenbraue.

»Wir kennen uns noch nicht persönlich. Ich … wir haben uns über eine Flirt-App verabredet, und wir wollen uns hier treffen, aber …«

Ich sah mich noch einmal nach allen Seiten um. Die Matrone wuchtete sich gerade mühsam aus ihrem Liegestuhl, sah mich neben der Blonden hocken, warf mir kurz einen finsteren und der Frau einen fragenden Blick zu. Die Blonde lächelte sie schelmisch an, und die Matrone schien beruhigt und trollte sich. Mir wurde ganz anders bei dem Gedanken, was wohl passiert wäre, wenn sie zu dem Schluss gekommen wäre, ich hätte die Blondine belästigt. Nun aber stapfte sie davon, sammelte noch ein Paar Langlaufski ein, die an einer Mauer lehnten, und marschierte in Richtung Seilbahn davon. Weiter unten war die Frau mit den struppigen schwarzen Haaren aufgestanden und schlenderte nun langsam heran. Vermutlich wollte sie sich in der Hütte etwas zu trinken oder zu essen holen.

»Aber ’s Schätzle isch scheint’s net komma?«

Der Griff lockerte sich, sie tätschelte zweimal meinen Handrücken und strich mir dann ganz sanft mit den Fingern über die Haut. Das fühlte sich gut an, und ein paar Härchen stellten sich prompt auf. Ich sah die Blonde an, sie lächelte mir wissend zu. Offenbar wusste sie sehr genau, was sie tat und wie es wirkte.

»Sabine«, sagte sie, lächelte noch mehr und hielt mir die Hand hin.

»Nick«, antwortete ich und schlug ein. »Und ich möchte mich wirklich noch einmal für meinen seltsamen Auftritt entschuldigen. Sie sehen …«

»Du, bitte!«

»Du siehst wirklich nicht aus wie Linda. Sorry, dass mir das nicht schneller aufgefallen ist.«

Sie legte ihre Stirn in Falten. »I säh net aus wie d’ Linda? Net so guat, oder was?«

»Doch, du siehst toll aus«, sagte ich, und es war nicht einmal wirklich gelogen. »Aber halt anders.«

Damit war sie wieder besänftigt. »Ja, anders – des hör i von älle. Ond deshalb kommet se jo au zu mir, damit’s anders isch als dahoim.«

Die letzten Worte hatte sie gehaucht, und ich fühlte etwas Hitze in mir aufsteigen, weil ich langsam begriff, welcher Arbeit Sabine nachging.

»Och, so an Siaßer … jetzt wirsch au no rot!«

Ich räusperte mich und wollte mich schon wieder entschuldigen, aber Sabine wirkte ganz zufrieden mit meiner Gesichtsfarbe.

»Lass no, des muss dir net peinlich sei. Woisch, en meim Beruf erläb i des bloß no bei de ganz Jonge, wenn dr Vadder mol oin brengt, damit er’s lernt … Sonscht wird koiner meh rot. Die dohn älle waaaahnsinnig cool, woisch? Oder se sen ruppig oder mürrisch – no derfsch du ruhig rot werda, des isch au amol wieder schee, bei ama erwachsena Ma.«

Ich lächelte sie an, aber Sabine bemerkte wohl meine Enttäuschung, weil Linda mich versetzt hatte.

»Wenn de willsch, gang i mit dir nei …«

Meine Augen weiteten sich und ich schluckte, aber Sabine lachte nur.

»Noi, Nick, net, was du denksch. Heit han i frei, do wird net gschafft. En Kaffee könnt i mit dir drenka, wenn de willsch. Ond no kannsch mir von deira Linda vrzähla. Manchmol hilft des.«

»Danke, aber … nein, ich mag nicht über Linda reden. Und vielleicht sollte ich auch versuchen, sie ganz schnell wieder zu vergessen. Sie hat mich hierherbestellt, und dann kommt sie nicht. Das wird nichts, glaube ich.«

Sabine nickte und sah mich mitleidig an, dann griff sie sich in den Ausschnitt. Ich folgte ihren Fingern mit meinem Blick. Offenbar war neben dem Reißverschluss eine kleine Innentasche in den Overall eingelassen, jedenfalls hielt sie mir wenig später eine Visitenkarte hin.

»Kannsch arufa, wenn de schwätza willsch«, sagte sie.

Ich nahm die Karte. Sie war ganz warm, und in knalligen Buchstaben war der Name »Zsara«, eine Stuttgarter Adresse und eine Handynummer aufgedruckt. Den Hintergrund der Visitenkarte bildete ein Foto von Sabine, das sich auf den Bildausschnitt zwischen Lippen und Dekolleté beschränkte.

»Zsara?«, fragte ich. »Ist das dein … Künstlername?«

»Kennsch du die Gschichtla aus Tausendondoira Nacht?«

Ich nickte.

»Grad so sieht's bei mir dahoim aus. Älles voll mit Schleier ond Plüsch ond Sitzkissa ond so ma Zeig.« Sie lächelte. »Do kann i beim Schaffa schlecht Sabine hoißa.«

Ich steckte die Visitenkarte ein, bedankte mich und verabschiedete mich von Sabine. Natürlich hätte ich jetzt Zeit gehabt, mit ihr einen Kaffee zu trinken, und ich fand ihre Gesellschaft auch recht angenehm – aber ich hatte noch sehr damit zu kämpfen, dass ich versetzt worden war, und die Enttäuschung darüber wollte ich lieber ungestört daheim ausleben. Mehr Gesellschaft als Miss Moneypenny und James Bond konnte ich dazu nicht brauchen. Ich wandte mich zum Gehen, im Umdrehen fiel mir die struppige Schwarzhaarige auf. Sie stand ein paar Meter entfernt und sah mich amüsiert an. Wieder kam mir ihr Gesicht vage bekannt vor, aber auf Schulkameraden oder verflossene Praktikantinnen hatte ich im Moment überhaupt keine Lust.

Doch es half nichts. Als ich meinen Schlitten erreicht und ihn mir gerade unter den Arm geklemmt hatte, stand sie vor mir.

»Nick, oder?«

Um Zeit zu gewinnen, setzte ich den Schlitten ab und stellte ihn senkrecht vor mich hin. Dann zupfte ich an meiner Wollmütze, und die ganze Zeit überlegte ich fieberhaft, woher ich diese Frau kennen könnte. Großer Mund, schön geschwungene Augenbrauen, leicht getuschte Wimpern, die Augen in einem Blau, das etwas dunkler war als bei Sabine, normale Nase …

»Ja, ich bin Nick. Kennen wir uns?«

»Noch nicht«, sagte sie und grinste. »Aber das sollte heute eigentlich anders werden.«

Ich war nicht daran gewöhnt, von Frauen aufgerissen zu werden. Und auch wenn dieser schwarze Struppi vor mir wirklich nett anzusehen war, fand ich es ein bisschen lästig, auf diese Weise angequatscht zu werden. Mir fielen einige meiner üblichen Anmachsprüche ein, und für einen Moment durchzuckte mich so etwas wie ein schlechtes Gewissen. Struppi dagegen grinste nun noch breiter. Es schien sie nicht besonders zu interessieren, dass ich meine Ruhe haben wollte.

»Ja, schön«, brummelte ich und nahm meinen Schlitten wieder unter den Arm. »Ich muss dann auch mal los …«

Aber Struppi gab den Weg nicht frei, sondern sah mich noch kurz amüsiert an, dann riss sie Mund und Augen auf und beugte sich dabei leicht nach vorn. Zuerst erschrak ich, weil ich befürchtete, sie würde mich jetzt beißen – dann fiel mir ein, wann ich diesen Gedanken vor kurzem schon einmal gehabt hatte. Struppi verharrte in der Beißerpose, und jetzt fiel mir die Ähnlichkeit auf: Die Frau vor mir sah haargenau aus wie der zweite Treffer der Flirt-App. Wobei *haar*genau nicht ganz stimmte: Ihr struppiger Schopf war auf dem Foto nicht schwarz, sondern knallrot gewesen.

»Äh … Linda … ich meine … Lara?«

Struppi klappte den Mund wieder zu und nickte zweimal, einmal zu jedem Vornamen.

Nun war ich noch verwirrter als ohnehin schon.

Sie hielt mir die Hand hin. »Ich bin Lara«, sagte sie. »Und Linda bin ich eigentlich auch.«

Dazu zuckte sie mit den Schultern und lächelte entschuldigend. Das jedenfalls sah umwerfend süß aus. Ich drückte ihr die Hand und wartete auf die Erklärung. Stattdessen hakte sie mich unter und zog mich davon. Sabine beobachtete mich, wie ich mit einer flotten Schwarzhaarigen davontrabte, und es war ihr ins Gesicht geschrieben, dass sie nicht ganz verstand, wie ich sie mit ihr hatte verwechseln können.

»Ich spiele gern ein bisschen mit meinen Haaren«, plauderte Lara irgendwann drauflos. »Als ich mein Profilfoto für 247luv4me gemacht habe, war das hier alles noch rot.«

Sie wuschelte mit der freien linken Hand durch ihren wilden Schopf und lachte dabei. Das erklärte zwar noch nicht, warum sie zwei Profile unter verschiedenen Namen betrieb, aber vielleicht kam das ja noch. Und vielleicht verriet sie dann auch gleich, warum Linda und Lara sich auch im Gesicht so gar nicht ähnlich sahen. Ich beobachtete sie aus den Augenwinkeln, während ich versuchte, mit ihr Schritt zu halten und dabei den alten Holzschlitten nicht fallen zu lassen, den ich immer noch unter den rechten Arm geklemmt hielt. Lara war wirklich sehr hübsch, wirkte ziemlich quirlig und redete in einem fort, mal ganz kurz über die Flirt-App, mal über ihren Job in Karlsruhe, meistens aber über völlig belangloses Zeug, das mich eigentlich nicht die Bohne interessierte.

Sie sprach ein dialektfreies Hochdeutsch, ganz wie ich. Na ja, zumindest dachte ich das von mir – allerdings rutschte ihr kein »alla gut« in den Satz, während ich gerne mal »gell« oder »hä?« machte. Und so konnte sie ebenso gut aus Hannover oder sonst woher stammen.

Stürmisch zog sie mich über den verschneiten Wanderweg immer weiter durch den wunderschön winterlichen Wald, und wenn ich mich recht erinnerte, kam man in dieser Richtung irgendwann zur Grünhütte. Nach einer Weile wurde mir der Schlitten dann doch zu schwer. Ich zog meinen Arm unter ihrem hervor, stellte den Schlitten am Wegrand ab und setzte mich auf die lackierten Holzlatten. Sie blieb stehen und sah fragend zu mir herunter.

»Jetzt setzt du dich bitte mal neben mich und erklärst mir, warum mir diese Flirt-App eine Blondine und einen Rotschopf vorschlägt und ich jetzt hier mit einer Schwarzhaarigen sitze, die behauptet, sie sei beide Frauen in einer Person.«

Lara stutzte kurz, dann grinste sie, setzte sich neben mich und stieß mich mit dem Ellbogen an.

»Klingt schon schräg, oder?«

»Ja«, versetzte ich. »Und? Erklärst du's mir?«

Als nichts kam, drehte ich den Kopf zu ihr.

Sie musterte mich und grinste immer noch. »Erklär du mir erst mal, warum du dich mit Linda verabredest und dann stattdessen die erste Blondine anbaggerst, die dir über den Weg läuft.«

Ihr Tonfall war nicht wirklich vorwurfsvoll, aber ich bekam sofort das Gefühl, etwas falsch gemacht zu haben. Wie machte sie das? Ich meine, *sie* hatte einen falschen Namen angegeben, ein falsches Foto hochgeladen und mich erst einmal aus sicherer Distanz beobachtet – und ich … hatte lediglich mit der Frau gesprochen, die als Einzige als »Linda« infrage kam!

»Und?« Lara ließ nicht locker.

»Sie sah als Einzige der Linda ähnlich, die mir von der Flirt-App als Treffer gemeldet wurde. Na ja, so einigermaßen jedenfalls.«

»Und? Ist sie nett?«

»Ja, sie hat mir auch ihre Telefonnummer gegeben.«

Lara hob eine Augenbraue, und ich wollte schon zum Beweis Sabines Visitenkarte hervorholen, da fiel mir gerade noch ein, wie die gestaltet war, und ich ließ sie stecken, wo sie war.

»Du wolltest mir noch erklären, warum du einmal mit deinem Gesicht in der Flirt-App vertreten bist und einmal mit einem anderen«, versuchte ich, das Gespräch in eine für mich angenehmere Richtung zu lenken.

»Hm … das ist etwas kompliziert. Eine lange Geschichte sozusagen.«

»Macht nichts. Ich habe Zeit. Von unserem Treffen abgesehen habe ich heute nichts mehr vor.«

»So, so …« Lara grinste, dann wurde sie wieder ernst. »Also, dass ich meine Haarfarbe und die Frisur immer wieder mal ändere, habe ich dir ja schon erzählt. Außerdem habe ich mich lange nicht getraut, überhaupt ein Profil auf 247luv4me einzurichten. Es ist nicht so, dass ich … händeringend einen … wie soll ich sagen …« Sie sah mich prüfend an. »Wieso hast *du* eigentlich einen Account?«

Schon wieder eine Gegenfrage! Gespräche mit Lara schienen anstrengend zu sein. Und sie schien recht genau zu wissen, was sie von sich preisgeben wollte und was nicht.

»Hat mir ein Kumpel empfohlen«, sagte ich und zuckte mit den Schultern. »Ich habe ihm erzählt, dass ich keine Lust mehr habe, ständig mit anderen Frauen nach Hause zu kommen, und dass ich inzwischen lieber etwas Festes hätte.«

»Ständig mit anderen Frauen …?«, echote sie und hob erneut die Augenbrauen. »Klingt ja nicht so, als wärst du bisher für besondere Beständigkeit bekannt gewesen.«

Schon wieder regte sich in mir ein schlechtes Gewissen. Wie machte diese Frau das nur?

»Na, so wild war's nicht, aber ab und zu … Wie gesagt, ich hätte jetzt lieber etwas Festes.«

Jetzt schlich sich wieder ein Lächeln auf ihr Gesicht. Ich ertappte mich dabei, wie ich mit meinem Blick die Kontur ihres Nasenrückens, der Nasenflügel und der Rinne zwischen Nase und Lippen nachfuhr. Mir kam ein Artikel in den Sinn, den ich mal abgelehnt hatte – wer wollte denn in einem Stadtmagazin etwas über Philtrum und Amorbogen lesen? Niemand, natürlich nicht, nur ich hatte diesen Ballast seither im Kopf und wusste nun für alle Zeiten, wie das Stück zwischen Nase und Oberlippe (Philtrum) und die leichte, mehr oder weniger ausgeprägt geschwungene Kerbe oben in der Mitte der Oberlippe (Amorbogen) hieß.

Übrigens waren Philtrum und Amorbogen in Laras Fall sehr schön anzusehen.

»Ist was?«

Laras Lippen verzogen sich zu einem breiten Grinsen, und auch jetzt wirkten sie voll und weich und … Mann, was war nur los mit mir?

»Äh … nein, nein, ich hab nur gerade …«

Sie deutete mein Herumstammeln richtig, sah mich noch kurz amüsiert an, dann stand sie auf.

»Los, hoch mit dir. Ich erzähl dir alles, aber dabei können wir doch ebenso gut auch weitergehen. Mir ist kalt, und ich will mich in der Grünhütte aufwärmen – und bis dorthin ist es noch ein ganzes Stück.«

Ich schlang mir das Seil, das am Schlitten befestigt war, ums Handgelenk und marschierte mit dem Holzoldtimer im Schlepptau neben ihr her durch den verschneiten Winterwunderwald. Und als wir die Grünhütte erreicht hatten, wusste ich alles, was Lara an diesem Nachmittag von sich preisgeben wollte: vom Studium in Karlsruhe, abgeschlossen mit einem Master in Event-Management; vom Job als selbstständige Organisatorin von Events und Tagungen für eine Karlsruher Agentur; von den Eltern mit ihrem Weingut in Sasbachwalden zwischen Baden-Baden und Offenburg. Auch einige Verflossene erwähnte sie, aber über keinen sprach sie wirklich schlecht – obwohl ich schon in ein, zwei Fällen heraushören konnte, dass die Trennung noch heute an ihr nagte. Ich fühlte mich sehr wohl mit Lara, und ich genoss ihre angenehme Stimme, mit der sie munter und interessant drauflosplauderte. Immer wieder brachte sie mich zum Lachen, und jedesmal strahlte sie mich danach an, dass es mir ganz warm wurde.

Es schien aber auch nötig zu sein, dass wir uns allein mit Gedanken und Gelächter warm hielten: Die Grünhütte war so überlaufen, wie man das an einem sonnigen Winterwochenende erwarten musste. Lara kümmerte das nicht weiter. Sie ging mir voraus zwischen den Besuchergruppen hindurch, die auf der verschneiten Wiese vor der Hütte beisammenstanden und sich an ihren Glühweinbechern festhielten. Ich stellte meinen Schlitten neben einem Baum ab, eilte ihr hinterher und erreichte sie, als sie gerade neben der Schlange stand, die sich vor der Eingangstür gebildet hatte. Lara machte keine Anstalten, sich hinten anzustellen, sondern lugte an den anderen vorbei nach drinnen, als suche sie jemanden.

Hinter der Theke wurde ein Typ auf uns aufmerksam, auf dessen blasses, etwas teigiges Gesicht sich ein Lächeln legte, als er Lara erkannte. Er zuckte kurz bedauernd mit den Schultern, Lara deutete mit einer knappen Geste auf die Tür hinter ihm, und er nickte nur. Die anstehenden Gäste hatten die kleine Szene argwöhnisch beobachtet, und ein Mann direkt neben mir machte schon Anstalten, uns ans Ende der langen Schlange zu scheuchen. Doch da huschte Lara bereits davon, verfolgt von den triumphierenden Blicken der anderen, die sich weiter die Beine in den Bauch standen. Lara war schon fast um die nächste Ecke verschwunden, als ich sie wieder einholte, und als wir gemeinsam auf der Rückseite der Hütte ankamen, stand dort der teigige Typ von eben in der Hintertür.

Er breitete seine Arme aus, Lara flog ihm an die schmächtige Brust und die beiden herzten sich ausgiebig. Ich stand daneben wie bestellt und nicht abgeholt. Dann, endlich, lösten sie sich wieder voneinander und der Teigige trat einen Schritt zurück, musterte Lara sehr wohlgefällig und dann mich, mit einem etwas spöttischen Lächeln, wie mir schien.

»Das ist Felix, und das ist Nick«, stellte Lara uns einander vor.

»Und?«, fragte Felix nur, und Lara grinste und nickte.

Ich hatte es noch nie angenehm gefunden, wenn sich andere in meiner Anwesenheit in irgendeiner Geheimsprache unterhielten, die sie sich vor langer Zeit mal ausgedacht hatten und die sie sofort als alte Freunde auswies – und alle anderen aus ihrem inneren Zirkel ausschloss, auch wenn man mitten unter ihnen stand. Kennen Sie dieses Gefühl auch? Sie sitzen stundenlang mit Freunden oder Bekannten zusammen, unterhalten sich prächtig und sind Teil einer Clique, die sich wunderbar amüsiert – und dann zwinkert plötzlich einer dem anderen zu, murmelt kryptische Sprüche oder Abkürzungen wie HL, gwadS oder VdH, und der andere prustet daraufhin los, als hätten soeben Monty Python ein Gastspiel am Tisch gegeben.

Felix und Lara jedenfalls machten nur dieses: »Und?«, Grinsen, Nicken. Dann wandten sie sich wieder mir zu. Felix schüttelte mir die Hand, beäugte mich dabei aufmerksam, als müsse er meinen Wert taxieren, und nachdem wir nebenbei ein paar nette Floskeln ausgetauscht hatten, schien er zu einem positiven Ergebnis zu kommen. Er tätschelte mir mit seinem dünnen Händchen die Schulter und ging Lara und mir voraus durch die Hintertür. Ein schmaler Gang führte dahinter auf der einen Seite zu einem Vorratsraum und einer Toilette fürs Personal, auf der anderen Seite ging es in die Küche, und dorthin folgte ihm Lara ganz selbstverständlich, als würde sie hier regelmäßig ein und aus gehen. Am Herd hantierte ein sympathischer Typ mit blonden Fransen, der nur kurz aufblickte und sich dann wieder um eine riesige Pfanne mit Bratkartoffeln kümmerte. Felix deutete auf ein winziges Tischchen in einer Ecke der Küche, dann huschte er zu einer kleinen Anrichte, auf der zwei Teller mit Rauchfleisch, Brot und Gürkchen standen, und trug die Teller nach vorne in den Gastraum. Als er die Tür aufdrückte, schwollen das Gelächter und die Gespräche der Gäste kurz an, dann schwang die Tür wieder zu und der Trubel wurde wieder zu einer gedämpften Geräuschkulisse, die wie das Summen einen Bienenstocks alles in der Hütte ausfüllte.

Wir zwängten uns an das Tischchen, und es hätte nicht viel gefehlt, dass wir einen Schuhlöffel gebraucht hätten, um zwischen Regalen und Kühlschrank unsere Plätze zu erreichen. Schließlich saßen wir eng, aber gemütlich auf einer grob gezimmerten Eckbank. Über unseren Köpfen waren Hängeschränke an die Wand geschraubt, daneben hingen riesige Rauchfleischstücke und mehrere Regalbretter, in denen große Brotlaibe lagen. In dieser Küche war kein Quadratzentimeter ungenutzt, alles wirkte wie maßgeschreinert oder zumindest wie geschickt nebeneinandergepfercht. Auch an den Wänden gab es vom Boden bis zur Decke keine freie Fläche, nur drei Stellen waren nicht belegt mit Schränken, Regalen oder Hängevorrichtungen: Hinter unserer Eckbank war ein Alpenpanorama angeklebt, über der Tür zum Gastraum tickte eine altmodische Uhr mit blümchenverzierten Holzzeigern und über der Anrichte prangte eine Urkunde. »Prix Roigabrageldi 2011, présenté respectueusement par La Société Internationale des Pommes Sautées«, stand dort zu lesen, und dann ein Name und der Titel: »Chef de Cuisine, Grunhutte, Enzklosterle.«

Mein Französisch war schon in der Schule miserabel gewesen, und dementsprechend verstand ich nicht mehr, als dass der Koch der Grünhütte irgendetwas so gut konnte, dass ihm dafür von Leuten, die Probleme mit deutschen Umlauten hatten, ein »Roigabrageldi«-Preis verliehen worden war. Im Moment verteilte er jedenfalls die fertig gebräunten Bratkartoffeln auf einige Teller, spülte die Pfanne kurz aus und gab neues Fett hinein.

»Na, Lara, magst du mir deinen Begleiter nicht vorstellen?«

Er sah gar nicht her zu uns, und Lara musste mit ihrer Antwort auch kurz warten, weil der Blonde so laut mit seinen Gerätschaften zugange war, dass er sie ohnehin nicht verstanden hätte.

»Das ist Nick«, sagte sie, als vom Herd für einen kurzen Moment nur das Schmurgeln des Fetts in der Pfanne zu hören war.

»Hi, Nick«, rief der Koch und schlug Eier in die Pfanne.

»Hi«, sagte ich und erntete ein knappes Kopfnicken.

Damit war für ihn, wie es schien, die Unterhaltung auch schon wieder beendet, und er beförderte einhändig mit einer Affengeschwindigkeit ein Ei nach dem anderen aus der Schale ins Fett. Ich kochte selbst ganz gern, aber fürs Eieraufschlagen brauchte ich beide Hände, und alle zwei, drei Eier musste ich mit einem Espressolöffel kleine Schalenstücke aus dem Eiweiß fischen. Ich bestaunte ihn noch ein wenig, dann beugte ich mich zu Lara hin.

»Nicht sehr gesprächig, der Koch, was?«, raunte ich.

»Das ist der Chef hier, und er redet wirklich nicht gern, zumindest nicht während der Arbeit. Aber kochen kann er! Vor allem Bratkartoffeln – da hat er mal einen renommierten Preis gewonnen.« Lara deutete auf die »Roigabrageldi«-Urkunde.

»Hast du Hunger?«, fragte ich. »Ich könnte diese sensationellen Bratkartoffeln glatt mal probieren.«

»Kommt sofort«, war vom Herd her zu hören, und ich erschrak.

Offenbar hatte der Koch trotz seines Gescheppers und Gebrutzels jedes Wort mitbekommen. Aber was Schlimmes hatten wir ja nicht über ihn gesagt, und dass er nicht der große Redner war, wenn er am Herd stand, wusste er selbst sicher auch.

»Und warum sitzen wir hier in der Küche?«, fragte ich Lara, als die Rühreier auf mehrere Teller getürmt wurden und nun Kartoffelrädle in die Pfanne kamen.

»Weil draußen kein Platz ist«, sagte Lara und grinste.

Felix kam herein, stellte uns zwei Bier hin und flitzte mit den Rührei-Portionen wieder in den Gastraum.

»Prost!«, sagte sie, wir stießen an und dann dauerte es nicht mehr lange, bis Lara mir erklärte, dass sie hier schon seit langer Zeit Stammgast war, dass sie den Chef der Grünhütte von früher her kannte und dass sie mit seinem Helfer Felix befreundet war.

»Warst du mal mit einem von den beiden zusammen?«

»Um Himmels willen!«, rief sie in gespieltem Entsetzen aus, und die Mundwinkel des Kochs gingen nach oben.

»Ich bin glücklich verheiratet«, rief er herüber. »Schon immer.«

»Ja«, stimmte Lara ihm zu, »ist er. Und Felix ist nicht mein Typ.«

Die Tür schwang auf. Felix schleifte einen Stapel schmutziger Teller zum Spülbecken, bevor er eine halb volle Tasse Kaffee von der Anrichte nahm und sich zu uns an das Tischchen zwängte.

»Außerdem ist Lara auch nicht mein Typ«, stellte er klar. »Sie ist nett, versteh mich nicht falsch, und wenn sie dir gefällt, Nick, beweist du einen guten Geschmack. Aber ich hab's lieber etwas kleiner und handfester.«

Er machte mit den Händen entsprechende Gesten und lachte. Es war schön hier in der Küche der Grünhütte, sehr gemütlich, und als uns der Koch die Teller herüberreichte und wir mit Heißhunger über den dampfenden Berg vor uns herfielen, fehlte mir nicht mehr viel zum vollkommenen Glück. Es waren, meine Mutter möge es mir verzeihen, wirklich die besten Bratkartoffeln, die ich jemals gegessen hatte.

Der Koch gönnte sich eine kleine Pause und ging zum Rauchen hinter die Hütte. Felix saß noch ein paar Minuten bei uns, obwohl draußen noch immer viele Gäste in der Schlange stehen und darauf warten mussten, Getränke und Speisen zu bestellen. Dann richtete er einige Vesperteller und trug sie hinaus.

»Wo hast du die beiden denn kennengelernt?«, fragte ich.

»Der Chef war früher mal Koch in einem Sternerestaurant, nur zwei Ortschaften von mir zuhause entfernt. Die haben den Wein von meinen Eltern bezogen, und ab und zu sind wir dort zum Essen gegangen. Und Felix habe ich während meines Studiums in Karlsruhe getroffen. Ich habe nebenbei schon für die Event-Agentur gejobbt, in der ich auch heute arbeite, und Felix hat deren Computer betreut.«

»Wie – der ist Computermann und macht hier am Wochenende die Küchenhilfe? Wenn er einen solchen Nebenjob nötig hat, ist er wohl nicht so der Crack, was?«

Mir tat der Satz schon leid, bevor ich ihn ganz ausgesprochen hatte. Schließlich sprach ich herablassend von einem von Laras Freunden.

Aber sie lachte nur und schüttelte den Kopf. »Felix bedient hier auch unter der Woche, aber ein Crack ist er trotzdem. Um ihn musst du dir keine Sorgen machen, Nick, wirklich nicht. Er hat die Computer der Agentur nicht mehr lange betreut, nachdem wir uns getroffen hatten. Eigentlich ist Software seine Stärke, er ist Programmierer, damals hat er schon an einigen Projekten getüftelt, und er hat in den Jahren danach einige Portale erfunden und aufgebaut, die du sicher auch kennst.«

Sie nannte mir einige Internetseiten, deren Namen mir sehr wohl ein Begriff waren. Ich staunte nicht schlecht.

»Und irgendwann hatte er genügend Geld beisammen. Er hat seine Firma verkauft und lebt seither von seinem Vermögen. Ab und zu schreibt er noch Programme oder denkt sich eine App aus, aber inzwischen nur noch zum Spaß. Ohne ihn hätten wir uns übrigens nicht kennengelernt.«

Sie grinste, und ich verstand.

»Er hat die Flirt-App programmiert?«

»Ja, und ich war eines seiner Versuchskaninchen. So, jetzt weißt du auch, warum ich einen Account bei 247luv4me habe.« Sie nahm einen Schluck Bier und sah mich lange an. »Na ja, das war jedenfalls der Grund, warum ich damals einen Account eingerichtet habe. Als die App lief, habe ich mich wieder abgemeldet. Und jetzt …« Eine Falte bildete sich auf ihrer Stirn.

»Du musst es mir nicht erzählen, wenn du nicht magst«, sagte ich, hoffte aber, dass sie nicht auf mich hören würde.

Und tatsächlich redete sie nach einer kurzen Pause weiter.

»Jerry hieß mein letzter Freund vor …« Sie lächelte mich an und ließ eine kurze Pause entstehen. »Vor … dir, wenn das was wird mit uns.«

Ich lächelte zurück und fand unseren engen Eckplatz in der Hüttenküche gleich noch einmal so gemütlich. So ließ es sich aushalten, sich von einem jüngst Verflossenen erzählen zu lassen.

»Jerry war jedenfalls ein Arschloch, und ich frage mich, warum ich das nicht schneller herausgefunden habe.«

»Das fragt sich vermutlich jeder hinterher, oder?«

»Vermutlich. Er konnte sehr nett sein, sehr charmant, und mit Geld hat er nur so um sich geworfen, wenn wir zusammen waren. Schick essen in Baiersbronn, ein Wochenende in Paris, abends ans Rheinufer mit seinem Porsche-Cabrio – das hatte schon was.«

Sie blickte versonnen auf die letzten Krümel Bratkartoffeln vor sich und pickte sie auf die Gabel. Ich verglich Jerrys Lebensstil mit meinen eigenen finanziellen Möglichkeiten und war ziemlich froh, dass sie ihn gerade ein Arschloch genannt hatte.

»Er war krankhaft eifersüchtig, obwohl ich ihm dafür nie einen Grund gegeben habe. Na ja … wie ich später herausgefunden habe, hat er da wohl von sich auf andere geschlossen. Seine Eltern haben ein schickes Hotel in einem der Orte bei Sasbachwalden, mit sehr noblem Wellnessbereich und einem ständig ausgebuchten Restaurant – das ist übrigens auch genau das Lokal, in dem er früher Sternekoch war.«

Lara nickte zu dem blonden Grünhütten-Wirt hinüber, der inzwischen wieder am Herd stand und die eingegangenen Bestellungen abarbeitete.

»Und Jerry war nicht besonders wählerisch. Weibliche Hotelgäste, Küchenhilfen, junge Angestellte – als ich hinterher davon erfuhr, konnte ich es kaum fassen, dass ich von all dem wirklich nichts mitbekommen hatte.«

Ihre Augen schimmerten feucht, und ich legte ihr eine Hand auf den Arm.

Sie lächelte mich an. »Stell dir vor, Nick«, sagte sie und klang dabei, als könne sie das noch immer nicht begreifen. »Jerry hat mich abserviert, nicht ich ihn! Er hat mir vorgeworfen, ich hätte was mit Felix, weil ich abendelang mit ihm zusammengehockt habe und wir dabei überlegt haben, mit welchem Event er seine Flirt-App am besten promoten könnte.«

Sie schüttelte den Kopf. »Ich war ganz schön am Ende, damals.« Sie lächelte wehmütig. »Wobei … ›damals‹ … das ist noch keine drei Monate her, auch wenn es mir heute vorkommt wie ein früheres, lange vergangenes Leben.« Lara nahm einen Schluck Bier und setzte sich aufrechter hin. »Wie auch immer. Ein paar Wochen lang war ich nur ein Häuflein Elend, dann hat es Felix nicht mehr ausgehalten. Wir waren damals viel zusammen, meistens mit seiner Freundin Heidrun – sie ist ein richtig quirliges Mädchen, eher klein und gut beieinander – er hat dir ja schon verraten, was ihm gefällt. Jedenfalls hatte es Felix eines Tages satt, dass ich immer nur vor Selbstmitleid getrieft habe, und er hat mich überredet, mir in seiner Flirt-App einen neuen Account einzurichten.«

»Und warum hast du einen zweiten Account?«

»Weil ich feige bin«, murmelte sie und blickte mich entschuldigend an. »Ich hatte Schiss davor, dass ich mich mit jemandem verabrede, den ich über die App kennenlerne – und dann sieht der mich und haut wieder ab, bevor wir überhaupt miteinander ins Gespräch kommen.«

»Das hast du echt befürchtet? Schaust du eigentlich nie in den Spiegel?«

»Danke«, sagte Lara und lächelte mich wieder an, dann wurde sie wieder ernst. »Aber du wolltest dich ja auch nicht mit mir treffen, sondern mit der blonden Linda. Warum eigentlich?«

Ich überlegte kurz, wie ich ihr den Eindruck am besten erklären konnte, den ihr Profilfoto auf mich gemacht hatte. Dann versuchte ich mich an einer kleinen Demonstration: Ich riss Augen und Mund auf und schnellte mit dem Oberkörper nach vorn, bis mein Gesicht nur noch wenige Zentimeter vor ihr entfernt war. Lara schreckte zurück und stieß sich den Hinterkopf an dem aufgeklebten Alpenpanorama.

»Oh«, sagte ich und streichelte ihr über die Haare, »das wollte ich nicht, sorry!«

»Schon gut«, beruhigte mich Lara. Sie schüttelte kurz den Kopf, dann grinste sie schon wieder. »So hat mein Foto auf dich gewirkt? Felix, komm mal rüber!«

Er kam zu uns ans Tischchen, Lara erzählte ihm von dem Foto und seiner Wirkung.

»Mir hat Lara gefallen«, fügte ich hinzu, »aber auf diesem Bild sieht sie aus, als wolle sie mich gleich beißen – ehrlich!«

»Ich hör nie wieder auf dich, wenn ich ein Foto von mir machen lasse«, tadelte Lara ihn und grinste.

Felix lachte noch, als er schon wieder mit den nächsten Tellern in den Gastraum verschwand. Der Koch sah kurz zu uns herüber, auch er grinste, und als er für einen Moment eine Hand frei hatte, streckte er sie Lara mit erhobenem Daumen hin. Ich tat, als hätte ich die Geste nicht bemerkt, aber als wir uns wieder auf den Weg machten, wurde auch ich herzlich verabschiedet. Felix umarmte erst Lara ganz lange und innig, dann auch mich, und der Blonde schob eigens eine Pfanne von der heißen Platte, wischte sich die Hände an seiner Schürze ab und schüttelte meine Rechte ausgiebig mit beiden Händen. Lara beobachtete das alles mit kaum verhohlener Freude. Es schien, als hätte ich einen Test bestanden.

»Sag mal, Lara«, hakte ich nach, als wir schon ein gutes Stück des Rückwegs zur Bergstation der Sommerberg-Seilbahn hinter uns gebracht hatten, »Sabine meinte vorhin, dass sie heute schon mehrfach mit deiner fiktiven Linda verwechselt worden sei.«

»Welche Sabine?«

»Na, die Blondine auf dem Liegestuhl, mit der ich vorhin gesprochen habe. Wen hat ›Linda‹ denn noch auf den Sommerberg bestellt?«

Sie grinste und nagte auf der Unterlippe.

»Oh … so viele?«

»Ein paar waren es schon. Deshalb war mir vorhin auch so kalt. Um elf kam der Erste, da war diese Blondine noch nicht da. Sie hat sich gegen halb eins auf den Liegestuhl gelegt, und ab da wurde sie jede Viertelstunde von einem Mann angesprochen, der … Linda gesucht hat.«

Das klang ja nun nicht besonders schmeichelhaft für mich. Ich überschlug kurz, wie viele vor mir nach »Linda« gesucht hatten – demnach hatte ich es nicht mal in die Top Ten von Laras Wunschbekanntschaften geschafft.

Sie musterte mich und sah mir die Enttäuschung offenbar an.

»Ich habe mich allerdings nur dir zu erkennen gegeben«, sagte sie.

Das klang schon besser, trotzdem … Ich blieb stehen und bückte mich. Lara machte noch zwei, drei Schritte, bevor sie ebenfalls stehenblieb.

»Und die vier Männer, die nach dir dran waren, habe ich gleich ganz sausen lassen, um mit dir zur Grünhütte zu wandern. Weißt du, dass ich dich meinen Freunden dort vorgestellt habe, hat …«

Sie drehte sich um und sah den Schneeball zu spät kommen, um ihm noch auszuweichen. Kurz war ich erschrocken, weil mein Geschoss sie mitten im Satz unterbrochen hatte und ihr nun Schnee aus Mund und Nase hing. Dann tauchte sie blitzschnell ab und bewarf mich ebenfalls mit einem Schneeball.

Wir lieferten uns eine alberne Schneeballschlacht, bis wir völlig außer Puste und von oben bis unten nass von unseren Treffern waren. Noch auf dem Weg zur Bergstation kneteten wir ein paar Schneebälle und bewarfen uns ab und zu, aber die meiste Zeit schauten wir uns tief in die Augen.

Den ersten Kuss gab sie mir noch auf dem Parkplatz. Sie ließ sich von mir nach Bad Wildbad hinunterkutschieren, wo wir in einem netten Café einkehrten. Hinterher fuhr ich mit ihr in der Seilbahn wieder hinauf, damit sie ihr Auto abholen konnte – und bergab nahm ich auf dem Beifahrersitz Platz, bevor wir noch ein wenig durch die beiden Einkaufsstraßen des Städtchens und durch den Kurpark spazierten. Auf diese Weise verplemperten wir den Rest des Samstags, und als wir uns gegen sieben Uhr abends voneinander verabschiedeten und in die Autos stiegen, hatten wir uns längst für den nächsten Tag verabredet.

— ○ —

Es wurde ein schöner Tag, und dem einen folgten einige ähnlich schöne.

Uns kam gelegen, dass wir im Moment auch unter der Woche recht flexibel über unsere Zeit verfügen konnten. Für mein Stadtmagazin hatte ich die kommende Ausgabe bis auf einige Kleinigkeiten im Kasten, und Lara saß gerade an mehreren Konzeptionen – und beides konnten wir mit Laptop oder Tablet größtenteils überall und jederzeit erledigen. Wir waren noch mehrmals auf dem Sommerberg, einmal hatte sie ihr Snowboard mitgebracht und sie führte mir auf der verschneiten Downhill-Strecke ein paar Kunststücke vor. Sie überredete mich, das auch einmal auszuprobieren, und mit einiger Mühe stand ich irgendwann tatsächlich auf ihrem Board. Doch während bei ihr alles mühelos ausgesehen hatte, sah ich auf dem Ding aus wie der Storch im Salat. Ich flog dann auch, wenn auch nicht so weit wie ein Vogel – schon in der ersten Kurve der Bikerstrecke rutschte ich geradeaus weiter, überschlug mich und knallte in den Schnee. Mir tat der Rücken weh und ich schämte mich dafür, dass ich mich so blöd angestellt hatte – aber Laras besorgter Blick und der Umstand, dass sie sich anschließend sehr aufmerksam um mich kümmerte, halfen sehr gut gegen beides.

Lara führte mich in ihre liebsten Locations in Karlsruhe, darunter einen kleinen Schmuckladen, in dem sie sich auch gleich mit neuen Ohrringen eindeckte – für Schmuck in allen Variationen hatte sie eine Schwäche. Er musste nicht teuer sein, aber schön, und ich gebe gerne zu, dass ihr alles, was sie anlegte, ausgezeichnet stand. Ich wiederum zeigte ihr die Bars, Kneipen und Cafés in Stuttgart, die ich gerne besuchte. In Karlsruhe waren wir einmal mit Felix in einem Bistro verabredet, später trafen wir alte Studienfreunde von ihr, und als mich Lara ihnen als »mein Nick« vorstellte, strahlte sie mich an und drückte mir die Hand. In Stuttgart liefen uns nur einige entfernte Kumpels über den Weg, auch ein, zwei freie Mitarbeiter meines Stadtmagazins, und natürlich bezeichnete ich auch ihnen gegenüber Lara als meine Freundin – aber Jobst gegenüber hätte das sicher mehr Eindruck gemacht. Irgendwann – wir saßen beim Italiener und warteten auf unseren Espresso – kam mir Jobst wieder in den Sinn, und ich grübelte darüber nach, ob er wirklich mein bester Freund war. Oder womöglich mein einziger.

»Ist was mit dir?«, fragte Lara und strich mir sanft mit den Fingern über den Handrücken.

»Schon okay«, winkte ich ab.

»Nein«, protestierte sie, »das ist überhaupt nicht okay. Wenn wir es miteinander versuchen wollen, will ich auch wissen, was dir so im Kopf herumgeht. Wir haben bisher einen schönen Abend hier in Stuttgart verbracht – und jetzt hockst du vor mir wie ein Trauerkloß. Also raus mit der Sprache.«

Ich erzählte ihr von meinen Gedanken über meinen Freundeskreis im Allgemeinen und Jobst im Besonderen.

»Oh, den will ich kennenlernen!«, rief Lara schließlich aus und lachte schallend.

»Hallo?!«, machte ich.

Immerhin hatte ich ihr ausführlich auch von Jobsts Schlag bei Frauen berichtet und davon, dass er unsere Treffen in Stuttgarter Kneipen gerne auch damit beendete, dass er mit einer neuen Bekanntschaft in die Nacht verschwand.

»Na, dieser Jobst scheint ja echt eine Marke zu sein. Und keine Sorge, Nick, für die Nacht hätte ich ja schon jemanden.«

Die kurze Bemerkung versöhnte mich erst, ohne dass ich mir sonst viel dabei gedacht hätte, aber als ich kurz darauf Laras intensiven Blick bemerkte, wurde mir dann doch ganz anders. Wir zahlten und flohen geradezu aus dem überfüllten Ristorante, draußen hingen wir aneinander, küssten und streichelten uns und drückten uns immer wieder eng umschlungen in Hauseingänge oder Einkaufspassagen. Mein Zeitgefühl kam mir abhanden, auch von der feuchten Kälte an diesem Abend bekam ich nichts mehr mit. Irgendwann hatte ich das Gefühl, dass auch Lara nichts mehr dagegen hätte, jetzt mit zu mir zu kommen.

Ich löste mich von ihr, hielt beide Hände und sah sie lange und eindringlich an. »Komm, Lara. Es ist nicht weit zu mir.«

Ich hatte das nur so dahingesagt, weil ich für den Moment gar nicht so genau wusste, wohin in der Innenstadt es uns mittlerweile verschlagen hatte. Ich sah mich um, und wirklich waren wir nur gut zehn Minuten Fußmarsch von meiner Wohnung entfernt. Ich zeigte ihr die Richtung, in die wir mussten.

»Da lang«, gab ich an und schwindelte noch ein wenig: »In gut fünf Minuten sind wir da.«

»Zu dir?«, sagte sie, und sie schüttelte ganz leicht den Kopf. »Lieber nicht. Heute noch nicht.«

»Ich dachte …«

»Ich komm gern zu dir. Du kannst mich doch mal bei dir bekochen. Du kannst doch kochen?«

»Klar kann ich kochen, nur hab ich gerade nichts da, aus dem sich etwas Ordentliches machen ließe.«

»Macht nichts, heute möchte ich ja auch nicht zu dir. Ich will nicht so einfach am Ende eines schönen Abends in deine Wohnung reinstolpern. Das hätte ich gerne etwas persönlicher, etwas romantischer, weißt du? Schließlich sehe ich da zum ersten Mal, wie du wohnst, das sagt viel über einen Menschen aus, finde ich. Du warst ja auch noch nicht bei mir daheim.«

Lara redete wie ein Wasserfall, und dass sich auf meinem Gesicht Enttäuschung breitmachte, quittierte sie mit einem spöttischen Lächeln. »Wie gesagt, zu dir nach Hause möchte ich heute Abend nicht.« Sie grinste mich an, dann nickte sie mit dem Kopf nach links.

Ich sah in die angegebene Richtung: Dort flackerte die Leuchtreklame eines kleinen Hotels.

»Oder bist du zu müde?«, fragte sie noch, dann legte ich auch schon den Arm um sie und wir marschierten auf den Hoteleingang zu.

Die Frage der Frau am Empfang, ob wir ein Zimmer nach vorne oder nach hinten raus wünschten, beachtete ich gar nicht weiter, und sie begriff dann auch gleich, dass wir vor allem schnell einen Schlüssel wollten. Lara legte ihren Ausweis vor und trug sich in das Anmeldeformular ein. Als mich die Empfangsdame daraufhin als »Herr Klingelberger« ansprach, stutzte ich kurz. Lara zuckte nur mit den Schultern, und ich raunte ihr unter dem breiten Grinsen der Frau hinterm Tresen zu: »Schöner Name.«

Auf der Treppe nach oben nahmen wir zwei Stufen auf einmal, und die ersten Kleider streiften wir gleich hinter der Zimmertür ab. Dass das Bett, auf das wir uns fallen ließen, knarzte, bemerkten wir kaum, und auch für die Einrichtung des engen Raums hatten wir keine Augen. Stattdessen zog ich die Gardine auf – wir hatten ein Zimmer zur Straße bekommen – und fuhr mit meinen Fingerspitzen die grellbunten Muster nach, die das Licht der Hotelreklame auf ihren nackten Körper malte. Ihre Haut war weich und warm, und sie reagierte auf meine Berührungen so gefühlvoll, wie ich mir das nur wünschen konnte. Nur einmal, da arbeitete ich mich gerade von ihrer Hüfte aus auf den Ansatz ihrer Oberschenkel vor, prustete sie und schob meine Finger weg.

»Sorry, da bin ich kitzlig!«, gickerte sie. »Sonst darfst du alles machen, aber da bleib bitte weg.«

Ich hielt mich an ihre Vorgabe, und es dauerte danach fast eine Stunde, bis wir atemlos und völlig erledigt nebeneinander auf dem Rücken lagen und allmählich wieder zur Ruhe kamen. Die Reklame leuchtete weiterhin durchs Fenster, und wir sahen uns um. Es war eher eine Kammer als eine Suite, in die es uns verschlagen hatte. Grauslige Tapete, altmodische Möbel, ein speckig wirkender Teppich und der Nachdruck eines Polynesien-Motivs von Paul Gauguin – möglicherweise wäre unser Abend weniger impulsiv verlaufen, wenn wir das Zimmer und seine Ausstattung schon vorher registriert hätten.

»Sieht scheiße aus hier, oder?« Laras Stimme klang rau, und ich spürte, wie ich davon eine Gänsehaut bekam.

»Ach, ich schau einfach dich an«, antwortete ich und gab ihr einen Kuss auf den Brustansatz.

Ihr Körper war schlank, sie sah aus, als treibe sie regelmäßig Sport. Sie hatte genau die Art von Figur, die mir gefiel: nicht zu viel und nicht zu wenig für meinen Geschmack. Und sie roch gut. Ich tue mich heute noch schwer, diesen Duft gut zu beschreiben, aber vergessen werde ich ihn vermutlich mein Lebtag nicht mehr. Na ja, und so genau müssen Sie das ja eigentlich auch gar nicht wissen.

Jedenfalls lagen wir eine Weile nebeneinander und unterhielten uns über alles Mögliche, über Lara und mich, über eine Reparatur, die für ihren Wagen anstand, und über die Scheußlichkeit von Hotelzimmern. Dann stand sie auf und ging ins Bad. Das Nächste, das ich mitbekam, war ein Rütteln. Ich war weggedöst, keine Ahnung, wie lange ich geschlafen hatte, und neben mir saß Lara, noch immer nackt, hatte eine Hand auf meine Schulter gelegt und schüttelte mich.

»Oh, tut mir leid, dass ich kurz eingeschlafen bin«, murmelte ich, zog sie zu mir herunter und küsste sie.

»Schau mal«, sagte sie danach und hob eine kleine Flasche Sekt hoch, »was ich in der Minibar gefunden habe.«

Erst lächelte ich – gegen einen kühlen Schluck Sekt hatte ich jetzt wirklich nichts einzuwenden. Dann kam mir Jobsts Erzählung in den Sinn, Carina fiel mir ein, die ebenfalls mit einem Sekt angekommen war und … Lara hatte nicht bemerkt, dass ich bei dem Gedanken an Jobsts Erlebnis ein wenig verkrampfte. Sie stand auf, öffnete den Sekt und schenkte zwei Wassergläser voll, die auf dem winzigen Tisch neben dem Fenster standen. Dann drehte sie sich um und hielt mir ein Glas hin. Ich rappelte mich aus dem Bett auf, nahm das Glas und prostete ihr zu. Dabei behielt ich sie im Auge, aber Lara schien einfach nur das kalte Getränk zu genießen. Sie hatte die Augen geschlossen und schmeckte dem Sekt nach, dann prostete sie mir noch einmal zu und trank erneut.

»Schmeckt gar nicht mal so schlecht«, sagte sie schließlich. »Das machen wir noch kurz leer, dann schlafe ich wie ein Stein.«

Ich musste mich sehr beherrschen, dass ich nicht laut aufatmete, aber ein paar Minuten später lagen wir Arm in Arm unter der Decke. Laras Atem ging bald ganz ruhig und gleichmäßig, und kurz darauf schlief auch ich ein.

— o —

Gegen halb sieben erwachte ich vom Knarzen des Bettes. Lara hatte sich aufgesetzt und sah mich müde an. Wir küssten uns noch ein paar Mal, dann zogen wir uns an und gingen in den Frühstücksraum. Das Büffet war nicht allzu reichhaltig, aber der Kaffee war stark und es gab Rührei mit Speck. Als wir gegessen hatten, brachte ich Lara noch zur nächsten Stadtbahnhaltestelle – sie war mit dem Zug von Karlsruhe gekommen, und mit etwas Glück würde sie schon in gut einer Stunde mit dem Intercity dort wieder ankommen.

Ich winkte ihr hinterher, dann schlug ich den Kragen hoch und machte mich auf den Heimweg. Zwar schwebte ich wie auf Wolken, allerdings hatte ich auch weiche Knie und wollte nichts weiter als in mein Bett kriechen und ausschlafen. Der kühle Wind und der leichte Nieselregen störten mich nicht allzu sehr, aber auf den gut zehnminütigen Fußmarsch nach Hause hatte ich trotzdem keine rechte Lust. Ein Stück entfernt bog ein Taxi um die Ecke und kam auf mich zu. Das Licht war ausgeschaltet, also war der Wagen entweder nicht frei oder außer Dienst, aber ich winkte trotzdem, für alle Fälle.

Erst fuhr der Mercedes an mir vorbei, dann blieb er ein paar Meter weiter abrupt stehen und fuhr mit aufheulendem Motor rückwärts, bis das Taxi neben mir stand. Die Scheibe auf der Beifahrerseite wurde heruntergelassen, und ich brauchte einen Moment, um mich an das Gesicht zu erinnern, das mich da so breit angrinste.

»Äh … Molly?«

Ich hätte mich am liebsten in den Hintern gebissen, dass ich ausgerechnet ein Taxi auf mich aufmerksam gemacht hatte, in dem Molly saß. Molly, die ich nach dem Abend in der Cocktailbar auf dem Rücksitz vergessen hatte … Ich machte mich schon auf ein paar bissige Bemerkungen gefasst, aber sie wirkte ausgesprochen fröhlich.

»Frankie hat zwar gerade frei«, plapperte sie munter drauflos, »aber hüpf doch kurz rein, er kann dich auch privat kurz nach Hause bringen. Kein Problem, oder, Frankie?«

Ich beugte mich ein wenig nach unten. Am Rückspiegel baumelte der kiffende Bob Marley und am Steuer saß einer seiner größten Fans, wie immer mit regenbogenbunter Wollmütze.

»Klar, emmer rei mit dir«, rief er jetzt und deutete auf die Rückbank.

Ich zögerte einen Moment, aber dann gewann meine Bequemlichkeit die Oberhand und ich ließ mich ins Polster sinken. Frankie drückte das Gaspedal und musterte mich im Rückspiegel.

»Die Adress woiß i no«, sagte er.

Ich begegnete seinem Blick. Aber weder fiel mir in seiner Stimme noch in seinen Augen irgendetwas auf, das darauf hindeutete, dass er womöglich sauer auf mich war. Ich schaute auf die Mittelkonsole, dort lag Mollys linker Arm, und Frankie legte seine rechte Hand auf ihn.

»Da schau her«, dachte ich, »die beiden sind zusammen!«

»Jetzt frag schon«, sagte Molly lachend. Sie hatte sich im Beifahrersitz umgedreht und strahlte mich an.

»Was?«

»Na, wie das weiterging, als du mich hier im Taxi auf dem Rücksitz vergessen hast!«

»Äh … tut mir übrigens leid«, stammelte ich, aber sie winkte nur ab und lachte wieder.

»Vergiss es! Dir hab ich's schließlich zu verdanken, dass ich meinen Frankie gefunden habe.«

Ich wusste gar nicht, dass sie einen Frankie gesucht hatte. Mir war es damals in der Cocktailbar eher so vorgekommen, dass sie an den Vornamen eines Mannes und möglicherweise auch an Charakter und Aussehen nicht allzu hohe Ansprüche gestellt hatte. Aber wenn sie jetzt glücklich damit war …

»Gut, dann erzähl doch mal. Wie ging's weiter?«

»Wie gesagt, du hast mich ja im Taxi einfach liegen lassen …«

Jetzt war's aber auch mal gut damit, das ständig zu wiederholen und mir unter die Nase zu reiben!

»Und um ein Haar hätte es Frankie genauso gemacht, gell, Frankie?«

Frankie zuckte mit den Schultern und lachte. »Na ja, Mann, mei Schicht war rom, ond i ben müd gwä. Also han i mei Karre glei vor em Haus schtanda lassa und bin nuff.«

Er beugte sich etwas nach vorn, griff in den Fußraum auf der Beifahrerseite, streifte dabei kurz mit dem Handrücken an

Mollys Beinen entlang und hielt kurz darauf einen Tabakbeutel hoch.

»Erscht en dr Wohnung isch mir uffgfalla, dass i des do em Waga glassa han. Also ben i nommol nonder und han des gute Zeig aus em Taxi ghollt. No han i gmerkt, dass do a Mädle uff dr Rückbank schtrackt.«

»Ich hab tief und fest geschlafen«, warf Molly ein. »Und dann beugt sich plötzlich dieser süße Kerl über mich, schüttelt mich und fragt mich nach meinem Freund und will von mir wissen, ob er mich auch zur Ecke Silberburg-/Lerchenstraße fahren soll. Ich hab natürlich nur Bahnhof verstanden, aber weil er so süß aussah und ich ziemlich angeschickert war, hab ich ihm einfach meine Arme um die Schultern gelegt, habe ihn geküsst und ein bisschen gezogen – da lag er auch schon auf mir und hat gestrampelt wie ein Maikäfer.« Sie schüttete sich fast aus vor Lachen.

»Pah! Wie en Maikäfer!« Frankie protestierte, aber dann fiel er doch wieder in ihr Lachen ein.

»Sie kann echt guat küssa, Mann«, schwärmte er mir vor. »Dei Pech, dass du net ihr Freind bisch. I han ihr no abotta, sie hoimzomfahra ond ihr au zom helfa, falls sie die letschte Meter nemme selber schaffa dät – aber sie hot ihr Adress nemme zsammabrocht, no han i se halt mit zu mir gnomma.«

Molly klappte die Sonnenblende herunter, und in dem kleinen Spiegel auf der Innenseite konnte ich sehen, wie sie mir verschwörerisch zuzwinkerte. Ich grinste sie an, dann musterte ich Frankie. Er sah sehr glücklich aus – was schadete es da, wenn sich Molly an ihrem ersten gemeinsamen Abend für etwas betrunkener ausgegeben hatte, als sie gewesen war?

»Heute Nacht hatte Frankie frei, da hat er mich ganz privat im Taxi ein bisschen durch die Stadt chauffiert«, plauderte Molly weiter. »Wir haben ein paar Clubs unsicher gemacht, aber jetzt haben die alle zu, und ich freu mich darauf, endlich ins Bett zu kommen.«

Sie drückte ihm die Hand, und Frankies Grinsen füllte den Rückspiegel aus. Wenig später blieb das Taxi vor meinem Haus stehen und ich wollte schon aussteigen, da hielt mich Molly zurück.

»Und bei dir?«, fragte sie. »Alles klar?«

»Kann man so sagen«, strahlte ich, und sie nickte mir zufrieden zu.

»Warum hast du mich eigentlich im Taxi vergessen?«

Ich erzählte ihr von der Flirt-App und davon, dass Jobst in meinem Namen dort ein Profil eingerichtet hatte.

Sie nickte. »Die App, für die meine Freundin das Model macht. Humor sollte sie haben, hat er geschrieben, richtig?«

»Unter anderem.«

»Und? Hat sie Humor?«

»Das auch«, sagte ich und stieg aus. »Macht's gut, ihr beiden. Und noch einmal sorry, Molly. Das passiert mir ganz sicher nicht noch einmal.«

»Och … wenn ich jedesmal bei Frankie lande, soll's mir egal sein.«

Kapitel 003

Es wird ernst

Daheim wartete eine unangenehme Überraschung auf mich. Vor dem Haus standen einige Transporter mit Aufschriften wie »Maler Mäck – macht den Schimmel weg« und »Der Sanitärprofi – günstig, schnell und natürlich aus Rohr«. Dass der Experte für Wasserleitungen aus dem Stuttgarter Stadtteil Rohr kam, brachte mich zum Schmunzeln – doch kaum stand ich im Treppenhaus, war meine gute Laune hinüber. Das Treppengeländer war mit Plastikfolie verklebt, die Stufen mit Papier und zugeschnittenen Kartonstücken belegt, und überall hämmerte und bohrte es. Staub hing in der Luft, und es roch nach muffigem Keller, dünnem Kaffee und kaltem Zigarettenrauch.

Die Wohnungstür im Erdgeschoss schwang auf, die alte Erna Häuffele stand vor mir, wie immer im geblümten Schurz und wie meistens mit einem Besen in der Hand.

»Ah, dr Härr Redaktör«, krächzte sie, und sie schlug wieder diesen leicht verächtlichen Tonfall an, mit dem sie mir wohl kundtun wollte, dass ich keiner Arbeit nachging, die diese Bezeichnung in ihren Augen verdiente. »Sie send heit Nacht net dahoim gwäsa, gell?«

»Ich …«

Eigentlich ging das die Alte einen feuchten Dreck an, aber sie schaffte es irgendwie jedesmal, dass ich ihr gegenüber um die passende Antwort verlegen war.

»Dr Herr Renz-Lau sott nochher mit Ihne schwätza. Send Sie heit doh?«

»Ich muss mich erst einmal hinlegen, aber …«, ich schaute auf die Uhr, »… so gegen eins, halb zwei würde es gehen.«

Nun war Erna sprachlos. Sie stierte mich mit großen Augen an und schnappte nach Luft.

Dann brachte sie hervor: »Dr Herr Renz-Lau isch Ihr Vermieter! Dem setzat doch Sie als kloiner Mieter koine Termine, jonger Mann!«

Ich verstand zwar nicht, warum es nicht auch für meinen hochmögenden Vermieter sinnvoll sein sollte, mit mir einen Termin zu verabreden, wenn wir miteinander sprechen mussten, aber als ich ihr das gerade erklären wollte, wandte sie sich schon wieder zum Gehen.

»I werd den Herrn Renz-Lau jetzt mol arufa, ond no woiß er jo Bscheid, gell?«

Damit knallte die Tür zu, und in der Wohnung dahinter waren erst schlurfende Schritte zu hören, und dann für kurze Zeit die Stimme der alten Erna, die offenbar wirklich sofort meinen Vermieter anrief. Dann drehte irgendwo im Haus wieder ein Winkelschleifer oder eine Schlagbohrmaschine auf, und es war nichts anderes mehr zu hören.

Ich zog mich aus und kroch ins Bett. An Schlafen war bei dem Höllenlärm, den die Handwerker veranstalteten, natürlich nicht zu denken, und deshalb hatte ich gegen elf Uhr noch kein Auge zugemacht. Trotzdem hörte ich das Läuten der Türglocke nicht gleich, weil sich einer der Handwerker inzwischen bis auf meine Etage vorgearbeitet hatte. Als mir das scheppernde Schellen schließlich doch noch auffiel, warf ich mir meinen alten Bademantel über und schleppte mich zur Tür.

Draußen stand Peter Renz-Lau, und die Staubwolke, die hinter ihm durch den Hausflur waberte, wirkte fast wie Trockeneisnebel und bescherte ihm einen recht dramatischen Auftritt.

»Ich darf doch?«, fragte mein Vermieter knapp, aber er war schon an mir vorbei in die Wohnung geschlüpft, noch bevor ich auch nur »Ja, gerne« hätte sagen können.

Ich tappte hinter ihm her ins Wohnzimmer, und er ließ sich in meinen besten Sessel fallen, ohne dass er sich diesmal lange mit einer rhetorischen Frage wie »Ich darf doch?« aufgehalten hätte. Ich setzte mich ihm gegenüber aufs Sofa und wartete gespannt, was er mir so Wichtiges mitzuteilen hatte.

Er musterte mich und meinen alten Bademantel. Vorne war auf der linken Brustseite das berühmte Bond-Motiv mit Sean Connery zu sehen, wie er durch den Lauf einer Pistole blickt und dabei selbst die Waffe zieht. Auf der rechten Brust waren die Namen von »Dr. No«, »Blofeld« und einigen anderen Bösewichtern aus Bond-Filmen eingestickt, jeweils mit blutrotem Faden so überstickt, dass sie wie ausgestrichen wirkten.

Diesen Bademantel hatte mir meine Mutter zum achtzehnten Geburtstag geschenkt, und vor meinem fünfundzwanzigsten hatte sie ihn sich für eine Weile ausgeliehen – und ihn mir pünktlich zum Geburtstag mit diesen Stickereien versehen wieder überreicht. Auf dem Rücken waren noch diverse Accessoires aus den Bond-Filmen zu sehen, unter anderem hatte meine Mutter auch eine Stickerei versucht, die dem Aston Martin DB5 aus »Goldfinger« ähneln sollte. Das hatte sie vermasselt, das Motiv wirkte wie eine krakelige Kreuzung aus Kabinenroller und Mercedes-Sportwagen – aber allein für den Versuch hatte ich sie wochenlang auf Händen getragen.

»Schick«, brummte Renz-Lau und hatte sichtlich Mühe, ernst zu bleiben.

Ich zog meinen Bademantel ein wenig enger um mich zusammen und war froh, dass das Teil eigentlich viel zu lang für mich ausfiel. Denn James-Bond-Hausschuhe hatte ich bisher noch nicht auftreiben können – und meine leuchtgelben Simpson-Pantoffeln passten wirklich nicht besonders gut zu dem Bademantel.

»Wie kann ich Ihnen helfen, Herr Renz-Lau?«

»Sie mir?« Er warf noch einen abschätzigen Blick auf meinen Bademantel. »Nein, danke, das wird nicht nötig sein. Ich wollte …«

Er sah sich kurz in meinem Wohnzimmer um. Überall hingen James-Bond-Plakate, auf dem Esstisch stand Sean

Connery als Knetfigur, und daneben lag die nach wie vor verbogene Miss Moneypenny.

»Sie sind James-Bond-Fan?«

Das war ja mal eine geistreiche Frage!

»Ja«, antwortete ich in betont unschuldigem Tonfall. »Wie haben Sie das gemerkt?«

»Na ja, weil hier überall …«

Er unterbrach sich, sah mich mit leichtem Grinsen vor sich sitzen und räusperte sich. Jetzt war er ein bisschen eingeschnappt, und ich wusste ja, dass es Menschen gab, mit denen man es sich lieber nicht verscherzte – Vermieter, Zahnärzte, Steuerprüfer, Proktologen. Aber manchmal konnte ich der Versuchung einfach nicht widerstehen.

»Zunächst einmal wollte ich mich bei Ihnen entschuldigen«, setzte Renz-Lau neu an. »Wir haben seit heute die Handwerker im Haus, und es sieht ganz so aus, als würde sich das ein Weilchen hinziehen. Sie werden also ein paar kleinere Unannehmlichkeiten haben, was mir sehr leidtut.«

Sein Gesicht spiegelte von der Zerknirschtheit, die er vorgab, so gar nichts wider, und er gönnte sich inzwischen auch eine recht überhebliche Miene. Ich hätte mir den kleinen Scherz auf seine Kosten vielleicht doch lieber verkniffen.

»Frau Häuffele hat mir erzählt, dass Sie nach wie vor für dieses … Blättle arbeiten«, fuhr Renz-Lau fort.

Dass die alte Erna und mein Vermieter die Bedeutung eines angesagten Stadtmagazins nicht erfassen konnten, war mir natürlich klar, trotzdem verletzte es mich schon ein wenig, wie abfällig er über meinen Job redete.

»Und abends sind Sie eh viel unterwegs, wie mir Frau Häuffele sagte«, ätzte er. »Allzu viel sollten Sie also von dem Krach hier im Haus nicht mitbekommen. Aber manchmal kann es halt auch passieren, dass mal der Strom oder das Wasser … Sie verstehen?«

»Was machen diese Handwerker eigentlich hier im Haus? Mir ist gar nicht aufgefallen, dass etwas kaputt war.«

Oder zumindest nicht kaputter als üblich. Ich zahlte für Stuttgarter Verhältnisse wenig Miete, da musste man schon die eine oder andere Einschränkung hinnehmen. Immerhin hatte ich ein eigenes Badezimmer und musste mich nicht in einer Kabine duschen, die in der Küche wertvollen Platz wegnahm.

»Ach, dies und das«, erzählte Renz-Lau beiläufig. »Ich lasse renovieren.«

»Prima, freut mich.«

Wann kam es schon mal vor, dass ein Eigentümer sein Haus unaufgefordert herrichten ließ? Das konnte man als Mieter ja durchaus mal loben. Renz-Lau musterte mich kurz, ob ich mich schon wieder über ihn lustig machen wollte, aber ich hatte das ganz ernst gemeint.

»Ich bin froh, Herr Brandt, dass Sie das so sehen«, sagte er schließlich. »Die anderen Mieter stehen den Maßnahmen weniger positiv gegenüber. Aber wenn Sie die Notwendigkeit einsehen, werden wir ja auch keine Probleme haben, das alles sauber und ohne Ärger abzuwickeln.«

Das klang nun allerdings nicht mehr so, als wolle Peter Renz-Lau mir mit der anstehenden Renovierung etwas Gutes tun.

»Äh … abwickeln? Was meinen Sie damit?«

»Nun, ich habe mit meinem Cousin gesprochen. Der besitzt einige Mietshäuser in Berlin, und er …«

Renz-Lau ließ seinen Satz kurz wirken, dann nickte er, weil er auf meinem Gesicht ablesen konnte, dass ich aus den Worten Berlin, Mietshäuser und schwäbischer Cousin die richtigen Schlüsse zog.

»Er hat mir geraten, den Wert meiner Immobilie durch geeignete Maßnahmen zu steigern. Ich finde, was in Berlin klappt, sollte bei uns zuhause in Stuttgart auch kein Problem sein. Meinen Sie nicht auch, Herr Brandt?«

»Sie renovieren … auch die Wohnungen?«

»Selbstverständlich. Keine halben Sachen.«

»Hm.«

»Das hier«, sagte er und machte eine Bewegung, die mein ganzes Wohnzimmer umfasste, »kommt alles raus. Nur noch Echtholzparkett, Stuckdecken, Isolierglasfenster, raumhoch natürlich, und technisch auf dem neuesten Stand.«

»Aha. Und ich?«

»Sie können nach der Renovierung gerne wieder einziehen. Allerdings werden die Mieten … nun ja … der neuen Ausstattung angepasst.«

Er nannte eine Summe für die Jahresmiete, und ich war mir im ersten Moment nicht ganz sicher, ob er mir die Wohnung zu diesem Preis zum Kauf anbieten wollte.

»Aber wenn das Ihre finanziellen Möglichkeiten übersteigt … Ich kann Ihnen natürlich adäquaten Wohnraum anbieten. Ich habe noch ein paar Häuschen, in denen ich Ihnen gerne eine Wohnung vermiete. Es ist ja heute gar nicht so einfach, Menschen zu finden, die keine Probleme machen und die Miete pünktlich bezahlen, nicht wahr? Wenn Sie es sich also vorstellen könnten, nach Hedelfingen, Plattenhardt oder Baltmannsweiler zu ziehen – da hätte ich kleine und gemütliche Einheiten für Sie, alles sehr verkehrsgünstig gelegen.«

Womit er vermutlich sagen wollte, dass alle Wohnungen direkt an vielbefahrenen Durchgangsstraßen lagen. Nichts gegen die Orte, die er nannte, und ich hatte ja auch ein Auto, um problemlos von den Fildern oder aus dem Schurwald in die City zu kommen. Aber ich war Stuttgarter, wenn auch zugezogener, und mein Begriff von Stuttgart beschränkte sich auf die Innenstadt, den Westen, meinetwegen noch Gablenberg oder die Straßen zum Killesberg hinauf, aber schon Stadtteile wie Hedelfingen ganz im Osten zählte ich nicht mehr zu meinem Revier.

»Oder ich lasse meine Beziehungen spielen«, fuhr Renz-Lau ungerührt fort. »Eine Maklerin, die mir noch was schuldet, sucht derzeit für eine schöne Wohnung in Feuerbach einen zuverlässigen Mieter. Ganz in der Nähe der S-Bahn. Fünfzig Quadratmeter im fünften Stock für siebenhundert Euro, kaum Heizkosten, weil Sie mit einem zentral platzierten kleinen Ofen selbst heizen können. Kein Hausmeister, kein Aufzug, also fallen auch dafür keine Nebenkosten an. Und im Keller stehen Waschmaschine und Trockner für die ganze Hausgemeinschaft bereit – einfach Münze rein, Wäsche rein, fertig!«

Renz-Lau wirkte fast begeistert von dieser heimeligen Bleibe, die er beschrieb. Ich fragte mich schon, ob ich ihm raten sollte, sich dort selbst einzuquartieren, aber ich wollte im Moment nicht noch mehr Öl ins Feuer gießen.

»Wann hätten Sie mich denn gerne raus aus meiner Wohnung?«, fragte ich deshalb nur.

Dass ich die Kündigung nicht gut aufnahm, durfte er ja schon merken.

»Da könnte ich Ihnen sicher die eine oder andere Woche entgegenkommen, aber … nun ja … wenn Sie die Wohnung bis Ende März räumen könnten, wäre es schon prima, Herr Brandt.«

Ich kannte meinen Mietvertrag und die darin versteckten Klauseln nicht auswendig, aber dass mir Renz-Lau mehr als drei Monate Kündigungsfrist eingeräumt hatte, als ich die Wohnung vor etwa vier Jahren anmietete, konnte ich mir nicht vorstellen. Also musste ich mich wohl auf einen Umzug zum ersten April einrichten.

»Wobei es ab Mitte Januar im Haus vermutlich etwas ungemütlich werden wird. Die Heizung, die Wasserrohre, die Elektrik … Sie verstehen? Keine Sorge, wir können Mietminderung vereinbaren – ich bin da sehr kulant.«

Bisher hatte ich Renz-Laus »Kulanz« immer so kennengelernt, dass er freiwillig nur solche Ansprüche seiner Mieter erfüllte, vor denen ihn nicht einmal sein teurer Staranwalt bewahren konnte.

»Und wenn Sie wollen, lasse ich Sie natürlich auch schon früher aus dem Mietvertrag. Sie sagen einfach Bescheid, wenn Sie etwas anderes haben – und zack!« Er klatschte in die Hände und wuchtete sich aus meinem Sessel hoch. »Schon finden wir eine gute Lösung für Sie.«

Das Telefon klingelte.

»Ah, sehen Sie«, flötete Renz-Lau, und er wirkte sehr zufrieden mit sich, »wie gut, dass ich eh losmuss. Ihr Telefon!«

Er drückte mir die Hand und ging davon. Ich ging ihm nach und wartete, bis hinter ihm die Wohnungstür ins Schloss gefallen war und der Baulärm im Treppenhaus dadurch wieder etwas gedämpfter ins Wohnzimmer drang. Dann hob ich ab.

Lara war dran. Sie merkte mir schon am genervt gebrummelten »Brandt« an, dass ich schlecht drauf war.

»Was ist denn mit dir los?«

»Mein Vermieter war grad da«, sagte ich. »Wenn ich dich zu einem romantischen Dinner in meine Wohnung einladen soll, sollte ich mich wohl lieber beeilen.«

— ○ —

Das nächste Treffen fand in Karlsruhe statt. Wir zogen den Nachmittag über durch einige Cafés entlang der Kaiserstraße, wobei ich nur im ersten ein kleines Stück Kuchen essen durfte – sonst bestellte sie mir nur Cappuccino, Wasser oder Saft.

»Ich hab jetzt aber Hunger«, protestierte ich gegen sechs.

»Das ist gut«, sagte sie und grinste. »Aber hast du auch gute Nerven?«

»Geht so. Ich hab dir ja von meinem Vermieter erzählt, der mich auf die Straße setzen will.«

»Ich hab dir schon angeboten, zu mir nach Karlsruhe zu ziehen. Meine Wohnung ist groß genug – ich kann sie dir heute Abend gerne zeigen.«

»Nein, Karlsruhe ist eher nicht so gut«, antwortete ich, bevor ich den letzten Halbsatz verdaut hatte, und fügte deshalb noch schnell hinzu: »Ich schau mir deine Wohnung sehr, sehr gerne an – aber wohnen sollte ich weiterhin in Stuttgart. Du weißt ja, das Stadtmagazin und so …«

Es war in ihren Ohren sicher ein schwaches Argument, denn schließlich hatte auch Lara ihren Job, aber für mich klang die Begründung völlig schlüssig. Aber sie ging gar nicht weiter auf meine Ablehnung ein, sondern grinste mich spitzbübisch an.

»Du kannst also heute bei mir übernachten, aber vorher …«

Sie hakte sich unter und zog mich in die Richtung davon, in der mein Auto geparkt war. Ich sah sie die ganze Zeit bis zum Parkplatz fragend an, doch Lara sagte nichts weiter, bis wir nebeneinander im Wagen saßen.

»So«, eröffnete sie mir schließlich und klatschte in die Hände, »dann fahr mal los.«

»Und wohin?«

»Wir gehen essen. Sasbachwalden, Weingut Klingelberger. Ist gleich ab dem Ortseingang ausgeschildert.«

Sie lehnte sich lächelnd in ihrem Sitz zurück und sah stur geradeaus. Ich schluckte ein paar Mal. Die heutige Nacht in ihrer Wohnung konnte schön werden, und ich freute mich schon darauf. Eine Hürde auf dem Weg dorthin würde der Besuch auf dem Weingut ihrer Eltern darstellen. Die einzige Hürde. Ich legte den Gang ein und fuhr los.

So schlimm konnte das schon nicht werden.

Kennen Sie das, wenn Sie sich selbst von etwas überzeugen wollen, aber Sie sind sich dabei Ihrer selbst von Anfang an nicht sicher? So erging es mir an diesem Abend. Wir kamen recht flott aus Karlsruhe heraus, und der Verkehr auf der A 5 in Richtung Süden war etwas weniger schlimm, als ich ihn mir wegen der vielen Staumeldungen im Radio ausgemalt hatte. Ettlingen und Rastatt passierte ich noch vergleichsweise ruhig. Etwa in Höhe von Baden-Baden grub es schon recht deutlich in meinem Magen, und es fühlte sich nicht wie Hunger an. Und als wir die Autobahn an der Ausfahrt Achern verließen, rutschte mein Herz allmählich in Richtung Hose.

Von gelegentlich eingestreuten Kommandos, wohin ich fahren sollte, abgesehen, war auch Lara inzwischen ganz still geworden. Ich warf ihr einen kurzen Blick zu: Sie sah geradeaus und wirkte angespannt. Als wir am Ortsschild von Sasbachwalden vorbeifuhren, lotste mich Lara an einem Lokal mit dem schönen Namen »Kurhaus zum Alde Gott« vorbei, dann auf kurvigen Straßen wieder aus dem Ort hinaus und zwischen Weinbergen den Hang hinauf. Wir kamen durch zwei Gehöfte, die malerisch inmitten der Weinberge lagen, und erreichten schließlich das Weingut Klingelberger. Es schien etwas kleiner zu sein als die anderen Gehöfte, aber es lag noch traumhafter als die beiden Güter, die wir zuvor gesehen hatten. Der Wald bildete hinter den Gebäuden eine imposante Kulisse, und an den anderen drei Seiten war der Hof in Reben eingebettet, die selbst unter der jetzigen dünnen Schneeschicht erahnen ließen, wie fruchtbar und prallgrün dieses Fleckchen zwischen Frühjahr und Herbst aussehen musste.

Die Straße endete in dem Gehöft und führte schnurstracks unter einem steinernen Bogen hindurch, auf dem »Klingelberger – Wein seit 1766« stand. Die Lettern waren mit etwas kitschig wirkenden Weintrauben verziert, aus Holz geschnitten und sorgfältig bemalt. Ich ließ den Wagen im Innenhof ausrollen, den die anderen Gebäude des Weinguts umgrenzten. Direkt vor uns war ein großes Wohnhaus zu sehen, zu dessen Eingangstür eine repräsentative Außentreppe hinaufführte. Rechts der Treppe waren hinter einem großen Schaufenster einige Barhocker und Stehtische sowie ein Tresen und viele Weinregale zu sehen – und ein Schild annoncierte die Öffnungszeiten des Gutsverkaufs Klingelberger. Linker Hand war das Dach eines zweigeschossigen Nebengebäudes einige Meter in den Hof hineingezogen worden – darunter standen Bänke und Tische, gezimmert aus groben Balken und Baumstämmen, die außerhalb der Winterpause vermutlich als Freiluftbesenwirtschaft dienten.

»Mein Vater«, raunte mir Lara zu, und ich sah die Treppe hinauf.

Oben stand ein Mann von Ende sechzig mit viel Bauch und wenig Haaren. Seine kleine Nase war leicht gerötet und endete in einem porigen Knubbel. Er trug eine schwarze Cordhose, ein in hellen Blau- und Grautönen kariertes Flanellhemd und darüber einen blauen Arbeitskittel, der über seinem Bauch offen stand und dessen unterer Teil hinter ihm im Wind flatterte wie ein kleines Superhelden-Cape.

Wir stiegen aus und kletterten die Stufen hinauf. Laras Vater sah unleidig auf mich herab und wartete, bis wir ihn fast erreicht hatten, bevor er uns dann doch noch ein, zwei Stufen entgegenkam. Erst gab er mir die Hand und murmelte halblaut eine undeutliche Begrüßung, dann ließ er sich von Lara umarmen und tätschelte ihr dabei den Rücken. Inzwischen war oben eine Frau aus der Tür getreten, die ein paar Jahre jünger wirkte als Laras Vater. Rank und schlank stand sie vor uns, ihre schulterlangen Haare waren dunkelblond und leicht gewellt, und ihr schlichtes Kleid ließ sie sehr mädchenhaft wirken, nur die Falten um Mund und Augen deuteten auf ihr wirkliches Alter hin.

»Hallo Lara!«, rief sie

»Mama!«, war die Antwort, und schon flogen sich die beiden in die Arme.

Kurz darauf standen die Frauen untergehakt nebeneinander, und Laras Mutter strahlte mich an und fragte ihre Tochter: »So, hast du uns heute deinen Nick mitgebracht?«

»Hm«, brummte Vater Klingelberger dazu, »hat sie wohl.«

Damit stapfte er ins Haus, ohne ein weiteres Wort zu verlieren. Mutter Klingelberger lächelte mich an und zuckte mit den Schultern. Dann legte sie mir eine Hand auf die Schulter und bugsierte mich hinter Lara her ins Haus. Es ging noch kurz in ein Gästebad, danach trafen wir uns alle in einem großzügigen und sehr hellen Esszimmer, das einen herrlichen Blick hinaus auf die Hügel mit Wald und Reben bot, auf die ringsum hingetupften Bauernhöfe und auf den Ort selbst, teils drunten im Tal, teils am gegenüberliegenden Hang.

Der Tisch war für eine recht große Gesellschaft gedeckt, und keine fünf Minuten später saßen auch wirklich zehn

Leute vor ihren Tellern, die munter durcheinanderredeten, sich zuprosteten und immer wieder miteinander lachten. Es hätten locker noch sechs oder sieben Gäste mehr Platz gefunden, aber auch so war der Lärmpegel von Gelächter und Gesprächen schon beeindruckend hoch. Einen solchen Trubel war ich als Einzelkind nicht gewöhnt, allen anderen im Raum schien die Stimmung allerdings vertraut. Hier ging es fröhlich durcheinander. Lara hatte von sechs Geschwistern erzählt, fast alle verheiratet und die meisten schon selbst Eltern. Es waren nicht alle gekommen, aber auch so reichte es für mich zu einem Klingelberger-Crashkurs.

Wobei genau zwei Personen nicht wirklich an diesem Trubel teilhatten: Laras Vater und ich. Er aß mit großem Ernst und goss sich dazu immer wieder das Weinglas voll, und ich kam nicht damit zurecht, dass er mich immer wieder missmutig anstierte und mir auf diese Weise klarmachte, wie gut er den Abend auch ohne meine Anwesenheit hätte genießen können.

Zu allem Überfluss saßen wir auch noch nebeneinander, er am Kopfende der großen Tafel, ich zu seiner Linken auf dem ersten Stuhl an ihrer Längsseite. Links von mir saß Lara, die aber kaum Zeit für mich hatte und selbst nur manchmal zum Essen kam, weil alle am Tisch das Neueste aus ihrer Event-Agentur wissen wollten. Mir gegenüber saß Laras Mama, die wiederum ihre auf dem benachbarten Stuhl hockende Mutter mit Getränken und Speisen versorgte, sie ab und zu fragte, ob ihr noch etwas fehle, und sich ansonsten lautstark an den Tischgesprächen beteiligte. Wenn ihr zwischendurch auffiel, dass ich – vom Hausherrn biestig angestarrt – schweigend aß, prostete sie mir zu und versuchte mit ihrem freundlichen Lächeln wohl, mich etwas aufzumuntern.

So kam es, dass ich schon einigen Wein intus hatte, als sich die Tafelrunde auflöste.

Erst stand Laras Mutter auf, sie beugte sich zu ihrem Mann hinunter und flüsterte ihm etwas ins Ohr. Er nahm die Bemerkung nicht besonders gut auf und wollte schon protestieren, doch noch bevor er Widerworte geben konnte, ließ ihn der strenge Blick seiner Frau stumm bleiben. Ich verstand nicht, was da gerade passiert war, nahm aber mit Genugtuung zur Kenntnis, dass die Frauen am Tisch das Geschirr in die Küche trugen, während sich die Männer mit einem Schnaps um den Kamin versammelten. Da Lara das so gewöhnt war, konnten wir diese Tradition meinetwegen gerne beibehalten, wenn wir später einmal zusammenwohnen sollten.

»Und? Wollen Sie einen?«

Ich war gar nicht darauf vorbereitet, dass mich Laras Vater an diesem Abend noch einmal ansprechen würde. Ich hatte Lara nachgewinkt und dann den anderen zugesehen, wie sie sich um das flackernde Feuer herum aufstellten.

Hans Friedrich Klingelberger sah mich mürrisch an und hatte eine Flasche in der Hand, die ich vorhin noch nicht auf dem Tisch gesehen hatte.

»Äh … ja, gerne.«

Er goss mir das Glas noch einmal voll, dann stellte er die Flasche vor mir auf den Tisch und drehte sie so, dass ich das Etikett sehen konnte. Es war natürlich Wein vom eigenen Gut, vermutlich ein besonders guter Tropfen und auf jeden Fall nicht derselbe, den ich schon den ganzen Abend getrunken hatte. Bisher war aus großen Krügen ausgeschenkt worden, und die Farbe des Weins, den ich jetzt im Glas hatte, war anders – irgendwie funkelte dieser Weiße mehr als der vorherige. Das konnte allerdings auch damit zu tun haben, dass es sich nicht mehr um mein erstes oder zweites Glas an diesem Abend handelte.

Allerdings fand ich, dass der Name Klingelberger etwas zu häufig auf diesem Etikett stand. Unter dem geschwungenen Namenszug »Klingelberger – Wein seit 1766«, den ich schon vom Eingangstor her kannte, stand noch »Klingelberger Spätlese« und eine Jahreszahl sowie darunter »Durbacher Klingelberg«. Keinem meiner Reporter hätte ich eine derart penetrante Wortwiederholung durchgehen lassen, aber Laras Vater gegenüber verkniff ich mir natürlich jede Bemerkung in dieser Richtung. Er erhob sein Glas und trank, ich tat es ihm gleich. Dann stellte er sein Glas ab, ich ebenfalls. Er beobachtete jede meiner Bewegungen und fixierte mich schließlich.

»Sie haben keine Ahnung, was Sie da gerade trinken, oder?«

»Äh … auf jeden Fall Klingelberger-Wein, und er ist wirklich gut!«

Er hob die Augenbrauen, und ich schob schnell nach: »Das ist ein anderer als der, den wir bisher getrunken haben, oder?«

Ich ging volles Risiko, aber ich hatte Glück und sammelte offenbar einen ersten Pluspunkt. Die Stirn des Hausherrn glättete sich ein wenig und die Augenbrauen senkten sich wieder.

»Dass das eigener Wein ist, versteht sich ja von selbst«, gab er etwas selbstgefällig zum Besten. »Aber das hier ist unser Aushängeschild. Der geht erst gar nicht in den normalen Verkauf, den bekommen nur unsere Stammkunden.«

Der Wein war wirklich lecker. Nicht zu kühl, nicht zu warm, schön frisch, leichte Zitrusaromen und ein leicht bitterer Abgang – zumindest würde ich mir eine Beschreibung so oder so ähnlich aus meinem dürftigen Weinvokabular zusammenstöpseln. Allerdings hütete ich mich, Laras Vater gegenüber mehr als ein »Wirklich sehr lecker« zu wagen.

»Das will ich meinen!«, stimmte er mir zu und trank sein Glas mit einem einzigen Schluck vollends leer.

Der Senior griff wieder nach der Flasche, goss sich ein und wollte dasselbe auch bei mir machen – also beeilte ich mich, mein Glas ebenfalls zu leeren und es ihm hinzuhalten. Gebraucht hätte ich ganz sicher keinen weiteren Wein, aber wenn mir heute Abend kein Geschicklichkeitswettbewerb mehr bevorstand, sollte ich halbwegs unbeschadet durch den restlichen Abend kommen.

»Man weiß heute gar nicht mehr, ob wir nach diesem Wein oder dieser Wein nach uns benannt wurde.«

Ich linste noch einmal zu den »Klingelberger«-Nennungen auf dem Etikett, die nun schon langsam unscharf wurden und vermutlich kurz davor waren, sich zu verdoppeln. Hans Friedrich Klingelberger holte zu einer weitschweifigen Erklärung aus, seit wann der Klingelberger angebaut wurde und seit wann die Klingelbergers eigenen Wein hervorbrachten – und dann brachte er noch eine Durbacher Weinlage namens Klingelberg ins Gespräch und verwirrte mich zusätzlich mit der Info, dass der Klingelberger eigentlich einfach ein Riesling sei, wenn auch ein besonders guter. Mir klingelten schon die Ohren, und natürlich verstand ich nicht die Hälfte dessen, was mir der Hausherr hier so vollmundig anpries. Und dass er mich zwischendurch immer wieder zum Austrinken animierte und mir sogleich nachschenkte, machte die Sache nicht besser.

»Haben Sie das so weit verstanden?«, fragte mich Laras Vater einige Gläser später, und als ich nur ein kümmerliches »'türlich« hervorbrachte, das ich selbst kaum mehr verstehen konnte, dachte ich schon, ich sei jetzt endgültig unten durch.

Doch Klingelberger senior gönnte sich auf mein Lallen hin ein so breites Grinsen, dass mir klar wurde: Es war völlig gleichgültig, ob ich ihn verstand oder er mich. Hans Friedrich Klingelberger wollte mich ordentlich abfüllen – entweder als Strafe dafür, dass ich ihm sein Töchterchen wegzunehmen gedachte, oder als letzte Prüfung, bevor er mich als Schwiegersohn in spe akzeptieren konnte.

Da hatte ich Glück, denn es brauchte zwar nicht lange, bis ich einen kleinen Schwips hatte – aber danach vertrug ich solche Mengen vor allem an Wein, dass ich manchmal selbst über mich erschrak. Mein Sprachvermögen ließ rapide nach, und hinterher konnte ich mich in einzelnen Fällen auch nicht mehr daran erinnern, wann und wie ich ins Bett gekommen war – doch wer von mir nicht mehr wollte, als dass ich eifrig mittrank und schweigend hinter meinem Glas saß, konnte das von mir über einen recht langen Zeitraum bekommen.

Wach wurde ich von Laras Stimme, die mir ins Ohr flüsterte. Das fiel mir erst gar nicht auf, denn ich hatte ohnehin von ihr geträumt, aber mit der Zeit bemerkte ich ihren warmen Atem auf meinem Ohrläppchen, und mühsam hob ich die Augenlider ein wenig. Das Zimmer, in dem ich lag, war grässlich hell. Am Himmel stand die Sonne schon recht hoch, und als ich noch ein paar Mal geblinzelt hatte, schälten sich die Konturen einiger Möbel aus dem gleißenden Tageslicht. Ich schaute mich um und war darauf bedacht, meinen Kopf dabei nicht zu schnell zu bewegen – aber trotz des Weins vom Vorabend schien ich keine Kopfschmerzen zu haben.

Ich lag auf einer ausgeklappten Schlafcouch, nur eine gute Armlänge vom Bett entfernt, in dem vermutlich Lara geschlafen hatte. Es gab einen Kleiderschrank, eine hüfthohe Kommode, einen Schreibtisch mit zugehörigem Stuhl sowie einen kleinen, runden und niedrigen Rattantisch mit einigen Sitzkissen. Das Zimmer wirkte gemütlich, und Fenster und eine Glastür gingen nach hinten raus, wo man über den Balkon hinweg den nahen Waldrand sehen konnte. An den Wänden hingen Filmplakate – »Casablanca«, »Frühstück bei Tiffany« – und einige Urkunden, die ich von der Schlafcouch aus nicht entziffern konnte.

Offenbar hatten wir es gestern Abend nicht mehr nach Karlsruhe und in Laras Wohnung geschafft. Der Raum, in dem ich lag, sah aus, wie ich mir ihr Jugendzimmer vorstellen konnte.

»Jetzt steh schon auf«, drängte Lara und schlug die Decke zurück, unter der ich lag.

Ich sah an mir hinunter. Bis auf die Schuhe und meinen Pulli war ich noch vollständig bekleidet.

Lara war meinem Blick gefolgt und grinste. »Das war mir gestern dann doch zu viel«, sagte sie. »Es war mühsam genug, dich hier ins Zimmer zu schleifen. Außerdem hätte ich auch nackt nicht mehr viel von dir gehabt.«

Sie lachte, und mir fuhr ein gehöriger Schrecken durch die Glieder. »War's … so schlimm?«

»Na, du hattest auf jeden Fall keinen Durst mehr.«

Ich blinzelte sie irritiert an. Lara wirkte nicht böse auf mich und sie schien auch nicht enttäuscht zu sein.

»Mein Vater hat davon nichts mitbekommen, keine Angst. Gegen ihn hast du gewonnen.«

»Wie … gewonnen?«

»Als ich mit Mama aus der Küche kam, haben wir euch völlig erledigt auf euren Stühlen hängen sehen, das eine oder andere leere Fläschchen Klingelberger vor euch auf dem Tisch. Papa hat noch sein Glas ausgetrunken – da ist er immer sehr gewissenhaft, weil's ja schad wäre um jeden Tropfen. Und dann ist ihm der Kopf nach vorne auf die Brust gesunken und er hat sofort losgeschnarcht. Dir sind zwar auch schon allmählich die Augen zugefallen, aber da war Papa schon weggeratzt.«

»Ich hab … einen *Winzer* unter den Tisch getrunken?«

»Na, jetzt bild dir nur nicht zu viel ein! Du hattest nur Glück, dass du noch ein paar Sekunden länger durchgehalten hast als Papa. Außerdem war er schon seit halb fünf auf den Beinen, und auch jetzt ist er schon längst wieder bei der Arbeit.«

Sie beugte sich zu mir herunter und gab mir einen Kuss. »Was man von dir nun wirklich nicht behaupten kann.«

Ich rappelte mich hoch.

»Aber du wirst meinem Vater mit deinem Stehvermögen trotzdem imponiert haben. Mal sehen, ob er sich nachher beim Frühstück weniger muffelig gibt als gestern bei unserer Ankunft.«

Ganz so abweisend wie am Vorabend war Hans Friedrich Klingelberger wirklich nicht mehr zu mir. Im Esszimmer ging es diesmal ruhiger zu und es saßen auch nur Lara und ich, ihre Eltern, die Großmutter und ihre Schwestern Hanna und Gabriele am Tisch. Wir unterhielten uns bestens, und wenn ich Vater Klingelberger mal kurz einen Blick zuwarf, wirkte er zwar müde, aber doch besser gelaunt als am Vortag.

Wie schon am Abend fiel mir auf, dass Lara von ihrer Mutter den vollen, breiten Mund geerbt hatte. Auch Laras Schwestern waren sehr ansehnlich, und alle hatten sie die Lippen der Mutter – doch die kräftigen Augenbrauen und die strahlend blauen Augen hatte Lara in dieser Familie offenbar exklusiv.

Gabriele bemerkte, wie ich sie musterte, und als sie meinen Blick auffing, sah sie mir einen Moment zu lange in die Augen und wandte sich dann mit einem leichten Lächeln ab. Im Lauf der weiteren Unterhaltung ertappte ich sie noch ein-, zweimal, wie sie mich versonnen anschaute und erst wegsah, wenn sie auch sicher sein konnte, dass ich ihren Blick bemerkt hatte.

Die Unterhaltung drehte sich um die Kinder von Hanna und Gabriele, um die geplante Anschaffung einiger Fässer und irgendwelcher technischer Geräte, die mir nichts sagten. Den Klingelbergers schien es wirtschaftlich sehr gut zu gehen, auch gesundheitlich hatten sie wohl keinen Grund zur Klage, und zu Weihnachten stand offenbar ein großes Familientreffen an.

»Diesmal kommen sie alle«, erklärte mir Susanne Klingelberger, und sie drückte ihrem Mann dabei kurz die Hand. »Gestern Abend haben Sie ja schon unsere beiden Küken hier …« Sie deutete auf Hanna und Gabriele, die auch schon Mitte zwanzig waren und Sprösslinge im Kindergarten- und Grundschulalter hatten. »… und Laras andere Schwestern Lisa und Simone kennengelernt. An Weihnachten kommen auch Robert und Hans-Martin, ihre Brüder. Robert hat in Cambridge studiert und arbeitet dort heute in einem Institut als Biologe. Und Hans-Martin, unser Ältester, lebt seit zwei Jahren in Neuseeland – vermutlich seine letzte Station bei einem ausländischen Winzer, bevor er sich hier in der Ortenau darauf vorbereitet, unser Weingut zu übernehmen.«

Sie prahlte nicht mit ihren Kindern, aber der Stolz auf sie war ihr durchaus anzuhören. Sie hatte sich gestern auch nach meiner Familie erkundigt – aber ich hatte nichts annähernd

Vergleichbares zu bieten. Als Einzelkind einer Gastwirtsfamilie aus dem Remstal kam ich mir auf diesem Gut geradezu kümmerlich vor, doch Susanne Klingelberger hatte mich so interessiert nach meinen Eltern und ihrem kleinen Lokal befragt, als wäre meine Herkunft die faszinierendste, die sie sich vorstellen konnte.

»Sie kommen doch an Weihnachten zu uns?«, fragte sie.

Ich warf Hans Friedrich Klingelberger einen kurzen Blick zu. Er hatten den Kopf leicht gesenkt und kaute sein Brot, aber der Vorschlag seiner Frau hatte ihn weder erstarren noch böse aufschauen lassen. Vielleicht hatte er ja doch seinen Frieden mit der Tatsache gemacht, dass ich mit seiner Tochter zusammen war.

»Wir sind immer alle hier versammelt«, plauderte die Mutter unterdessen fröhlich weiter. »Das wird sehr turbulent. Und falls Sie Heiligabend mit Ihren Eltern verbringen wollen, kommen Sie einfach an einem der Feiertage hierher – unsere Familie ist meistens bis kurz vor Silvester zusammen, manche bleiben sogar bis Dreikönig.«

Ich hatte nicht vor, Heiligabend mit meinen Eltern zu verbringen. Wir telefonierten meist kurz, manchmal fuhr ich mittags raus ins Remstal, um mit ihnen zu essen – aber der Heiligabend war für mich keine Zeit, in der ich rührselig vor einer geschmückten Nordmanntanne saß und alte Lieder sang. Da zog ich mit Kumpels durch die Stadt und feierte bis ins Morgengrauen, Jobst war oft dabei, und den ersten Feiertag verschlief ich in der Regel. Wenn ich mir das Klingelberger'sche Festprogramm so anhörte und mir ansah, wie sich Lara schon jetzt darauf zu freuen schien, konnte ich Jobst diesmal vermutlich absagen.

»Du kommst doch?«, fragte Lara denn auch, als wir in ihrem Zimmer unsere Taschen packten.

»Was sagt dein Vater dazu?«

»Na, mein Vater! Hast du nicht bemerkt, dass er inzwischen fast schon von dir begeistert ist?«

Er hatte mich nicht angepampt. Er hatte mir keine finsteren Blicke zugeworfen. Aber er hatte auch kein Wort mit mir gesprochen. Wenn Klingelberger senior so seine Begeisterung ausdrückte, konnte es mit ihm noch spannend werden.

»Ich hab dir doch gesagt«, fuhr Lara fort, »dass du meinen Vater gestern Abend schwer beeindruckt hast.«

Zum Abschied gab er mir dann auch die Hand und nickte mir zu. Als ich mich zum Gehen wenden wollte, hielt er meine Hand noch immer fest.

Er beugte sich vor und raunte mir halblaut ins Ohr: »Du bist schon recht, Junge. Aber dass sich meine Lara ausgerechnet einen Schwaben hat aussuchen müssen … an diesen Gedanken muss ich mich erst noch gewöhnen.«

— ○ —

Nachdem Lara mich ihrer Familie vorgestellt hatte, waren wir noch nach Bad Wildbad gefahren, ließen uns auf dem Sommerberg den frischen Wind um die Nase wehen, was ein hervorragender Muntermacher war. Schließlich landeten wir wieder in der Grünhütte, plauderten ein wenig mit Felix, der gerade eine Pause einlegte, und ließen uns danach von ihm eine große Portion Bratkartoffeln mit Ei bringen.

An einem der folgenden Tage machten wir auch einen Ausflug ins Remstal. Einen Moment lang genierte ich mich etwas für das Gasthaus, das meine Eltern betrieben. Das Lokal war eher eine Dorfkneipe als ein Restaurant, und es war in einem unscheinbaren, etwas schäbigen Gebäude direkt an der Durchgangsstraße untergebracht. Aber es gab ehrliche und schmackhafte schwäbische Küche, und Lara begrüßte meine Eltern so herzlich, dass meine anfänglichen Bedenken schnell zerstreut wurden.

Das Gasthaus »Zur Liesl« war nach meiner Mutter Anneliese benannt, und auch nach all den Jahren, die sie nun schon zusammenlebten und miteinander die Wirtschaft umtrieben, warf mein Vater Rudolf seiner Frau noch immer verliebte Blicke zu, wenn sie ihm in der Küche zur Hand ging oder Tabletts mit Getränken zusammenstellte oder über und über mit dampfenden Tellern beladen aus der Küche huschte.

Wir waren erst gegen neun in meinem Elternhaus eingetroffen, und nachdem wir eine Kleinigkeit gegessen hatten, leerte sich die Gaststube allmählich. Nur der Stammtisch war nach wie vor gut besetzt, aber dort hatten alle volle Gläser vor sich stehen, und meine Mutter setzte sich eine Weile zu uns. Etwas später kam auch mein Vater aus der Küche, warf den Stammgästen noch kurz ein paar launige Bemerkungen zu und gesellte sich ebenfalls zu uns. Er fuhr sich mit seinen Pranken durchs schüttere Haar und wischte sich mit dem Ärmel seines Kochkittels den Schweiß von der Stirn. Meine Mutter hatte ihm schon ein Glas Bier bereitgestellt, und wir stießen auf Lara und mich an.

»Und Ihre Eltern haben ein Weingut in der Nähe von Baden-Baden?«, fragte meine Mutter. »Ich find's sehr schön dort, mein Mann und ich waren früher ab und zu am Rhein entlang unterwegs. Meistens sind wir dann noch ins Elsass rübergefahren, aber auf der Rückfahrt sind wir immer gern in einem kleinen Lokal in Oberkirch eingekehrt – das betreibt ein früherer Kollege meines Mannes. Ist das nicht bei Ihnen in der Nähe?«

»Ja, dahin sind's von uns keine zwanzig Kilometer, und im Nachbarort Durbach hat unser Gut auch einen Weinberg.«

»Tut mir ja leid, dass wir keinen badischen Wein auf der Karte haben.«

»Kein Problem, Wasser ist prima – und aus Baden trinke ich eh nur den Weißwein. Bei den Roten mag ich es etwas kräftiger: Franzosen, Chilenen, Italiener.«

Wir unterhielten uns prächtig, irgendwann brachte meine Mutter doch noch einen Krug Weißwein, und Lara stieß auf ein Achtele mit meinen Eltern an, bevor wir uns wieder auf den Heimweg machten. Natürlich hätten Lara und ich in meinem alten Jugendzimmer übernachten können und ich hätte sie gerne auch zu mir in meine Wohnung genommen – wenigstens nachts waren die Handwerker ja still. Aber sie hatte am nächsten Morgen einen Termin in Karlsruhe und wollte deshalb unbedingt nach Hause fahren. Sie setzte mich vor meinem Haus ab. Ich winkte ihr noch nach und ging dann lächelnd die Treppe hinauf.

»Halt dir des Mädle warm, Bua«, hatte mein Vater zum Abschied halblaut gesagt.

»Ich werd mir Mühe geben!«

Er hörte nicht mehr besonders gut und dachte deshalb, dass außer ihm und mir niemand unser kleines Gespräch verstanden hatte. Aber Lara strahlte auf dem ganzen Weg hinein nach Stuttgart über beide Wangen. Dieses Bild vor Augen und Papas Satz im Ohr schlief ich schnell und zufrieden ein.

— o —

Für eines unserer nächsten Treffen hatte ich Lara vorgeschlagen, dass wir es uns diesmal doch bei mir gemütlich machen könnten. Ich deutete an, dass ich mir schon einige Gedanken für ein romantisches Dinner gemacht hatte, und allzu viel Überredungskunst brauchte ich nicht, bis sie zustimmte.

Ich gab mir tatsächlich viel Mühe. Ich kochte meine Leibspeise, und dabei verfeinerte ich das bewährte Rezept meiner Mutter noch mit ein paar Kleinigkeiten, die meine Kumpels bisher immer prima gefunden hatten. Ich dekorierte meine Wohnung gründlich um. Die meisten meiner Knetfiguren trug ich in den Keller, ließ auch meine Videogerätschaften verschwinden, die sonst im Schlaf- und Wohnzimmer gelagert waren, und räumte meine Sammlung mit James-Bond-Accessoires in den Kleiderschrank im Flur. Danach wirkte meine Wohnung etwas kahl, aber mit Plastikblüten und Konfetti – beides verstreute ich großzügig auf allen frei gewordenen Flächen, auf Kommoden und Regalen – brachte ich wieder ausreichend Atmosphäre in die Räume. Nur im Schlafzimmer musste ich niesen und gab deshalb etwas zu viel Konfetti auf das Bett. Einiges war bald wieder eingesammelt, aber aus der Ritze zwischen Matratze und Bettumrandung konnte ich nur einen kleinen Teil der Papierschnipsel herausfummeln, also ließ ich sie drin und hoffte darauf, dass sich Lara – sollten wir am Abend bis hierher kommen – schon nicht an dem bisschen Konfetti stören würde.

Gut eine Stunde bevor sie eintreffen sollte, war ich mit meinen Vorbereitungen fertig, und in der Küche war auch alles so weit hergerichtet, dass ich das schon jetzt fertige Essen nur noch ein paar Minuten vor unserem Date aufwärmen musste. Dann würde ich alles pünktlich auf dem Tisch stehen haben, wenn sie eintraf.

Die verbleibende Zeit verbrachte ich damit, mich einzukleiden. Zum ersten Mal war meine Wohnung der Rahmen für den gemeinsamen Abend, und ich stellte mir vor, dass ich in meiner privaten Umgebung auch irgendwie privater, persönlicher auftreten sollte. Bei den Jeans, die ich außerhalb der Wohnung immer trug, beließ ich es – die ausgebeulte graue Jogginghose, die ich sonst zuhause überzog, kam mir nicht wirklich passend vor. Blieben noch Oberteil und Socken, um meinem Outfit eine persönliche Note zu verleihen. Ich hatte die Heizung ein wenig höher gedreht als sonst, entsprechend wenig musste ich außer der Jeans anziehen: meine »Goldfinger«-Socken natürlich – aus goldfarbener Wolle und mit dem eingestickten Konterfei von Filmbösewicht Gert Fröbe oberhalb des Knöchels – und dazu ein ganz besonderes Hemd. Von vorne wirkte es ganz normal, einfarbig hellblau mit weißen Ärmelaufschlägen – doch auf dem Rücken prangte eine Liebesszene mit Sean Connery und Goldfingers Pilotin Pussy Galore. Einen Moment lang überlegte ich, ob Lara womöglich den Rollennamen der Pilotin unpassend finden könnte, dann verwarf ich meine Bedenken. Man konnte sich auch zu viele Gedanken machen.

Ich sah mich um, schaute mich im Spiegel an – und war zufrieden. Dann fiel mir noch ein, zu welchen Filmen Lara Plakate in ihrem Jugendzimmer hängen hatte. Ich kramte den digitalen Bilderrahmen aus der untersten Schrankschublade. Meine Eltern hatten mir das Ding mal geschenkt, damit ich Bilder von daheim, von der Familie und aus meiner Jugend dort abwechselnd anzeigen lassen konnte. Das Teil lag schon eine Weile in der Schublade herum, vermutlich war der Akku längst entladen, deshalb schloss ich sicherheitshalber den Netzstecker an. Auch wusste ich nicht mehr sicher, ob schon einige Motive draufgeladen waren, aber da ich ohnehin nicht wusste, wie diese Bilder gelöscht werden konnten, zog ich mir einfach schnell noch einige Szenenfotos aus »Casablanca«, »Frühstück bei Tiffany«, »E-Mail für dich« und »Notting Hill« aus dem Internet, überspielte sie auf das Gerät, schaltete auf Diashow und stellte den Bilderrahmen so auf ein Regalbrett, dass Lara ihn von ihrem Platz aus sehen musste.

Gerade wurde zu einem Foto umgeblendet, auf dem Humphrey Bogart neben einem schwarzen Pianisten steht, als die Türglocke schepperte. Lara war auf die Minute pünktlich. Ich nahm ihr die Jacke ab, gab ihr Hausschuhe und zeigte ihr kurz Küche und Bad. Dann führte ich sie ins Wohnzimmer, das im Schein der flackernden Kerzen sehr romantisch wirkte. Im Hintergrund lief der Soundtrack von »James Bond jagt Dr. No«, und an den Wänden hingen meine schönsten Filmplakate. Neben ihrem Teller stand die Knetfigur von Miss Moneypenny, neben meinem der geknetete Sean Connery.

»Setz dich, Lara«, flötete ich, schraubte die Literflasche auf, die ich für diesen besonderen Abend gekauft hatte, und schenkte ein.

Sie hielt das Glas gegen das Licht und stutzte. »Nick, muss ich heute noch heimfahren?«

»Nein, Lara, du bleibst natürlich hier. Warum?«

»Dann nehm ich lieber Wein als Schorle.«

»Das ist kein Schorle, das ist Trollinger. Passt super zu unserem Festessen.«

Sie blinzelte mich irritiert an, dann lächelte sie wieder. »Ist ja nett«, sagte sie und ihr Lächeln wurde breiter.

Sie deutete auf den digitalen Bilderrahmen. Ein schwarzhaariger Junge in knielangen Sepplhosen und mit einem kitschigen Tirolerhut stand vor einem alten Mercedes, dahinter erhoben sich Berge.

»Das … äh …«, stammelte ich und wünschte mir, ich hätte mir doch die Mühe gemacht, den Speicher des Bilderrahmens durchzusehen und peinliche Motive zu löschen. »Das bin ich. Kärnten, 1992, Familienurlaub.«

Das nächste Bild wurde angezeigt. Lara lachte. Jetzt war's auch schon egal.

»Im Hintergrund siehst du unsere alte Dorfdisco, davor den großen Nick Brandt mit seiner Höllenmaschine.«

Lara konnte sich kaum mehr auf dem Stuhl halten, und ich musste mitlachen.

»Die Karre machte locker dreißig Sachen, nachdem sie mir ein Klassenkamerad aufgemotzt hatte, und einen Seitenscheitel wie auf diesem Foto werde ich mir nie wieder ziehen, das versprech ich dir!«

Die nächste Überblende. Der Schreck fuhr mir in die Glieder, noch bevor das Bild ganz deutlich zu sehen war. Ich sprang auf und schnappte mir den Bilderrahmen und versperrte ihr die Sicht auf das Foto. Warum, zum Teufel, hatten meine Eltern ausgerechnet dieses Bild in die Diashow mit aufgenommen?

»Jetzt lass mich das doch sehen!«, beschwerte sich Lara und streckte die Hand nach dem Gerät aus.

Ich zögerte einen Moment, dann gab ich ihr das Gerät. Sie konnte nur noch einen letzten Blick auf das Foto von mir und meiner Schulfreundin Carmen werfen, dann wurden Humphrey Bogart und Ingrid Bergman angezeigt, wie sie sich in Schwarzweiß anschmachteten. Lara beachtete die

Filmszene aus »Casablanca« nicht weiter, sondern sah mich amüsiert an.

»Wer war das denn mit dir auf dem Foto?«, fragte sie.

»Carmen hieß sie, war meine Freundin damals.«

»Ja, das konnte man erkennen.«

Eigentlich sah das ganz hübsch aus, wie wir da gemeinsam aus einem Schlafsack herauslugten, die Haare verwuschelt und tiefe Augenringe von der kurzen Nacht am französischen Atlantikstrand. Neben dem Schlafsack waren von der Jeans bis zum Slip zwei Kleidergarnituren zu sehen, wild verstreut, als habe es am Abend ein wenig pressiert, aber doch klar erkennbar vollständig. Was natürlich Rückschlüsse darauf zuließ, was die beiden jungen Leute im Schlafsack noch am Leib trugen.

Der Urlaub damals mit Carmen und den anderen aus meiner Clique hatte mir super gefallen, und ich würde mich sehr gerne an diese Zeit zurückerinnern, wenn ich mich nur einige Tage nach unserer Rückkehr nicht als Arschloch aufgeführt hätte. Carmen war damals ziemlich pummelig gewesen, und inzwischen war sie verheiratet, zweifache Mutter und hatte sich über die Jahre noch ordentlich ausgewachsen. Aber damals war sie vor allem eins: eine gute Seele, ein kluger Kopf und ein ziemlich heißer Feger.

Irgendwann hatte mich einer meiner Studienkollegen während eines Zugs durch die Stuttgarter Innenstadt damit aufgezogen, dass ich wohl froh war, wenigstens dieses Dickerchen abbekommen zu haben. Er hatte seine Modelfreundin dabei, eine dieser 90-60-90-Zicken, die ihren hohlen Kopf mit hochgeschnürten Brüsten kompensieren mussten. Und dann war er mit ihr im Schlepptau im Gewühl dieser Szenekneipe verschwunden. Ich wusste lange nicht, ob Carmen den blöden Spruch dieses Deppen überhaupt mitbekommen hatte – aber ich hatte mich nicht dagegen gewehrt und hatte Carmen nicht gegen diesen Idioten verteidigt.

Danach fand ich immer wieder einen Grund, warum mich Carmen zu diesem oder jenem Treffen mit den anderen Studenten nicht begleiten konnte. Anfangs dachte ich, dass ich mich für meine füllige Freundin schämte, was mich ärgerte, aber erst viel später begriff ich, dass ich mich für mich selbst schämte – weil ich nicht zu Carmen stand, weil ich sie zwar für mich selbst akzeptieren konnte, wie sie war, aber sie niemandem als meine Freundin zeigen mochte, der sie vielleicht nicht so gut fand wie ich.

Nach einer Weile machte Carmen das einzig Richtige und warf mich mit einem kräftigen Tritt aus ihrem Leben, und es hatte Jahre gedauert, bis wir mal wieder unbefangen miteinander reden konnten. Inzwischen waren wir lose befreundet, und auch über das elende Ende unserer Beziehung hatten wir uns irgendwann ausgesprochen.

Es dauerte eine Weile, bis ich mir von Lara nicht mehr jeden Satz aus der Nase ziehen ließ. Als ein Foto den Polizeichef von Casablanca zeigte, der auf dem Flughafen seine Flics in die Stadt schickt, um dort die üblichen Verdächtigen zu verhaften, begann ich endlich, meine Geschichte halbwegs flüssig zu erzählen. Und als ich damit fertig war und auch mein wenig schmeichelhaftes Urteil über mich selbst gefällt hatte, standen Audrey Hepburn und George Peppard für das rührende Happy End von »Frühstück bei Tiffany« im strömenden Regen und küssten sich.

Ich war die ganze Zeit über so mit mir selbst und meiner Erzählung beschäftigt, dass ich gar nicht darauf geachtet hatte, wie Lara die Geschichte aufnahm. Nun sah ich sie an und bemerkte überrascht, wie sie sich eine Träne aus dem Augenwinkel tupfte. Dann stand sie auf und sah eine Weile auf mich herunter, bevor sie sich herabbeugte, mich in den Arm nahm und küsste.

»Du bist ein Guter, Nick, und das weiß deine Carmen heute auch, glaub mir.«

»Na ja, ganz so euphorisch hat sie es nicht ausgedrückt, als wir später mal darüber gesprochen haben, aber sie hat wohl ihren Frieden damit gemacht.«

Sie küsste mich noch einmal, und als sie sich von mir löste, schaute ich auf die Teller und Schüsseln auf dem Tisch. Lara folgte meinem Blick, nickte und setzte sich wieder auf ihren Platz.

»Was gibt's denn Feines?«

Ich deutete auf die beiden abgedeckten Schüsseln vor ihr. »Handgemacht«, sagte ich stolz, aber sie hob den falschen Deckel.

»Handgemacht … die Kutteln?«

»Die auch, sozusagen. Nein, ich meine die Spätzle.«

Ihre weit aufgerissenen Augen weckten erste Zweifel, ob ich für unser romantisches Dinner wirklich die passende Wahl getroffen hatte.

»Es gibt … Spätzle und Kutteln?«

»Ja, klar. Mein Lieblingsessen, und dazu einen trockenen Trollinger. Tolle Kombination, glaub mir.«

Sie saß einen Moment lang da wie versteinert. Dann fiel ihr Blick auf Miss Moneypenny, die neben dem Tellerrand stand, als wolle sie sich gewissenhaft notieren, was Lara gleich sagen würde.

Es gab nicht viel mitzuschreiben.

Lara sagte nur: »Wir müssen reden.«

Kapitel 004

Alles ändert sich

Unser romantisches Dinner hatten wir schließlich in ein gemütliches kleines Ristorante zwei Straßen weiter verlegt, und über den weiteren Verlauf des Abends und der Nacht konnte ich mich nicht beschweren. Zum Frühstücken gingen wir in ein Café – das war eine gute Idee schon wegen der Handwerker, die pünktlich um sieben Uhr erst einmal ordentlich im Treppenhaus lärmten, bevor sie zu aufgedrehtem Schlagergedudel eine erste Vesperpause einlegten. Es konnte aber auch sein, dass Lara befürchtete, ich könnte auch von einem romantischen Frühstück eigenwillige kulinarische Vorstellungen haben. Jedenfalls verabschiedeten wir uns mit Umarmung und Kuss, und im Weggehen schlug Lara vor, dass wir uns doch in den nächsten Wochen einige Wohnungen in der Stuttgarter City ansehen könnten.

Für mich klang das so, als habe Lara mir vorgeschlagen, dass wir zusammenziehen würden. Und als ich sie bei unserem nächsten Treffen darauf ansprach, tippte sie mir versonnen lächelnd mit dem Zeigefinger auf die Nasenspitze und fragte nur: »Und? Wär das okay für dich?«

Es war natürlich mehr als okay, auch wenn ich ein wenig um meine James-Bond-Utensilien und um liebgewonnene Essgewohnheiten fürchtete. Die Kutteln und Spätzle hatte ich in den Tagen nach Laras vorigem Besuch nach und nach allein verputzt, aber die James-Bond-Knetfiguren waren im Karton verpackt im Keller geblieben.

»Obwohl mir das jetzt eigentlich fast zu schnell geht«, fügte Lara nach einer Pause hinzu, und meine Mundwinkel gingen nach unten.

»Schade«, sagte ich. »Und auch wenn wir uns noch nicht soo lange kennen: Ich könnte mir das gut vorstellen.«

Dazu legte ich einen Dackelblick auf, der hoffentlich an eine romantische Rolle von Hugh Grant erinnerte. Er war wohl nicht ganz gelungen, denn Lara lachte schallend, gab mir aber danach immerhin noch einen Kuss und sah mich nachdenklich an.

»Sieht ganz so aus«, raunte sie, »als wärt ihr Schwaben doch nicht alle behäbig und verhockt.«

Ich zuckte mit den Schultern, und sie musterte mich noch eine Weile, während ihr Lächeln immer breiter wurde.

»Ich überleg's mir«, meinte sie schließlich. »Eine Wohnung brauchst du auf jeden Fall, und vielleicht ist es ja sogar günstiger, eine etwas größere zu nehmen anstatt einer kleinen hier in Stuttgart und einer in Karlsruhe.«

»Und dein Job?«

»Die Kunden sind ohnehin auf den halben Südwesten verstreut, nicht wenige haben ihren Firmensitz hier in Stuttgart – *das* wäre also kein Problem.«

»Und was wäre dann noch ein Problem?«

»Schaun wir mal«, versetzte sie lächelnd und stupste mir noch einmal auf die Nase.

Ihr Zwinkern machte mir weitere Hoffnung, und in diesem Moment hatten James Bond, Miss Moneypenny und all die anderen 007-Figuren einen wirklich schlechten Stand.

Dass ich eine Schwäche für James-Bond-Filme habe, in denen Sean Connery den britischen Superagenten spielt, habe ich ja schon erwähnt. Doch mit den Knetfiguren hatte es noch eine weitere Bewandtnis. Ich hatte mir vor einigen Jahren eine kleine, aber recht gute Videoausrüstung zugelegt, und nach einigen Fehlversuchen mit Lego- und Playmobil-Figuren hatte ich damit begonnen, Bond-Filme mit Knetmännchen nachzuspielen. Ich arbeitete im Wesentlichen mit derselben Technik wie die Special-Effects-Veteranen im alten Hollywood: Jede Szene baute ich mit den Knetfiguren auf, fotografierte Bild für Bild und erzielte Bewegungen dadurch, dass ich die Arme oder Beine der Knetdarsteller jeweils um eine Winzigkeit verbog. Inzwischen war ich recht geübt in dieser Fitzelarbeit, und die Szenen, die ich in den vergangenen Jahren aufgenommen hatte, konnten sich meiner Meinung nach durchaus sehen lassen.

Erst versah ich meine Trickszenen mit dem Originalton der Kinofilme, dann sah ich eines Tages ein Video auf YouTube, in dem Darth Vader auf dem Todesstern schwäbisch schwätzte – und damit stand fest, dass meine James-Bond-Darsteller ebenfalls in meinem Dialekt reden würden. Natürlich war ich nicht annähernd so gut wie Dodokay, der Schöpfer des schwäbelnden Darth Vader, der selbst Barack Obama auf Schwäbisch wettern lassen konnte, aber für meine Zwecke reichte es.

Die übliche Vorstellungsfloskel »Bond, James Bond« klang ja auch in hochdeutscher Synchronisation schon beinahe schwäbisch – vor allem das breite »Dscheims« – und weil ich meinem gekneteten Sean Connery nicht beibringen konnte, ein Cocktailglas zu halten, hängte ich ihm ein winziges Henkelglas an die Knetfinger und ließ ihn an der Bar »Drollinger, em Henkel, net em Kelch« bestellen. Ich ersteigerte für solche Szenen auf Ebay ständig Barbie-Accessoires, Kleinteile aus den unterschiedlichsten Spielzeugserien und – daher hatte ich das Henkelglas – manchmal auch Fanartikel, die größenmäßig zu meinen Knetfiguren passten. Im Paket mit dem winzigen Viertelesglas hatte ich noch eine Spätzlespresse aus silbern eingefärbtem Kunststoff, zwei Mostfässer in Holzoptik und ein original schwäbisches Kehrwochenset erstanden, bestehend aus Besen, Kutterschaufel, Handfeger, Eimer und einem »Kehrwoche«-Schild, alles im Maßstab 1 : 18.

Als ich Lara kennenlernte, war mit »James Bond jagt Dr. Ha No!« – ja, ich gebe zu, ich konnte dem Kalauer nicht widerstehen – gerade mein erstes Werk fertig geworden. Es hatte fast Spielfilmlänge, und ich organisierte für den ersten Mittwoch im Dezember eine James-Bond-Party in einem ausgedienten

Programmkino, wo »Dr. Ha No!« seine öffentliche Premiere feiern sollte. Die Plakate waren ziemlich marktschreierisch aufgemacht: »James Bond meets Schwobaländle« stand ganz oben, darunter sah man im Vordergrund den gekneteten Sean Connery mit einer Pistole vor der Brust, hinter ihm hatte ich eine kleine Plastikpalme in eine große, mit Sand gefüllte Schublade gesteckt. Daneben stand ein Knetmodell von Ursula Andress im berühmten weißen »Dr. No«-Bikini. Allein die Arbeit an ihrem Oberkörper hatte mich zwei Wochen gekostet – wobei ich gerne zugebe, dass mir das als Single eine Menge Spaß gemacht hat.

Die Schrift hatte ich den Originalfilmplakaten nachempfunden, auch das markante »007« mit der »7« in Pistolenform hatte ich eingebaut, und auch das Motiv des Pistolenlaufs, durch den James Bond auf den Betrachter zielt, durfte nicht fehlen. Die Plakate hingen in der ganzen Stadt, auf jedem prangte recht groß das Logo meines Stadtmagazins, in dessen Dezember-Ausgabe ich auch Werbung für die Party untergebracht hatte, und die Tickets wurden vermutlich auch deshalb recht gut nachgefragt. Nur Lara traute ich mich nicht davon zu erzählen. Ich hatte Angst, sie würde mein Hobby zu schrullig finden – und insgeheim plante ich, dass ich sie einfach zu meiner Bond-Party mitnahm, ohne ihr vorher zu erzählen, wer hinter der ganzen Sache steckte. Dann könnte ich abwarten, wie sie die Party aufnahm – und wenn sie es so lustig fand wie ich, konnte ich ihr auch hinterher noch alles verraten.

Doch das klappte nicht. Als ich Lara auf der Rückfahrt vom ersten Besuch bei meinen Eltern fragte, ob sie Anfang Dezember Zeit hätte, mit mir eine etwas spezielle Veranstaltung zu besuchen, druckste sie erst etwas herum, bevor sie mir endlich gestand, dass sie in der ersten Dezemberwoche nicht da sein werde. Sie hatte vor einem halben Jahr einen Kurztrip nach Amsterdam gebucht, fünf Tage Ausspannen mit den drei besten Freundinnen – und nun hatte sie ein schlechtes Gewissen, weil sie in dem ganzen Trubel mit unserem Kennenlernen und unseren Dates schlicht vergessen hatte, mir davon zu erzählen.

Am Film hatte ich ohnehin nichts mehr zu arbeiten. Ich stellte, wenn Lara in Karlsruhe war, noch ein paar Postings online, um noch etwas für die Party zu werben, und dann kam die Info: Alle Tickets für den James-Bond-Abend waren weg. Nur zu gerne fuhr ich in der Stadt umher und überklebte alle meine Plakate mit einem kleinen Streifen »ausverkauft«, aber wenn ich mit Lara zusammen war, platzte ich schier, weil ich die gute Neuigkeit so gerne mit ihr geteilt hätte.

Und dann war sie auch schon auf dem Weg nach Amsterdam.

Wie lange fünf Tage ohne Lara werden konnten, wo ich doch vor unserem ersten Zusammentreffen schon fast zweiunddreißig Jahre ohne sie recht flott überstanden hatte, wurde mir schon auf der Heimfahrt vom Flughafen schmerzhaft bewusst. Sie hatte mir einen letzten Kuss gegeben, als ich sie die Treppe hinauf in den Terminal begleitet hatte – aber dann waren ihre drei Mädels förmlich über sie hergefallen, sie hatten mir noch kurze Blicke zugeworfen, Lara aber gleich danach auf einen Begrüßungssekt zum nächsten Tresen geschleppt.

Diesen Abend verbrachte ich wieder mit Jobst. Ich hörte mir geduldig seine Sorgen an, ob sich Carina wohl noch einmal mit ihm treffen wolle oder nicht. Unsere Gespräche kreisten zuletzt immer nur um die eine Frage, und ich riet ihm ein ums andere Mal, doch einfach mal zu ihr zu gehen oder sie anzurufen.

»Vielleicht hast nur du euren gemeinsamen Abend so schlecht in Erinnerung. Vielleicht fragt sie sich, warum der nette Jobst nicht wieder anruft, mit dem sie vor gut drei Wochen so viel Spaß hatte.«

Er lächelte dankbar, wirkte aber noch nicht ganz überzeugt. Dann fiel ihm etwas ein und er kramte einen Zettel aus der Tasche.

»Hier, fahr da mal hin«, sagte er. »Das ist eine Adresse am Eugensplatz, zentral gelegen, da ist vor kurzem eine Wohnung frei geworden. Altbau, aber recht gut in Schuss. Ein paar Freunde von mir wohnen in der Gegend, und ich kenn den Vermieter. Hier steht seine Telefonnummer – der hat so viel Kohle, dass er auf die Mieteinnahmen eigentlich gar nicht angewiesen ist. Soweit ich gehört habe, bieten er und seine Frau die Wohnung zu einem fairen Preis an. Aber du musst dich natürlich beeilen.«

Das tat ich, und weil ich auf meine SMS an Lara keine Antwort bekam, ging ich am nächsten Vormittag zum Eugensplatz, ohne zu wissen, ob sie mit der Wohnung und ihrer Lage einverstanden wäre. Der Vermieter, ein Herr Bertholdt, hörte sich unkompliziert an, auch den Mietpreis, den er nannte, fand ich mehr als in Ordnung, und wir einigten uns auf ein Treffen um elf.

»In der Wohnung hat unsere Tochter gewohnt«, plauderte Bertholdt, als wir die Treppe hinaufgingen, »vor ein paar Wochen ist sie ausgezogen. Wir haben sie bisher noch nicht inseriert, sondern zunächst nur mal unter unseren Bekannten und den Freunden unserer Tochter herumgefragt. Sie haben die Adresse von Herrn Seiler bekommen?«

»Ja, Jobst ist ein Freund von mir.«

Bertholdt grinste. »Passen Sie gut auf ihn auf, Herr Brandt. Jobst Seiler ist ein netter Kerl, aber für meinen Geschmack ein bisschen zu …« Er beschrieb mit seinem rechten Zeigefinger eine kreisende Bewegung neben der Schläfe und lachte.

Ich konnte ihm nur zustimmen.

Bertholdt schloss die Wohnungstür auf und ließ mich vorangehen. Es roch kein bisschen muffig, obwohl die Wohnung seit Wochen nicht mehr bewohnt war. Offenbar wurde hier regelmäßig gelüftet, von wem auch immer. Die Tapeten sahen noch ganz gut aus, und wenn Lara nicht grundlegend andere Vorstellungen hatte, konnte ich mir Malerarbeiten zum Einzug sparen.

Es waren schön geschnittene Zimmer, helle Räume mit hohen Decken, und der Clou war eine Art Turmzimmer. Das Gebäude lief zwischen Haußmann- und Kernerstraße spitz auf den Eugensplatz hin zu, offenbar hatte der Bauherr darauf geachtet, dass auch der letzte Winkel des Grundstücks ausgenutzt wurde. Und zum Eugensplatz hin endete das Haus nun in einem turmartigen Erker, der allen Wohnungen auf dieser Gebäudeseite ein Turmzimmer bescherte und oberhalb des dritten Stocks auch mit einem spitzen Türmchendach versehen war. Direkt vor dem schmalen Ende des Hauses führte ein Zebrastreifen hinüber zur Stadtbahnhaltestelle und zu einer steinernen Säule, auf der ein kleiner Mops thronte.

Auf all das hatte man von hier oben einen prächtigen Blick, und ich ertappte mich dabei, wie ich die Wohnung in Gedanken schon mit meinen Möbeln vollstellte.

»Darf ich ein paar Fotos für meine Freundin machen? Sie ist diese Woche nicht in der Stadt, und ich würde ihr die Wohnung gerne zeigen.«

»Klar, machen Sie nur. Aber Sie müssen sich auch nicht beeilen – ich habe das Gefühl, dass Sie ganz gut in diese Wohnung passen könnten, und die Räume stehen jetzt eh schon eine Weile leer, da kommt es auf ein, zwei Wochen nicht an. Wir haben keine Not, die Wohnung schnell zu vermieten.«

Ich knipste ein paar Bilder der Zimmer und auch welche vom Blick auf den Eugensplatz und schickte sie auch gleich an Lara raus. Dazu nannte ich ihr in einer kleinen Textnachricht auch noch die Miete, die zu zahlen wäre.

»Zur Wohnung«, fuhr Bertholdt fort, »gehören noch zwei Räume im Keller: ein kleinerer und dann noch ein großer direkt neben dem Heizraum. Sie werden vielleicht nicht viel damit anfangen können, aber den größeren Kellerraum kann man beheizen. Ich weiß gar nicht mehr, warum das damals so gemacht wurde, aber … na ja …« Er zuckte mit den Schultern und lachte. Dann zog er eine Visitenkarte aus der Tasche und gab sie mir. »Das ist Herr Florento, Giuseppe Florento. Ihm haben wir es zu verdanken, dass es in der Wohnung so frisch riecht – ich glaube, er lüftet jeden Morgen und jeden Abend. Er macht uns hier den Hausmeister, aber eigentlich müsste er schon längst nicht mehr arbeiten. Ihm gehören allein um den

Eugensplatz herum zwei, drei Häuser, und über die Stadt verteilt hat er noch ein paar weitere. Aber er ist das Schaffen halt seit jeher gewöhnt, da wollte er wohl nicht damit aufhören, solange er noch zwei gesunde Hände hat.«

Ich schaute auf die Karte: Herr Florento schien im Nebenhaus zu wohnen. Und als ich die Adresse las, fiel mir die Visitenkarte ein, die mir Sabine alias Zsara auf dem Sommerberg zugesteckt hatte – auch dort war die Haußmannstraße als Anschrift genannt. Falls es klappte mit der Wohnung, konnten Lara und ich uns offenbar auf eine recht bunt gemischte Nachbarschaft einstellen.

Und den größeren, beheizbaren Kellerraum requirierte ich insgeheim schon als mein neues Videostudio. Ich ließ mir den Raum zeigen und war begeistert: Alles war trocken, es war sogar jetzt nicht allzu kalt, obwohl der Heizkörper abgedreht war – vermutlich strahlte die Wärme des daneben liegenden Heizkellers ab.

Ich verabschiedete mich von unserem – hoffentlich! – neuen Vermieter, und tatsächlich landete schon einige Stunden später Laras Antwort auf meinem Handy: Sie klang ebenso begeistert wie ich, und tags darauf sagte ich Herrn Bertholdt zu. Das tat ich umso lieber, als Lara in ihrer Nachricht schrieb, dass die Wohnung sicher gut »zu uns« passen werde.

Entsprechend beschwingt machte ich mich an diesem Abend zu meiner James-Bond-Party auf. Ich stellte mich zu einer kurzen Ansprache vor die Leinwand, und als ich Jobst mit Carina in der zweiten Reihe sitzen sah, nickte ich ihm kurz zu, ballte für einen Moment die rechte Hand und hob den Daumen. Carina schmiegte sich daraufhin etwas enger an Jobst, und der wusste gar nicht, wohin mit seinem Glück. Die anderen im Publikum verstanden meine Geste falsch, und so sah ich mich im nächsten Augenblick etwa zweihundert erhobenen rechten Händen und hochgereckten Daumen gegenüber.

Zu diesem Zeitpunkt wollte ich eigentlich noch ein wenig auf Sean Connery eingehen und die Facetten, die er James

Bond abgewonnen hatte – aber selbst ein Bond-Freak wie ich musste in einem solchen Moment einsehen, dass das jetzt niemand mehr hören wollte. Also gab ich die Leinwand frei und verbrachte einen herrlichen Abend mit meinen Knetfiguren vor mir auf der Leinwand, mit einem kleinen, aber proppenvollen Kinosaal und immer wieder begeistert Szenenapplaus klatschenden Zuschauern.

Es wurde spät in dieser Nacht, und als sich Carina und Jobst verabschiedeten, hockte ich noch mit einigen Mitarbeitern meines Stadtmagazins zusammen, darunter auch zwei hübsche Praktikantinnen, die ich noch nicht näher kennengelernt hatte. Ich saß neben einer der beiden jungen Schönheiten, die andere saß mir gegenüber, und mir fiel auf, dass Jojo und Kralle mich eine Weile beobachteten. Diese beiden Jungs waren unzertrennlich: Sie schrieben gemeinsam für mein Stadtmagazin, sie wohnten in einer WG, die aus ihnen beiden und wechselnden Mitbewohnern bestand, und ich konnte mich kaum erinnern, dass ich den einen mal ohne den anderen gesehen hätte. Auch Mädels lachten sie sich gerne im Team an, und nun versuchten sie wohl einzuschätzen, ob ich Interesse an den beiden Praktikantinnen hatte – oder ob sie die jungen Frauen zutexten durften.

Ich stand auf, grüßte in die Runde und nickte Jojo und Kralle mit einem aufmunternden Grinsen zu. Dann ging ich nach Hause, kletterte das staubige und mit Folie verklebte Treppenhaus hinauf und schlief wenig später ein, mit schönen Gedanken an Lara und die neue Wohnung, die am Eugensplatz wartete. Auf uns.

— o —

Die restlichen beiden Tage bis zu Laras Rückkehr vergingen zäh. Immerhin hatte ich zwischendurch noch einmal Grund zur Freude: Die beiden großen Tageszeitungen der Stadt berichteten am Freitag ausführlich und sehr wohlwollend über meine James-Bond-Vorführung, und einer der Journalisten drückte seine Hoffnung aus, dass das nur der Auftakt zu einer Serie von ähnlichen Knet-Bond-Filmen mit schwäbischen Dialogen gewesen sei.

An mir sollte das nicht scheitern. Ich war schon die ganze Woche über fleißig gewesen: Connerys zweiter 007-Auftritt »Liebesgrüße aus Moskau« sollte die nächste Bond-Adaption werden, und ich suchte bis spät in die Nacht im Internet nach Fototapeten oder Posteransichten zum Beispiel von Istanbul und Venedig, die ich als Kulissen für die Schauplätze der Geschichte verwenden konnte.

Bevor ich Lara am Freitagnachmittag vom Flughafen abholte, räumte ich alle Utensilien und Knetfiguren, die ich bis dahin für mein Filmprojekt gefunden oder angefertigt hatte, in den Keller und füllte einen weiteren großen Karton damit.

Noch während des Wartens auf Lara im Flughafen-Terminal gingen mir mögliche Gags für die schwäbische Synchronisation durch den Kopf, und als ich mich gerade für den Titel »Liebesgrüßle aus Moskau« entschieden hatte, kamen die vier Frauen aus dem Ankunftsbereich geschlendert, alle untergehakt und bester Stimmung. Lara stellte mich ihren Freundinnen vor, die mich kurz interessiert musterten, bevor sie Lara ansahen und ihr grinsend zunickten. Dann verabschiedeten sie sich mit Bussi links und Bussi rechts von ihr und mit einem kurzen Händedruck von mir, und wenig später saß ich neben Lara in der S-Bahn. Die Fahrt im schaukelnden Waggon ließ Lara schon nach ein paar Minuten wegdösen. Später schaffte sie es zwar noch von der S- in die U-Bahn und schließlich auch noch die Stufen zu meiner Wohnung hoch, aber oben machte sie sich sofort wieder daran, den in Amsterdam verpassten Schlaf nachzuholen.

Zum Glück hatten die Handwerker an diesem Tag pünktlich Feierabend gemacht, aber das unangenehme allmorgendliche Erwachen zu Presslufthammer, Bohrmaschine und Trennschleifer hatte mir in letzter Zeit so zugesetzt, dass ich auch am Samstag hochschreckte, weil ich mir den Baustellenlärm nun schon einbildete, ohne dass im Haus gearbeitet wurde. Lara wurde durch meine schnelle Bewegung ebenfalls aufgeweckt, aber sie schlief gleich wieder ein. Und als sie die Augen das nächste Mal öffnete, hatte ich vom Bäcker leckere Brezeln geholt, und der Duft nach frischem Kaffee zog ins Schlafzimmer.

Lara tappte schlaftrunken zum Esstisch, schnupperte müde lächelnd an den Blumen, die ich vor uns aufgestellt hatte, und ließ sich von mir Kaffee und Orangensaft einschenken. Es wurde ein schöner, gemütlicher Vormittag, und als ich ganz beiläufig herauszufinden versuchte, ob sie sich womöglich nur vertippt hatte, als sie die Wohnung als gut »für uns« befunden hatte, stand sie auf, kam zu mir herüber und gab mir einen langen Kuss.

»Dir geht's jetzt also doch nicht zu schnell?«

Sie schüttelte lächelnd den Kopf. »Das passt schon«, sagte sie, setzte sich auf meinen Schoß und griff über den Tisch nach ihrer Tasse. »Ich hab mit meinen Mädels in Amsterdam ausführlich über alles gesprochen, was wir bisher miteinander erlebt haben – und sie haben mir geraten, am besten gleich zuzugreifen.«

»Äh …«, machte ich, »ihr habt über *alles* gesprochen?«

Mir wurde etwas flau, aber Lara lachte meine Bedenken weg und gab mir noch einen Kuss. »Sag mal: Machst du grad einen Rückzieher?«

»Nein, nein, aber dass du mit deinen Freundinnen … über *alles* …«

»Ach«, wiegelte sie ab, »das hab ich doch nicht wörtlich gemeint.«

Sie grinste spitzbübisch, und ich war mir nicht sicher, was ich glauben sollte. Aber egal: Den Mietvertrag für die neue Wohnung am Eugensplatz unterschrieben wir am nächsten Morgen jedenfalls gemeinsam.

Es war Nikolaustag, und wir feierten das Ereignis am Abend zusammen mit Jobst, Carina, Molly und Frankie. Lara und ich waren die Letzten, die sich auf die Rückbank von Frankies Taxi quetschen sollten. Platz genug war im Wagen, zumal Jobst und Carina ohnehin so eng ineinander verschlungen waren, dass sie fast nur einen Sitzplatz in Anspruch nahmen.

»Sind sechs Personen in deinem Taxi eigentlich erlaubt?«, fragte ich trotzdem, bevor ich einstieg.

Frankie drehte sich um, grinste mich breit an und hob seine rechte Hand. Zwischen Zeige- und Mittelfinger steckte ein imposanter Joint, und ich schlüpfte neben Lara und zog die Tür hinter mir zu. Ein Fahrgast zu viel – das wäre im Moment vermutlich Frankies kleinstes Problem.

Und schon ging es los. Wir hatten viel Spaß, klapperten einige gängige Szene-Locations in der City und in den Stuttgarter Außenbezirken ab, und schließlich legten wir einen Zwischenstopp vor einer Frittenbude ein. Danach tat Jobst sehr geheimnisvoll, faselte mit schwerer Zunge von einem Treffen, von dem er kürzlich erfahren habe und das so nur einmal im Jahr stattfinde und das wir unbedingt miterleben sollten, und er lotste Frankie aus der Stadt hinauf zum Bopser, dem Hügel, auf dem der Fernsehturm steht.

Tatsächlich sollte Frankie sein Taxi in der Nähe der Stadtbahnhaltestelle Ruhbank abstellen, und dann marschierten wir durch den nächtlichen Wald auf den Fernsehturm zu. Jobst prahlte damit, dass er inzwischen zu einem festen Bestandteil des dort stattfindenden Schorle-Treffs geworden sei, wozu sicher auch seine Krimifigur Ronnie Rupff beigetragen habe. Ich hatte da so meine Zweifel, sah aber keinen Grund, Jobst den Spaß zu verderben. Zudem wusste ich, dass zum Schorle-Treff jeder kommen durfte, der von diesem kleinen Ritual erfuhr: Jeden Freitag versammelten sich am Fuß des Fernsehturms die unterschiedlichsten Menschen, die ein Faible fürs Schwäbische hatten – und jeder brachte eine Flasche mit selbstgemischtem Weinschorle mit. Auch ich hatte mich dort schon eingefunden, hatte dort Schwaben-Promis wie Christoph Sonntag oder Dodokay gesehen. Es war meistens eine gesellige, fröhliche

Runde, die sich bei trockenem Wetter erst nach zwei, drei Stunden wieder auflöste. Ein recht erfolgreicher Buchautor, über den ich mal ein sehr lobendes Porträt im Stadtmagazin geschrieben hatte, nahm mir bei einem meiner ersten Besuche das Versprechen ab, nicht über den Schorle-Treff zu schreiben, weil die bloße Mund-zu-Mund-Propaganda schon für ausreichend Zulauf sorgte. Ich hielt mich gerne daran, weil es durchaus etwas Besonderes hatte, zu den Eingeweihten einer … nun ja … heimlichen Veranstaltung zu gehören.

Doch der Schorle-Treff fand, wie gesagt, immer freitags statt, und heute war *Samstag*, der sechste Dezember. Ich wies Jobst auf diesen Widerspruch hin, aber er winkte nur ab.

»Das wurde in dieser Woche auf heute verlegt«, sagte er nur, lachte und blieb stehen. Er nahm den Rucksack ab und zog daraus sechs kleine Flaschen Wein, eine noch kleinere Flasche Wasser und sechs Nikolausmützen hervor. »Wenn ihr wollt, könnt ihr euch ein Schorle mischen, aber heute geht auch Wein pur, wurde mir gesagt. Nur die Mütze ist Pflicht. Es ist schließlich Nikolaus.«

Als wir zwischen den letzten Bäumen auf den freien Platz vor dem Turm traten, trug jeder von uns Mütze und Flasche – und auch alle anderen Anwesenden hatten Nikolausmützen übergezogen. Einige trugen sogar Bart, Kutte und rote Nasen. Schallendes Gelächter dagegen war fast allen Gästen gemeinsam. Ein paar der Leute erkannte ich, auch wenn ich vor allem bei den Bartträgern manchmal sehr genau hinsehen musste. Den Verleger meines Stadtmagazins zum Beispiel entdeckte ich erst auf den dritten Blick, so gut war er verkleidet: Zusätzlich zu Bart und Mütze hatte er sich noch eine schwarze Sonnenbrille aufgesetzt, hatte sich eine Gitarre umgehängt und nölte nun als schlechtes Heino-Imitat mit tiefer Stimme und rollendem R völlig befreit von jedem harmonischen Zwang Weihnachtslieder, die man kaum noch heraushören konnte. Er jedenfalls bemerkte mich nicht: Der Verleger hatte alle Mühe, wenigstens ab und zu die Saiten zu treffen, und dazu schwankte er vor und zurück – deshalb nahm ich an, die leere Flasche zu seinen Füßen war seine. Aber all das störte niemanden wirklich, und wie für den Schorle-Treff üblich, unterhielt sich jeder mit jedem, es herrschte eine angenehme, fröhliche Stimmung, und die wurde mit jedem Schluck noch besser. Irgendwann brach auch der Gesang des Verlegers ab: Mitten im Refrain war er nach hinten gekippt und lag nun samt Gitarre zwischen zwei Büschen, und dazwischen ragten seine schwarzen Nikolausstiefel auf die freie Fläche heraus. Jemand sah nach ihm, aber es schien ihm gutzugehen und er schnarchte laut und regelmäßig – also ließ man ihn fürs Erste liegen und nahm ihm nur die Gitarre ab, damit er es etwas gemütlicher hatte.

Als wir uns schließlich wieder auf den Weg machten, hakte sich Frankie so fest bei Molly unter, dass es mich nicht überraschte, als er sein Taxi nun lieber stehen ließ und wir für die Rückfahrt in die Innenstadt gemeinsam in die U 15 kletterten.

Frankie wollte uns unbedingt noch für einen Absacker ins Stuttgarter Rotlichtviertel locken, aber Jobst und Carina, die sich schon den ganzen Abend über kaum an unseren Gesprächen beteiligt hatten, wollten offensichtlich so schnell wie möglich nach Hause. Also trafen wir nur noch zu viert in der Leonhardstraße ein, und Frankie steuerte mit uns im Schlepptau direkt auf ein Etablissement zu, über dessen Eingang in protzigen Buchstaben der Name »Heiße Katze« stand. Die Tür schien aus Kunststoff zu sein, ahmte aber ein Bronzerelief nach, auf dem sich eine stilisiert dargestellte nackte Frau auf dem Fell eines Löwen räkelte und den Kopf des Tieres liebkoste.

Lara musterte kurz die Fotos mit spärlich bekleideten Frauen, die in einem Schaukasten neben der Tür zu sehen waren. Eine trug eine Pandamaske, und lachend machte mich Lara darauf aufmerksam.

»Die Maske isch neu«, erklärte Frankie. »Billy hot früher emmer als Haremsdame agschafft, aber jetzat isch se wohl Fan von dem jonga Rapper, der au emmer maskiert uff dr Bühne schtoht.«

Er zog die Tür auf und wollte gerade in das rötlich eingefärbte Halbdunkel dahinter treten, als sich ihm ein Schrank von einem Mann in den Weg stellte, breitbeinig aufgestellt und die massigen Fäuste in die Hüften gestemmt.

»Sorry, Kleiner«, knurrte der Schrank und spannte direkt vor Frankies Kinn seine imposanten Brustmuskeln an, die sich deutlich unter dem zu engen Shirt abzeichneten. »Geschlossene Gesellschaft!«

Frankie machte keine Anstalten zurückzuweichen, und weil der Türsteher vor ihm zu groß dafür war, lugte er ihm nicht über die Schultern, sondern unter den Achseln hindurch.

»Komm, Kleiner, trag deinen Hunni zu den Mädels nebenan. Und jetzt raus hier!«

Der Schrank schob Frankie mit den Brustmuskeln ein Stück aus der Tür, aber der hatte inzwischen offenbar entdeckt, was er suchte, und winkte mit einer Hand irgendjemandem zu, der sich im Club befand.

»Lass den rein, Horst!«, dröhnte aus dem Inneren eine Männerstimme, und schon im nächsten Moment trat der Muskelprotz zur Seite, ließ uns passieren und drückte hinter uns die Tür zu.

Ein Glatzkopf, nicht weniger muskulös als der Türsteher, kam aus dem schummrig beleuchteten Raum auf Frankie zu, tätschelte ihm die Schulter und schüttelte ihm die Hand.

»Willkommen, Mann«, sagte der Glatzkopf. »Hallo, Molly.« Dann sah er uns interessiert an. »Und wer sind deine Freunde?«

Frankie stellte mich als den Fahrgast vor, der Molly auf der Rückbank vergessen hatte.

»Ach, *der* bist du«, brachte die Glatze nach einem kurzen Lachanfall hervor.

Krachend landete seine Pratze auf meiner Schulter, aber noch seltsamer fühlte sich die Tatsache an, dass ich hier offenbar schon Thema von Unterhaltungen gewesen war. Doch da hatte der Clubchef schon keine Augen mehr für mich: Er hatte Lara angelächelt, ihre rechte Hand ergriffen und beugte sich nun zu ihr hinunter, um ihr einen angedeuteten Kuss auf die Handfläche zu hauchen.

»Karl«, sagte er und erhob sich wieder. »Aber alle meine Freunde nennen mich Carlo … oder Kater Carlo. Na ja …« Er machte eine Geste, die den ganzen Raum umfasste. »Die ›Heiße Katze‹ ist halt mein Club, da kann ich schlecht als Hahn im Korb auftreten, was?«

Er lachte dröhnend, und wir lachten höflich mit.

»Und jetzt kommt mit, wir schauen mal, dass wir für euch noch ein Plätzchen finden. An Nikolaus haben wir nie geöffnet, da treffen sich nur Freunde im Club – und Frankie ist ein Freund.«

Molly drückte sich eng an ihren Freund, sie schien vor Stolz zu glühen.

»Ha woisch«, raunte Frankie mir zu, »i empfehl sein Club gern, wenn oiner frogt, wo mr nachts no a weng Schpass han kann. I fahr ihm au oft die letschte Gäscht hoim, ond i mach au koi Theater, wenn oiner mal nemme ällas bei sich bhalta ka.«

Carlo scheuchte einige Gäste auf und ließ sie enger zusammenrücken, bis für uns an einem der Tische genug Platz geschaffen war. Wir saßen kaum, als schon eine Flasche Schampus und vier Gläser vor uns standen, und unter großem Hallo stießen wir mit den anderen am Tisch an.

Nach einer Weile sah ich mich um – und erschrak. Am Nachbartisch saßen drei Frauen und vier Männer dicht an dicht und unterhielten sich prächtig. Eine der Frauen trug eine Pandamaske und sonst nicht viel – das schien Billy zu sein, die wir vorhin auf einem der Fotos im Schaukasten gesehen hatten.

Daneben saß eine Frau, blond und hübsch, die ich sofort erkannte, obwohl sie ganz anders gekleidet war als bei unserem ersten Zusammentreffen auf dem Wildbader Sommerberg: Sabine, die als Zsara für zahlende Herren die Haremsdame gab. Offenbar war sie direkt von ihrem letzten Termin hierhergeeilt, ohne sich vorher noch umzuziehen. Ihre stattliche Oberweite hatte sie mit hellblauer Seide dekoriert. Der Stoff bildete eine Art Bustier, mit kleinen aufgerüschten Ärmelchen, und endete etwa eine Handbreit über ihrem Bauchnabel in einer goldenen Borte. Gut eine Handbreit unterhalb ihres Bauchnabels befand sich die nächste Goldborte, die das obere Ende einer weit fallenden blauen Seidenhose markiert. Dazwischen gab es nur nackte Haut.

Ich konnte das alles nur sehen, weil die Blondine gerade aufgestanden war, ihren Sitznachbarn noch kurz etwas zurief, woraufhin die in schallendes Gelächter ausbrachen. Dann wandte sie sich fröhlich ab und verschwand in Richtung der Toiletten. Mich hatte sie wohl nicht bemerkt, aber Lara war meinem Blick gefolgt und musterte mich nun mit hochgezogenen Augenbrauen.

»Kennst du die Mädels dort am Tisch?«, fragte sie, und ihr lauernder Tonfall ließ meiner Meinung nach nur eine Antwort zu.

»Nein, wo denkst du hin?«, versicherte ich eilig. »Woher auch?«

Sie behielt mich noch kurz im Blick, dann schien sie mit der Antwort zufrieden und wandte sich wieder Molly zu, mit der sie sich bis dahin unterhalten hatte. Erst dann fiel mir ein, dass es ja eigentlich völlig unverfänglich gewesen wäre, wenn ich zugegeben hätte, Sabine zu kennen – schließlich hatte Lara sie auf dem Sommerberg ja ebenfalls kurz gesehen, auch wenn sie Sabine hier offenbar nicht wiedererkannte. Egal, nun war es schon zu spät, und vielleicht wäre es Sabine auch gar nicht recht gewesen, wenn ich sie Lara gegenüber als Callgirl Zsara geoutet hätte.

Diese Gedanken waren bald verflogen, ab und zu linste ich noch zum Nachbartisch hinüber, aber dann war ich wieder völlig von den Gesprächen am Tisch in Beschlag genommen. Als ich mich nach einer Weile erhob, um für uns neue Getränke von der Theke zu holen, stand plötzlich Sabine neben mir.

»Na, Nick, ällas em Lot bei dir?«

Ich zuckte kurz zusammen und warf einen kurzen Blick zu unserem Tisch.

Sabines voller Mund verzog sich zu einem spöttischen Lächeln. »Oha, scho jetzt onderm Pantöffele?«

»Nein, aber …«

Ich orderte die gewünschten Getränke und wandte mich dann wieder Sabine zu.

»Nein, aber ich werde demnächst mit ihr zusammenziehen. Wir haben heute den Mietvertrag unterschrieben. Und als sie mich gefragt hat, ob ich die Mädels am Nachbartisch kennen würde, hatte sie so einen … so einen Unterton, du weißt schon.«

»Scho recht, Nick.«

Die Mischung aus kehliger Stimme und breitestem Schwäbisch irritierte mich sehr. Sabine roch nach einem schweren, exotischen Parfüm, sie hatte verdammt wenig an und sah sehr verlockend aus – aber der Dialekt wirkte eher kumpelhaft als aufregend.

»Isch was?«, fragte Sabine und ich wandte meinen Blick schnell ab.

Ich hatte sie wohl zu auffällig angesehen.

Sie legte mir eine Hand auf die Schulter und raunte mir zu: »Wäga mir kannsch des ällas en Ruhe agugga, solang de willsch. Aber wenn dei Mädle dabeihosch, kommt des vielleicht net ganz so gschickt.«

»Du hast recht. ’tschuldige bitte«, murmelte ich ganz verlegen.

Sabine sah zu Lara hin, die sich vor dem Abflug nach Amsterdam das Haar platinblond hatte färben und einige orangefarbene Strähnen einziehen lassen. Ich fand selbst, dass sie das sehr veränderte, aber ich gewöhnte mich allmählich an ihre regelmäßig wechselnde Haarfarbe. Sabine aber konnte Haare und Gesicht nicht zuordnen.

»Du erkennst sie nicht wieder, oder?«, fragte ich deshalb nach einer Weile.

Sabine schüttelte den Kopf.

»Das ist Lara.«

»Was für a Lara?«

»Ich hab dich doch auf dem Sommerberg mit einer Linda verwechselt. Erinnerst du dich?«

»Genau: Linda, net Lara.«

»Linda war sozusagen ihr Pseudonym – so wie du dich manchmal Zsara nennst.«

Sabine sah noch einmal zu Lara hinüber. »Awa, a Kollegin?«

»Nein, sie ist keine Kollegin von dir. Sie ist im Event-Marketing tätig, betreut große Firmen. Linda hat sie sich auf dieser Flirt-App genannt, von der ich dir auf dem Sommerberg erzählt habe. Sie wollte sich damit … na ja: bedeckt halten.«

Sabine grinste. »Isch jo schee, dass aus euch boide was worra isch.« Sie schob sich ein wenig vom Tresen weg. »Ond? Schtellsch mi deira Lara-Linda vor?«

Ich presste die Lippen zusammen und machte eine bedauernde Miene.

»Aha … *so oine* willsch net kenna, gell?«

»Ich … sie hat mich vorhin …«

»… gfrogt, i woiß, des hosch scho gsagt.« Sabine lächelte mich an, aber sie wirkte enttäuscht und ein bisschen traurig.

»Ich dachte, dass es dir vielleicht gar nicht recht wäre, wenn Lara dich so sehen … wenn sie erfahren würde, dass du …«

Ich kam ins Stammeln, und meine Satzruinen taten mir schon leid, bevor ich sie ganz ausgesprochen hatte. Sabines Lächeln wurde noch trauriger, aber sie nickte mir nur zu.

»Gang no zu deim Mädle, ond mach's Beschte draus.«

Ich schluckte und nickte ebenfalls.

»Verschprocha?«

»Versprochen.«

Sabine kehrte an ihren Tisch zurück, und als ich endlich das Tablett mit den Getränken nahm, das schon vor mir auf der Theke stand, spürte ich förmlich Laras Blicke in meinem Rücken. Ich drehte mich um und ging auf unseren Tisch zu. Und wirklich sah sie mich auf eine Weise an, die Zweifel und Verwirrung auf eine sehr unangenehme Art mischten.

Es dauerte eine Weile, bis Lara wieder ganz entspannt wirkte, aber der Rest des Abends verlief sehr schön, und die anschließende Nacht ließ mich hoffen, dass unsere Stippvisite in der »Heißen Katze« unsere Beziehung nicht weiter belasten würde.

— ○ —

Lara hatte für ihren Umzug von Karlsruhe nach Stuttgart darauf bestanden, dass wir Umzugsprofis engagierten, und sie kamen so gut voran, dass sie auch gleich meine Siebensachen aus der alten Wohnung an den Eugensplatz brachten. Es war noch nicht einmal sieben Uhr abends, als wir schon in unserer neuen Bleibe saßen, zwar noch zwischen zahlreichen nicht ausgepackten Kartons, aber doch schon mit allen Möbeln am richtigen Platz. Meine Videogerätschaften und die James-Bond-Kartons hatte ich gleich in den größeren der beiden Kellerräume dirigieren können, und Lara dachte sich nicht viel dabei. Dass ich einen 007-Tick hatte, wusste sie ja spätestens, seitdem ihr Miss Moneypenny bei ihrem ersten Besuch in meiner alten Wohnung so dienstbeflissen zugehört hatte.

Wir hatten Hunger, aber keine Lust zu kochen. Ich führte Lara in ein indisches Restaurant aus, das wir gut zu Fuß erreichen konnten, und als wir hinterher pappsatt die Stäffele hinaufgingen, funkelte sie mich alle paar Stufen so eindringlich an, dass es mir aus lauter Vorfreude auf den vor mir liegenden Abend ganz heiß wurde.

Die Zeit in der Wohnung am Eugensplatz begann herrlich. Im Vertrauen darauf, dass das Umzugsunternehmen alles schnell und reibungslos erledigen würde, hatten wir die anderen Bewohner des Hauses gleich für den nächsten Abend zu einer kleinen Einweihungsparty eingeladen – und weil uns Jobst, der natürlich auch zu unseren Gästen gehören sollte, von seinen Freunden vorschwärmte, die ebenfalls am Eugensplatz wohnten, in einem der Häuser, die Signore Florento gehörten, baten wir auch sie dazu. Am Ende sagten alle zu, die wir einluden – nur Laras Karlsruher Freundinnen hatten keine Zeit, versprachen aber, uns in den kommenden Wochen mal zu besuchen.

Durch die Party lernten wir die neuen Nachbarn sehr schnell kennen, und es schien sich um eine wirklich bunte, teilweise etwas abgedrehte Gesellschaft zu handeln.

Direkt unter uns hauste eine ältere Dame namens Gunda Späth, ziemlich klein gewachsen und meistens damit beschäftigt, einen Tee zu brauen oder einen Eintopf zu kochen. Manchmal roch es sehr speziell aus ihrer Wohnung heraus, und dass wir immer wieder andere Hausbewohner oder auch Menschen, die in den umliegenden Gebäuden lebten, zu ihr kommen und kurz darauf mit Thermoskannen oder anderen Warmhaltegerätschaften wieder gehen sahen, ließ uns ratlos zurück.

Eines Tages, es war früher Nachmittag und ich machte mich gerade auf den Weg zur Stadtbahn, traf ich sie im Treppenhaus. Sie hatte sich die roten Haare kunstvoll hochtoupiert und trug einen weit fallenden schwarzen Umhang, der über und über mit goldenen Mond-und-Sterne-Symbolen bedruckt war. Um den Hals hatte sie sich einen künstlich wirkenden silberfarbenen Fuchs gelegt, ein ganzes Tierfell samt Kopf und Gliedern, und das Maul des toten Tiers war in dessen Schwanz verhakt und bildete so den Verschluss dieses seltsamen Schals. Unter ihrem rechten Arm klemmte eine ansehnliche Schwarte, ein dickes Buch mit sehr alt wirkendem Einband.

»Hallo, Frau Späth«, sprach ich sie an, als ich sie auf der Treppe nach unten erreichte. »Sie haben sich aber … hübsch zurechtgemacht. Wo soll's denn hingehen?«

Sie sah mich einen Moment lang ganz erschrocken an, vermutlich hatte sie mich nicht kommen hören. Dann fasste sie sich, entblößte für ein dünnes Grinsen gelbliche Zähne und beugte sich ein wenig zu mir her.

»Märchennachmittag in der Kita«, raunte sie mit schnarrender Stimme und tätschelte mit der freien linken Hand die Schwarte unter ihrem rechten Arm.

Das erklärte ihre Aufmachung, allerdings fragte ich mich, wie viele Kinder an diesem Nachmittag wohl weinend und verstört aus der Kita fliehen würden, wenn vor ihnen eine alte Dame mit gelbem Grinsen und schnarrender Stimme »Der Wolf und die sieben Geißlein« vortrug, während ihr ein toter Silberfuchs um den Hals baumelte. Auch wenn es ein Kunstpelz war. Ich warf den starren Augen des Tiers noch einen Blick zu und dachte, dass es *hoffentlich* tatsächlich ein Kunstpelz war.

Franziska Ling, die in unserer Etage eine kleine Wohnung nach hinten raus hatte, erklärte mir wenig später, was es mit den Tees und Eintopfgerichten auf sich hatte. Demnach war Gunda Späth so eine Art Wunderheilerin, auf deren geheime Rezepturen die halbe Straße schwöre – allerdings vertraute mir Franziska dann auch noch an, dass die alte Gunda vermutlich auch zaubern könne. Das wurde mir dann doch zu blöd und ich verabschiedete mich eilig von ihr.

Auch Franziska ist ein schönes Beispiel für unsere sehr spezielle Nachbarschaft. Schön zum einen, weil sie wirklich umwerfend aussieht: tolles Gesicht, super Figur und eine Art, sich ganz beiläufig vorteilhaft zu kleiden, die man nicht lernen kann. Ein schönes Beispiel zum anderen, weil sie – um es nett auszudrücken – völlig verpeilt ist. Sie hatte vor einigen Jahren eine hübsche Summe geerbt und damals ihren Bürojob an den Nagel gehängt, um sich beruflich zu verwirklichen. Das Problem war damals nur – und ist es heute noch: Franziska hat keinen Schimmer, *womit* sie sich verwirklichen soll. Musikalisch ist sie nicht und ihre Nachbarn erinnern sich manchmal noch mit Schrecken an ihre Versuche, Saxofon oder Trompete zu spielen. Als Malerin ist sie eine Niete – ich habe mal zwei kleine Aquarelle von ihr zu Gesicht bekommen: Die Bilder sahen aus, als sei eine betrunkene Katze mit feuchten Pfoten über eine Farbpalette getaumelt. Franziska machte Seminare, um sich zur Autorin oder zur Tattookünstlerin ausbilden zu lassen, sie ließ sich in Klangschalenmassage und Yoga unterweisen – aber nichts davon lag ihr wirklich oder machte ihr auch nur annähernd genug Spaß, als dass sie dabei geblieben wäre.

Aber was immer sie in Zukunft auch noch ausprobieren wollte: Sobald Hilfe nötig wurde, war Franziska zur Stelle – leider griff sie verlässlich zu den falschen Maßnahmen, um anderen aus der Patsche zu helfen, und am Ende wäre es den Betroffenen in der Regel lieber gewesen, Franziska hätte sich nicht eingemischt. Aber sie meinte es jedesmal gut und tat ihr Bestes. Und weil sie so ein großes Herz hatte, mochte ihr auch niemand lange böse sein, wenn sie mal wieder im Übereifer alles nur noch verschlimmert hatte.

Ohnehin war Franzi, wie sie die meisten im Haus nannten, meistens kreuzunglücklich. Manchmal wurde ihr von einem Moment auf den nächsten bewusst, welch großen Verlust sie durch den Tod ihres alten Katers Graf Yoster erlitten hatte, der – wie sie es erzählte – eines Tages spurlos verschwunden war. Kein anderer Hausbewohner hatte den Kater jemals gesehen, und mancher hielt das Tier für eine Erfindung von Franzi. Immerhin stand in ihrem Wohnzimmer seit eh und je ein riesiger Katzenkorb, zu Graf Yosters Gedenken, sagte Franzi gerne, und in der Küche standen Schüsseln mit Trockenfutter und Wasser bereit.

Von Familie Krampenbach machten sich im Haus vor allem die Kinder bemerkbar. Thorben und Soraya hatten sich, wenn man ihrer euphorischen Mutter glaubte, im Waldorfkindergarten als geistige Überflieger erwiesen, nun besuchten sie ganztags die Waldorfschule und sorgten vom Spätnachmittag an mit Gezicke und Geschrei dafür, dass in den anderen Wohnungen des Hauses so schnell kein Kinderwunsch aufkam. Mutter Simona Krampenbach ließ nichts auf ihre Sprösslinge kommen. Entweder konnten die Farbkleckse im Treppenhaus auf gar keinen Fall von Thorben und Soraya stammen, weil die beiden so etwas niemals machen würden – oder es lag irgendein Beweis dafür vor, dass es diese beiden Gören doch waren, dann kehrte sie reflexartig ihren Beruf als Anwältin hervor und deutete an, dass sie jeden, der ihren Kindern so etwas ernsthaft unterstellen würde, sofort verklage.

Sebastian Kross-Krampenbach, ihr Mann, war nicht zu beneiden, und das sah er offenbar auch selbst so. In Anwesenheit seiner Frau richtete er es sich leidlich gemütlich unter ihrem Pantoffel ein und vermied jedes Widerwort – und wenn sie nicht da war, wagte er ab und zu einen kleinen Scherz über seine Frau, die Glucke, und den anstrengenden Nachwuchs. Sebastian war kein schlechter Kerl, nur Rückgrat war ihm keines gewachsen.

Auch einige Bewohner der Nachbarhäuser lernten wir kennen und teils auch schätzen. Reza Sharif zum Beispiel, Sohn von Exil-Iranern und glühenden Verehrern des einstigen Schahs Reza Pahlewi, und seine schwäbische Frau Dorle, beide Anfang dreißig, waren witzig und locker drauf, und wann immer er konnte, riss er Witze über Migrantenkinder – am liebsten über solche mit iranischen Wurzeln wie er selbst. Sein bester Freund Jorge Häberle war der Einzige, der ihn darin manchmal übertrumpfte, allerdings machte er sich lieber über Spanier und Portugiesen lustig. Jorge stammte aus Lissabon, schaffte beim Daimler, hatte die Schulfreundin von Dorle Sharif geheiratet und auch gleich den Familiennamen von Raffaela Häberle angenommen. Als sie erfuhren, dass Lara aus dem Badischen stammte, begannen Jorge und Reza auch noch

Witze zu erzählen, in denen Badener und Schwaben aneinandergerieten, aber sie taten das so charmant, dass Lara und ich herzlich mitlachen konnten.

Schwierig war es eigentlich nur mit Giuseppe Florento, den Herr Bertholdt als Hausmeister über den grünen Klee gelobt hatte. Florento erinnerte mich eher an die unselige Tradition der Blockwarte, und wann immer er ein Stäubchen oder einen winzigen Kieselstein im Treppenhaus entdeckte, nachdem der jeweilige Mieter das Kehrwochenschild an die nächste Tür gehängt hatte, war der Teufel los. Einen schwäbischeren Italiener habe ich bisher noch nicht kennengelernt. Vermutlich auch keinen schwäbischeren Schwaben.

Signore Florento war dann auch der Erste, der unsere Wohnung am Abend der Einweihungsparty am Eugensplatz verließ. Und als sich Reza und Jorge frühmorgens unterhakten, um sich für den kurzen Heimweg gegenseitig zu stützen, stand er schon im graublauen Arbeitskittel und mit Besen, Handfeger und Kutterschaufel auf dem Gehweg und warf den beiden missbilligende Blicke zu. Dabei hatte er zumindest das Essen sehr genossen, das es während der Party gegeben hatte. Ich hatte Leberkäse und Brötchen vorgeschlagen, dazu eine große Schüssel vom Kartoffelsalat meiner Mutter, aber Lara redete es mir wieder aus – und nach meinem Kuttel-Desaster wollte ich ihr in kulinarischen Dingen lieber nicht mehr widersprechen. Danach tat sie recht geheimnisvoll und wollte mir partout nicht verraten, was es geben würde.

»Musst du nicht noch einkaufen für heute Abend?«, fragte ich, als wir zum ersten Mal in der neuen Wohnung frühstückten.

»Nein, es ist schon für alles gesorgt. Lass dich überraschen.«

Als Gunda Späth, unser erster Gast, schon neugierig durch die Räume stromerte, stand Lara an der Tür und goss gerade Franzi und den Krampenbachs einen Prosecco zur Begrüßung ein. Sie war die Ruhe selbst, obwohl auf dem Esstisch zwar Teller bereitstanden, aber nichts, was man darauf hätte essen können. Dann klingelte es wieder, Lara meldete sich über die Sprechanlage und scheuchte kurz darauf mich und Sebastian Krampenbach nach unten.

»Helft Felix doch bitte beim Rauftragen«, sagte sie.

Und wirklich: Unten stand Felix Torer, der IT-Unternehmer mit dem Nebenjob in der Küche der Grünhütte, hinter einem Kombi mit offenstehender Heckklappe. Er ließ uns einige große Behältnisse nach oben schleppen, die er mitgebracht hatte. In der Küche stellte sich heraus, dass die Behälter mit Bratkartoffeln und Würstchen vollgestopft waren.

»Das hat mich eine Menge Überredungskunst gekostet«, sagte Felix, als wir nebeneinander am Herd standen. »Mein Chef in der Grünhütte ist berühmt für seine Bratkartoffeln, aber natürlich immer nur frisch zubereitet. Als ich ihm Laras Bitte ausrichtete, ob er nicht ein paar für eure Einweihungsparty vorbereiten könne, hat er sich ziemlich geziert. Na ja – es hat geklappt, jetzt müssen wir die Dinger nur noch einmal kurz in der Pfanne wenden. Und vor allem …« Er legte den Zeigefinger an den Mund. »Vor allem dürfen wir niemandem verraten, dass sich der best Roigabrageldi-Koch ever auf so etwas eingelassen hat.«

»Best … was?«, echote ich.

»Roigabrageldi, Bratkartoffeln – er hat doch sogar einen Preis dafür bekommen, die Urkunde hast du vielleicht in der Küche hängen sehen.«

Ich erinnerte mich vage, aber dann schmurgelten auch schon die ersten Kartoffeln im Schmalz, und der herrliche Duft lockte die Ersten in die Küche.

Es wurde eine tolle Party. Gunda Späth nickte zwischendurch immer wieder mal auf dem Sofa ein, weil sie dem Prosecco wohl etwas zu fleißig zugesprochen hatte. Neben ihr saß Signore Florento stocksteif, als habe er einen Besenstiel verschluckt. Aber alle anderen amüsierten sich prächtig. Und als Felix, nachdem Lara und ich es ihm erlaubt hatten, von seiner Flirt-App erzählte und davon, wie sie uns beide zusammengebracht hatte, hoben alle die Gläser und prosteten uns zu.

Dorle und Reza erzählten einige Anekdoten aus ihrer schwäbisch-iranischen Ehe, Jorge und Raffaela steuerten Geschichten bei, wie sich ihre portugiesischen und deutschen Eltern aneinander gewöhnt hatten. Doch Felix, der zuvor noch alle mit seinen flotten Stories um schräge Nerds und ahnungslose Kunden unterhalten hatte, wurde mit jeder der kleinen Erzählungen nachdenklicher. Schließlich entstand eine kurze Pause, und er erhob sein Glas noch einmal auf uns.

»Ich wünsche euch beiden, dass es auch mit euch klappt, obwohl …«

»Obwohl?«, fragte Lara.

»Na ja: eine Badnerin, ein Schwabe …« Er sah zweifelnd zwischen ihr und mir hin und her, dann gab er sich einen Ruck. »Ach was, das wird schon! Dorle hat einen Perser geheiratet und Raffaela einen Portugiesen – warum soll es dann auch nicht mit euch klappen können?«

Er tat jetzt sehr optimistisch, aber seinem Gesichtsausdruck konnte ich schon noch ansehen, dass er sich selbst nicht ganz überzeugt hatte.

Jobst ohnehin nicht. Er fand Lara zwar sehr attraktiv und bekam mehrmals im Lauf des Abends einen Knuff von Carina, wenn er allzu deutlich zu ihr hinsah. Aber dass sie aus dem Badischen stammte, war ihm ja schon sauer aufgestoßen, als ich ihm Lara als Treffer in der Flirt-App genannt hatte.

»Was sagt denn dein Vater zu Nicks Schwäche für Trollinger?«, stichelte er, wenn auch schon mit etwas schwerer Zunge. »Deine Eltern haben doch ein Weingut, gell? Da muss er den schwäbischsten aller schwäbischen Tropfen ja geradezu abscheulich finden!«

Das »gell« war mir sofort aufgefallen – so redete Jobst normalerweise nicht, auch nicht, wenn er schon einen im Tee hatte. Ganz offensichtlich wollte er Lara damit ein bisschen provozieren. Oder testen.

Auch in mir gruben nun erste Zweifel, aber Laras perlendes Lachen, ihre pfiffige Reaktion – sie stupste Jobst mit dem Zeigefinger auf die Nasenspitze, hakte Carina unter und ging mit ihr auf ein Glas Prosecco in die Küche – und die bald wieder sehr ausgelassene Stimmung in unserer neuen Wohnung vertrieben alle trüben Gedanken innerhalb von Minuten.

Im Großen und Ganzen hatten Lara und ich einen guten Start am Eugensplatz, und alles schien für uns wie am Schnürchen zu laufen.

Leider blieb es nicht so.

— o —

Erst kam Lara ziemlich geknickt von einem Meeting in ihrer Karlsruher Event-Agentur zurück. Sie hatte sich für die neue Woche mit einer Pink-Honiggelb-Mixtur eine extra fröhliche Haarfarbe zugelegt, die aber nun so gar nicht zu ihrem Gesichtsausdruck passte.

»Einer unserer wichtigsten Kunden ist abgesprungen«, erzählte sie mir abends beim Essen. »Und weil meistens ich mich um diesen Kunden gekümmert habe, werde ich wohl in nächster Zeit nicht so viele Termine wie bisher haben.«

In ihrem Fall als Selbstständige bedeutete das, dass auch weniger Geld verdient war. Und wenn die zu erwartende Auftragsdelle nicht bald überstanden war, musste sie sich womöglich einen neuen Job suchen.

Ich tröstete sie. Ich wies sie auf die Chance hin, dass sie sich jetzt auch stärker um berufliche Themen kümmern konnte, die bisher zu kurz gekommen waren. Nur fielen Lara keine solchen Themen ein. Sie war glücklich gewesen mit den bisherigen Aufträgen der Event-Agentur, ausgelastet sowieso, und die Bezahlung hatte auch immer gestimmt.

Insgeheim tröstete ich mich natürlich auch damit, dass ich ja noch meinen Job hatte und dass sie – wenn neue Aufträge ausblieben – ein bisschen mehr vom Haushalt übernehmen konnte, den wir uns bisher mehr oder weniger gerecht teilten. Aber ich war klug genug, das mit keinem Sterbenswort zu erwähnen.

Zumal die Sache mit meinem Job so auch nicht mehr lange stimmte.

Der Verleger des Stadtmagazins – leider nicht so gut gelaunt wie während seines Heino-Auftritts unterm Fernsehturm – bestellte mich in sein Büro. Er war eigentlich Finanzkaufmann und tüftelte Strategien aus, um Reiche selbst in zinsschwachen Zeiten wie diesen noch reicher zu machen. Aber wenn gerade keiner seiner Klienten zuhörte, schwadronierte er in seinem Büro gerne von seiner heimlichen wilden Ader und davon, dass er die damit auslebte, dass er den Winzlingsverlag finanziere, der das Stadtmagazin herausbrachte. Ich hörte mir das alles jedesmal geduldig an, denn mein Verleger bezahlte mir ein anständiges Gehalt und ließ mich schalten und walten, wie ich wollte – aber davon, dass er den Stadtmagazinverlag finanzierte, konnte nicht die Rede sein. Unsere Anzeigenabteilung wurde von einer sehr toughen Geschäftsfrau geführt, und dank ihr warf das Szeneblatt ordentlich Gewinn ab.

Diesmal ging es allerdings nicht um die wilde Ader meines Verlegers, sondern um mein Hobby. Auf die Zeitungsberichte über den James-Bond-Kinoabend hatte inzwischen die Produktionsfirma der richtigen Bond-Filme reagiert, und auch wenn ich den Brief in hölzernem Juristenenglisch höchstens zur Hälfte verstand, war doch klar, worauf das Schreiben hinauslief: Finger weg von den markenrechtlich geschützten Bond-Filmen, -Filmfiguren und -Logos, sonst gibt's Ärger.

Das »sonst« kam allerdings gar nicht mehr zum Tragen. Der Verleger echauffierte sich so sehr über das Anwaltsschreiben, dass er sich immer mehr in Rage redete – und als ich einzuwenden wagte, dass doch sicher auch diese internationalen Anwälte nur mit Wasser kochen würden, sprang er von seinem ergonomisch geformten Ledersessel auf und beschimpfte mich mit hochrotem Kopf als Ignoranten und was weiß ich noch alles. Er schob mir eine Kopie des Anwaltsschreibens hin, deutete schreiend mal auf diese und mal auf jene Passage.

»Und wie erklären Sie mir das?«, wetterte er und deutete zu seinem Besprechungstisch hinüber.

Ich schaute hin. Dort lag ein Plakat, an jedem Eck fein säuberlich mit je einer Holzfigur beschwert, damit es sich nicht gleich wieder aufrollen konnte: ein Elefant stand dort, ein Löwe, ein Nashorn und ein Wasserbüffel – vier der *Big Five* aus Südafrika, dem Traumland meines Verlegers. Der fünfte der *Big Five*, der Leopard, stand neben allerlei afrikanisch anmutendem Touristenkram an seinem angestammten Platz auf dem großen Fensterbrett. Ich stand auf und erkannte schnell mein Plakat für die James-Bond-Party.

»Na, damit hab ich für die Party geworben«, erklärte ich.

Der Verleger war nun noch deutlicher tiefrot angelaufen. Im Stechschritt eilte er zum Besprechungstisch und hämmerte mit seinem Zeigefinger so heftig auf eine Stelle des Plakats, als wolle er dort ein Loch in die Tischplatte klopfen.

»Mit dem Logo *meines* Stadtmagazins?«

»Ja, ich …«

»Ja?«

»Ich dachte, als Chefredakteur kann ich …«

Seine Kiefer mahlten.

»Ich wollte halt auch das Magazin an diesem Erfolg … teilhaben … lassen …«

»Hat ja prima geklappt, Herr Brandt!« Er zeigte auf seinen Schreibtisch, auf dem das Anwaltsschreiben lag.

Dann warf er mich raus.

— ○ —

Die formelle Kündigung hatte mein Verleger schon vorbereitet. Er zauberte das Schreiben aus dem Jackett hervor und ließ sich auf einer Kopie schriftlich den Erhalt quittieren. Erst als ich etwas bedeppert vor der Tür seines Büros stand, las ich das

Schreiben noch einmal durch: Darin war von meiner fristlosen Entlassung wegen geschäftsschädigenden Verhaltens die Rede. Einer meiner alten Bekannten war Anwalt, und er versprach zwar, mir beizustehen – aber ich sollte mich lieber nicht darauf verlassen, dass ich wirklich noch bis Ende März, also bis zum Ende der Kündigungsfrist, mein Gehalt bekommen würde.

In der Redaktion traf ich schon am nächsten Tag auf meinen Nachfolger: einen zweiundzwanzigjährigen freien Journalisten ohne abgeschlossene Ausbildung, den ich vor einem Jahr als freien Mitarbeiter abgelehnt hatte – und der mir nun natürlich entsprechend genüsslich den Weg hinaus zeigte. Dabei erkundigte er sich scheinheilig nach meinem Gespräch mit dem Verleger und ließ durchblicken, dass er ihm das Plakat meiner James-Bond-Party gebracht hatte.

Am Abend kam Lara so frustriert aus Karlsruhe zurück, dass ich mit meiner Hiobsbotschaft bis zum nächsten Morgen wartete. Und auch dann ließ ich unerwähnt, dass mein James-Bond-Trickfilm der Auslöser für diese üble Entwicklung war. Noch wusste Lara ja nichts von meinem Hobby – und ich konnte mir nicht vorstellen, dass meine Knetfilme mit dieser Neuigkeit einen guten Einstand bei ihr gehabt hätten.

Stattdessen überredete ich sie, mit mir einen neuen kleinen Italiener in Sillenbuch auszuprobieren. Wir nahmen die U 15, das Ristorante lag nur ein paar Minuten zu Fuß von der Haltestelle Silberwald entfernt und war in einem schmucklosen Betonbau untergebracht. Im Inneren war das Lokal aber recht schön, die Bedienung war flott und freundlich, und während wir auf unsere Pasta warteten, machten wir uns einen Spaß daraus, uns Witze über Badener und über Schwaben zu erzählen. Wir beteten die gängigen Vorurteile von den schaffigen Schwaben und den lebenslustigen Badenern herunter, und dann wetteiferten wir darum, möglichst viele berühmte Vertreter unserer Volksstämme aufzuzählen. Sogar einige badisch-schwäbische Paare fielen uns ein. Klinsmann und Löw natürlich, die unsere Fußballer während des Sommermärchens 2006 bis ins kleine Finale im Stuttgarter Stadion geführt hatten. Und ich hatte einen großen Artikel darüber gelesen, dass die Leiter der Landesmuseen in Karlsruhe und Stuttgart miteinander verheiratet waren – er ein Badener, sie allerdings eine Niedersächsin.

»Stimmt«, gab Lara mir recht. »Hab ich auch gelesen. Übrigens …«, sie zwinkerte mir schelmisch zu, »… wohnen die beiden in Karlsruhe, und er kommt dort auch her.«

Wir hatten die ganze Zeit hindurch nett gealbert, aber jetzt war Lara ein etwas spitzer Unterton in die Stimme gerutscht, und das stieß mir ein wenig auf.

»Sie hat vorher aber in Stuttgart gewohnt«, versetzte ich deshalb und klang vermutlich eingeschnappter, als ich war. »Und nach allem, was ich gelesen habe, ist ihr der Umzug nach Karlsruhe nicht leichtgefallen.«

Lara schwieg, und zum Glück kam jetzt unser Essen. Doch zwischen Pasta und Espresso musste ich unbedingt noch einmal auf unser Thema zurückkommen. Ich hatte versöhnlich klingen wollen, aber dann wurde mein Gebaren doch eher gönnerhaft.

»Schau«, sagte ich, »Badener und Schwaben haben so viele berühmte Leute. Nimm doch nur mal die Literatur. Ihr habt den Hebel mit seinen alemannischen Gedichten und den Scheffel aus Karlsruhe mit seinem ›Trompeter von Säckingen‹ – und wir Schwaben haben den Schiller und den Hölderlin.« Ich lächelte sie an, aber dann fiel mir noch einer ein. »Und den Hauff.« Und noch ein paar … »Den Hesse, den Kerner, den Wieland, den …«

»Ja, ja«, unterbrach mich Lara. »Ihr Schwaben seid die Allertollsten! Schon immer gewesen!«

Ich suchte in ihrem Gesichtsausdruck nach Hinweisen darauf, dass sie das alles ironisch meinte, aber das Funkeln in ihren Augen deutete eher auf richtig miese Laune hin.

»Dass du den Grimmelshausen vergessen hast, ist natürlich Zufall, oder?«

Sie kam langsam in Fahrt, ich versuchte sie zu stoppen, aber ich hatte keine Chance.

»Ich hab das mal für einen Kunden von mir recherchiert, der eine Firma in der Nähe von Offenburg betreibt. Bevor Grimmelshausen seinen Simplicissimus schrieb, hat er sich in eine Badenerin verliebt, hat sie geheiratet und ist *zu ihr* gezogen!«

Was sollte das denn jetzt? Wollte Lara mir vorwerfen, dass nicht ich nach Karlsruhe, sondern sie nach Stuttgart gezogen war? Und wieso musste ich plötzlich Vergleiche mit einem Schriftsteller aus dem siebzehnten Jahrhundert bestehen?

»Und den Walser hast du auch eben mal unter den Tisch fallen lassen, *unseren* Walser!«

Lara maulte und schimpfte, ich erkannte sie kaum wieder. Ihre berufliche Zukunft musste sie schon sehr umtreiben. Aber den Walser konnte ich ihr nicht lassen, auf keinen Fall.

»Martin Walser, geboren in Wasserburg am Bodensee«, deklamierte ich, »und Wasserburg liegt im Landkreis Lindau. Lindau! Sehr schwäbisch, würde ich sagen, zwar bayrisch-schwäbisch, aber immerhin!«

»Lebt heute in Nußdorf, Überlingen, eher badisch, würde *ich* sagen.«

Darüber wusste ich nur so viel, dass die Grenze zwischen Baden und Württemberg in der Nähe des Bodensees nicht sehr geradlinig verlief. Also wechselte ich das Terrain.

»Ich sag nur: Daimler.«

»Benz.«

»Bosch!«

»Drais! Wankel!!«

Sie war laut geworden, und die Bedienung flitzte herbei und fragte uns in die gespannte Stille nach Laras kurzem Ausbruch, ob wir vielleicht noch ein Dessert wünschten.

»Nein, danke«, lehnte ich ab. »Ich würde jetzt gerne zahlen.«

Die kurze Pause hatte uns gutgetan, und als ich ein launiges »Krampfhenne, badische« zu ihr hinübermurmelte und dazu leise kicherte, legte sie eine Hand auf meine, sah mir tief in die Augen und raunte: »Labbeduddel.«

Die Bedienung kassierte ab und war sichtlich erleichtert, dass wir uns wieder beruhigt hatten. Und als sie uns untergehakt nach draußen gehen sah, warf sie dem Koch, der seit unserem kurzen Streit in der Küchentür gestanden und uns aufmerksam beobachtet hatte, einen verliebten Blick zu.

»Entschuldige«, murmelte Lara auf dem Weg zur Haltestelle. »Mir geht's heute nicht so gut. Das mit dem Job treibt mich ziemlich um, ich sollte schlafen gehen.«

Auf die U 15 mussten wir nur eine Minute warten, und auf der Fahrt hinunter zum Eugensplatz sah mich Lara ein paar Mal grinsend von der Seite an.

»Was ist denn jetzt schon wieder?«, fragte ich. Ich war aber froh, dass ihre Laune sich wieder gebessert hatte.

»Schau, Nick, mit uns Badenern und euch Schwaben ist es doch so: Wir haben der Welt revolutionäre Helden wie den Friedrich Hecker geschenkt – und dafür kommt der Georg Pfizer aus eurem Ludwigsburg, dessen Firma heute in Amerika diese blauen Pillen herstellt.«

Sie lachte schallend, und ich ließ ihr die kleine Spitze durchgehen, dankbar dafür, dass der Abend noch einmal gerettet war. Wir gingen bald zu Bett, aber eine richtig tolle Nacht wollte es nicht werden.

Die letzten Tage der Adventszeit waren überschattet von den Sorgen, die wir beide uns über unsere berufliche Situation machten. Trotzdem bereiteten wir uns auf unser erstes gemeinsames Weihnachtsfest vor. Wir erzählten uns zu heißem Tee und gekauften Lebkuchen davon, wie wir seit der Jugend Weihnachten gefeiert hatten – und zu meiner großen Überraschung fand Lara Gefallen an der Idee, den Heiligabend mit Freunden statt mit der Familie zu verbringen.

Nach einigen Telefonaten ins Remstal und nach Sasbachwalden stand unsere Planung: Am Mittag des Vierundzwanzigsten wollten wir bei meinen Eltern essen, danach würden wir es uns den Nachmittag über am Eugensplatz gemütlich machen – und schließlich würden wir ab etwa neun Uhr abends mit einer Clique den Weg durch die Clubs der Stadt antreten. Alle hatten Zeit, Jobst und Carina sagten sofort zu, und mein Lieblingsspanier wollte uns den großen runden Tisch in der Ecke neben dem Tresen reservieren. Von Laras badischen Freundinnen wollten zwei mit dazustoßen, mit ihnen und einigen Freunden aus Stuttgart und Umgebung würden wir eine ansehnliche Gruppe zusammenbekommen.

Laras Eltern waren ein wenig enttäuscht, aber schließlich stimmten auch sie unserem Plan zu. In Sasbachwalden wollten wir erst am zweiten Weihnachtsfeiertag eintreffen, und dafür sollten wir ein, zwei Tage länger bleiben.

Heiligabend hätte ich mir nicht schöner wünschen können. Jobst und Carina kamen schon gegen acht, und wir tranken noch ein Gläschen miteinander, bis auch Laras Freundinnen eintrafen: Denise und Mia waren auch mit Lara in Amsterdam gewesen, und ich kannte sie deshalb schon vom Sehen. Sie hatten unterwegs einen netten Burschen Ende zwanzig aufgetan und gleich mitgebracht. Er stellte sich als stadtbekannter DJ heraus. Vinny L, wie er sich nannte, war ein netter Typ, für den ich im Stadtmagazin immer mal wieder eine Seite freigeräumt hatte. Musikalisch hatte er sich auf Ballermann-Partys spezialisiert, obwohl er selbst lieber Grunge und Metal hörte. Jedenfalls war Vinny eine gute Wahl: gutaussehend, höflich und bescheiden. Wenn er nicht gerade im Rampenlicht stand. Das fand vor allem Denise gut, die ihn schon in unserer Wohnung mit Beschlag belegte – und Vinny schien sich das gern gefallen zu lassen.

Auf dem kurzen Weg zur Stadtbahn liefen uns noch Reza, Dorle, Raffaela und Jorge über den Weg, die sich uns spontan anschlossen, und so trafen wir im Spanier an der Tübinger

Straße mit mehr Leuten ein, als wir angemeldet hatten. Irgendwie fanden wir trotzdem Platz am runden Tisch, und befeuert von Tequila- und Rotwein-Runden ließen wir uns Salat und wilde Kartoffeln, Paella und Flan schmecken, bis wirklich keiner mehr auch nur einen Krümel herunterbrachte.

Denise und Vinny aßen weniger als die anderen, weil sie ständig knutschten und auch sonst kaum Augen für die beladenen Platten mit Leckereien hatten. Sie redeten unablässig miteinander, und zwar nur miteinander, und immer wieder zogen wir anderen sie damit auf, wie sie übereinander herfielen, obwohl sie sich doch erst vor wenigen Stunden kennengelernt hatten.

»Manchmal«, schwärmte Denise mit ihrem süßen »Kallsruh-Hochdeutsch« und sah auch dabei Vinny tief in die Augen, »manchmal merkt man halt schneller, dass es passt.«

»So ischs«, brummte Vinny dazu und strahlte. »Des basst oifach!«

»Und dann auch noch badisch und schwäbisch«, tönte Jobst und winkte ab. »Das kann niemals gutgehen.«

Ich stieß Jobst an und lachte.

»Das hab ich ihm hier auch schon gesagt«, sagte er daraufhin und deutete auf mich. »Aber mein Freund Nick und seine Lara wollen einfach nicht auf mich hören und verstehen sich weiterhin prächtig.« Er zuckte mit den Schultern und erhob unter allgemeinem Gelächter sein Glas. »Auf alle Paare, die zusammenbleiben, obwohl es ja eigentlich niemals gutgehen kann!«

Wir prosteten uns zu und lachten, Lara küsste mich und Denise und Vinny waren schon wieder heillos ineinander verknotet.

Es wurde ein toller Abend, und dank Vinnys Prominenz kamen wir auch in Clubs, in die mich schon lange keiner mehr reingelassen hatte – erst war ich ein wenig eingeschnappt, weil ein DJ bei den Türstehern offenbar mehr galt als ein Szeneredakteur, aber dann genoss ich die bevorzugte Behandlung einfach und feierte mit den anderen ausgelassen, bis wir nicht mehr konnten.

Denise und Mia hatten wir am Eugensplatz ein Gästezimmer hergerichtet, aber Denise wankte mit Vinny nach Hause, und Mia war uns irgendwo zwischen zwei Clubs in der City abhandengekommen. Ich hatte noch gesehen, wie sie mit zwei muskulösen Modemachern anstieß, die mit ihrem Startup »Floppy Fashion« seit zwei Jahren Mode für Übergewichtige anboten und damit viel Furore machten. Inzwischen hatten ihre Klamotten längst Kultstatus erreicht, und während unserer Heiligabend-Tour begegneten uns viele Hungerhaken, die sich Floppy-Fashion-Klamotten in Übergrößen umgehängt hatten. Irgendwann ging auf Laras Handy eine Nachricht von Mia ein: »Mir geht's super, wir sehen uns morgen, bin bei Dan & Stan.«

Schließlich kamen nur noch Carina und Jobst mit hoch in unsere Wohnung. Jobst hatte die ganze Zeit schon ganz geheimnisvoll getan und von einem Geschenk gefaselt, das er uns unbedingt noch geben müsse. Als Lara einen schönen Bordeaux entkorkte und ausschenkte, zog er endlich zwei kleine Päckchen aus seiner Jacke. Sie waren etwas seltsam verpackt, und erst nach einer Weile erkannte ich, dass es sich bei dem improvisierten »Geschenkpapier« um Farbkopien von Titelseiten handelte: von »Deutschland, deine Schwaben« und vom badischen Traditionskalender »Lahrer Hinkender Bote«. Im Inneren der Verpackung ging es gerade so weiter: Jobst hatte uns beiden jeweils ein Kartenspiel geschenkt. »Quiz-Quartett Baden« stand auf meinem, »Quiz-Quartett Württemberg« auf Laras Geschenk.

Jobst strahlte bis über beide Ohren, als wir ihn ratlos bis genervt ansahen. Dann hob er sein Glas und wiederholte den Trinkspruch aus dem spanischen Lokal. Wir tranken und redeten noch ein wenig, und als unsere Gäste schließlich müde, satt und nicht mehr durstig zur Tür gingen, nahm mich Jobst noch einmal kurz zur Seite.

»Schaut, dass ihr eure Multikulti-Geschichte hinbekommt. Denn eins ist sicher: Wenn ihr wieder auseinandergeht, musst du dir von mir jeden Tag anhören, dass ich das ja schon vorher gewusst habe.«

Ich klopfte ihm grinsend auf die Schulter, und dann rumpelte er mit Carina die Treppenstufen hinunter.

»So, du Schwabe«, begann Lara, nachdem ich die Wohnungstür hinter den beiden geschlossen hatte. »Sag mir mal, woher das Olympia-Stadion in Laupheim seinen Namen hat!«

Sie hatte ihre Quartettkarten gleich ausgepackt und las mir die Frage noch einmal vor.

»Äh«, machte ich und versuchte Zeit zu schinden. »Wart mal ... Laupheim ... liegt östlich von Ehingen etwa auf halbem Weg von Ulm nach Biberach. Die Oberschwäbische Barockstraße führt durch und ... äh ... Carl Lämmle stammt von dort.«

»Wer?«

»Carl Lämmle wurde in Laupheim geboren, er ist mit einem Freund in die USA ausgewandert und hat noch vor dem Ersten Weltkrieg in der Nähe von Los Angeles die Universal Studios gegründet.«

»Meinetwegen – aber lenk nicht ab: Woher hat das Olympia-Stadion in Laupheim seinen Namen?«

»Keine Ahnung«, gab ich zu und stellte mich direkt neben sie. Aber sie ließ mich nicht auf die Karte schauen. »Von olympischen Spielen in Ulm, um Ulm und um Ulm herum weiß ich nichts.«

Sie grinste sehr zufrieden, dann las sie die richtige Antwort vor: »Es ist das Stadion des Fußballvereins Olympia Laup...«

Weiter kam sie nicht. Ich küsste sie und hörte nicht damit auf, bis ich ihr endlich den Kartenstapel aus der Hand nehmen konnte und ihn auf den Tisch legte. Danach sorgte ich dafür, dass sie ihn bis zum Einschlafen auch dort liegen ließ.

Als wir am frühen Nachmittag aufwachten, machte ich uns Kaffee und brachte ihn zusammen mit einem Teller Gutsle aus dem Remstal ans Bett. Dort verbrachten wir den meisten Teil des ersten Weihnachtsfeiertags, erst gegen Abend krochen wir unter der Decke hervor und gingen italienisch essen. Danach vertrödelten wir den Abend, sahen uns »Der kleine Lord« an, den ich am letzten Freitag vor Weihnachten mitgeschnitten hatte, danach auch noch die Aufnahme von »Ist das Leben nicht schön?«, und irgendwann vor James Stewarts Schwarzweiß-Happy-End schliefen wir ein.

Am zweiten Weihnachtsfeiertag wachten wir gegen zwei Uhr nachts auf dem Sofa auf, wechselten den Schlafplatz und standen schließlich gegen halb zehn auf. Dann war es Zeit für die Fahrt zu Laras Eltern.

— o —

In Sasbachwalden wurde es anstrengender. Zwar hatte Vater Hans Friedrich nicht vergessen, dass er mit mir seinen Frieden gemacht hatte, und wir prosteten uns eifrig zu. Aber die beiden Brüder von Lara schwärmten so von ihren beruflichen Erfolgen und Perspektiven, dass Lara am Tisch immer wortkarger wurde. Auch einigen anderen in der Runde schienen die aufgetischten Erfolgsgeschichten ein wenig auf die Nerven zu gehen. Hanna, von der ich erfahren hatte, dass sie halbtags im Büro einer kleinen Schreinerei arbeitete, hörte sich zwar alles geduldig an, aber sie nutzte jede Pause im Selbstlob ihrer beruflich erfolgreicheren Geschwister, indem sie sich angelegentlich mit ihren Kindern oder ihrem Mann unterhielt.

Gabriele saß direkt neben ihr. Um ihren kleinen Sohn kümmerte sich ihr Mann, ein etwas blasser Typ mit langem Hals und dünnem Haar, und wenn sich der Junge dann doch mal an seine Mutter wandte, legte sie kurz ein falsches Lächeln auf, gab ihm eine nichtssagende Antwort und kümmerte sich weiter um das, was sie an diesem Abend offenbar am meisten interessierte: mich.

Mir war schon während unseres ersten Besuchs aufgefallen, dass es zwischen Gabriele und ihrem Mann etwas unterkühlt zuging und dass Laras Schwester feurige Blicke lieber mir zuwarf. Wäre ich allein gewesen, hätte man über manches reden können – Gabriele war etwas zu stark geschminkt, und ihre Bluse hätte sie zur Schonung der Knöpfe ruhig eine Nummer größer kaufen können. Aber sie sah nicht schlecht aus, und ihr Verhalten hatte ich früher bei meinen Praktikantinnen auch eher aufgeschlossen als aufdringlich empfunden. Inzwischen aber war ich mit ihrer Schwester Lara zusammen, also achtete ich darauf, dass ich Gabriele nicht zu oft ansah und sie nicht auch noch ermutigte, weiterhin mit mir zu flirten.

»James, bei dem ich zunächst gearbeitet habe, hat mich an ein kleines Weingut in Northland vermittelt«, erzählte Hans-Martin unterdessen und holte zwei Flaschen unter dem Tisch hervor, die er dort wohl für diesen Moment deponiert hatte. »Der Winzer hat sich spezialisiert auf diesen Wein hier.«

Er entkorkte die Flaschen geschickt und ließ sie kreisen. Alle lasen das Etikett und nickten mit Kennermiene, ich nickte auch, obwohl mir die aufgedruckte Rebsorte »Viognier« nichts sagte – schließlich stand darüber noch »Pride of Northland«. Hans-Martin warf mir einen amüsierten Blick zu und erklärte mir gönnerhaft: »Der Viognier wird sonst überwiegend an der Rhône kultiviert, aber das Klima im Norden der neuseeländischen Nordinsel ist ausgezeichnet für diese Rebsorte geeignet.«

Ich schenkte mir ein und schnüffelte ein wenig am Glas herum, wie ich es schon zu Beginn des Abends den anderen abgeschaut hatte.

»Aprikosen, Veilchen, Maiglöckchen«, sagte Hans-Martin mir vor, als sei ich zu blöd, selbst zu riechen. »Und der hat ordentlich Umdrehungen, Nick.«

Er grinste. Ich funkelte ihn genervt an, dann trank ich das Glas in einem Zug leer und beobachtete über den Rand des

Glases mit einiger Genugtuung, wie Hans-Martin immer blasser wurde, während ich den Stolz von Northland einfach so in mich hineinkippte.

Robert ließ sich von seiner Mutter über den Fortgang seiner wissenschaftlichen Karriere ausfragen, und es nervte ein wenig, wie er sich immer zierte und so tat, als sei das alles nichts Besonderes – und dann doch irgendwann ins Schwafeln und Prahlen geriet, was er in seinem Spezialgebiet Molekularbiologie doch für eine Leuchte war und warum sie in Cambridge so große Stücke auf ihn hielten.

Susanne Klingelberger glühte vor Mutterstolz, und Hans Friedrich hob ein ums andere Mal sein Glas und sprach einen Toast auf den potenziellen Nobelpreisträger Robert aus, auf den kommenden Weingutbetreiber Hans-Martin oder auf deren jüngere Schwester Lisa, die erst vor wenigen Monaten als Partnerin in eine gut gehende Zahnarztpraxis in Achern eingetreten war. Ich schaute immer wieder zu Lara hinüber, sie schlug sich wacker. Als Vater Klingelberger sich seiner ältesten Tochter Simone zuwandte und gerade mit einem euphorischen Trinkspruch auf die Investment-Bankerin in der Familie begann, hob die erst etwas zittrig ihr Glas, bevor sie es hart wieder auf dem Tisch aufsetzte, ihren Stuhl umwarf und weinend hinausrannte.

Lara sah ihr erschrocken hinterher, dann warf sie mir einen kurzen Blick zu, schob ihren Stuhl zurück und folgte Simone. Die anderen am Tisch sahen sich ratlos an, der Vater schnupperte kurz an dem Tropfen, den er im Glas hatte, ob mit dem womöglich irgendetwas nicht in Ordnung war. Ich murmelte etwas Unverständliches und ging ebenfalls hinaus. Ich fand Simone und Lara im Wintergarten. Vorne kauerte die ältere Schwester als Häuflein Elend auf einem ausladenden Rattansessel, und hinter ihr öffnete sich durch die riesigen Fenster der atemberaubende Blick über die wunderschöne Landschaft. Lara stand über Simone gebeugt, streichelte ihr über die Schulter und sprach leise auf sie ein.

»Ich trau's mich einfach nicht, Papa das zu sagen«, jammerte Simone gerade, als ich die beiden Frauen erreichte.

Lara bemerkte mich. »Nick, meine Schwester hat Probleme«, sagte sie. »Sie war Investment-Bankerin in Frankfurt, aber Anfang Dezember wurde sie an die Luft gesetzt.«

»Oh«, entfuhr es mir, »der Dezember scheint ein super Monat für so etwas zu sein.«

Simone hob langsam den Kopf, und als sie sah, dass Lara und ich uns etwas gequält angrinsten, machte sie große Augen. »Wie, Nick: du auch?«

»Und ich«, fügte Lara hinzu.

Simone blickte zwischen uns beiden hin und her, dann erhob sie sich, nahm uns beide in den Arm und drückte uns.

»So«, kommandierte Lara nach einer kurzen Pause, »und jetzt gehen wir drei wieder zu den anderen und machen reinen Tisch, okay, Simone?«

»Ich weiß nicht recht ...«

»Schau: Hanna und Gabriele müssen es auch ständig aushalten, dass Robert, Hans-Martin und Lisa als die drei Elitegeschwister in den Himmel gehoben werden – da sorgen wir als Ex-Event-Managerin, als Ex-Bankerin und als Ex-Redakteur jetzt einfach mal für die richtige Balance.«

Gabriele begegnete uns auf dem Rückweg. Sie hatte sich im Flur herumgedrückt, und ich hatte den Verdacht, dass sie sich nach mir umgesehen hatte. Nun aber tat sie so, als müsse sie ganz eilig zur Toilette. Bevor wir das Wohnzimmer betraten, drehte ich mich noch einmal um – sie stand noch immer im Flur und sah uns ganz nachdenklich hinterher.

— o —

Die Tischgesellschaft spaltete sich im Lauf des Abends in zwei Teile auf. Vater Klingelberger saß mit seinen Wunderkindern zusammen, trank zu viel und warf uns anderen immer wieder bekümmerte Blicke zu. Lara und ich hatten mit Hans-Martin und Robert die Plätze getauscht und unterhielten uns seither ausgelassen mit Hanna, Gabriele und ihren Männern sowie mit Mutter Klingelberger und Oma Rosa, die nach ihrem Mittagsschlaf ebenfalls zur Runde gestoßen war und mir nun direkt gegenübersaß.

»Na, dann machen Sie doch einfach bei uns in Sasbachwalden ein Stadtmagazin auf«, schlug Oma Rosa irgendwann vor, nachdem wir noch einmal auf ein paar Anekdoten aus meiner Redakteurszeit zu sprechen gekommen waren. Sie hatte vor sich ein halb geleertes Eierlikörgläschen stehen und daneben eine volle Kaffeetasse. »Oder in Karlsruhe, da wird doch genug los sein, oder?«

»Sasbachwalden wäre sicher sehr reizvoll«, antwortete ich und zwinkerte ihr zu. »Aber in Karlsruhe brauche ich das erst gar nicht zu versuchen: Als Schwabe bekomme ich da sicher keinen Fuß auf den Boden.«

»Bei unserer Lara haben Sie es doch auch geschafft«, versetzte sie und grinste breit.

Das Gespräch verlief in diesem Stil noch eine Weile weiter. Nettes Blabla, munterer Smalltalk, eigentlich ganz angenehm.

Gabriele hatte sich zuletzt kaum mehr an unserem Gespräch beteiligt, und als ich zu ihr hinschaute, fing ich ihren Blick auf. Ich weiß nicht, wie lange sie mich schon ansah, aber jetzt legte sich langsam ein Lächeln auf ihre Lippen und sie zwinkerte mir zu. Dann erhob sie sich, entschuldigte sich bei den anderen für einen Moment, weil sie zur Toilette müsse, sah mich noch einmal kurz, aber eindringlich an und ging dann aus dem Wohnzimmer. Kurz bevor sie im Flur um die Ecke Richtung Badezimmer verschwand, drehte sie sich noch einmal um und warf mir einen weiteren Blick zu, der eine ziemlich unverhohlene Einladung war, ihr zu folgen.

Ich schaute schnell weg und räusperte mich. Dann musterte ich die anderen: Niemand schien etwas von Gabrieles Benehmen bemerkt zu haben. Erleichtert mischte ich mich wieder in die Unterhaltung ein, und die nächsten Minuten verstrichen ohne weitere Komplikationen. Ich hatte nur ein Problem: Ich musste ebenfalls dringend zur Toilette – aber das würde ich mir nun verkneifen müssen, bis Gabriele endlich wieder an den Tisch zurückgekehrt war.

Sie ließ recht lange auf sich warten, und als sie wieder ins Wohnzimmer kam, sah sie mich fragend an. Ich schaute schnell weg und redete weiter. Sie setzte sich auf ihren Stuhl und sah enttäuscht aus, aber nun beteiligte sie sich ebenfalls wieder an der Unterhaltung. An der anderen Tischhälfte wurde gerade lautstark ein neuer Trinkspruch ausgebracht – offenbar ging es um irgendeinen Forschungsbericht von Robert, der in einer wissenschaftlichen Fachzeitschrift lobend erwähnt worden war. Wir anderen hoben ebenfalls unsere Gläser, Hanna rief in die Runde, dass ihre Älteste demnächst eine feste Zahnspange bekommen würde, und wir stießen lachend darauf an.

Wir unterhielten uns prächtig, meistens über irgendwelchen alltäglichen Kleinkram, und mal gab jemand eine lustige Geschichte zum Besten, dann wieder diskutierten wir irgendein ernsthaftes Thema. Es war eine Runde, wie man sie sich nur wünschen konnte, und zwischendurch vergaß ich sogar, dass ich dringend austreten musste. Doch dann fuhr Lara, sie saß links von mir, erschrocken hoch und sah unter den Tisch.

»Oh«, flötete Gabriele, »bin ich gegen dein Bein gestoßen, Lara? Das tut mir aber leid, das wollte ich nicht.«

Das glaubte ich ihr sofort. Allerdings war ich auch beeindruckt. Ich hatte bisher nicht sonderlich auf ihre Beine geachtet, aber sie mussten recht lang sein, wenn sie hoffte, von ihrem Platz aus meinen Fuß erreichen zu können – mir gegenüber saß, wie erwähnt, Oma Rosa, links daneben Mutter Klingelberger und dann kam erst Gabriele. Sie sah mich an und lächelte, als stehe mir auf der Stirn geschrieben, dass ich mir gerade Gedanken über ihre langen Beine machte.

Ich stand auf. »Bin gleich wieder da«, sagte ich und ließ mir von Lara noch einmal den Weg zur Gästetoilette beschreiben.

Sie war leicht zu finden, und als ich die Tür hinter mir zuzog, hörte ich, wie im Wohnzimmer ein Stuhl gerückt wurde. Gabriele sagte, dass sie was vergessen habe, dann näherten sich Schritte. Ich schloss schnell ab und lehnte mich mit dem Rücken gegen die Toilettentür.

Wie alles im Haus der Klingelbergers war auch die Gästetoilette größer, als ich das kannte. Eigentlich war es eher ein Gästebad, mit Dusche, Waschbecken und Toilette, dazu ein Spiegelschrank über dem Waschbecken und ein halbhoher Schrank für Badeutensilien, auf dem ein Stapel frischer Handtücher und einige Pröbchen mit Seifen und Cremes lagen. Hinter mir klopfte es leise an der Tür. Ich vergewisserte mich noch einmal, dass ich auch wirklich abgeschlossen hatte, dann huschte ich zur Toilette hinüber, setzte mich und machte Geräusche, die ich in dieser Situation für typisch hielt.

Es klopfte noch einmal leise, dann war es still. Ich horchte, ob sich Schritte entfernten, aber vermutlich war das durch die Tür nur zu hören, wenn Gabriele absichtlich laut auftreten würde. Ich entspannte mich ein wenig, schloss die Augen und musste mir endlich nichts mehr verkneifen. Das erleichternde Gefühl wärmte mich, und nach einer Weile konnte ich auch schon wieder mit einem leichten Grinsen an die seltsame Situation denken, die ich gerade erlebt hatte.

»Wo war Gabriele«, dachte ich, »als ich mit fünfzehn nichts hatte als feuchte Träume?«

Allmählich ging es mir wieder besser. Ich wurde ruhiger, und als ich mir die Hände gewaschen und abgetrocknet hatte, atmete ich ein paar Mal tief ein und aus, bevor ich die Toilettentür aufschloss und mich dafür wappnete, mich wieder zu den anderen zu setzen, ohne mir etwas anmerken zu lassen. Hoffentlich gab nun auch Gabriele endlich Ru…

Die Tür schwang mir entgegen, traf mich schmerzhaft an der Schulter und zwei Hände brachten mich vollends aus dem Gleichgewicht und schoben mich nach hinten. Im Nu war die Tür wieder zugedrückt und verschlossen, und bevor ich auch nur »Lass das!« sagen konnte, knallte mir schon der Rand des Waschbeckens kalt und hart an den Hintern, und Gabriele schlang Arme und Beine um mich, als wolle sie an mir hochklettern.

»Äh … bitte …«, brachte ich mühsam hervor, aber da fuhr sie schon mit ihren Fingern über meine Lippen und kam mir mit ihrem Gesicht näher, mit zuckender Zunge im geöffneten Mund und mit weit aufgerissenen Augen. Laras Profilfoto aus der Flirt-App kam mir in den Sinn – auch Gabriele wirkte jetzt, als wolle sie mich gleich beißen. Sie war ein anderer Typ als ihre Schwester, nur der Mund, die schönen Lippen, die beiden Falten, die sich von der Nase herab links und rechts am Mund vorbei nach unten zogen – darin glichen sich die beiden wie Zwillinge.

Gabriele drängte sich weiter gegen mich, sie ließ ein leises Stöhnen hören, das aber erkennbar gespielt war. Allerdings löste ihr warmer Körper durchaus etwas in mir aus, und ich schloss die Augen und sagte in Gedanken Primzahlen auf, um sie nicht mit einer unerwünschten Regung weiter zu ermuntern. Doch sie gab keine Ruhe, bei 23 öffnete ich die Augen und sah ihr Gesicht direkt vor meinem. Sie sah zum Fürchten aus, und die Bewegungen ihres Beckens, mit dem sie meinen Unterkörper hin und her schob, waren auch eher erschreckend als erregend.

»Bitte, Gabriele, lass das!«

Ich nahm meine Hände hoch, um sie ein wenig von mir zu schieben, da tauchten schon ihre Hände nach unten und ich entschied mich dafür, doch lieber eine Fußballerfreistoßhaltung einzunehmen, um Schlimmeres zu verhindern. Während ich sie auf diese Weise unten abwehren konnte, schnappte sie sich den Saum ihres Oberteils und zog das Kleidungsstück in einer schnellen Bewegung über ihren Kopf. Im Nu war sie aus dem dünnen Pulli geschlüpft, die Arme waren noch erhoben und steckten noch in den Ärmeln, da schob sie mir schon ihren Oberkörper hin. Der Bügel ihres Push-up-

BHs drückte mir gegen Hals und Kinn, und ich wand mich so weit nach hinten, bis ich den Spiegelschrank an meinem Hinterkopf fühlte.

»Gabriele … das hast du doch gar nicht nötig … bitte … ich …«

Ich stammelte, als müsse ich um mein Leben fürchten, zugleich nutzte ich aber auch die Möglichkeit, sie wieder ein wenig von mir wegzuschieben. Dummerweise sah sie meine Hände kommen und bevor ich mich versah, hatte sie ihren Oberkörper so gedreht, dass ich nicht zum Wegschieben kam, sondern stattdessen ihren Busen in beiden Händen hielt. Sie drückte sich gegen mich und machte dabei ein Gesicht, wie ich es mal in einem der miesen Pornos gesehen hatte, die Jobst und ich uns nach der Heiligabend-City-Tour vor zwei Jahren bei mir angesehen hatten.

Es geht da um diese etwas einfältige Fleischereifachverkäuferin, Cindy hieß sie, glaube ich, die einen Polizisten mit nach Hause nimmt und … Ich weiß nicht, ob Sie den Streifen kennen, aber zwischen den üblichen Verrichtungen, die einen Pornofilm in der Regel dominieren, geriet diese Verkäuferin in unzählige haarsträubend komische Szenen. Die meisten davon hatte der Regisseur vermutlich nicht als lustig geplant, aber bald schütteten Jobst und ich uns so aus vor Lachen, dass die hübsche Darstellerin mit ihren wechselnden Liebhabern sich abmühen konnte, wie sie wollte: Außer viel Gelächter bewirkte der Film bei uns in dieser Nacht nichts mehr.

Und auch jetzt fand ich die Szene vor allem komisch. Erst unterdrückte ich das Lachen noch, weil ich es irgendwie nicht richtig fand, während sich Gabriele mit so viel Einsatz an mir abmühte. Aber dann konnte ich es doch nicht mehr zurückhalten, und ein Anfall nach dem anderen schüttelte mich durch. Gabriele hob erst die Augenbrauen, als mir das erste Prusten zwischen den zusammengepressten Lippen durchrutschte, dann starrte sie mich ungläubig an und schließlich – ich war inzwischen dem Waschbeckenrand entlang nach unten gerutscht, saß lachend auf den Bodenfliesen und hielt mir den Bauch, der mir allmählich wehtat.

Ganz langsam löste sich Gabriele von mir, Tränen stiegen in ihren Augen auf, sie schluckte ein paar Mal, dann lehnte sie sich an die Tür und ließ sich ebenfalls langsam auf den Boden sinken. So saßen wir uns gegenüber, und als ich sah, wie Gabriele stumm zu weinen begann, bekam ich meinen Lachanfall allmählich wieder in den Griff. Ich betrachtete sie. Ihre Beine waren wirklich sehr lang, auch wenn sie jetzt zwischen uns lagen wie Marionettenglieder, denen man die Schnüre gekappt hatte. Sie hatte die Hände vors Gesicht geschlagen, die Arme steckten noch immer in den Ärmeln und das Oberteil lag auf ihrem Schoß. Nun war ab und zu ein leises Schluchzen zu hören. Ihre schmalen Schultern bebten und ich hätte sie gerne in den Arm genommen – wenn mir nicht der Schreck von eben noch in den Gliedern gesteckt hätte.

»Gabriele?«

Die Stimme kam vom Flur. Dort stand offenbar Gabrieles Mann und machte sich Sorgen um seine Frau.

»Hm?«, fragte sie und schniefte.

»Ist mit dir alles in Ordnung?«

»Ja, ich …«

Sie schniefte wieder, wischte sich mit dem Handrücken die Tränen aus dem Gesicht und sah mich traurig an.

»Ich komm gleich, Rüdiger. Ich bin nur …«

»Ja?«

»Ich bin ein bisschen traurig, weißt du?«

»Ach, nimm dir das mit den Karrieren deiner Geschwister doch nicht immer so zu Herzen, Schatz! Du kümmerst dich um unsere Kinder, du kochst besser als alle anderen, und ich bin ganz zufrieden mit allem – lass sie doch schwärmen von Cambridge oder Neuseeland oder dieser Zahnarztpraxis.«

Gabriele schniefte und sah mich unter Tränen wehmütig an. »Du kennst mich halt, Rüdiger.« Sie zuckte mit den Schultern. »Ich komm gleich wieder rüber zu euch. Gib mir noch einen Moment, ja?«

»Geht klar. Und überhaupt: Zahnarztpraxis! Stell dir vor, du müsstest jeden Tag in eine *Zahnarztpraxis*!«

Rüdigers Stimme klang jetzt leiser und intensiver zugleich. Er hatte sich wohl vorgebeugt und sprach jetzt direkt gegen die Tür. Diesmal musste Gabriele lachen, vermutlich hatte er auf einen Witz angespielt, den sie beiden kannten. Sie wischte sich mit dem Ärmel über die Nase.

»Sag mal«, fragte Rüdiger noch durch die Tür, »weißt du, wo Laras Freund ist? Der ist kurz vor dir raus, wollte auch aufs Klo und ist bisher noch nicht wiedergekommen.«

Ich hielt den Atem an und warf einen beschwörenden Blick auf Gabriele. Sie zupfte ihren BH zurecht und schlüpfte wieder in ihr Oberteil, dann sah sie mich noch einmal kurz an und zwinkerte mir zu.

»Der war vor mir hier drin, ist vorhin raus in Richtung Wintergarten. Vielleicht wollte er hinter dem Haus eine rauchen.«

Ich rollte mit den Augen. Eine rauchen …

Rüdiger entfernte sich und Gabriele rappelte sich mühsam hoch. Auch ich erhob mich und wir standen uns einen Moment stumm gegenüber. Dann lächelte sie mich an und zuckte mit den Schultern.

»Das mit der Zahnarztpraxis erklär ich dir ein anderes Mal«, sagte Gabriele. »Das ist ein Running-Gag bei uns, erinnert mich immer an unsere wilde Zeit – und an ein Missgeschick, das uns damals passiert ist, Rüdiger und mir.«

»Deine wilde Zeit? Ist die wirklich schon vorüber?«

Sie grinste und machte einen Knicks. »Danke für das Kompliment. Und bitte … kein Wort, ja? Mir ist das jetzt schon peinlich. Ich hab wohl etwas zu viel Wein erwischt, und mit Rüdiger … na ja … da läuft nichts mehr, seit der Kleine da ist, und …«

»An deiner Stelle würde ich mit Rüdiger mal dasselbe versuchen wie vorhin bei mir – er muss sicher auch mal, heute Abend.«

Sie zog eine Schnute, es sah fast so süß aus wie bei Lara. »Hat ja nicht geklappt bei dir. Warum hast du eigentlich plötzlich lachen müssen?«

»Ach … das ist so etwas Ähnliches wie mit eurer Zahnarztpraxis. Erzähl ich dir ein anderes Mal.«

Sie kniff die Augen zusammen und musterte meinen Gesichtsausdruck, schien aber darin nichts Verdächtiges zu bemerken.

»Eigentlich schade, wenn ich dich nur zum Lachen bringen konnte.«

»Na, ich musste mich schon sehr beherrschen. Ich hab in Gedanken Primzahlen aufgesagt, ehrlich!«

»Primzahlen?«

Sie grinste mich spitzbübisch an und trat einen Schritt näher. Ich erschrak und wich ein bisschen zurück.

»Kannst ruhig stehenbleiben, Nick. Aber hast du wirklich nur an Primzahlen gedacht?«

»Nicht die ganze Zeit. Einmal …«

»Ja?«

»Einmal dachte ich auch: Wo warst du nur, als ich noch Single war?«

Das war nur halb geschwindelt, klang aber sicher charmanter als die ganze Wahrheit.

Und sie lächelte auch und nickte mir zu. »Das hast du schön gesagt, Nick.« Sie sah an mir vorbei in den Spiegel, richtete sich die Haare und zog ihr Oberteil zurecht. Dann lächelte sie mich noch einmal an. »Ich werde darauf achten, wann Rüdiger zur Toilette muss.«

Damit wandte sie sich lachend ab und ging hinaus. Ich wartete noch ein wenig, dann schlich ich mich ebenfalls zur Tür, linste links und rechts den Flur entlang und schlüpfte dann in Richtung Wintergarten davon. Von dort schlenderte ich zwei Minuten später zurück ins Wohnzimmer. Lara sah mich kommen und behielt mich im Blick, bis ich wieder neben ihr saß.

»Du warst draußen?«, fragte sie.

Ich nickte und versuchte, nicht zu Gabriele hinzusehen.

»Rüdiger meinte, du seist eine rauchen?«

»Ich? Eine rauchen?« Ich sah Rüdiger so unschuldig an, wie ich konnte. »Ich rauche nicht.«

»Aber …«, er wandte sich an seine Frau. »Du hast doch …«

Gabriele griff über den zwischen ihnen sitzenden Sohn hinweg und legte Rüdiger eine Hand auf den Arm. »Da musst du mich falsch verstanden haben, Schatz.«

»Aber ich …«

Er verstummte und sah auf Gabrieles Finger hinunter, die ganz langsam über sein Handgelenk streichelten und sich dabei ganz langsam den Unterarm hinaufarbeiteten. Rüdiger hob den Blick und sah seiner Frau in die Augen, die ihn hintergründig anlächelte. Dann wandte er sich wieder den anderen zu, räusperte sich und schnitt irgendein banales Thema an. Etwa fünf Minuten später stand er auf und verschwand in Richtung Toilette. Eine weitere Minute danach erhob sich auch Gabriele und ging in dieselbe Richtung davon. Der Sohn der beiden sah erst dem Vater und dann der Mutter danach, dann machte er Anstalten, ebenfalls hinauszugehen.

»Bleib mal lieber sitzen«, sagte ich zu ihm. »Mama und Papa kommen sicher gleich wieder. Ich glaube, die haben was zu besprechen.«

Lara sah mich fragend an, ich grinste und beugte mich ein wenig zu ihr hin, als der Kleine wieder auf das Handy stierte, das er vor sich in den Händen hielt.

»Hast du nicht gesehen«, raunte ich ihr zu, »wie sich die beiden gerade angesehen haben?«

»Du meinst …?«

»Na, ist doch schön, wenn das auch nach der Hochzeit noch vorkommt, oder?«

Sie sah mich an, als würde die Fantasie mit mir durchgehen, aber trotzdem lugte sie immer wieder zum Flur hinüber. Und als nach etwa zwanzig Minuten erst Gabriele und dann

Rüdiger auf ihre Plätze zurückkehrten, und beide auf den letzten Metern bis zum Tisch noch ein wenig an ihren Haaren und an den Kleidern herumzupften, machte sie große Augen und sah mich verblüfft an.

»Woher hast du das denn gewusst?«, fragte sie mich flüsternd.

»Intuition«, sagte ich und grinste breit. »*Männliche* Intuition.«

Rüdiger trank sein Glas in einem Zug aus und ließ sich von Hannas Mann eine Flasche reichen, um sich nachzuschenken. Gabriele warf mir ein sehr zufriedenes Lächeln zu, und Lara sah irritiert zwischen ihr und mir hin und her.

Kapitel 005

Es ist kompliziert

Während der Weihnachtstage war mir eine Idee gekommen, was ich mit der freien Zeit anfangen konnte, die mir als arbeitsloser Ex-Redakteur bevorstand. Natürlich würde ich mich nach einer neuen Stelle umsehen, aber das würde vermutlich nicht den ganzen Tag in Anspruch nehmen. Also konnte ich genauso gut in meinem Videokeller an einem neuen Projekt arbeiten. Ich hatte selbstverständlich nicht vergessen, dass mir die Produktionsfirma der James-Bond-Filme Konsequenzen für den Fall angedroht hatte, dass ich einen weiteren ihrer Filme für eine schwäbische Version nutzen würde – aber es gab einen Bond-Film mit Sean Connery, der nicht von dieser Produktionsfirma hergestellt worden war: »Sag niemals nie« war 1983 in Konkurrenz zum »offiziellen« Bond-Film »Octopussy« mit Roger Moore in die Kinos gekommen und hatte Sean Connery nach zwölfjähriger Pause ein spätes Comeback als Agent 007 beschert.

Über eBay hatte ich schon vor ein paar Jahren ein Modell von Bonds Raketenmotorrad aus »Sag niemals nie« ersteigert, und Kim Basinger, die in dem Film die verführerische Domino Petachi spielt, hatte ich wie die meisten anderen von Sean Connerys Bond-Girls schon vor längerer Zeit gewissermaßen auf Vorrat modelliert – sie musste im Karton mit den Knetfiguren irgendwo zwischen Karin Dor und Jill St. John liegen.

Lara hatte noch einige Aufträge ihrer Event-Agentur abzuarbeiten und war deshalb Anfang Januar noch häufiger für ihre Kunden unterwegs als zuvor – aber es war absehbar, dass es damit in zwei oder drei Wochen ein Ende haben würde. Inzwischen wurde auch eine Praktikantin eingelernt, mit deren Hilfe der Agenturchef die verbliebenen Aufträge vermutlich bewältigen konnte, also durfte Lara davon ausgehen, bald völlig ohne Arbeit dazustehen.

In der Zeit, in der Lara nicht da war, verkroch ich mich in meinem Kellerstudio und arbeitete unter Hochdruck an meinem neuen Film, den ich »Sag niemals noi« nennen wollte. Damit ich schneller vorankam und weil ich diesmal verschiedene Stimmen für meine Synchronspur haben wollte, trommelte ich alle möglichen Bekannten zusammen, die mir noch einen Gefallen schuldeten – so kam ich an Sprecher, ohne dafür das Geld ausgeben zu müssen, das ich bald nicht mehr haben würde.

Jobst sprach den Maximilian Largo, im Film von Klaus Maria Brandauer gespielt. Er schuldete mir zwar keinen Gefallen – eher stand ich wegen Lara bei ihm in der Schuld. Aber er war sofort von meinem neuen Filmprojekt begeistert gewesen und wollte unbedingt mitmachen, warum sollte ich ihn also davon abhalten, mir zu helfen?

Die Professionellste in meinem Sprecherteam war ohne Zweifel Lotte Landauer. Ich habe bis heute nicht herausgefunden, ob sie wirklich Lotte heißt – was mir für eine 25-jährige Schwäbin kein gängiger Name zu sein scheint – oder ob das ihr Künstlername ist. Lotte spielt seit einigen Jahren an einem kleinen Stuttgarter Theater, sie war schon Komparsin in mehreren Fernsehkrimis und beinahe auch in der Serie »Die Kirche bleibt im Dorf«, und als ich sie überreden konnte, als Stimme von Domino Petachi an meiner Produktion teilzunehmen, standen einige Drehtage für eine Nebenrolle in einem größeren TV-Melodram unmittelbar bevor.

Das war auch schon die einzige Schwierigkeit, die sich aus ihrer Mitwirkung ergab, denn in diesem Melodram spielte sie ein blondes Gift, das sich aus purer Berechnung an einen Filmproduzenten heranmachte. Ihre Dialoge hatte sie schon auswendig gelernt, aber sie musste noch den richtigen Ausdruck üben – also machten wir folgenden Deal: Erst sprach sie meine schwäbische Domino, danach nahm ich das Drehbuch des Fernsehfilms, fragte ihre Melodram-Sätze ab und gab ihr die Stichworte. Zwei Tage lang ging alles gut, am dritten kam Lara in den Keller.

Die letzte Passage mit Domino Petachi war tonmäßig im Kasten – die entsprechenden Bildaufnahmen würde ich später machen, dann konnte ich auch die Bewegungen meiner Knetfiguren passgenau zur Tonspur gestalten. Jetzt war ich also wieder dran. Lotte gab mir das Drehbuch und zeigte mir die Szene, die wir heute miteinander üben sollten. Es war der … nun ja … dramaturgische Höhepunkt für Lottes Filmrolle: Der Filmproduzent sitzt auf der Couch in seinem Büro und deutet an, dass das blonde Gift durchaus Chancen auf eine Hauptrolle habe, wenn es nur … Daraufhin kniet sie sich vor dem Produzenten auf den Boden und … verbessert ihre Chancen.

In den meisten Szenen, die wir zuvor geübt hatten, amüsierte ich mich insgeheim über den Ernst, mit dem Lotte zu Werke ging – vor allem musste ich mir ein Grinsen immer dann verkneifen, wenn sie für eine Szene so tat, als beuge sie sich weit über ein Fenster hinaus und rufe zur Straße hinunter. Auch die Passage, in der sie über den Bahnsteig rennt und im letzten Moment den anfahrenden Regionalzug erwischt, in dem sie ganz zufällig dem Produzenten über den Weg laufen will, hatte für einige unfreiwillige Komik gesorgt.

Diesmal wurde mir ein wenig mulmig, aber Lotte beruhigte mich.

»Du setzt dich hier auf deinen Bürosessel, rutscht ein wenig herunter und ich knie mich vor dich hin.« Sie zwinkerte mir schelmisch zu. »Keine Angst, authentischer brauche ich es nicht für unser Training.«

Ich lachte, aber sie lachte lauter – wahrscheinlich war ich ein wenig rot geworden. Wir brauchten einige Zeit, um wieder aus der albernen Stimmung herauszukommen, und irgendwann tat mir der Rücken weh, weil ich ständig in dieser ungesunden Haltung in meinem Sessel lümmeln musste.

»Kann ich mich eigentlich mal wieder etwas gerader hinsetzen?«, fragte ich.

»Jetzt bleib halt so, ich bin gleich fertig«, kam die Antwort von unten. »Das Stichwort – gibst du's mir bitte?«

Später erfuhr ich, dass Lara bei »... gibst du's mir bitte?« den Kellerraum betrat und wie vom Donner gerührt in der Tür stehen blieb.

»Na, Kleine, wenn du die Rolle wirklich willst, musst du mir das schon zeigen!«

Lotte hatte mir gesagt, dass ich meine Stimme nicht zu verstellen brauchte, dass es ihr aber helfen würde, wenn ich an den entsprechenden Stellen ein bisschen mitstöhnen oder zumindest schwerer atmen würde. Das tat ich so gut ich konnte, und wenn ich mich aus heutiger Sicht in Lara hineinversetze, muss das Bild vor ihren Augen schon recht eindeutig gewirkt haben: Ich lümmle in meinem Sessel und rede als Filmproduzent fordernd und schwer atmend zu einer Blondine, die zu meinen Füßen kniet – und von der Lara vermutlich nur die Unterschenkel und die Füße sehen kann. Dazu überall meine Videogerätschaften und auf dem großen Monitor vor mir das Standbild mit dem Filmtitel »Sag niemals noi«.

Lotte hatte in diesem Teil der Szene keinen Text, machte aber Geräusche, die sehr authentisch klangen. Dazu bewegte sie sich sehr hübsch schräg unter mir. Jedenfalls sprang bei mir das Kopfkino an und ich begann wieder, in Gedanken Primzahlen aufzusagen.

»Los«, keuchte ich und fand, dass ich dabei sehr echt klang, »gib dir Mühe, Kleine!«

»Ich ... ich ...«, kam es von unten, »ich mach alles für diese Rolle ... ich ...«

»Quatsch nicht«, las ich knurrend aus dem Drehbuch vor, immer noch keuchend, »streng dich an!«

Ein leises Geräusch hinter mir ließ mich den Kopf zur Tür wenden. Lara hatte sich ein wenig gegen eines meiner Holzregale sinken lassen, berappelte sich aber gerade wieder und stand mit wütendem Blick und offenem Mund da.

»Hallo Lara«, rief ich ihr zu. »Ich bin gleich fertig, ich komme in ein, zwei Minuten, ja?«

Sie sah mich entgeistert an, wollte wohl was sagen, klappte dann aber den Mund ohne ein Wort wieder zu. Sie schüttelte den Kopf, ein kurzes, böses Grinsen huschte über ihr Gesicht, dann drückte sie die Schultern durch, drehte sich um und marschierte aus dem Kellerraum.

Vor mir auf dem Boden stöhnte und gluckste Lotte nach Kräften und ich wollte ihr gerade das nächste Stichwort aus dem Drehbuch geben, als mir endlich klar wurde, was sich Lara, die weder von meinem James-Bond-Film noch von Lottes Nebenrolle etwas wusste, bei der Szene im Videokeller denken musste.

»Äh, Lotte …«

»Nein, jetzt nicht abbrechen, ich bin grad so gut drin in der Rolle!«

»Tut mir leid, aber können wir das morgen noch einmal proben? Oder kann dir vielleicht jemand anders dabei helfen?«

Sie hob den Kopf und schaute irritiert zu mir hoch.

»Was ist denn? Wir haben's doch gleich! Der Produzent grunzt noch und tritt mich beiseite, dann renn ich raus – und in meiner letzten Szene auf der Neckarbrücke habe ich eh keinen Text, das muss ich nicht mehr üben.«

»Ja, aber … Lara hat uns gesehen.«

»Deine Freundin? Schön.«

Lotte stand auf, wischte sich den Staub von den Knien und sah sich im Kellerraum um. »Wo ist sie denn?«

»Sie ist raus wie der Blitz.«

»Aha? Und warum? Mich hätte sie nicht gestört. Sie hätte mir doch dann auch sagen können, ob ich meine Rolle glaubhaft gespielt habe!«

»Das kann ich dir auch bestätigen. Sie hat dir die Rolle abgenommen, zweifellos.«

»Und woher willst du das wissen?«

Ich beschrieb ihr, was Lara gesehen haben musste. »Und dann rennt sie raus – glaub mir: Du warst superauthentisch!«

»Oh, Scheiße!« Lotte sah ganz zerknirscht aus, was bei einer sehr hübschen Mittzwanzigerin sehr schön aussehen kann. »Ich geh zu ihr hoch und erklär ihr alles, Nick, kein Problem!«

»Lass mich erst mal mit ihr reden, okay? Ich muss ihr erst einmal beibringen, was ich hier unten im Keller mache.«

»Sie weiß nichts von deinem Bond-Film?«

»Nein, das wollte ich ihr erst noch sagen. Ich fand mich da ein bisschen schrullig, und … na ja, besser als untreu, oder?«

»Allerdings«, sagte sie und packte ihr Drehbuch in die Tasche. »Aber das solltest wirklich du ihr alles sagen. Wenn ihr miteinander klar seid, bestätige ich deiner Lara gerne alles, was war. Jetzt seh ich mal lieber zu, dass ich hier nicht zwischen die Fronten gerate. Schließlich bist du ja auch eine Art Filmproduzent.«

Sie hauchte mir einen Kuss auf die Wange und weg war sie.

Fast eine Stunde lang tigerte ich noch in meinem Kellerstudio herum, räumte sinnlos Kleinigkeiten von einem Regalbrett aufs andere, dann fiel mir nichts mehr ein, womit ich meinen schweren Gang noch länger hinauszögern konnte. Also schaltete ich alle Geräte aus und das Licht, schloss den Keller zweimal ab und schlurfte die Treppen hinauf zu unserer Wohnung. Neben der Tür standen ein Rollkoffer und eine große Reisetasche, obenauf ein kleiner Beutel mit Waschzeug, in dem ein Zettel steckte.

Ich zog den Zettel heraus.

Lara hatte darauf dick mit Fettstift geschrieben: »Ist alles drin, was du brauchen wirst!« Ich sah hinein: Neben Zahnbürste und Rasierzeug fand ich auch mein altes Päckchen Kondome und eine herausgerissene Seite aus der Fernsehzeitung – dort wurde älteren Männern Hilfe bei Potenzproblemen versprochen. Ich schluckte meinen Ärger hinunter, weil jetzt wohl nicht der richtige Moment war, um sich wegen eines schlechten

Scherzes zu streiten. Ich zog meinen Schlüssel hervor und versuchte die Tür zu öffnen: Laras Schlüssel steckte offenbar von innen, mein Schlüssel ließ sich nicht drehen.

Ich klopfte an die Tür, erst leise und dann, weil Lara nicht reagierte, etwas lauter. Mir war es, als würde einen Stock unter mir eine Tür geöffnet, aber unsere Wohnung blieb verschlossen. Ich klopfte noch einmal, noch etwas lauter, und schließlich patschte ich mit der flachen Hand ein paar Mal gegen das Holz.

Nun öffnete sich die Tür der anderen Wohnung auf dieser Etage, und Franziska Ling schaute fragend zu mir. Dann bemerkte sie Rollkoffer, Reisetasche und Waschbeutel.

»Oh«, entfuhr es ihr, »das sieht nicht gut aus.«

Ich hämmerte erneut gegen die Tür, aber Lara regte sich nicht.

»Wenn ich helfen kann …«, setzte Franzi an, aber ich winkte nur ab und hämmerte weiter.

Dann war endlich Laras Stimme zu hören, aber meine Freude darüber hielt nicht sehr lange an.

»Scher dich zum Teufel, und nimm deine … deine Schlampe gleich mit! Mit ihr kannst du deine Macho-Fantasien ausleben, wo du willst. Bei sich daheim wird sie hoffentlich Teppichboden haben – das geht sonst nämlich arg auf die Knie, mein Lieber!«

Lara hatte erst nur zornig geklungen, aber der vor Sarkasmus triefende Tonfall, den sie für »mein Lieber« anschlug, traf mich ins Mark. Franzi stand noch immer in ihrer Tür. Inzwischen hatte sie die Hände vor der Brust verschränkt und beobachtete mich. Ganz offensichtlich war sie sehr gespannt, was ich nun antworten würde. Mir ging es genauso, und leider fiel mir nichts Originelles ein.

»Lara, du verstehst das völlig falsch«, begann ich und hätte mich dafür am liebsten selbst geohrfeigt.

Aus den Augenwinkeln bemerkte ich, dass Franzi tadelnd den Kopf schüttelte. Das Wertungsgericht neben mir machte die Sache nicht einfacher.

»Was du da vorhin im Keller … das war nicht echt, das war nur gespielt … das hat mit uns beiden auch überhaupt nichts …«

Ich brach mitten im Satz ab. Ich mochte mir selbst nicht länger zuhören – und konnte es nicht fassen, dass mir nur die abgedroschenen Phrasen einfielen, die ich selbst in schwülstigen Melodramen nur schwer ertrug. Wieder wollte ich mich am liebsten ohrfeigen, aber das konnte ich mir sparen. Die Tür vor mir schwang auf, Lara machte einen schnellen Schritt auf mich zu. Ich sah ihre Hand gar nicht kommen, aber das laute Klatschen und das anschließende Brennen registrierte ich durchaus. Dann stand sie zornbebend vor mir.

»Lass mich raten«, zischte sie: »Es ist alles ganz anders als ich glaube, und diese kleine Schlampe hat auf dem Boden vor dir ihre Kontaktlinsen verloren. Richtig?«

»Fast«, korrigierte ich sie. »Lotte trägt keine Kontaktlinsen, aber sie hat nur eine Filmszene geprobt. Das stand so im Drehbuch und sie wollte das nur noch einmal mit mir …«

Ein doppeltes Klatschen ganz schnell hintereinander unterbrach meine Erklärung. Einmal schallte es hell von meiner Wange wider, die nun knallrot wurde. Und das zweite Mal satt und schwer von der Tür, die wieder mit Schwung ins Schloss fiel. Ich rieb mir die Wange und suchte nach Worten, wie ich Lara vielleicht doch noch erklären konnte, dass im Keller nicht das passiert war, was sie zu sehen geglaubt hatte. Franzi lümmelte nun etwas bequemer an ihrem Türrahmen. Ihre Miene wirkte, als setze sie keinen Pfifferling mehr darauf, dass ich Lara von meiner Version der Geschichte überzeugen könne.

»Lara, bitte, hör mir doch zu!«

Drinnen raschelte Kleidung. Lara schien direkt hinter der Tür zu stehen. Meine Chance!

»Bitte!«

»Ich rat noch einmal: Die Kleine hat für eine Filmrolle geübt?«

»Ja, richtig.«

Mir fiel ein erster kleiner Stein vom Herzen. Wenn Lara sich das anhören wollte, konnte noch nicht alles verloren sein.

»Und du bist der Filmregisseur?«

»Nein, nicht von diesem Film, aber …«

»Aber du bist irgendwie Regisseur, richtig?«

»Äh … ja, das wollte ich dir auch schon längst mal … aber …«

»Und weil sie die Rolle unbedingt haben will, übt sie das Ganze noch einmal mit dir?«

»Ja, das war nur geübt«, gab ich ihr Recht.

Es purzelten ein paar weitere Steine von meinem Herzen.

»Und, hat sie die Rolle bekommen?«

»Ja, klar, Lotte kann das, die ist richtig talentiert und …«

Nicht gut, schoss es mir durch den Kopf, als ich mir meine gestammelten Halbsätze noch einmal vergegenwärtigte.

»Arschloch!«, kam es wie zur Bestätigung von drinnen, dann entfernten sich Laras Schritte.

Im Wohnzimmer wurden nun offenbar einige Teller und Tassen gegen die Wand geworfen, dann war es still.

»Lara?«

Ich klopfte noch einmal an die Tür und horchte: nichts.

»Lara? Alles okay bei dir?«

Eine weiche Frauenhand zog mich zur Seite und drehte mich ein wenig um die eigene Achse, dann legte mir Franzi beide Hände auf die Schultern und sah mir in die Augen. »Alles okay bei dir? Hast du sie das gerade wirklich gefragt?«

»Äh … ich …«

»Es ist natürlich nichts okay, mein Gott! Ihr Männer könnt solche Trottel sein! Du hältst jetzt am besten den Mund und machst nicht alles noch schlimmer.«

Hinter mir knarrte eine Stufe. Ich drehte mich um und sah Gunda Späth in ihrem Märchennachmittagsumhang auf der Treppe stehen. Offenbar hatte sie sich gerade zurechtgemacht und war mit der Frisur noch nicht ganz fertig geworden. Oder sie hatte einige Likörchen gekippt, denn was sie nun sagte, ergab für mich keinen Sinn.

»Bei mir kennat Se net wohna, des sag i Ihne glei!«

Das bekräftigte sie noch mit heftigem Kopfnicken, dann krallte sie sich am Handlauf der Treppe fest und marschierte nach unten. Einige Schritte, dann Türknallen, und ich stand ratlos vor Franzis Wohnung, schaute mal die Treppe hinunter und dann zu meiner Nachbarin hin.

»Was war das denn?«, brachte ich schließlich hervor.

»Ach … das Paar, das vor euch in dieser Wohnung gewohnt hat, hatte auch mal Stress. Er wurde von ihr rausgeworfen und hat sich daraufhin bei Frau Späth einquartiert. Das steckt ihr vielleicht noch in den Knochen, was weiß ich.«

Ich schaute zur verschlossenen Tür meiner Wohnung hin, dann auf Koffer, Tasche und Waschbeutel.

»Das wäre vielleicht vor dem Einzug eine gute Info gewesen, oder? Die Wohnung scheint kein gutes Pflaster zu sein für Paare.«

»Ach was, die haben sich wieder vertragen. Und so wird's bei euch auch kommen, du wirst sehen.«

Ich sah sie zweifelnd an. »Und … hat das lange gedauert, damals, bei unseren Vormietern?«

Sie biss sich auf die Unterlippe, dann hakte sie mich unter und zog mich auf ihre Wohnung zu. »Du gehst jetzt mal rein, ich bring dir dein Gepäck und dann sehen wir weiter, okay?«

Noch bevor ich protestieren konnte, stand ich in Franzis Wohnungsflur und fragte mich, warum sie meiner Frage gerade ausgewichen war.

— o —

Ich hatte noch zwei Anläufe genommen, mich vor Franzis Hilfe zu retten, aber es war mir nicht gelungen.

Im ersten Versuch hatte ich Jobst erwähnt und geschwindelt, dass er mich sicher aufnehmen würde – schließlich war er ja mein bester Freund. Das stimmte zwar, allerdings lebte er in einer ziemlich kleinen Dachbude, und dort war derzeit auch noch Carina zu Gast – ich konnte mir nicht vorstellen, dass Jobst mich unter diesen Umständen wirklich willkommen heißen würde, und das sah Franzi mir wohl auch an.

Mein zweiter Versuch versprach mehr Erfolg: Ich hatte mir Franzis Telefonbuch gegriffen und fuhr gerade mit dem Zeigefinger die Liste der Hotels und Pensionen entlang. Einige Unterkünfte lagen nicht allzu weit vom Eugensplatz entfernt und hatten Namen, die nicht nach übertrieben hohen Übernachtungskosten klangen. Doch als ich gerade die erste Nummer wählen wollte, die ich in die engere Wahl genommen hatte, machte Franzi einen so eingeschnappten Eindruck, dass ich den Hörer wieder weglegte.

Es mir mit gleich zwei Frauen innerhalb einer Stunde zu verderben, das klang nicht nach einem guten Plan. Und überhaupt: Franzi wollte ja nur helfen. Sie meinte es ja nur gut. Und es würde schon alles gut werden. Selbst mit ihrer Hilfe.

Wenn ich heute so an meine damaligen Überlegungen denke, wundere ich mich, wie konsequent man alle aus Vernunft und Erfahrung zu ziehenden Schlüsse beiseiteschieben kann.

Ich wusste durchaus noch, wie Franzi versucht hatte, den kleinen Thorben Krampenbach am vierten Advent vor einem Sturz die Treppe hinunter zu bewahren – blitzschnell griff sie nach ihm, aber irgendwie packte sie nicht richtig zu und schubste den Jungen stattdessen erst so richtig die Stufen hinunter. Das Geschrei des Kleinen hatte ich noch gut im Ohr, und jedesmal, wenn er jetzt mit seinem Gipsarm seiner verhinderten Retterin begegnete, zeigte er ihr am Ende des gesunden Arms den Stinkefinger.

Hausmeister Florento machte ebenfalls einen Bogen um Franzi. Sebastian hatte mir mal die Geschichte mit der defekten Flurlampe erzählt. Giuseppe Florento stand damals im Halbdunkel auf einer Leiter, die er mit einigem Knicken und mit dem Unterlegen von diversen Holzstücken so weit ausbalanciert hatte, dass er damit zwischen dem ersten und zweiten Stock halbwegs gerade direkt unter der kaputten Lampe stehen konnte. Er hatte die Sicherung herausgeschraubt und die Stromkabel für den Anschluss der neuen Lampe schon wieder verbunden, konnte ohne Beleuchtung aber nur schlecht sehen. Irgendwie muss ihm nach einer Weile etwas schummrig geworden sein und er wackelte bedenklich auf seiner kippeligen Leiter. Franzi – ganz Frau der Tat – beruhigte ihn mit Sätzen wie »Kein Problem, ich mach das schon!« und flitzte in den Keller hinunter. Sie drehte die Sicherung wieder an, da hörte sie von oben schon Florentos gellenden Schrei und dann ein fürchterliches Gepolter. Als sie wieder oben war, lag der Hausmeister rücklings auf seiner weggerutschten Leiter, den Schraubenzieher noch in der Hand, die Haare in alle Richtungen wirr abstehend und den Blick leer auf die Mauer gerichtet. Es dauerte eine Weile, bis die anderen Mieter ihn wieder auf die Beine brachten, nur von Franzi wollte er sich nicht mehr anfassen lassen. Sie hat, glaube ich, nie erfahren, dass es Giuseppe Florento erst von der Leiter wischte, als der Strom so unvermittelt über seinen Schraubenzieher und durch seine Hände floss.

Diese und weitere Anekdoten, die Franzis Geschick als Helferin eindrucksvoll einordneten, waren mir durchaus präsent, und trotzdem nahm ich ihr Angebot an. Vor allem, um sie nicht vor den Kopf zu stoßen. Und ein bisschen sicher auch, weil es so bequem war und ich damit auch gleich so nahe bei Lara unterkommen konnte.

Franzi setzte erst einmal Teewasser auf und zeigte mir dann das Zimmer, in dem ich vorübergehend wohnen sollte. Es war ein netter, nicht zu großer Raum, der mit einem Gästebett, einem kleinen Kleiderschrank und einer Ecke für meine Tasche und meinen Rollkoffer weitgehend ausgefüllt war.

»Den Schrank mach ich dir nachher leer, ich habe noch ein paar meiner Sachen da drin«, sagte sie und ging mit mir in die Küche, wo wir uns den Tee und dazu selbstgebackene Brownies schmecken ließen.

Sie fragte mich nicht, warum mich Lara vor die Tür gesetzt hatte, sondern erzählte mir stattdessen von ihrem verschwundenen Kater Graf Yoster.

»... und seither stelle ich ihm täglich neues Futter und frisches Wasser hin, man weiß ja nie«, kam sie zum Ende ihres ausführlichen Berichts.

»Und das Katzenklo?«

Ich wies auf eine hässliche hellgraue Kiste aus Plastik mit einer buckligen Haube samt Griff obendrauf.

»Auch frisch«, sagte sie und lachte. »Aber da muss ich ja nichts wechseln, solange Graf Yoster nicht wieder da ist.«

Wir tranken den Tee leer, dann ging sie in mein neues Zimmer hinüber und warf den Inhalt des Kleiderschranks auf mein Bett. Die Reizwäsche stob nur so durch die Luft, und als sie einige technische Hilfsmittel aus dem Sexshop auf den Haufen legte und alles mit ihren Armen umschlang, bot ich ihr artig meine Hilfe beim Hinaustragen an. Sie zwinkerte mir zu, lehnte dankend ab und trug lachend alles nach draußen. In der Spiegeltür des Schranks konnte ich sehen, dass ich knallrot geworden war.

Nach dem Abendessen – es hatte Spaghetti mit einer fabelhaften Gemüse-Tomaten-Soße gegeben – schenkte Franzi uns beiden einen italienischen Rotwein ein und bat mich zur Couch hinüber. Sie legte eine CD von Melissa Etheridge ein, setzte sich zu mir und sah mich eine Weile schweigend an.

Ich habe ja schon erwähnt, dass Franziska Ling eine schöne und attraktive Frau ist, und wie wir so nebeneinander auf ihrer Couch saßen, Wein vor uns und eine CD im Player, wurde mir zunehmend unbehaglich zumute. Lara hatte mich im Verdacht, dass mir im Keller eine junge Schauspielerin zu Diensten war; ihre Schwester Gabriele wollte mir in der Gästetoilette ihrer Eltern an die Wäsche; und nun saß ich mit Franzi in deren Wohnung, sie hatte vorhin Reizwäsche und

Sexspielzeug auf meinem Bett gestapelt und sah mich nun unverwandt an. Das alles schmeichelte meiner männlichen Eitelkeit, machte mich in der Häufung allerdings etwas nervös. Ich schielte zur Wanduhr hinüber: Wir saßen nun schon fast zehn Minuten schweigend nebeneinander.

»Du hörst die Musik?«, sagte Franzi plötzlich.

Ich kannte den Song, er hieß, glaube ich, »Like the way I do« – aber nun achtete ich etwas genauer auf den Text. Melissa Etheridge wandte sich an ihren früheren Partner und fragte ihn im Refrain, ob seine Neue ihn wohl ebenso lieben würde, wie sie es getan hatte. Ob sie ihn ebenso küssen, erregen und … Melissa Etheridge sang weiter, wütend und kratzig, und ich schluckte und sah Franzi an. Sie saß da, als habe sie mir gerade einen Gassenhauer des frühen Udo Jürgens vorgespielt, und grinste mich schelmisch an.

»Äh … ja, den Text hab ich verstanden«, stammelte ich schließlich. »Und?«

Mir war ganz heiß geworden, und so, wie Franzi jetzt noch breiter grinste, konnte ich mir schon denken, dass ich wieder mit puterrotem Gesicht vor ihr saß.

»Na ja«, erklärte Franzi, »Melissa fragt in dem Song ihre frühere Partnerin, ob ihre Neue sie genauso gut befriedigt, wie sie selbst das mal getan hat.«

Ich zuckte mit den Schultern. Genauso hatte ich es verstanden.

Oh.

Fast genauso.

»Melissa Etheridge hat sich 1993 als lesbisch geoutet«, erzählte sie, »und im Moment lebt sie mit einer Regisseurin und Produzentin zusammen, die sie inzwischen auch geheiratet hat.«

»Äh … schön, und?«

»So viel Glück hatte ich im Privaten bisher noch nicht«, sagte Franzi. »Aber das wird noch: Ich finde eines Tages die Richtige – und so lange suche ich halt weiter nach ihr.«

Allmählich fiel der Groschen. Ich atmete auf, was möglicherweise nicht sehr höflich wirkte, und hob mein Glas, um mit Franzi anzustoßen.

Sie tat mir den Gefallen, doch als sie ihr Glas wieder abgesetzt hatte, sagte sie: »Du arme Wurst musst also keine Angst vor mir haben: Ich tu dir nichts.«

Ich nickte, obwohl sie das auch netter hätte formulieren können. »Arme Wurst« – also bitte!

»Du bist in meiner Wohnung in Sicherheit«, fuhr sie fort, und es schien ihr Spaß zu machen. »Selbst wenn wir Stromausfall haben und alle Batterien leer sind, rühr ich dich nicht mal mit der Kneifzange an, okay?«

Nun war ich doch ein bisschen beleidigt, und Franzi sah mir das auch an.

»Ich wollte dich nur beruhigen«, tröstete sie mich und holte noch eine Flasche Wein aus der Küche.

»Und … weiß Lara davon?«, fragte ich sie, als sie nachschenkte. »Ich meine, dass du nicht auf Männer stehst?«

»Warum sollte sie das nicht wissen? Ich mach da kein Geheimnis draus. Dir hab ich's ja gerade auch erzählt.«

Das leuchtete mir ein, dabei war es eine glatte Lüge. Ich war der erste Bewohner hier im Haus, der von Franzis sexueller Ausrichtung erfuhr. Sebastian und Herrn Florento hätte das vermutlich um einige feuchte Träume gebracht – aber weil auch keine der Frauen im Haus eine Ahnung davon hatte und vor allem niemand Lara entsprechend informieren konnte, gab Franzis gut gemeinte Hilfe wieder einmal einer Situation die entscheidende Richtung: direkt auf die Katastrophe zu.

— ○ —

Mir ging es gut bei Franzi, und weil ich ihr glaubte, dass eh jeder im Haus über sie Bescheid wusste, hatte ich auch keine Angst, dass Lara meinen vorübergehenden Einzug in der Nachbarwohnung irgendwie falsch verstehen konnte. Da

Franzi durch ihre Erbschaft finanziell sorgenfrei war und sie gerade wieder über ein neues Geschäftsmodell für ihre berufliche Selbstständigkeit nachdachte, war sie die meiste Zeit des Tages daheim. Ich ging ab und zu in die Stadt, hörte mich nach offenen Stellen um und führte ein, zwei Bewerbungsgespräche – aber es ergab sich daraus nichts Konkretes. Ansonsten hielt ich mich stundenlang in meinem Videokeller auf, aus dem mich Lara zum Glück nicht auch noch geworfen hatte, und arbeitete an »Sag niemals noi« – allerdings achtete ich darauf, dass mich keine weiblichen Synchronsprecherinnen mehr besuchten. Ich wusste ja nicht, ob irgendwann Lara wieder in der Tür stand und sich mir eine Gelegenheit zur Versöhnung bot.

Eines Abends gegen halb sieben kam Franzi aus der Küche. Sie hatte kurz nach dem Mittagessen ein Schild »Betreten verboten« an die Küchentür gehängt, mit dem sie abwechselnd mal ihr Schlafzimmer (das ich aber natürlich ohnehin nie betrat), die Küche oder das Bad zu ihrem privaten Labor machte, wie sie das nannte. Dann tüftelte sie dort an irgendetwas herum, das sie mir normalerweise hinterher nicht verriet. Diesmal aber war sie wohl mit dem Ergebnis ihrer Experimente zufrieden, und sie kam – wie gesagt – gegen halb sieben ganz aufgeregt ins Wohnzimmer herüber.

Ich lag auf der Couch und sah mir eine Folge der »Simpsons« an. Ich hatte die Serie nie gemocht, bis mir Jobst ein Buch empfohlen hatte, das sich mit mathematischen Rätseln befasste, die von den Autoren in den Episoden versteckt wurden. Ich schaute Homer, Marge und den anderen nun schon seit einigen Tagen fleißig dabei zu, wie sie sich in Springfield unmöglich machten, und tatsächlich hatte ich schon einige Mathegags entdeckt.

»Jetzt mach diesen Kram mal aus«, begann sie, »und schau, was ich hier habe.«

Seit kurz nach sechs hatte ich gelben Strichmännchen ins Gesicht geschaut, nun hatte ich einen Tiegel vor der Nase, in dem sich eine offenbar glibbrige, dünn grün schimmernde Substanz befand. Sie hatte noch einen zweiten Tiegel in der anderen Hand, der fast bis unter den Rand mit einem farblosen Schleim gefüllt war.

»Okay – und was ist das?«

»Aloe-Vera-Gel«, sagte Franzi und strahlte dazu, als habe sie gerade Graf Yosters Katzenstreu in Gold verwandelt.

»Schön«, log ich. Das Zeug sah eklig aus, etwa wie ganz besonders ungesunder Waldmeister-Wackelpudding. »Und das hast du heute in der Küche zusammengemischt?«

Sie hob eine Augenbraue, ich hatte meine Frage wohl etwas zu schnoddrig gestellt. Franzi konnte sehr pingelig sein, wenn sie Respekt für etwas erwartete.

»Nein, das Gel hab ich gekauft«, widersprach sie mir, und ich fragte mich, wozu sie sich dann den ganzen Nachmittag in der Küche eingeschlossen hatte. »Ich hab's nur noch etwas verfeinert. Riech mal.«

Sie hielt mir den Tiegel noch näher vor die Nase. Ich zuckte kurz zurück, weil der vermeintliche Wackelpudding ziemlich herb roch.

»Riechen!«, kommandierte Franzi noch einmal und ich gab mir Mühe.

Diesmal konnte ich sogar herausschnuppern, dass irgendwo ein Hauch Basilikum mitschwang.

»Basilikum«, sagte Franzi, »hast du's bemerkt?«

»Ja, natürlich.«

»Damit will ich den etwas herben Duft des puren Gels übertönen. Was meinst du, ist mir das so halbwegs gelungen?«

Ich sah sie kurz an, sie setzte offenbar viel Hoffnung in meine Antwort, also war eine kleine Notlüge angebracht.

»Klar, das Basilikum überdeckt das prima.«

»Gut. Dann mach dich mal frei.«

Ich war mir nicht sicher, ob ich sie richtig verstanden hatte, blieb deshalb sitzen und wartete, was als Nächstes passieren würde. Franzi stellte den Tiegel mit dem grünlichen Glibber beiseite und rückte den zweiten Tiegel in die Mitte des Couchtischs. Dann huschte sie ins Schlafzimmer und kam kurz darauf wieder – sie hatte ihre Bluse gewechselt, nun trug sie ein Trägertop ohne Ärmel.

»Ja, was ist jetzt? Ausziehen, los!«

»Äh … und warum?«

»Oh Mann, Nick, mach dich mal locker. Du weißt, dass ich nichts von Männern will – hier geht's um meine neue Geschäftsidee.«

Und weil ich noch immer keine Anstalten machte, mich auszuziehen, setzte sie sich zu mir und erklärte mir, was sie vorhatte. Nach vielen anderen Seminaren und Fernkursen hatte sie sich zuletzt mit Massage und mit den Wirkungen von Aloe-Vera-Gel befasst. Nun wollte sie Massagen mit diesem Gel anbieten, an einer Zeitungsanzeige feilte sie schon, und ich sollte ihr Versuchskaninchen sein.

»Das wirkt ganz toll, das Gel«, versicherte sie mir, aber ihr Tonfall verriet mir, dass ihr Wissen bisher nur theoretischer Natur war.

»Und wo massierst du?«

»Oberkörper, Arme und Gesicht, vor allem. Bei Frauen vielleicht auch noch die Beine und die Füße.«

»Nein, ich meine: Welcher Raum wird dein … dein Massagesalon? Dein Hobbyraum?«

Franzi hatte einen Raum, der in der Wohnung darunter vermutlich das Kinderzimmer darstellte, mit Utensilien ihrer bisherigen Versuche vollgestellt, das Richtige zu ihrer Selbstverwirklichung zu finden. Um dort massieren zu können, müsste sie allerdings erst einmal gründlich ausmisten.

Und darauf hatte Franzi offenbar keine Lust: »Ich dachte an mein Gästezimmer.«

»Okay … dann muss ich jetzt wohl mein Zeug packen, oder?«

»Nein, nein. Du wirst dich ja wohl auch bald wieder mit Lara versöhnen, und bis dahin kann ich übergangsweise auch hier im Wohnzimmer massieren. Hast du eigentlich schon einen neuen Job gefunden?«

»Leider nicht.«

»Na gut, dann … dann sag ich dir vorher kurz Bescheid, wenn ich jemanden hier habe zur Massage. Und entweder bleibst du dann so lange in deinem Zimmer oder du gehst in die Stadt, okay?«

»Äh … ja, das … äh …«

»So, und jetzt ausziehen!«

»Das Shirt?«

»Alles. Den Slip behältst du natürlich an, aber sonst kommt alles runter.«

»Muss das sein?«

»Jetzt stell dich nicht so an. Erstens sieht das keiner, zweitens beiß ich dich schon nicht, und drittens zahlst du keine Miete und darfst trotzdem vorerst weiter in meinem Massagesalon wohnen – da kannst du mir ruhig mal ein bisschen behilflich sein.«

Ich stand auf. Mit Franzi war nicht zu reden, und als ich kurz darauf wieder ins Wohnzimmer kam, hatte sie den Couchtisch – er war mit einer altmodischen Kurbel versehen – auf die passende Höhe eingestellt. Als sie meine »Liebesgrüße aus Moskau«-Bermuda sah, lachte sie schallend los, dabei fand ich die gar nicht so albern. Okay, die neben dem Eingriff aufgedruckten Symbole – Bonds Pistole und das rote Hammer-und-Sichel-Logo aus dem Filmschriftzug – waren vielleicht grenzwertig, aber so lustig war das nun auch wieder nicht.

Irgendwann kriegte sich Franzi wieder ein. Sie hatte mir eine kleine Nackenrolle auf dem Tisch bereitgelegt, und als ich mich rücklings auf die Tischplatte sinken ließ, griff sie nach einem Handtuch und bedeckte mich vom Bund der Bermudahose bis unter meine Knie. Dann stellte sie den Tiegel mit dem farblosen Gel direkt neben meinen Kopf, sah sich noch einmal kurz um, ob auch wirklich alles parat war, was sie gleich brauchen würde, und tauchte den Zeige- und den Mittelfinger ihrer rechten Hand in das transparente Zeug.

Als die Finger wieder aus dem Tiegel auftauchten, hätte ich mir auch in diesem durchsichtigen Glibber eine ordentliche Prise Basilikum gewünscht, aber mehr noch als der herbe Gestank machte mir dessen Optik zu schaffen. Erneut fühlte ich mich an den Porno mit der Fleischereifachverkäuferin erinnert – bei dem Gedanken daran, dass mich Franzi gleich mit diesem ekligen Sabber einreiben würde, war mir allerdings nicht unbedingt zum Lachen zumute. Ich rutschte ein Stück zur Seite, aber mit ihrer trockenen Hand stoppte mich Franzi schon nach wenigen Zentimetern.

»Liegen bleiben!«, befahl sie – und ich ergab mich in mein Schicksal.

Franzi massierte nicht ungeschickt, und mit der Zeit hatte ich mich an die befremdliche Konsistenz des Gels gewöhnt. Sie beschränkte sich auf Stirn, Schläfen, Oberkörper und Oberarme, und allmählich entspannte ich mich zusehends.

»Du machst das prima«, sagte ich und meinte es auch so.

Dann klingelte es an der Tür. Ich fuhr so schnell hoch, dass ich mit der Schulter gegen Franzis rechten Arm stieß und ihr ein bisschen von dem Gel auf ihr Top tropfte.

»Tut mir leid«, sagte ich, während sie mich mit der linken Hand wieder auf den Tisch herunterdrückte. »Aber wenn das Lara ist …«

»Dann lass ich sie auf keinen Fall rein, keine Sorge. Wenn sie dich hier in der Bermuda liegen sieht, kommt sie sonst noch auf ganz falsche Gedanken, was?«

Franzi lachte, wischte sich die rechte Hand an Küchenkrepp sauber und ging zur Wohnungstür. Ich stutzte, weil ich eigentlich davon ausgegangen war, dass jeder im Haus längst wusste, dass Franzi auf Frauen stand – also sollte es Lara doch problemlos zu erklären sein, dass es sich hier nur um eine harmlose Massage handelte. Doch noch bevor ich darüber zu Ende nachgedacht hatte, stand Jobst im Zimmer. Er starrte mit offenem Mund auf mich, meinen bloßen, feucht schimmernden Oberkörper und die nackten Beine, die unter dem Handtuch hervorlugten. Dann sah er Franzi an, die ungerührt wieder ihre alte Position einnahm und sich mit dem Zeigefinger den Gelspritzer vom Top wischte, bevor sie weitermachte.

»Seid ihr irre?«, fragte Jobst, als er seine Sprache wiederfand. »Ich rede mir drüben bei Lara den Mund fusselig und schwöre Stein und Bein, dass ihr Nick fast verzweifelt vor Trennungsschmerz – und dann erwisch ich euch hier im Wohnzimmer bei dieser … dieser … Sauerei!«

»Na ja«, gab Franzi zu, massierte aber weiter an meinem linken Arm herum, »ein bisschen eigenartig fühlt es sich schon an. Aber man kann sich daran gewöhnen, und schließlich will ich damit künftig mein Geld verdienen.«

Jobst riss die Augen noch ein wenig mehr auf, dann beobachtete er, wie Franzi mir das Zeug langsam in den Oberarm massierte.

»Und wozu soll das gut sein?«, fragte er schließlich.

»Pflegt die Haut.«

»Aha«, machte Jobst und grinste anzüglich. »Das wusste ich bisher nicht. Ich werd's gelegentlich mal Carina sagen.«

Franzi nahm neues Gel aus dem Tiegel, und Jobst folgte ihrer Bewegung mit weit aufgerissenen Augen. Dann trat er näher und stierte ungläubig auf den Tiegel, der noch immer fast zur Hälfte mit dem durchsichtigen Glibber gefüllt war. Er sah mich an und schüttelte fassungslos den Kopf.

»Respekt, Mann, das hätt ich dir gar nicht zugetraut. Ich meine … diese Schüssel ist *halb voll!*«

»Du hast zu viel Fantasie, Jobst«, tadelte Franzi ihn. »Riech mal am Tiegel, dann weißt du Bescheid.«

»Sehr witzig! An so was riech ich doch nicht auch noch, also bitte!«

Mit einer schnellen Bewegung griff sie mit der Linken nach dem Tiegel und hielt ihn Jobst unter die Nase. Der zuckte zurück, konnte aber doch nicht verhindern, dass er den herben Geruch bemerkte.

»Iih! Was ist das denn für ein Zeug?« Er sah mich fragend an. »Oder nimmst du gerade irgendeine krasse Medizin, die da geruchsmäßig durchschlägt?«

»Das ist Aloe-Vera-Gel«, erklärte Franzi und lachte dann.

»Echt?« Er linste noch einmal in den Tiegel und auf Franzis Fingerspitzen. »Und ich dachte schon, das sei …«

»Bitte«, unterbrach ich ihn, »keine Details. Und ich bin hier nur das Versuchskaninchen, weil Franzi plant, Massagen mit diesem Gel anzubieten.«

»Und dafür liegst du nackt auf dem Wohnzimmertisch?«

Ich lupfte das Handtuch ein wenig.

»Na gut«, gab er zu, »in Unterhosen. Hab ich da gerade echt eine Kanone gesehen?«

»Jetzt hör schon auf. Das ist eine James-Bond-Bermuda, da gehört die aufgedruckte Pistole natürlich dazu.«

»Hm.«

Jobst sah Franzi noch ein wenig dabei zu, wie sie meinen Arm massierte.

»Aber ganz ehrlich, wenn Lara hier reingekommen wäre, die hätte auch an alles andere gedacht als an eine … Gel-Massage. Ich meine: Du liegst hier auf dem Rücken, hast kaum was an, und eine umwerfend attraktive Frau im knappen Top macht an dir herum.«

Franzi zwinkerte ihm zu, massierte aber weiter.

»Kannst dir das Gesülze sparen«, sagte ich. »Franzi steht nicht auf Männer.«

»Oh – echt nicht?«

Franzi schüttelte den Kopf und lächelte.

»Schade eigentlich.«

»Lass stecken, Jobst«, brummte sie. »Aber wenn du sofort aufhörst mit dem nervigen Rumgegockel, dann nehm ich das jetzt mal als Kompliment. Deal?«

»Klar, Deal.«

»Und warum bist du eigentlich hergekommen?«, fragte ich ihn. »Du warst drüben bei Lara – gibt es was Neues?«

»Ich wollt halt mir ihr reden und für dich rausfinden, ob es Zeit ist für die große Versöhnung.«

»Und?«

»Eher noch nicht.«

»Hm.«

»Aber der Umstand, dass du hier bei Franziska wohnst, macht ihr zu schaffen.«

»Echt?«

Ich sah Franzi an, sie wich meinem Blick aus.

»Franzi hat mir gesagt«, fuhr ich an Jobst gewandt fort und behielt sie dabei im Auge, »dass im Haus eh jeder wisse, dass sie sich nur für Frauen interessiert. Das muss Lara doch inzwischen irgendjemand erzählt haben, oder?«

Franzi schluckte, schwieg und massierte sehr konzentriert weiter.

»Stimmt das denn nicht, Franzi?«

Sie gab keine Antwort, aber ihre Fingerspitzen drückten nun etwas heftiger als zuvor.

»Du hast mich angeschwindelt, richtig?«

Sie massierte noch etwas fester, dann zuckte sie erst mit den Schultern und schließlich schüttelte sie ganz langsam den Kopf.

»Na, super!«, brummte ich und machte Anstalten aufzustehen.

Sie drückte mich wieder nach unten. »Ich … ich sag's ihr, sobald ich sie treffe, versprochen.«

»Mensch, Franzi! Meine Freundin wirft mich raus, weil sie glaubt, mich mit einer anderen erwischt zu haben – und ich ziehe nebenan bei einer alleinstehenden Frau ein! Da muss ich mich nicht wundern, dass Lara noch immer nicht besser auf mich zu sprechen ist!«

»Sie scheint dich aber immer noch sehr zu mögen«, warf Jobst ein. »Ich hatte das Gefühl, sie ist eifersüchtig auf Franziska. Und wenn du es schaffst, mal in Ruhe mit ihr zu reden und ihr das Ganze hier …« Er deutete auf mich und Franzi. »… zu erklären, dann könnte ich mir schon vorstellen, dass ihr wieder zusammenkommt.«

»Eifersüchtig, meinst du?«

Das klang nach einem Hoffnungsschimmer.

»Ja klar, und wenn sie nichts mehr von dir wissen wollte, könnte ihr schließlich egal sein, wo und mit wem du zusammenwohnst, oder?«

»Hm.«

»Und, Nick«, mischte sich nun Franzi wieder ein, die hörbar froh war, dass sich das Gespräch nicht mehr um sie drehte, »du bist ja auch ein Prachtexemplar von einem Mann.«

Sie grinste und massierte an meinem Oberkörper entlang.

»Soweit ich das beurteilen kann«, fügte sie noch hinzu.

Ich klatschte ihr spielerisch auf die Fingerspitzen, und Jobst sah Franzis Hände ganz versonnen an.

»Aber Jobst hat sicher recht. Wenn sie eifersüchtig ist, liegt ihr noch was an dir. Und vielleicht …« Ein knitzes Lächeln spielte um ihren Mund. »… und vielleicht sollten wir sie noch ein bisschen eifersüchtiger machen, was meinst du?«

»Na ja«, fügte Jobst hinzu, »das soll schon geholfen haben. Und wenn Lara nicht weiß, dass Franziska nur auf Frauen steht …«

»Jetzt hört aber mal auf, ihr beiden Strategen! Du, Franzi, hast mir versprochen, es Lara bei nächster Gelegenheit zu sagen – und du, Jobst, kannst solche Spielchen meinetwegen mit deiner Carina machen, aber auf keinen Fall mit Lara!«

Die beiden grinsten sich über mich hinweg an.

»Hallo?! Habt ihr mich verstanden?«

»Ja, schon klar«, antwortete Jobst, und Franzi nickte.

Beides wirkte ein wenig lahm, und ich nahm mir vor, mit beiden getrennt voneinander noch einmal über diesen Punkt zu reden.

»Beruflich gibt es übrigens was Neues«, gab Jobst bekannt, und er klang ganz begeistert. »Ich hab vielleicht einen Job für dich.«

Jetzt setzte ich mich wirklich auf, und Franzi, die ohnehin gerade fertig geworden war, holte ein paar Papiertücher, wie man sie bei Frauenärzten und Internisten bekommt, um sich das Gel für die Ultraschalluntersuchung abzuwischen. Ich rieb mir den Oberkörper trocken, aber das meiste Aloe-Vera-Zeug war wohl schon eingezogen.

»Und?! Was ist es?«

»Na ja … wir haben uns doch mal darüber unterhalten, was du beruflich am liebsten machen würdest. Drehbücher schreiben, Theaterstücke und so weiter.«

»Ja, klar, das wäre super. Und du kennst jemanden von der Filmakademie in Ludwigsburg oder vom SWR-Fernsehen?«

»Nicht ganz.«

»Jetzt raus damit, spann mich nicht auf die Folter! Was hast du für mich?«

»Kennst du die Truppe von ›Gschwend gscheid gschwätzt‹?«

Ich dachte kurz nach. »Nein, nie gehört.«

»Die haben ein eigenes kleines Theater in einem alten Bauernhaus, eine halbe Autostunde von hier. Die Bude ist fast jeden Tag ausverkauft, ab und zu werden kleine Sketche fürs Regionalfernsehen mitgeschnitten – und die suchen einen, der für sie neue Stücke schreibt.«

»Äh … Stücke für ›Gschwend gscheid …‹ und wie nochmal weiter?«

»›Gschwätzt‹ – aber in der Szene nennt die jeder nur G3. So wollten sie sich auf den Plakaten nennen, aber da haben sie Ärger mit einem Waffenhersteller bekommen. ›G3 – das schwäbische Gagfeuerwerk‹ – ich hätte das klasse gefunden.«

»Aha«, brummte ich und versuchte mir einen Reim darauf zu machen, was ein paar Dialektkasper für meine berufliche Zukunft bedeuten könnten.

»Die haben ein Mordsangebot vom Fernsehen bekommen, und jetzt rüsten sie auf – um im Bild zu bleiben.« Jobst kicherte.

Zumindest er schien Spaß an seinen Wortspielen zu haben.

»Einen neuen Techniker haben sie schon, zwei Schauspieler suchen sie noch – und eben einen Autoren.«

»Ich weiß nicht recht …«

Das Grinsen auf Jobsts Gesicht verschwand, jetzt sah er recht ärgerlich aus. Und klang auch so.

»Ach, der Herr kann unter vielen Angeboten wählen, ja? Der Herr fängt morgen beim ›Stern‹ an oder schreibt ab nächster Woche für den ›Tatort‹, ja?«

»Die wollen tatsächlich ein neues Team zusammenstellen, hab ich gelesen.«

»Mag sein, aber ziemlich sicher ohne dich. Nicht einmal *mich* haben sie gefragt!«

Jobst musste wirklich sauer sein. Sonst kam er gut klar damit, dass er Bücher nur noch im Selbstverlag herausbringen konnte.

»Ich kann ja mal mit denen reden«, schlug ich vor, um die Wogen wieder etwas zu glätten.

Jobst sah mich weiterhin finster an, aber er zog einen Zettel hervor und hielt ihn mir hin. »G3« stand dort, dazu eine Adresse, der Name Horst Weichert und eine Telefonnummer. Darunter hatte Jobst das heutige Datum und die Uhrzeit 21.30 Uhr geschrieben.

Ich sah auf die Uhr. »Ist das ein Termin, den du für mich ausgemacht hast?«

»Ja. Vorher sind die nicht fertig mit den Proben für die neuen Sketche.«

»Das ist in eineinhalb Stunden!«

»Ja, und? Mit dem Wagen schaffst du's um diese Zeit in einer halben Stunde dorthin. Wo ist das Problem?«

»Äh … vielleicht muss ich noch nachdenken, ob das was für mich ist? Vielleicht muss ich mich auf so ein Gespräch vorbereiten? Muss diese Typen mal googeln und mir ein bisschen Wissen über die draufschaffen. ›Gschwend gscheid …‹ Herrgott, ich kann noch nicht mal den Namen dieser Truppe auswendig!«

»Jetzt macht dir nicht ins Hemd!« Jobst grinste. »Oder zieh dir zumindest mal überhaupt ein Hemd an!«

»Duschen muss ich auch noch.« Ich wandte mich an Franzi und zuckte entschuldigend mit den Schultern. »Das Gel klebt ein bisschen.«

»Lass es einziehen«, riet sie mir. »Eine halbe Stunde ruhig liegen und es klebt nichts mehr, glaub mir.«

»Mach ich beim nächsten Mal. Jetzt fehlt mir dafür ein bisschen die Ruhe, sorry.« Ich sah noch einmal auf die Uhr. »Gut, dann spring ich unter die Dusche, zieh mir was an, hol mir noch ein paar Infos zu diesem …« Ich schaute auf den Zettel. »… zu diesem Weichert und fahr dann los.«

»Na also«, sagte Jobst und nickte zufrieden.

»Ich kann mir zwar nicht vorstellen, dass ich den Job bekomme, so unvorbereitet wie ich bin, aber versuchen kann ich's ja mal.«

Jobst stand auf und ich lächelte ihn an. »Danke übrigens.«

»Keine Ursache. Du kannst mir ja Freikarten besorgen, wenn's klappt. Wie gesagt, die sind ständig ausverkauft.«

Kapitel 006

Ziemlich viel Theater

Ich beeilte mich, und Franzi hatte kaum das Wohnzimmer aufgeräumt, als ich auch schon in Jeans und Pulli vor dem Laptop saß und nach Informationen über diese Dialektbühne suchte. Ich hatte gehofft, dass Jobst mir noch ein wenig über diese Theaterleute erzählen würde, aber der war inzwischen gegangen. Aber ich wurde auch so schnell fündig.

Horst Weichert und sein Kompagnon Claus Däfner hatten lange Einträge auf Wikipedia, und ihr Theater war in einem alten Bauernhaus zwischen Winnenden und Marbach untergebracht. Die Fotos des Gebäudes und seiner Umgebung sahen sehr malerisch aus, und auf der Homepage von »Gschwend gscheid gschwätzt« – ich sagte mir den Zungenbrecher zur Übung laufend vor, um mich nachher nicht zu verhaspeln – standen Termine bis in den kommenden Herbst hinein, und viele hatten schon jetzt den Vermerk »ausverkauft«.

Jobst hatte nicht übertrieben, doch ich fragte mich noch immer, ob ich der richtige Autor für dieses Theater war. James Bond würden die vermutlich nicht aufführen wollen, und mit den klassischen schwäbischen Sketchen etwa von Häberle und Pfleiderer oder Äffle und Pferdle hatte ich mich bisher herzlich wenig befasst.

Aber wie gesagt, einen Versuch war es wert, und ein anderes Angebot hatte ich im Moment nicht.

Schließlich fühlte ich mich so gewappnet, wie es in der kurzen Zeit eben ging. Ich stopfte das Laptop und einige Schreibutensilien in meine Umhängetasche und packte nach kurzem Überlegen auch noch eine DVD mit »James Bond jagt

Dr. Ha No« ein. Dann flitzte ich unter den besten Wünschen von Franzi hinaus ins Treppenhaus. Inzwischen war ich doch etwas spät dran, und ich nahm immer zwei Stufen auf einmal. Gunda Späths Tür schwang kurz auf, aber als die alte Frau mich erkannte, schlug sie sie schnell wieder zu.

Als ich gerade unten aus dem Haus stürzte, stand plötzlich Lara vor mir. Hatte Jobst nicht erzählt, dass er vor seinem Besuch bei mir mit ihr gesprochen hatte? Droben, in unserer Wohnung?

»Äh … hallo Lara«, stammelte ich.

Sie erwiderte meinen Gruß stumm, aber mit einem leichten Lächeln. Offenbar war sie ebenso überrumpelt wie ich, und vielleicht hatte sie im Moment sogar vergessen, wie wütend sie auf mich war.

»Ich … äh …«

Wie wollte ich als Theaterautor meinen Unterhalt bestreiten, wenn mir kein Dialog einfiel, wenn es mal darauf ankam?

»Ich … ich … äh …«

»Ja, ich auch«, sagte Lara schließlich und drückte sich an mir vorbei. »Ich muss rauf, war nur kurz einkaufen.«

Sie trug in jeder Hand eine Stofftasche. Aus einer ragte das Ende einer Lauchstange, aus der anderen das braune Packpapier, mit dem sie im Biomarkt um die Ecke Käse, Wurst und Fleisch einschlugen.

»Du kochst?«, fragte ich, weil mir nichts Besseres einfiel, und ich mochte meinem Gestammel kaum selbst zuhören.

»Ja«, sagte sie, »ich bekomme Besuch, und ich bin spät dran. Also … tschüs!«

Damit wandte sie sich vollends ab und eilte die Treppe hinauf. Und ich Depp kriegte ihren Satz »Ich bekomme Besuch« nicht mehr aus dem Kopf. Er lief in meinen Gedanken noch immer in Endlosschleife, als die Stimme meines Navis wieder und wieder »bitte wenden« bettelte. In Affalterbach tat ich der armen Frau den Gefallen und nahm den Fuß schon ein wenig vom Gas, als noch hundertfünfzig Meter bis zu der Abzweigung angezeigt wurden, die ich nehmen musste.

Das Hupen hinter mir schwoll an, und kaum ließ der Gegenverkehr eine ausreichende Lücke, da schnellte auch schon ein schwarzer Mercedes an mir vorbei. Am Steuer saß ein schlanker Mann mit hochrotem Kopf, der mir beidhändig wedelnd alle möglichen im Verkehr strafbaren Gesten vorführte. Dann musste er die Hände wieder ans Lenkrad nehmen, weil direkt hinter ihm zwei weitere Fahrzeuge desselben Modells auf der Überholspur unterwegs waren und an ihren Lichthupenhebeln pumpten.

Dann war der Spuk auch schon vorbei, und während die wilde Jagd weiter auf Winnenden zuhielt, bog ich nach links in einen Feldweg ein. Kurz darauf hatte ich mein Ziel erreicht. Das Fachwerkhaus, in dem ich das Theater zu finden hoffte, sah in echt noch schöner aus als auf der Homepage – und der Weiler drum herum noch kleiner. Steinächle hieß das winzige Nest, und so sah es auch aus. Klein, ländlich … und wunderschön. Vor einem anderen Gebäude standen einige Pferde und sahen zu mir her, zwischen uns plätscherte ein altmodischer Brunnen. Und gleich hinter dem Theaterhaus konnte ich Kühe auf einer Weide stehen sehen.

Ich hatte auf der Fahrt aus Stuttgart heraus Glück mit dem Verkehr, und so war ich trotz meines kleinen Umwegs über Affalterbach fast fünf Minuten zu früh dran für meine Verabredung mit Weichert. Die Tür des Hauses war unverschlossen, ich drückte sie auf, horchte kurz in den düsteren Flur und trat dann ein. Am anderen Ende des schmalen Gangs waren durch eine schwere Holztür Stimmen zu hören, doch dieser Zugang war verschlossen. Auf halbem Weg war ich aber an einer offenen Tür vorbeigekommen, die in eine Art Garderobe geführt hatte – dorthin wandte ich mich nun. Der Raum, in den ich zuerst kam, war mit zahllosen Kleiderhaken an den Wänden und auf metallenen Gestellen ausgestattet, und zwischen ihnen hindurch erreichte ich das nächste Zimmer –

oder eher einen kleinen Saal, bis ins letzte Eck mit Sitzgelegenheiten vollgepfropft. Nur eine leicht erhöhte Bretterfläche an der linken Wand war davon ausgenommen: die Bühne, in deren Hintergrund die verschlossene Holztür von vorhin zu sehen war.

In dem Raum befanden sich außer mir noch vier Personen.

Auf der Bühne sagten zwei Männer ihren Text auf, unterbrachen sich, besprachen Änderungen für die Szene und setzten wieder neu an. Der eine – ein großer, hagerer Typ mit ergrauter Ilja-Richter-Tolle – schien einen Städter oder einen Lehrer oder etwas in der Art zu spielen, und der andere – ebenfalls hager, aber ein kleines Männchen mit einem zerknüllten Hut auf der vollends ausrasierten Halbglatze – schien einen knitzen Landmann zu mimen.

Eine Frau Anfang vierzig saß in der ersten Reihe, ungemütlich vorgebeugt, und behielt die beiden Männer genau im Blick. Ab und zu warf sie eine Bemerkung ein, meistens eine sehr unzufriedene, ansonsten aber schaute sie stumm zu und machte sich zwischendurch Notizen. Davon völlig unbeeindruckt hockte ein etwa sechzigjähriger Mann mit wettergegerbtem Gesicht und mächtigem Bauch in der letzten Stuhlreihe. In den Reihen vor sich hatte er zwei Stühle so gedreht, dass sie ihm als Ablage für seine Beine dienen konnten, und neben ihm war ein weiterer Stuhl mit einer Flasche Bier und einer Vesperbox belegt. Daraus griff er sich ab und zu ein Stück Schwarzwurst oder Brot, stippte ein bisschen Senf damit auf und schob es sich in den Mund. Dann nahm er einen Schluck Bier und das Ganze begann von vorn.

Nach einer Weile bemerkte mich der große Hagere, und der andere und die Frau folgten seinem Blick.

»Ist er das?«, fragte die Frau daraufhin den Großen, der zuckte nur mit den Schultern, kletterte von der Bühne und kam auf mich zu. Er sah mich von oben bis unten an, dann schüttelte er mir die Hand. »Weichert mein Name«, brummte er.

»Brandt, Nick Brandt«, sagte ich.

»Ah, Sie mögen Bond, was?«, kam es nun vom anderen Schauspieler, der sich neben Weichert gestellt hatte. »Na dann: Däfner, Claus Däfner.«

Er schnappte meine Hand, die Weichert gerade losgelassen hatte, und führte mit ihr zwei seltsame kreisförmige Bewegungen aus. Ich sah ihn irritiert an, aber er schmunzelte so breit, dass seine schmalen Augen fast in den Gesichtsfalten verschwanden.

»Na, *gerührt*, nicht *geschüttelt*! Heißt es nicht so?«

Ich liebe James Bond. Aber ich hasse plumpe Witze.

»Der Neue«, knurrte ich und machte ein etwas gequältes Gesicht, »der Neue sagt nur noch: Sehe ich aus, als ob mich so was interessiert?«

»Ha!«, platzte es da aus dem Großen heraus und er haute mir die flache Hand auf die Schulter, dass es nur so krachte. »Der ist richtig, Claus!« Er beugte sich zu mir. »Lassen Sie meinem Claus bloß keinen seiner lauwarmen Kalauer durch!«

Däfner zog eine Schnute und sah zu uns herauf. Er war wirklich sehr klein geraten, und durch seine schmächtige Figur wirkte er noch unscheinbarer. Ich fragte mich, was solche Leute dazu brachte, sich auf eine Bühne zu stellen. Dann legte er sein Gesicht in eine so unglaubliche Grimasse, dass meine Frage beantwortet war.

»Dann geben Sie das Händchen doch noch mal her«, knurrte er mit gespielter Entrüstung, blinzelte dazu aber recht vergnügt.

Diesmal schüttelte er meine Hand und stellte mir noch die Frau als Sandra van Haarten vor.

»Um Himmels willen«, ging sie sofort dazwischen und gab mir ebenfalls die Hand: »Bitte nur Sandra! Ich mache hier die Regie und versuche diese beiden Komiker irgendwie innerhalb ihrer Sketche zu halten.« Sie zwinkerte mir zu. »Wenn ich die nur eine Minute aus den Augen lasse, spielen die sich von einem spontanen Gag zum nächsten, und – zack! – schon weiß keiner mehr, um welchen Sketch es eigentlich gerade ging.«

Es war nett hier im Theater, und die drei waren mir so schnell sympathisch geworden, wie ich das nur selten bei neuen Bekanntschaften erlebte. Lara kam mir in den Sinn und ihr Lächeln und unser Streit …

»Ist was?«, fragte Weichert. »Du siehst plötzlich so traurig aus.«

Ich sah ihn stumm an.

»Oh, sorry, aber wir sind hier am Theater alle per du. Das ist doch okay, oder?«

»Äh … ja, klar. Ich bin der Nick, wie ihr wisst.«

Ich schüttelte den Kopf und fuhr mir kurz mit der Hand über die Augen. Dann fiel mir der dicke Mann in der letzten Reihe wieder ein.

»Und wer ist er?«

Horst Weichert und Claus Däfner zuckten gleichzeitig mit den Schultern.

»Keine Ahnung«, sagte Sandra. »Der kommt zu jeder Probe und vespert die ganze Zeit. Wahrscheinlich wohnt er irgendwo hier im Weiler, und wenn ich mir seinen Bauch so ansehe, tut's mir ja echt leid, dass wir derzeit so fleißig proben, aber …« Sie lachte, schob das Kinn vor und hob die Handflächen nach oben. »… aber sonst werden wir gar nicht mehr fertig.«

»Wird eh knapp genug«, brummte Horst und schaute jetzt ganz finster drein. »Deshalb brauchen wir auch Verstärkung. Du bist Theaterautor? Kannst du gleich anfangen?«

Ich gab ein paar ausweichende Antworten, aber das schien niemanden zu stören. Und eine halbe Stunde später hatten sie mir eine Stelle angeboten und ein ausreichendes Gehalt, und beladen mit den Theaterskripten der letzten zehn Spielzeiten ließ ich mich in die kleine Kantine führen, die in der alten Bauernküche untergebracht war. Hier stand eine Kaffeemaschine, deren Glaskanne noch halb gefüllt war, und auf einem hölzernen Tablett waren einige belegte Brote aufgeschichtet.

»Im Kühlschrank hat's auch Bier«, sagte Horst. »Blätter die Skripte mal durch und schau, ob dir noch andere Themen für neue Sketche einfallen. Claus und ich hängen noch eine Probestunde dran, danach setzen wir uns zusammen, okay?«

Es schien hier wirklich große Not zu herrschen. Also schlug ich das erste Skript auf und begann zu lesen.

— o —

Von Sebastian erfuhr ich, dass Lara ebenfalls einen neuen Job gefunden hatte. Ich wurde nur nicht ganz schlau aus dem, was er mir erzählte – angeblich war sie als Marketing- und Event-Expertin der Stadt Stuttgart direkt dem neuen Oberbürgermeister unterstellt und sollte in dieser Funktion vor allem daran arbeiten, die badischen Merkmale der Landeshauptstadt mehr in den Vordergrund zu rücken. Ich wusste natürlich, dass der Amtsinhaber die OB-Wahl sensationell gegen einen smarten Neubewerber verloren hatte, und ich wusste auch, dass der Wahlsieger zuvor schon OB einer württembergischen Stadt gewesen und dort für seine Bemühungen belächelt worden war, die badischen Wurzeln dieser Stadt bekannter zu machen – aber in Stuttgart, der schwäbischen Großstadt schlechthin, ergab das ja wohl keinen Sinn.

Aber was auch immer sie nun genau im Rathaus am Marktplatz zu tun hatte: Lara ging jeden Werktag frühmorgens aus dem Haus, und wenn ich sie spätabends heimlich dabei beobachtete, wie sie aus der Stadtbahn kam und aufs Haus zulief, sah sie ziemlich geschafft aus. Auch am Wochenende fuhr sie mit der U 15 in die City hinunter, und weil sie dabei stets ihre Laptoptasche umhängen hatte, nahm ich an, dass sie auch dann ins Rathaus ging.

Und wenn sie mal daheim war, brachte ein Fahrradkurier ständig irgendwelche Päckchen und Umschläge ins Haus. Der Typ sah aus wie einer dieser berühmten bayrischen Bergsteiger-Brüder: das kantige Gesicht eines Sportlers, Dreitagebart, die langen Haare mit einer Lederschlaufe zum Pferdeschwanz gebündelt, lässige Klamotten und auf dem Kopf ein Helm mit der albernen Aufschrift »hier: oben« und einem aufwärts zeigenden Pfeil. Der Typ war ein ganz Witziger, machte immer einen flotten Spruch, wenn er seine Lieferung überreichte, und soweit ich das durch Franzis Türspion erkennen konnte, fand Lara ihn recht nett und scherzte jedesmal ein bisschen mit ihm.

Einmal bildete ich mir ein, sie habe dabei aus den Augenwinkeln Franzis Wohnungstür beobachtet, und als das Treppenhaus später wieder menschenleer war, schlich ich hinaus und sah nach, ob man von Laras Tür aus erkennen konnte, dass hinter Franzis Guckloch jemand stand. Ganz sicher war ich mir nicht, aber was sollte ich machen? Ich musste ja wissen, was draußen im Treppenhaus vor sich ging. Und ob sie womöglich wegen dieses Radathleten manchmal so unpassend gute Laune hatte.

Denn sie wirkte nicht nur müde und abgearbeitet, wenn ich sie von der Arbeit kommen sah, sondern zugleich auch fröhlich, was mir jedesmal, wenn es mir auffiel, einen Stich versetzte. Ich meine, hätte sie nicht leidend wie ein geprügelter Hund über den Asphalt schleichen müssen, wo wir doch getrennt waren?

Mir jedenfalls ging es so – zumindest immer dann, wenn ich an Lara und an unsere schöne gemeinsame Zeit dachte. Das war in den ersten Tagen praktisch ständig der Fall gewesen, inzwischen brachte mich meine Arbeit als Theaterautor die meiste Zeit des Tages auf andere Gedanken und abends war ich so müde, dass ich trotz meines Liebeskummers recht gut einschlief – aber jedesmal, wenn ich sie fortgehen oder heimkommen sah, zerriss es mich beinahe. Dann sah ich sie erst drunten auf der Straße und danach noch eine Zeitlang vor meinem geistigen Auge. Lara lächelnd neben mir auf dem Sommerberg, Lara lächelnd vor mir in einer der Kneipen in der Stadt, Lara lächelnd … Manchmal kostete mich ein Blick auf sie eine halbe Stunde oder mehr, bevor ich mich wieder aus meinen Träumereien reißen und auf das Laptop konzentrieren konnte, das aufgeklappt vor mir lag.

Von dem Gästezimmer, das mir Franzi zur Verfügung stellte, konnte ich prima auf den Eugensplatz hinuntersehen. Und wenn ich mich ein wenig seitlich von einem der Fenster aufstellte, konnte ich Lara beobachten, ohne dass sie mich sah. Einmal war ich allerdings unvorsichtig gewesen und hatte mich darauf verlassen, dass Lara schon nicht zu mir heraufschauen würde – was sie an diesem Samstagnachmittag prompt getan hatte. Sie sah mich direkt am Fenster stehen und auf sie herunterschauen. Einen Moment lang blieb sie stehen, dann weiteten sich ihre Augen und sie ging schnell weiter.

Ich verstand ihre Reaktion erst gar nicht, dann sah ich an mir herunter – und nahm mir auf der Stelle vor, künftig nicht mehr in Shorts und Shirt an Theatersketchen zu schreiben, auch wenn es im Zimmer mollig warm war und ich nicht vorhatte, in den nächsten Stunden den Raum zu verlassen.

Franzi störte mich seit ein paar Tagen immer häufiger bei der Arbeit. Sie klopfte zwar jedesmal kurz, kam aber sofort danach ins Zimmer gestürmt, ohne meine Antwort abzuwarten. Meistens hatte sie einen Meterstab dabei oder Stift und Notizblock. Sie maß dann die Ecke aus, in der ich saß, oder schrieb sich Details auf, die sie für die Umgestaltung des Zimmers beachten wollte, wenn sie hier ihren Massagesalon einrichten wollte. Manchmal fragte sie mich auch um Rat, aber meistens begnügte sie sich damit, dass sie mich nur mal kurz zur Seite schickte, um besser messen zu können.

Ganz so offensichtlich hätte sie es nicht machen müssen, damit ich verstand: Es wurde höchste Zeit, dass ich mir eine neue Bleibe suchte.

Auch aus diesem Grund traf es sich gut, dass ich noch am selben Nachmittag, an dem Lara mich am Fenster bemerkt hatte, sah, wie sie wieder in die Stadt fuhr – und etwas später schwer bepackt mit Einkaufstaschen wieder aus der U 15 stieg. Ich schlüpfte in Jeans, Sweatshirt und Schuhe, flitzte zur

Wohnung hinaus und nahm die Treppe hinunter, zwei, drei Stufen auf einmal. Es rumpelte ordentlich, wie ich so in Richtung Erdgeschoss stürmte, und Gunda Späths Tür öffnete sich einen Spalt, als ich gerade in ihrer Etage angelangt war. Ein paar Stufen weiter unten blieb ich stehen, lehnte mich ans Treppengeländer und konzentrierte mich mit geschlossenen Augen darauf, wieder ruhiger zu atmen.

Lara hatte inzwischen die Haustür erreicht und schloss auf, und als die Tür nun aufgezogen wurde, drehte ich ihr schnell den Rücken zu und schlurfte langsam und mit hängenden Schultern die Treppe hinauf. Die Tür fiel wieder ins Schloss und ich drehte mich um, als habe ich erst jetzt bemerkt, dass jemand das Haus betreten hatte.

»Ah, Lara«, sagte ich mit matter Stimme.

Ich hatte schon länger auf eine Gelegenheit gewartet, sie mal »ganz zufällig« im Treppenhaus zu treffen. Und für alle Fälle hatte ich mir für diese Begegnung eine Körperhaltung und einen Tonfall zurechtgelegt, die mich möglichst leidend wirken lassen sollten. Fast zwei Stunden hatte ich gebraucht, bis ich mit den Videoaufnahmen zufrieden war, die ich zu Übungszwecken im Keller von mir gemacht hatte. Jetzt aber saß die Pose, und ich konnte Lara ansehen, dass ihr schon nach der kurzen Begrüßung etwas Mitleid ins Gesicht geschrieben stand.

»Komm, ich helf dir tragen«, brummelte ich und nahm ihr zwei der Taschen ab.

Sie sah mich an, als wisse sie nicht so recht, was von mir zu halten sei, und ich gab ihr die Erklärung, die ich mir für meine Anwesenheit im Treppenhaus ausgedacht hatte.

»Ich war im Keller«, sagte ich.

Ein Schatten huschte über Laras Gesicht, und ich hätte mich ohrfeigen können. Warum hatte ich mir nicht irgendetwas anderes überlegt? Ausgerechnet im Keller, in dem Lara glaubte, mich beim Fremdgehen erwischt zu haben … Sie schob sich an mir vorbei und ging die Treppe hinauf.

Ich holte sie vor Gunda Späths Wohnung wieder ein. Die Tür der Alten war noch immer einen Spalt geöffnet, aber Lara schien es nicht zu bemerken. Ich dagegen konnte sie dagegen sehr wohl sehen: Wie glühende Kohlen wirkten ihre Augen, wie sie aus dem Halbdunkel ihres Flurs herausstierten. Ich konnte mir schon denken, dass sie Lara bei nächster Gelegenheit verraten würde, dass ich die Treppe heruntergerannt war, um im richtigen Moment ganz zufällig unten hinter der Haustür zu stehen – aber jetzt sollte sie erst einmal den Mund halten. Ich warf ihr einen bitterbösen Blick zu, und tatsächlich erloschen die Kohlestücke und die Tür wurde leise zugezogen.

»Lara«, sagte ich und drängte mich neben sie. »Bitte, lass uns reden!«

Sie gab mir keine Antwort und würdigte mich keines Blickes, aber sie ging auch nicht schneller oder versuchte sonst wie, dieser Situation zu entkommen.

»Bitte, Lara!«

Sie behielt ihr Tempo bei und blieb erst vor ihrer Wohnungstür stehen. Hier setzte sie die beiden Einkaufstaschen ab und kramte den Schlüssel hervor.

»Lara, es hört sich wahrscheinlich blöd an und abgedroschen – aber ich kann dir alles erklären. Wirklich! Und es ist nicht so, wie du glaubst!«

Sie schloss die Tür auf und steckte den Schlüssel wieder weg. Sie drückte die Klinke und zog die Wohnungstür auf. Dann nahm sie die beiden Einkaufstaschen wieder und drückte den Rücken gerade durch. Ich stand mit den beiden anderen Taschen seitlich hinter ihr und wartete darauf, dass sie etwas sagte oder mich wenigstens ansah.

Auf beides wartete ich zunächst einmal vergeblich.

Lara ging mit ihrem Einkauf hinein, ohne sich auch nur nach mir umzudrehen. Ich stand da wie ein begossener Pudel, halb wütend auf mich selbst, weil ich es allem Anschein nach versemmelt hatte, und halb wütend auf Lara, die mich hier so eiskalt abservierte.

Dann fiel mir auf, dass ich ja noch die beiden Taschen in der Hand hatte. Und dass Laras Wohnungstür noch offen stand. Drinnen hörte ich Schritte, kurz darauf röhrte der Kaffeeautomat los. Ich linste in den Flur, dann ging ich langsam in die Wohnung hinein. In der Küche klapperte ein Löffel in der Tasse. Ich folgte dem Geräusch und sah Lara am Esstisch sitzen. Vor ihr stand ein Milchkaffee, ein zweiter stand dort, wo bis zu unserem Streit mein Platz gewesen war.

»Ich dachte schon, du kommst gar nicht mehr«, sagte Lara. »Ich wollte mir deine … Geschichte nicht draußen im Treppenhaus anhören. Ich würde gerne selbst entscheiden, was ich davon den Nachbarn erzählen möchte. Manchmal habe ich den Eindruck, dass die Wände hier im Haus Ohren haben.« Sie nickte zu der Tasse hin. »Zwei Stück Zucker. Das stimmt noch, oder?«

Ich lächelte sie dankbar an, setzte die Taschen ab und nahm vor der zweiten Kaffeetasse Platz. Sie lächelte nicht zurück, sondern verschränkte die Arme vor der Brust und sah mich abwartend an.

»Wie geht's dir?«, fragte ich nach einer Weile.

Sie zuckte mit den Schultern.

»Du hast einen neuen Job, hab ich gehört?«

»Ach, hast du Jobst geschickt, damit er mich aushorcht?«

»Nein, Sebastian …«

Ich ließ die kurze Pause an der falschen Stelle, und nun lächelte Lara doch ganz leicht.

»Ich meine: Sebastian hat's mir erzählt, aber ganz verstanden hab ich's nicht. Du …«

»Du wolltest mir alles erklären«, schnitt sie mir das Wort ab. »Schon vergessen?«

Allzu leicht schien sie es mir nicht machen zu wollen. Immerhin, sie wollte mir zuhören.

»Nein.«

Ich trank einen Schluck, um Zeit zu gewinnen, und musterte sie. Wie sollte ich am besten beginnen? In den vergangenen Tagen hatte ich nicht nur meine Leidensmiene geübt, sondern auch die Sätze, mit denen ich Lara klarmachen wollte, dass sie mir Unrecht tat. Aber so richtig zündend fand ich nichts von dem, was mir eingefallen war. Also konnte ich genauso gut gleich mit der Tür ins Haus fallen.

»Ich habe nichts mit der Blondine im Keller«, sagte ich deshalb zunächst nur und wartete ihre Antwort ab.

»Die blonden Haare konnte ich nicht sehen, aber ich vermute mal, du meinst dieses Flittchen, das dir im Keller … das vor dir auf dem Boden kniete.«

»Lotte ist kein Flittchen, und wir haben nur für eine Rolle geprobt, die sie ergattert hat.«

Lara öffnete den Mund, aber ich hob die Hand und konnte tatsächlich verhindern, dass sie wieder eine ätzende Bemerkung machte.

»Sie gehört zum Ensemble eines kleinen Theaters hier in der Stadt, sie war schon ein paar Mal Komparsin in Fernsehfilmen, und jetzt hat sie ihre erste richtige Rolle bekommen – sie spielt eine berechnende Blondine in einem Fernsehmelodram. Ihre Szenen musste sie üben, und ich habe ihr dabei die Stichworte gegeben und sie ein wenig abgehört.«

Lara sah mich prüfend an, sagte aber nichts.

»Das war mein Teil der Abmachung – ihr Teil war die Mitwirkung an meinem Filmprojekt.«

Sie hob eine Augenbraue, und ich erzählte ihr von meinem Hobby. Ich gab auch zu, dass mein Film »James Bond jagt Dr. Ha No« der Grund dafür war, dass ich meine Stelle als Redakteur verloren hatte, und ich beschrieb ihr, warum ich glaubte, mit »Sag niemals noi« diesen Schwierigkeiten aus dem Weg zu gehen.

Lara hörte sich alles an. Erst wirkte sie, als halte sie mich für komplett übergeschnappt, dann hellte sich ihre Miene nach und nach auf und schließlich grinste sie und schüttelte den Kopf.

»Du weißt schon, dass du einen Knall hast, oder?«

Ich zuckte mit den Schultern.

»Deshalb hab ich's dir auch bisher nicht erzählt. Ich wollte nicht, dass du mich für einen Schrat hältst und mich vor die Tür setzt.«

»Na ja ... dein Plan hat nicht geklappt, würde ich sagen. Ob ich einen Schrat vor die Tür setzen würde, weiß ich nicht, aber ein untreuer Freund fliegt sofort raus.«

»Hab ich gemerkt«, sagte ich und versuchte dabei so zerknirscht auszusehen, wie ich konnte. »Dabei war gar nichts, das hab ich dir ja gerade erklärt.«

Lara musterte mich sehr eingehend. »Es klang aber schon sehr echt«, sagte sie dann. »Und sah auch sehr echt aus.«

»Ja«, gab ich zu und versuchte ein leichtes Lächeln, »Lotte ist eine ziemlich gute Schauspielerin. Und dann seh ich dich und mir fällt nichts Besseres ein als ›Ich bin gleich fertig, ich komme‹ – das muss ja wirklich einen falschen Eindruck machen.«

»Du hast gesagt: ›Ich bin gleich fertig, ich komme in ein, zwei Minuten, ja?‹ Und dann hast du dich wieder weggedreht. Und ja, das hat auf mich schon ziemlich eindeutig gewirkt.«

»Das weißt du noch wortwörtlich?«

»So oft habe ich meinen Freund noch nicht in einer solchen Situation erwischt, da kann man sich das schon mal merken.«

Ich lächelte sie an. »Bin ich denn noch dein Freund?«

»Ich denk drüber nach.« Sie nahm einen Schluck und musterte mich dabei über den Rand der Kaffeetasse. »Und was ist das mit der Nachbarin?«

Ich schluckte. Jetzt konnte es heikel werden – vor allem, wenn Lara wirklich noch nicht wusste, dass Franzi mit Männern nichts im Sinn hatte.

»Sie bot mir an, dass ich bei ihr im Gästezimmer schlafen kann. Irgendwo musste ich ja bleiben, und die Möglichkeit, direkt neben dir unterzukommen, fand ich verlockend.«

»Verlockend ...« Lara funkelte mich wütend an. Offenbar hatte ich heute nicht meinen besten Tag als Texter. »Verlockend – ich finde, das beschreibt Franziska recht gut.«

Sie verschränkte wieder die Arme vor der Brust und sah mich nun wieder deutlich weniger freundlich an als noch vor wenigen Augenblicken.

»Mein früherer Freund Jerry hätte sie ›ein Geschoss‹ genannt. Ganz ehrlich, ich fand es nicht deine beste Idee, ausgerechnet bei ihr unterzukriechen, nachdem ich dich im Keller mit dieser Lotte erwischt habe.«

»Du hast mich nicht erwischt, Lara, das hab ich dir doch gerade erklärt. Und Franzi …«

»Oh, Franzi … und wie nennt sie dich? Nicki? Ihr kleines … Vögelchen …«

Laras Stimme war bitter geworden, und auf ihrem Gesicht zeichnete sich Wut und Enttäuschung ab. Ihre Augen schimmerten feucht und sie trank etwas zu hastig von ihrem Kaffee.

»Jetzt hör endlich mal auf!«, beschwerte ich mich und stand auf. »Ich bin nicht dein Jerry, ich hab dich nicht betrogen, weder mit Lotte noch mit Franzi noch mit irgendjemandem sonst! Ich hab dir das im Keller erklärt und ich kann dir auch das mit Franzis Wohnung erklären – aber wenn du mich nur dazu brauchst, um deinen Frust abzuladen, dann wird mir das jetzt zu blöd!«

Lara schluckte und stierte in ihre Kaffeetasse.

»Wenn du mir nicht glauben willst, dann lass es halt. Ich hätte es schön gefunden, wenn wir wie erwachsene Menschen über alles reden könnten. Und ich hätte mich sehr gefreut, wenn du genügend Vertrauen in mich hättest, dass ich dir die Wahrheit sagen kann und dass du sie mir auch glaubst. Aber wenn's nicht sein soll …«

Sie hob den Kopf und schaute mich nachdenklich an. »Dann erklär mir das mit deiner Franzi«, sagte sie schließlich.

Ihre Stimme klang ganz brüchig, und es zerriss mich fast, wie ich sie da so vor mir hocken sah. Meine Wut war im Nu verflogen, aber hinsetzen wollte ich mich auch nicht wieder.

»Sie ist nicht *meine* Franzi«, brauste ich im ersten Moment auf, dann räusperte ich mich und fuhr leiser fort: »Sorry, aber sie ist wirklich nicht meine Franzi. Und eifersüchtig sein müsste höchstens ich, falls du bei ihr einziehen würdest.«

Lara blinzelte, dann machte sie große Augen. »Äh … willst du damit sagen, Franziska steht auf Frauen?«

»Ja. Und zwar *nur* auf Frauen. Sie hatte mir versichert, dass das im Haus schon jeder wüsste – also dachte ich mir, dass es dir einer der Nachbarn auf jeden Fall erzählen wird. Wenn ich befürchtet hätte, dass du glaubst, ich und Franzi …« Ich schüttelte den Kopf. »Dann wäre ich doch niemals bei ihr eingezogen!«

»Mir hat niemand was in dieser Richtung erzählt oder auch nur angedeutet.«

»Ja, das weiß ich inzwischen auch – Franzi hat mir gegenüber zugegeben, dass sie es bisher nur mir anvertraut hat. Daraufhin habe ich ihr das Versprechen abgenommen, dass sie es dir bei nächster Gelegenheit erzählt. Das hat sie bisher noch nicht gemacht, oder?«

Lara schüttelte den Kopf und sah mich an, als würde sie mir noch immer nicht glauben.

»Na, dann komm!«, sagte ich und streckte meine Hand nach ihr aus.

»Wohin?«

»Zu Franzi natürlich. Die soll dir gleich jetzt alles bestätigen.«

Sie zögerte.

»Auf geht's!«, drängte ich. »Wir gehen jetzt sofort zu ihr rüber, sie bestätigt dir, dass ich die Wahrheit gesagt habe – und dann vertragen wir uns wieder! Bitte!«

Lara sah mich nun schon wieder etwas freundlicher an, und nach einer kleinen Weile lächelte sie sogar wieder etwas.

»So schnell geht's dann doch nicht, Nick. Ich geh mit dir da rüber und hör mir an, was Franziska mir zu sagen hat. Und mir wäre es sehr recht, wenn du demnächst bei ihr ausziehen und dir etwas anderes suchen könntest. Aber bevor wir beide wieder zusammenziehen, hätte ich gerne noch ein bisschen … sagen wir … Bedenkzeit. Okay?«

Ich musste sehr enttäuscht dreingeschaut haben.

»Es muss ja nicht für lange sein«, ergänzte Lara in einem versöhnlichen Tonfall. »Aber so hopplahopp gleich wieder hier rein mit deinem Gepäck – das ginge mir dann doch etwas zu schnell. Ich muss mich erst noch sortieren. Weißt du, im einen Moment lässt du dir in deinem Videokeller einen blasen, ich werf dich raus und du schlüpfst daraufhin bei der sexy Nachbarin unter die Decke – und jetzt ist plötzlich alles ganz anders und du warst mir treu und alles war nur Einbildung ...«

»Aber so war es doch auch!«

»Ich glaub dir das gern, aber ein paar Tage Zeit kannst du mir schon noch lassen, das auch wirklich in den Kopf zu bekommen.«

»Meinetwegen. Und wo soll ich hin, so auf die Schnelle?«

»Dein Videokeller ist doch beheizbar. Ich kann dir die Klappmatratze mitgeben.«

»Klingt super«, maulte ich. »Und Küche? Toilette?«

»Lass dir was einfallen«, versetzte Lara, und sie grinste dazu.

Ich dachte an meine erste Zeit in Stuttgart zurück, als ich unbedingt in der Stadt wohnen wollte, mir aber keine richtige Wohnung leisten konnte. Damals hatte ich ein schäbiges Zimmer bezogen, das in einem Altbau unter dem Dach lag – ebenfalls ohne Küche und Toilette. Ich hatte mich damals viel in der Unimensa aufgehalten, und zum Duschen war ich in Tennis- und Squashhallen geschlichen.

»Okay, aber nur für ein paar Tage, ja?«

»Vielleicht besuch ich dich auch in deinem Videokeller.«

»Anders herum wäre mir lieber, aber jetzt komm endlich. Wir gehen zu Franzi.«

Lara stand auf und folgte mir über den Flur. Ich hatte einen Schlüssel zu Franziskas Wohnung, aber im Moment fand ich es passender zu klingeln. Drinnen regte sich erst nichts, und ich befürchtete schon, Franzi könnte weggegangen sein. Wenig später hätte ich mir nichts sehnlicher gewünscht.

In der Wohnung waren nun gedämpfte Schritte zu hören, als tapse jemand barfuß über das alte Parkett, erst schnell von der Tür weg und dann wieder etwas langsamer zu ihr hin. Dann schwang die Tür ein kleines Stück auf, und aus der Wohnung schob sich ein sehr langes, unbekleidetes Bein auf uns zu. Bald wurden die Finger von Franzis linker Hand sichtbar, und das Bein war uns nun schon so nahe gekommen, dass auch eine Hälfte des blanken Hinterns neben der Tür zu sehen war. Schließlich schwang sich Franzi vollends in unser Blickfeld. Sie hatte einen Bademantel übergeworfen, war darunter offenbar nackt, und so nachlässig, wie sie den Frotteegürtel des Mantels geschlossen hatte, erfüllte das Teil nicht unbedingt den eigentlichen Zweck eines Bekleidungsstücks.

Franzi sah, dass Lara neben mir stand, aber wirklich erschrocken wirkte sie nicht. Im Gegenteil warf sie Lara einen Blick zu, der wie eine Kampfansage zwischen zwei Rivalinnen aussah. Dafür war ich umso erschrockener – und als ich mich verdutzt zu Lara umdrehte, wechselte deren Gesichtsfarbe gerade von aschfahl zu knallrot.

»Ich weiß gar nicht …«, stammelte ich und fing mir von ihr einen finsteren Blick ein. »Franzi ist wirklich … ich meine, sie …«

Lara hob die linke Hand, und ich verstummte.

»Gut«, knurrte sie. »Gut, dass du jetzt die Klappe hältst.«

Dann starrte sie Franziska an, die sich nach wie vor an der Tür räkelte, als übe sie für einen Tabledance-Wettbewerb. Ich schaute ihr zu, und in diesem Moment hätte ich an Laras Stelle alles Mögliche geglaubt – nur nicht, dass diese Frau nicht an Männern interessiert war.

Ich sah Franzi in die Augen, für einen Moment kreuzten sich unsere Blicke. Mir wurde ganz anders. Wenn ich mich nicht sehr täuschte, hatte sie mir gerade mit so einem »Lass mich nur machen«-Gesichtsausdruck zugezwinkert. Das Gespräch mit Jobst und ihr, in dem es um Laras Eifersucht ging und was damit vielleicht zu bewerkstelligen war, kam mir in den Sinn. Mir wurden die Knie weich, und ich spürte, wie mir die Hitze ins Gesicht schoss.

Das durfte doch nicht wahr sein! Jetzt, da ich Lara endlich dazu gebracht hatte, sich Franzis Outing anzuhören!

»So«, fuhr Lara fort, »und nun zu dir.«

Franzi hob eine Augenbraue, dachte aber nicht daran, ihre aufreizende Pose aufzugeben.

»Er hat behauptet, du stehst nicht auf Männer. Für mich sieht das im Moment eher nicht so aus, aber ich frage dich trotzdem: Stimmt es, was Nick sagt?«

Franzi legte ein sehr anzügliches Grinsen auf und blitzte Lara an. »Das hättest du wohl gerne, Schätzchen, was?«, gurrte sie.

Ich traute meinen Ohren kaum. Wie dick wollte sie denn noch auftragen? Und wie lange dauerte es noch, bis Lara dieses völlig übertriebene Verhalten seltsam vorkam? Franzi schlängelte sich vollends um die Tür herum und stellte sich direkt neben mich. Dann legte sie eine Hand auf meinen Hintern und spitzte die Lippen. Ich fuhr regelrecht zusammen, als sie ihre Finger in meine Backen krallte, und ich sah Lara flehend an. Sie musste doch merken, dass Franzi hier eine Rolle spielte! So ein Schmierentheater konnte doch nicht meinen Versuch scheitern lassen, mich wieder mit Lara zu versöhnen!

»Jetzt hör doch endlich mal mit diesem Getue auf«, ermahnte ich Franzi, aber die beachtete mich gar nicht. Sie und Lara starrten sich an, und während Franzi ihr Grinsen immer boshafter wirken ließ, verengten sich Laras Augen zu schmalen Schlitzen.

»Hättest du mal besser auf deinen Freund aufgepasst, liebe Lara«, ätzte Franzi. »Ich kann mir gut vorstellen, dass er dir fehlt. Mir würde ohne diesen Knackarsch und alles, was er sonst noch zu bieten hat, auch was fehlen.«

Ihre Finger wanderten nun unterhalb meiner Hüfte nach vorn. Ich packte ihre Hand und wollte sie von mir wegdrücken, aber Franzi griff fest zu, und nun sah es aus, als würden wir händchenhaltend vor Lara stehen.

»Na, dann komm mal mit rein, Nick«, hauchte Franzi, ohne Lara aus den Augen zu lassen. »Ich hab jetzt lange genug auf dich warten müssen.«

Sie warf Lara einen Kussmund zu, dann zog sie mich durch die Tür in die Wohnung. Ich ließ mich rückwärts in den Flur ziehen und versuchte Lara doch noch davon zu überzeugen, dass ich recht und Franzi nur etwas für Frauen übrig hatte – aber erwartungsgemäß wollte sie davon jetzt nichts mehr hören. Sie wandte sich ab, und der Knall, mit dem ihre Wohnungstür ins Schloss fiel, schmerzte mich mehr als eine Ohrfeige.

In diesem Moment ließ mich auch Franzi los. Sie schlang den Bademantel enger um sich, nickte mir zufrieden zu, hob beide Daumen und schloss die Wohnungstür.

»Sag mal«, brachte ich schließlich hervor, »bist du eigentlich irre?«

»Du wirst sehen«, sagte Franzi und tätschelte mir strahlend die Schulter, »daraus wird sie ihre Lehre ziehen. Jetzt weiß sie, was sie an dir hatte.«

»Stimmt, sie wird ihre Lehre daraus ziehen. Ich habe ihr erzählt, dass im Keller nichts von dem vorgefallen ist, was sie zu sehen glaubte – und ich habe ihr gesagt, dass du lesbisch bist. Und dann ziehst du hier eine solche Nummer ab … Das hat sicher auch meine Keller-Erklärung sehr viel glaubwürdiger gemacht!«

Wütend stapfte ich in Franzis Gästezimmer. Als sie mir hinterherkam, stopfte ich gerade meine Kleider in die Reisetasche.

»Meinetwegen kannst du auch noch ein, zwei Tage bleiben. Ich wollte morgen eine Anzeige aufgeben – bis dahin will eh keiner eine Massage von mir. Und das Zimmer ist schnell umgeräumt, da brauche ich keinen Vorlauf.«

Ich hielt inne und starrte sie an. »Falls ich überhaupt noch einmal auf eine Chance hoffen darf, mich doch noch mit Lara auszusöhnen, sollte ich nicht bei der Frau wohnen bleiben, die so scharf auf meinen Knackarsch ist und auf alles, was ich sonst noch zu bieten habe!«

Franzi zog eine Schnute. »Aber das war doch gut gemeint.«

»Gut gemeint …« Ich schüttelte den Kopf, dann ließ ich die Reisetasche sinken und wurde laut.

»Bist du wirklich so bescheuert, dass du immer noch glaubst, du hättest mir und Lara einen Gefallen getan? Mit dieser Türnummer kannst du gegen Geld drunten im Leonhardsviertel auftreten! Mensch, Franzi, schau dich doch an! Du hast kaum was an, du hast eine Bombenfigur und siehst klasse aus – und dann spielst du die große Verführerin und glaubst auch noch, damit die Beziehung von Lara und mir zu retten?«

Sie stand mit offenem Mund vor mir.

»So doof kann niemand sein!«

»Ich …«

»Lass mich in Ruhe, Franzi! Und versuche auch andere nicht mehr zu ›retten‹. Mir wurden schon einige deiner Versuche geschildert, mit denen du helfen wolltest, aber alles nur noch schlimmer gemacht hast! Franzi, du bist eine Katastrophe auf zwei Beinen! Und wenn mich Lara zum Teufel wünscht und ich nie wieder mit ihr zusammenkomme, dann habe ich das dir zu verdanken!«

Sie hatte meine Tirade ohne ein weiteres Wort über sich ergehen lassen, und dabei war sie immer mehr in sich zusammengesunken. Ihre Lippen hatten zu beben begonnen, und nun lief eine erste Träne über ihre Wange. Sie trat ein wenig zur Seite, hob ihren rechten Arm, deutete zur Tür und sagte nur ein Wort.

»Raus.«

Kapitel 007

Thorben lernt dazu

In meinem Videokeller hatte ich reichlich Gelegenheit, über diesen Nachmittag nachzudenken. Lara brachte mir natürlich keine Klappmatratze, und auf meinem Bürosessel schlief ich zwar irgendwann einmal ein, aber als ich mitten in der Nacht erwachte, schmerzte mein Rücken, und mein linker Arm, auf den ich meinen Kopf gestützt hatte, fühlte sich taub an.

Als ich dann wieder wegdöste, träumte ich wirres Zeug. Das konnte auch daran liegen, dass ich am frühen Abend mitbekommen hatte, wie Lara Besuch bekam. Ich hörte Gelächter im Haus und schlich mich zur Treppe. Von dort aus konnte ich drei Frauen und einen Mann hinaufgehen sehen, und ich erkannte die Stimmen von Felix Torer sowie von Denise und Mia, den beiden Freundinnen Laras, die mit uns an Heiligabend durch die Stadt gezogen waren. Die andere Frauenstimme sagte mir nichts, aber die Mädels unterhielten sich so vertraut, dass es sich bei ihr vermutlich um Laras dritte Freundin handelte. Sie blieben keine zehn Minuten oben in der Wohnung, und als sie mit Lara im Schlepptau wieder herunterkamen, klang es, als würden sie sie trösten. Auf halbem Weg ins Erdgeschoss erzählte Felix einen derben Witz um einen tumben Schwaben, der sich von einem weltläufigen Badener blamieren lassen muss. Laras Freundinnen schütteten sich etwas übertrieben aus vor Lachen, Laras Stimme konnte ich nicht heraushören. Dann gingen sie aus dem Haus, die Tür schlug hinter ihnen zu und ich stand mit feuchten Augen im Keller, bis das Licht im Treppenhaus ausging.

Am nächsten Morgen lehnte die Klappmatratze doch neben der Kellertür, und zusammen mit der dicken Wolldecke, die ich für lange Videoschnittnächte im Keller deponiert hatte, würde das fast so etwas wie ein Bett ergeben. Zumindest würde es für ein paar Stunden Schlaf pro Nacht gerade so reichen. Und vielleicht konnte ich ja mit Hilfe meiner Theaterfreunde irgendwo einen Schlafplatz ergattern.

Doch so weit sollte es nicht kommen.

Sebastian sah mich morgens aus dem Keller tappen. »Na, Nick, durchgearbeitet?«

Er sah müde aus, und seine Augenringe waren nicht weniger tief und dunkel als meine.

»Was ist denn mit dir los?«, fragte ich ihn deshalb und tippte auf das, was mir im Moment am ehesten in den Sinn kam. »Eheprobleme?«

»Nein, nein, alles gut. Besser sogar als sonst«, sagte er und zwinkerte mir zu. »Simona ist mit ihren Mädels auf Madeira. Wellness, weißt du? Yoga, Sauna, Hugo.« Er lachte heiser über seinen eigenen Witz, ich lachte ein bisschen mit. »Thorben und Soraya sind vorhin von Simonas Eltern abgeholt worden, jetzt habe ich meine Ruhe bis zum späten Nachmittag. Ich wollte mir gerade Tee und Kekse aus dem Keller holen.« Er sah mich an. »Und du hast heute hier unten geschlafen, oder?«

Ich nickte.

»Hat dich Franzi rausgeschmissen? Wird's jetzt ernst mit ihrer Massage?«

Ich hatte ihn in den vergangenen Tagen immer wieder mal im Treppenhaus getroffen, ein-, zweimal waren wir auch auf einen Espresso in die Eisdiele gegenüber gegangen. Sie hatte ganzjährig geöffnet, und bis zu unserem Streit war ich mit Lara regelmäßig dort gesessen.

Nun saß ich dort mit Sebastian. Er war ein guter Zuhörer, und seine Neugier ließ ihn immer die richtigen Fragen stellen, wenn meine Erzählung mal ins Stocken geriet. Deshalb war er über alles, was ich berichten konnte, auf dem Laufenden. Er wusste von meinem neuen Job, von Franzis Plänen mit dem Aloe-Vera-Gel – und nun auch von ihrem unpassenden Auftritt an der Wohnungstür.

»Das hätt ich gern gesehen«, sagte er, und seine funkelnden Augen verrieten, wie ernst er das meinte. »Sah sicher supi aus.«

Ich hatte mich längst daran gewöhnt, dass er manchmal etwas seltsame Worte verwendete. Vielleicht wurde man so, wenn man kleine Kinder hatte – auch in der Stadtbahn waren mir immer wieder Frauen und Männer um die dreißig aufgefallen, die nur noch Worte zu kennen schienen, die auf »i« endeten: Hausi, Leichti, Spieli – ich stellte es mir schwierig vor, sich mit solchem Vokabular ernsthaft zu unterhalten.

»Supi« passte prima in diese Reihe, und in Gedanken machte ich mir erste Notizen zu einem Sketch. Ich sah Horst und Claus schon vor mir, wie sie auf der Bühne im Schaffkittel und bei einem Krug Most versuchten, diese fremdartigen Städterwörter in ihr Alltagsschwäbisch zu übersetzen.

»Danke, Sebastian«, sagte ich deshalb, und er sah mich erstaunt an. »Du hast mich gerade zu einem Sketch inspiriert.«

»Echt? Ein Sketch mit Franzi, wie sie sich am Türrahmen räkelt? Da kannst du mir schon jetzt eine Eintrittskarte reservieren!«

Er lachte und klatschte mir mit der Hand auf die Schulter. Na ja, eigentlich tätschelte er meine Schulter ziemlich windelweich mit seinem schwächlichen Patschehändchen – Sebastian war eher nicht so der muskulöse Typ. Aber er war nett, man konnte sich gut mit ihm unterhalten – und er warf mir nichts vor oder brockte mir mit misslungenen Hilfsversuchen neue Schwierigkeiten ein.

»Wir sollten uns häufiger zusammensetzen«, sagte ich.

»Gern. Wie gesagt: Ich habe heute Zeit. Was hältst du denn davon, dass du mir endlich mal deine James-Bond-Verarsche zeigst? Diesen ›Dr. Ha No‹ – hast du Bier da? Oder magst du einen schönen Früchtetee? Ich geh kurz hoch und mach uns einen.«

Ich sah auf die Uhr. Für halb fünf war ich mit dem G3-Team verabredet, heute war Sonntag, da würde ich ohne Stau nach Steinächle kommen – also sollte es reichen, wenn ich kurz vor vier losfuhr.

»Nö, Tee muss nicht sein. Ich habe einen kleinen Wasserkocher hier unten im Keller, da kann ich uns einen Kaffee aufbrühen – und Bier habe ich natürlich auch hier.«

Sebastian folgte mir, aber als die Kellertür hinter uns zuschwang, rümpfte er die Nase.

»So empfindlich, Sebastian?«, fragte ich. »Ich meine, ich habe heute Nacht hier drin geschlafen – und lüften geht leider nicht, sorry.«

»Kein Problem. Du hast ›Dr. Ha No‹ doch sicher auf DVD gezogen?«

Ich nickte.

»Gut, dann bring die DVD mit.«

Er sah sich noch einmal um. »Am besten bringen wir deinen ganzen Kram nach oben zu mir. Bevor du hier auf dieser Klappmatratze auf dem Betonboden liegst, kannst du auch bei mir das Gästezimmer beziehen.« Er zwinkerte mir zu. »Groß umgewöhnen musst du dich nicht: Ich glaube, unsere Wohnung hat denselben Grundriss wie die von Franzi, und unser Gästezimmer liegt genau unter ihrem.«

Er schaute jetzt ganz versonnen drein. Vermutlich war ihm gerade klar geworden, dass sein Schlafzimmer dann auch genau unter Franziskas lag.

»Ich habe mir die kommende Woche freigenommen, um mich um Thorben und Soraya kümmern zu können. Allzu viel Arbeit werde ich tagsüber nicht damit haben. Ab morgen sind die beiden Kleinen ja wieder den ganzen Tag in der Schule – da können wir uns noch viele Sketche für deine Theatertruppe ausdenken.«

— o —

Der Grundriss der Wohnungen von Sebastians Familie und von Franzi war wirklich identisch, die Einrichtung hätte aber nicht unterschiedlicher sein können. Während Franzi eine Vorliebe für etwas altmodische Möbel hatte, überall Klangschalen, Musikinstrumente und Malutensilien von ihren diversen Versuchen, ihr verborgenes Talent zu entdecken, herumstehen hatte, hatte Familie Kross-Krampenbach nirgendwo etwas einfach so herumstehen. Alles wirkte obendrein geradezu klinisch rein – unvorstellbar, dass hier ein Tier wie Franzis Graf Yoster hätte leben können.

»Japanisch« kam mir als Erstes als Beschreibung für ihren Einrichtungsstil in den Sinn, und es stellte sich heraus, dass es das genauer traf, als für meinen Rücken oder meine Beine gut sein konnte. Der Boden des Gästezimmers war mit Matten ausgelegt, die wie Parkett aussahen, aber beim Drauftreten etwas nachgaben. Darauf befand sich eine Schlafunterlage, die nicht viel bequemer als meine Klappmatratze im Videokeller wirkte – mit Kissen und einer bunt bedruckten Bettdecke war die Schlafstelle wenigstens hübsch hergerichtet. Und vor dem Fenster stand ein Holzrahmen mit mehreren sprossenartigen Unterteilungen, zwischen denen weißliches Papier gespannt war – ich schaute mich zu Sebastian um, ob er womöglich inzwischen in einen Kimono geschlüpft war und mit Tee hinter mir stand. Aber er trug noch immer Hemd, Pullunder und Hose, nur die Schuhe hatte er gemeinsam mit mir gleich hinter der Wohnungstür ausgezogen.

Er strahlte mich an, deutete nacheinander auf die Bodenplatten und die Schlafstelle und sagte Worte wie »Tatami«, »Shikibuton« und »Kakebuton«. Ich hatte keine Ahnung, was er damit meinte, aber ich nickte artig und setzte eine angemessen beeindruckte Miene auf.

Im Wohnzimmer sah es ähnlich aus. Der Tisch hatte kaum Beine, Sitzkissen lagen daneben, und auf einer Anrichte aus Bambusholz standen einige Flaschen Reiswein – leer allerdings und zu Vasen umfunktioniert, in denen aus Papier gefaltete Blumen steckten.

Sebastian schaute auf den Tisch hinunter, dann wies er auf eines der Sitzkissen. »Setz dich ruhig hierhin, wenn du willst. Aber bequemer hätten wir es in der Küche. Ganz ehrlich: Ich weiß hier nie, wohin ich mit meinen Beinen soll. Aber Simona … na ja … sie steht halt auf alles Japanische, was soll ich machen?«

Ich folgte ihm in die Küche und sah erleichtert die Eckbank aus hellem Holz und den ganz normalen Esstisch. An den Wänden hingen Regalbretter, auf denen Tassen und Kännchen standen, dazu Kochbücher mit asiatischen Rezepten und Gläschen, Döschen und Tiegel mit Gewürzen, die ich nicht kannte. Wo immer an der Wand kein Regal angeschraubt war, hingen Bilder unterschiedlicher Größe und Machart: farbige Holzschnitte, Aquarelle, Zeichnungen – und die meisten zeigten einen Berg mit schneebedeckter Spitze.

»Ich war mal in einem afrikanischen Restaurant am Marienplatz. Dort haben sie auch solche niedrigen Tische – das kann böse Folgen haben, sage ich dir.« Er kicherte, machte uns Kaffee und erzählte von einem Herrenabend, der nach gutem Essen und einigen Schnäpsen ziemlich chaotisch geendet hatte.

Ich notierte mir in Gedanken: »Horst und Claus gehen afrikanisch essen und zerlegen in schwäbischer Tapsigkeit das halbe Lokal.« Sebastian war mir wirklich eine Hilfe.

Dann erzählte ich ihm von Franzis Einrichtung, von ihrem altmodischen Telefon und davon, dass sie von ihrem verschwundenen Kater noch immer Futter- und Wasserschälchen sowie den riesigen Schlafkorb in der Wohnung stehen hatte.

»Sie ist ziemlich schräg drauf, die gute Franzi«, sagte ich und grinste. »Ich hab noch von keinem hier im Haus gehört, dass er diesen Graf Yoster jemals gesehen hätte. Wahrscheinlich hatte sie nie eine Katze und das Vieh ist eine bloße Erfindung von ihr.«

Sebastian wiegte den Kopf und schien mit sich zu ringen. Dann sah er mich mit großem Ernst an.

»Ich hab den Grafen mal gesehen. Schwarz wie der Teufel, aber eigentlich ein ganz Lieber.«

»Also gab's die Katze doch?«

Er zuckte mit den Schultern.

»War sogar mal hier in der Wohnung«, raunte er, als habe er Angst, die Wände könnten unser Gespräch für seine Frau aufzeichnen. »Die Kinder waren schon in ihren Zimmern – die gehen abends immer ganz brav ins Bett. Simona war in der Kanzlei und hatte noch eine Besprechung mit Mandanten. Da stand Graf Yoster vor der Tür und miaute. Franziska war wohl gerade nicht da oder sie hat ihn nicht rufen gehört. Ich hatte den Kater zuvor noch nie gesehen, aber sie hat mir mal von ihm erzählt – und weil unser Hausmeister eigentlich keine Haustiere duldet, habe ich's für mich behalten. Franziska hat den Grafen ohnehin immer nur in der Wohnung gehalten, an diesem Abend war er ihr wohl ausgebüxt.« Er lächelte und schenkte sich noch Kaffee nach. »Ich hab ihn in die Küche gelockt. Ich habe ein kleines Stückchen Tofu genommen und habe es mir zwischen die Fingerspitzen geklemmt.«

Sebastian stand auf, bückte sich und ging rückwärts in der Küche herum, Daumen und Zeigefinger der rechten Hand zusammengekniffen und die Hand knapp über dem Boden.

»Katzen mögen Tofu?«, fragte ich.

Er beendete seine Vorführung und setzte sich wieder.

»Nein, aber erst einmal war er neugierig, was ich für ihn hatte. Er kam mit in die Küche, schnupperte an dem Tofu und ließ es liegen. Aber streicheln ließ er sich, gerne und ausgiebig. Er hatte ein ganz weiches Fell. Ich habe sicher eine Stunde lang hier auf der Eckbank gesessen, den Kater schnurrend neben mir, und habe ihn gestreichelt und gestreichelt. Irgendwann hatte er genug und ist zur Tür gegangen. Ich habe ihn rausgelassen, er ist die Treppe hochgetrippelt, und diesmal hat ihn Franziska rufen hören und hat ihn reingelassen.«

»Klingt ganz so, als hättest du gern selbst eine Katze.«

Er zuckte mit den Schultern. »Simona will keine, ist ihr zu schmutzig. Und meine kleine Soraya ist allergisch gegen alles Mögliche, natürlich auch gegen Tierhaare.«

»Tut mir leid.«

»Ach, halb so schlimm. Ich bin auch gegen ein paar Sachen allergisch, aber Tierhaare machen mir nichts aus. Graf Yoster ist noch ein paar Mal gekommen, Simona war damals abends ziemlich viel unterwegs – wir haben also recht oft hier auf der Eckbank zusammengesessen, der Graf und ich.« Er lächelte wieder ganz versonnen. »Mit Essen konnte ich ihn nicht mehr locken, Tofu war ja nicht so seins. Aber er hat draußen im Treppenhaus miaut, ich habe die Tür aufgemacht, er ist sofort in die Küche und hat sich auf die Eckbank gesetzt. Ich habe mich dann dazugesetzt und habe ihn gestreichelt, bis es ihm gereicht hat. War immer ganz nett, und damit keiner was merkt, bin ich hinterher immer mit dem Staubsauger durch.« Sebastian wurde ernst. »Das letzte Mal, als er da war, hat ihn beim Rausgehen irgendetwas erschreckt, und er ist wie ein geölter Blitz die Treppe runter statt hinauf. Aber unten ist ja immer die Tür zu, da konnte also nichts passieren. Ich wollte noch nachsehen, als es im Treppenhaus wieder ruhig war, aber da kam auch schon Thorben nach Hause, und dann hab ich es irgendwie vergessen.« Er überlegte. »Zu mir ist er danach nicht mehr gekommen. Ich habe angenommen, dass Franziska nun besser auf ihn achtgegeben hat. Erst später habe ich von ihr gehört, dass der Kater spurlos verschwunden ist – und weil ich nicht wollte, dass sie sich womöglich Simona gegenüber verplappert, habe ich ihr nichts von den Besuchen des Grafen bei mir in der Küche erzählt und von dem Tag, an dem er völlig aufgelöst nach unten geflitzt war. Na ja, letztendlich weiß keiner, was mit dem Kater passiert ist.«

— o —

An diesem Nachmittag fuhr ich voller neuer Ideen für Sketche zur Theaterscheuer, wo inzwischen auch sonntags geübt wurde, und die meisten meiner Vorschläge kamen auch gut an. Ein, zwei kleine Szenen hatte ich noch während der Fahrt in Gedanken ausgearbeitet, und Horst und Claus hatten dafür schnell die passenden Figuren, Gesten und Mienen parat – es wurde ein produktiver und schöner Abend, und hinterher hockten wir noch in der kleinen Küche zusammen und plauderten bei einem Bier über die anstehenden Projekte.

Ich fand es sehr angenehm, dass Horst, Claus und Sandra von ihren ausverkauften Vorstellungen und von den lukrativen Angeboten, die sie zuletzt bekommen hatten, erzählten, ohne damit zu prahlen. Und ich erfuhr auch, dass sie jahrelang hart dafür gearbeitet hatten, dass sie mit »Gschwend gscheid gschwätzt« nun auch überregional vor dem Durchbruch standen. Ich gönnte ihnen den Erfolg von Herzen – und das nicht nur, weil mir ihr Aufstieg einen spannenden Job eingebracht hatte.

Kurz nach elf traf ich wieder am Eugensplatz ein. Sebastian hatte mir einen Schlüssel gegeben, damit ich abends nicht die Kinder mit meinem Klingeln weckte. Er war auf der Eckbank eingeschlafen, vor ihm standen ein leeres Weinglas und eine halb volle Flasche. Als ich mich zu ihm setzte, wachte er auf, rieb sich ein paar Mal die Augen und holte mir auch ein Glas. Es war zwar kein Trollinger, aber Sebastian schwärmte mir so von dem Wein vor, dass ich mir halt einschenken ließ, um ihm nicht die Freude zu verderben.

Die Flasche fasste nur einen Dreiviertelliter, und sie hatte nicht einmal einen Schraubverschluss. Das Etikett war immerhin ganz hübsch: »La Fleur de Boüard« stand dort in geschwungener Schrift, darüber war ein goldenes Wappen mit Krone zu sehen, darunter war die Jahreszahl 2009 vermerkt, und noch etwas weiter unten klebte ein zweites Etikett mit der Aufschrift »Lalande de Pomerol«. Der erste Schluck erschreckte mich gehörig – dieses starke, saure Zeug war nicht zu vergleichen mit dem unaufdringlichen Dahinfließen, das ich am Trollinger so schätzte, aber mit der Zeit gewöhnte ich mich an den viel zu intensiven Geschmack. Und als wir schließlich ins Bett gingen, hatten wir uns die Brühe mit einem zweiten Fläschchen schöngetrunken.

Ich schlief sofort ein, und das Geklapper in der Wohnung hätte mich am nächsten Morgen vermutlich nicht aufgeweckt, wenn ich nicht das Gefühl gehabt hätte, dass jemand vor meinem Bett stand und mich beobachtete. Ich zog mir die Decke über den Kopf, aber das Gefühl ließ mir keine Ruhe, und so schlug ich die Decke wieder zurück und blinzelte. Das Gästezimmer lag angenehm im Halbdunkel, Licht fiel nur vom Flur herein. Und direkt vor mir standen zwei kleine Gestalten, die mich unverwandt anglotzten und die ich im Gegenlicht nicht recht erkennen konnte.

»Seid ihr die Kids?«, krächzte ich.

Der Junge blieb regungslos und stumm stehen und glotzte mich weiter an. Auch das Mädchen neben ihm sagte nichts, aber sie begann plötzlich eine Serie von seltsamen Bewegungen und Verrenkungen, die leidlich flüssig ineinander übergingen. Dann deutete sie einen Knicks an und grinste. Ich sah sie mit großen Augen an und verstand nicht ansatzweise, was hier vor sich ging. Da begann die Kleine ihren Tanz wieder von vorn, und soweit ich das so früh am Morgen schon beurteilen konnte, wiederholte sie jede einzelne Bewegung auf dieselbe Weise.

»Ja, schön«, knurrte ich, als sie fertig war und wieder grinsend geknickst hatte. »Und was soll das?«

»Soraya«, sagte sie ungnädig und deutete ein paar der Verrenkungen erneut an. »Soraya, verstehst du? So heiße ich, und ich habe meinen Namen doch auch gerade getanzt!«

Der Junge neben ihr schnupperte theatralisch, dann winkte er mit einer Geste ab, als wolle er in einer Schulaufführung den Bürgermeister darstellen.

»Alkohol«, sagte er nur und verzog sein Gesicht.

Ich rollte mich auf den Rücken und fixierte einen Punkt an der Decke. Das half morgens manchmal beim Nachdenken. Soraya hatte also gerade ihren Namen getanzt, und ihr Bruder – Thorben, oder? – gab den Moralapostel. Wenn ich mir dazu noch ihre Mutter vorstellte, ein herrisches Weib mit Haaren auf den Zähnen, konnte ich es Sebastian nicht verübeln, dass er Abenden nachtrauerte, an denen er auf der Eckbank in der Küche saß und heimlich einen fremden Kater streichelte.

»Du musst jetzt aufstehen«, sagte Soraya.

»Wer sagt das?«, knurrte ich.

»Wir gehen jetzt gleich in die Schule, Papa ist auch aufgestanden, und du musst jetzt ebenfalls aus dem Bett.«

Ich wandte ihr den Kopf zu und versuchte böse zu schauen, aber das beeindruckte die Kleine kein bisschen.

»Alkohol«, wiederholte Thorben. »Wir haben in der Schule gelernt, dass das ein Nervengift ist, ähnlich wie Botox.«

Ich runzelte die Stirn. »Botox nehm ich nicht, da kann ich dich beruhigen.«

Er beugte sich nach vorn und musterte die Falten um meinen Mund und um meine Augen.

»Stimmt«, sagte er.

»Na, du bist mir ja vielleicht ein Klugscheißer!«

Was bildete sich dieser Wurm eigentlich ein? Ich war etwas laut geworden, aber der Junge stand da wie eine Eins und zuckte nicht einmal mit einer Wimper.

»Frau Hanna sagt«, dozierte er stattdessen, »wer Fäkalausdrücke benutzt, fühlt sich in der Defensive.«

»Ach, sagt sie das?«

Der Wicht ging mir wirklich auf die Nerven.

»Du kannst sie ja mal im Unterricht beschimpfen, deine Frau Hanna – so richtig mit Scheiße und Arschloch und so … du würdest dich wundern, wie offensiv das wirken kann!«

Thorben sah mich mit aufgerissenen Augen an.

»Aber du kennst solche Worte natürlich nicht, gell?«, schob ich gehässig nach. »Scheiße«, wiederholte ich, »Arschloch …«

Bevor ich weitersprechen konnte, ratterte Thorben eine Reihe so unflätiger Schimpfworte herunter, dass ich staunend verstummte.

»Alles Ausdrücke«, erklärte er danach ungerührt und legte eine ziemlich hochnäsige Miene auf. »So etwas sagt man nicht – außer man hat es nötig.«

Ich setzte mich auf. Thorben sah meine Shorts, diesmal war es ein Motiv aus »Goldfinger«, und in seinen Augen blitzte Interesse auf.

»Na«, neckte ich ihn, »so eine Unterhose hättest du wohl auch gerne, Kleiner?«

»Das Bild gefällt mir, aber die Hose kommt sicher aus Indien und wurde dort von Kindern unter unwürdigen Bedingungen zusammengenäht.«

Ich klappte den Mund auf und wieder zu. Dieser Knirps machte mich sprachlos. Thorben nahm es zufrieden zur Kenntnis, nickte mir knapp zu und flitzte dann aus dem Gästezimmer. Soraya knickste wieder, dann war auch sie verschwunden. Als ich mich zwanzig Minuten später aus dem Bad in die Küche schleppte, saß Sebastian dort allein am Tisch und las Zeitung.

»Oh, sind deine Kinder schon weg?«

»Ja, sie waren etwas spät dran, weil sie unbedingt noch nach dir sehen mussten.«

»Nette Kids«, log ich und holte mir einen Toast aus dem Brotkorb.

Sebastian ließ die Zeitung sinken. »Die können ganz schön anstrengend sein, was?«

»Na ja«, meinte ich mit vollem Mund, »dein Thorben ist ein ganz schöner Besserwisser.«

»Das hat er von seiner Mutter. Man kann sich daran gewöhnen.«

»Er hat mir einen Vortrag darüber gehalten, dass Alkohol ein Nervengift sei und so.«

Sebastian zuckte mit den Schultern. »Aber als Bordeaux schmeckt er wenigstens«, sagte er dann noch und vertiefte sich wieder in seine Lektüre.

Eine Weile frühstückte ich schweigend, dann faltete Sebastian die Zeitung zusammen und legte sie akkurat neben sich auf die Eckbank.

»Wie findest du meine Kinder eigentlich?«, fragte er mich.

»Wieso fragst du mich das?«

»Na ja … ich bin als Vater ja parteiisch, und die anderen Eltern an der Waldorfschule frage ich lieber nicht.«

»Warum?«

Er beschrieb mit seinem Zeigefinger eine kreisende Bewegung neben der Schläfe. »Die haben alle einen Hau. Entweder ist ihr Sprössling hyperaktiv und bräuchte dringend Tabletten oder reichlich Bewegung an der frischen Luft – dann beschweren sie sich über die mangelnde Förderung der Kleinen und behaupten, die Schule reize die Leistungsbereitschaft ihres Kindes nicht aus. Oder die Kleinen sind beschränkte Dumpfbacken, dann heulen die Eltern herum, weil ihr liebes Kind mehr Empathie von den anderen und mehr Hilfe von den Lehrern brauche. Und der Rest der Schüler sind ganz normale Kids – aber die Eltern brüsten sich damit, dass gerade ihr Nachwuchs in dieser oder jener Hinsicht überdurchschnittlich begabt sei. Nervig. Wenn du denen gegenüber auch nur vage zu erkennen gibst, dass du womöglich an deinem Sohn oder deiner Tochter zweifelst, fallen sie mit hämischen Bemerkungen geradezu über dich her. Diese Elternabende sind echt eine Plage, das kannst du mir glauben. Ist dieses Märchen nicht doch zu sehr auf eine Konfliktlösung durch Gewalt hin ausgerichtet? Sollten wir Schreinern und Gartenbau vielleicht mal als bilinguale Unterrichtseinheit anlegen? Müssen in Kunst unbedingt auch Gemälde behandelt werden, deren moralische Integrität eher zweifelhafter Natur ist?« Er schüttelte den Kopf und seufzte. »Und genau so was steht mir morgen Abend bevor. Ich grusle mich jetzt schon. Deshalb möchte ich vorbereitet sein. Was könnten die anderen Eltern über Thorben und Soraya sagen oder was könnten sie an ihnen auszusetzen haben?«

»Na ja, ich bin nicht gerade ein Experte, was Kinder angeht.«

»Egal. Dann gehst du auf jeden Fall unvoreingenommen an das Thema ran.«

Ich dachte nach. Und weil ich mir nicht vorstellen konnte, dass er wirklich von mir hören wollte, wie nervtötend, altklug und aufdringlich ich seine Gören heute früh gefunden hatte, benannte ich das, was vielleicht auch andere seltsam an seiner Tochter vorkommen würde.

»Soraya hat neben meinem Bett ihren Namen getanzt und sie hat ständig geknickst. Das wären vielleicht zwei Punkte, die mir an deiner Stelle zu denken geben würden.«

Sebastian musste lachen. »Du warst nicht auf der Waldorfschule, oder?«

»Nein, wozu?«

Er stand auf und machte ähnliche Bewegungen wie seine kleine Tochter vorhin im Gästezimmer. Dazu buchstabierte er Sorayas Namen und hielt nach jedem aufgesagten Buchstaben kurz inne.

»Eurythmie, Nick! Die tanzen ihre Namen, das hat schon seine Richtigkeit.«

»Meinetwegen. Ich fand's seltsam.«

»Und das Knicksen hat mit der Theateraufführung zu tun. Soraya hat die Rolle der Kammerzofe ergattert – das ist die Hauptrolle in dem neuen Stück, weißt du? Und seither knickst sie die ganze Zeit, manchmal fächert sie sich auch Luft zu – alles, um besser in ihre Rolle zu kommen.«

»Aha.«

»Ja, sie war ganz aus dem Häuschen, als es geklappt hat. Erst war ja Tabea als Zofe vorgesehen, aber dann ist die irgendwie die Treppe runtergepurzelt und hat sich den Knöchel gebrochen – und jetzt ist Soraya die Kammerzofe.«

»Wie schön für sie.«

»Natürlich tut es mir um Tabea leid, aber …«

»Schon klar«, winkte ich ab.

»Und Thorben?«

»Hm … an dem kam mir eigentlich nur ungewöhnlich vor, dass er einem fremden Mann im Gästezimmer einen Kurzvortrag über die Gefahren des Alkohols hält, aber sonst …«

Sebastian nickte. Er wirkte zufrieden. »Weißt du, dass Thorben früher nie den Mund aufbekommen hat, wenn er Fremden gegenübergestanden ist?«

Heute früh wäre mir das sicher lieber gewesen.

»Ich hab ihm dann einen Tipp gegeben, der mir selbst als Kind geholfen hat. Ich habe meinem Jungen gesagt, er soll sich einen Mutmacher suchen.«

»Was, bitteschön, ist ein Mutmacher?«

»Na, irgendein Gegenstand, den du mit dir in der Tasche herumträgst, und wenn du was machen musst, wovor du Angst hast, greifst du in die Tasche, spürst deinen Mutmacher und traust dich. Bei mir war's ein Holzrest aus einer Schreinerei – ein ganz glatt geschmirgeltes Endstück einer Schrankverzierung. Das hatte ich noch in der Tasche, als ich mich aufgerafft habe, Simona zum ersten Mal anzusprechen. Danach hab ich's dann weggeworfen.« Er lächelte entschuldigend.

»Und was ist Thorbens Mutmacher?«

»Keine Ahnung. Vielleicht hat er irgendwo einen schönen Kiesel gefunden oder eine Nuss – da kannst du alles Mögliche nehmen. Ich habe ihn nie danach gefragt. Ich wollte, dass er auch vor seinem Vater ein Geheimnis hat.«

Ich nickte, obwohl ich das ganze Theater nicht wirklich nachvollziehen konnte.

»Warte mal, Sebastian, mir fällt noch was zu Thorben ein. Er kennt die schweinischsten Schimpfwörter, nennt sie aber Ausdrücke und will sie eigentlich nicht aussprechen.«

Sebastian lachte. »Na, dann ist so weit alles in Ordnung und ich muss mir vor dem Elternabend wohl keine allzu großen Sorgen machen.«

— o —

Den späten Vormittag verbrachte ich im Videokeller, und ich kam gut voran. Zweimal musste ich die Knetfigur des Pferdes reparieren, auf dem James Bond die schöne Domino Petachi aus der Festung Palmyra rettet – einmal war ein Vorderhuf abgefallen, das nächste Mal hatte ich den Hals nicht stabil genug geknetet. Aber schließlich war auch diese Szene im Kasten, und ich konnte die Tonspur mit Lottes Stimme anpassen – James sprach ich ja selbst, und für die einheimischen Reiter, die Domino vor ihrer Flucht mit 007 als Sklavin kaufen wollen, hatte ich mir einige besonders alberne Dialoge ausgedacht.

Recht zufrieden ging ich kurz nach eins die Treppe hinauf, und ich hatte noch nicht ganz den ersten Stock erreicht, als ich hinter mir den Türöffner summen hörte. Ich drehte mich um, und da stürmte schon der Pferdeschwanzathlet auf mich zu, an mir vorbei und weiter hinauf zu Lara. Ein Hauch Moschus und Schweiß umwehte mich für einen Moment, dann sah ich zu, dass ich dem Typen zügig folgte, ohne dabei allzu sehr in Eile zu wirken.

Die Wohnungstür schwang auf, als ich noch einige Stufen zum zweiten Stock vor mir hatte. Lara erkannte den Fahrradkurier, der Typ machte einen Spruch und Lara lachte herzhaft. Ich hatte seinen Scherz akustisch nicht verstanden, aber so ausschütten hätte sich Lara nun auch nicht müssen. Dabei sah sie kurz zu Franzis Tür hinüber, erst danach sah sie mich die Treppe heraufkommen.

Erst wirkte Lara ein wenig erschrocken, dann gab sie sich einen Ruck, legte dem Pferdeschwanz lässig den ausgestreckten linken Arm über eine Schulter und sah ihm tief in die Augen. Ich schluckte. Es mochte ja sein, dass Lara mit diesem Radler nur flirtete, um mich eifersüchtig zu machen. Vielleicht auch, um sich für Franzis Türentanz schadlos zu halten. Das mochte alles sein, aber es änderte nichts an der Tatsache, dass sie mit ihm *flirtete.*

Ich war wohl stehen geblieben. Mir wurde das erst bewusst, als ich Laras Blick auffing und bemerkte, wie ihr ein kleines, gemeines Grinsen über das Gesicht huschte. Über ihr Gesicht, das ich so liebte …

Und das jetzt in ihrer Wohnung verschwand.

Schnell und mit dem verdutzten Fahrradkurier im Schlepptau, den sie kurzerhand an der Schulter packte und mit sich in die Wohnung zerrte. Der Typ war so überrascht von der plötzlichen Wende, dass er einige Mühe hatte, nicht der Länge nach in Laras Wohnungsflur hinzuschlagen. Im Hineinzerren näherte sich ihr Mund dem seinen, und noch bevor ich hätte sagen können, ob sie ihn wirklich geküsst hatte, schlug auch schon die Wohnungstür zu, und durch das Holz war nur noch das Scharren von Schuhen und das Rascheln von Kleidern zu vernehmen.

Völlig konsterniert tappte ich auf Franzis Wohnungstür zu, bis ich bemerkte, dass ich eine Etage zu weit hinaufgegangen war, um den Fahrradkurier nicht aus den Augen zu verlieren. Also kehrte ich um und schlurfte zu Sebastians Wohnung hinunter. Dabei kam es mir so vor, als hätte ich ein helles Klatschen, einen dumpfen Schlag und ein leises Männerstöhnen gehört – aber so genau wollte ich das in diesem Moment gar nicht wissen.

Erst viel später erfuhr ich, dass ich damit alles Wichtige mit angehört hatte: das Klatschen von Laras Ohrfeige, ihr Knieschlag zwischen seine Beine und der halb erstickte Schmerzensschrei des Fahrradkuriers. Er hatte Laras Verhalten genauso für bare Münze genommen wie ich. Und als er hinter der Tür dort weitermachen wollte, wo sie seiner Meinung aufgehört hatten, hatte ihm Lara eine gescheuert. Als das nicht reichte, hatte der nächste Zugriffsversuch des Radlers noch schmerzhaftere Folgen. Und er rannte nur deshalb nicht sofort aus der Wohnung nach unten, weil Lara ihn festhielt, bis ich Sebastians Tür hinter mir zugezogen hatte.

Jedenfalls sah ich den Kurier von diesem Tag an nicht mehr. Aber ich hörte an diesem Tag auch auf, Lara zu beobachten, also fiel es mir nicht auf.

— o —

Als Sebastian Kross-Krampenbachs Kinder am späten Nachmittag von der Schule kamen, war ihr Vater gerade einkaufen. Ich saß deprimiert im Wohnzimmer und starrte durchs Fenster auf den wolkenverhangenen Himmel über dem Eugensplatz. Soraya knickste wieder vor mir und fächelte sich im Weggehen mit der flachen Hand Luft zu. Thorben dagegen wirkte ganz aufgekratzt und grinste die ganze Zeit. Außerdem hatte ich den Eindruck, er würde gerne unter vier Augen mit mir reden. Ich wartete, bis Soraya ins Kinderzimmer gegangen war, dann stand ich auf und ging in die Küche. Thorben hatte mich die ganze Zeit beobachtet, und nun folgte er mir. Ich hatte zwei Gläser mit Wasser auf den Tisch gestellt und erwartete ihn auf der Eckbank. Er schlüpfte herein und drückte die Tür hinter sich zu. Dann setzte er sich zu mir, sah noch einmal zur Tür und beugte sich ein wenig vor.

»Ich hab's gemacht«, sagte er und grinste noch breiter.

»Äh … was meinst du?«

»Na, was du mir heute früh vorgeschlagen hast!«

»Was ich dir heute Morgen …«

Ich dachte fieberhaft nach, aber ich konnte mich nicht mehr daran erinnern, welchen guten Tipp ich diesem Knirps gegeben hatte.

»Wir hatten Frau Hanna gleich in den ersten beiden Stunden«, begann Thorben, und da fiel es mir siedend heiß wieder ein. »Nach einer Weile hatte sie eine Frage, da habe ich ihr geantwortet. Und dann habe ich gesagt, dass das alles doch Scheiße sei – und sie ein Arschloch.«

Thorben sah sehr zufrieden mit sich aus, und er sah mich an, als müsse ich ihn für seinen Auftritt loben.

»Das hast du gesagt?«

Thorben nickte eifrig und glühte vor Stolz.

»Na ja … ganz so habe ich das heute früh nicht gemeint, weißt du?«

»Du hast es aber genau so gesagt. Und dann hab ich das halt gemacht.«

»So, so. Und dann hat sie dich rausgeschmissen, die Frau Hanna?«

»Nö. Sie hat erst mal nur genickt, dann hat sie mich korrigiert. Ich solle doch bitte darauf achten, absolute Behauptungen und meine Meinung nicht miteinander zu vermischen.«

»Hä?«

»Ich hätte mich anders ausdrücken müssen, sagte sie. Also nicht: ›Sie sind ein Arschloch!‹ Sondern: ›Ich finde, dass Sie ein Arschloch sind!‹ oder ›Ich halte Sie für ein Arschloch!‹. Und dann haben wir einen Stuhlkreis gebildet und haben über Ausdrücke gesprochen.«

Das wäre in meiner alten Schule anders gelaufen. Ganz anders.

»Es war super«, berichtete Thorben weiter. »Und ich habe gestaunt, wie viele Ausdrücke die anderen kennen. Hätte ich denen gar nicht zugetraut! War super, wirklich – danke für den Tipp!«

»Ja, gut, äh … bitte, gern geschehen.«

Ich hoffte nicht, dass das schon morgen ein Thema während des Elternabends werden würde, aber vielleicht musste Sebastian davon gar nichts erfahren – darüber war sicher bald Gras gewachsen. Ich musterte den kleinen Mann. Ein bisschen Respekt empfand ich schon, dass er sich diesen Streich getraut hatte.

»Du bist ganz schön mutig, oder?«

Thorben schüttelte bescheiden den Kopf, aber der Stolz auf seine Aktion war ihm trotzdem anzusehen.

»Dein Papa hat mir erzählt, dass er als Junge einen Mutmacher hatte. Du hast auch einen, stimmt's?«

Der Junge sah mich eine Weile prüfend an, dann nickte er.

»Der scheint ja wirklich zu funktionieren«, sagte ich und stand auf, um wieder ins Gästezimmer zu gehen und an neuen Sketchen zu schreiben.

Thorben stand ebenfalls auf, und als ich mich in der Küchentür noch einmal umdrehte, hielt er ein längliches schwarzes Etwas in der rechten Hand und hielt es mir hin.

»Was ist das denn?«

»Mein Mutmacher«, erklärte Thorben.

»Aha? Und was soll das darstellen?«

Ich kam näher und nahm das Ding genauer in Augenschein. Es war etwas dicker als ein Finger, etwa sechs bis sieben Zentimeter lang und mit glänzendem schwarzem Fell überzogen.

»Das ist eine Kat…« Er unterbrach sich. »Das ist eine Hasenpfote«, fuhr er dann schnell fort. »Ich habe gelesen, die soll Glück bringen – also müsste sie auch als Mutmacher taugen, dachte ich mir. Und ich fühle mich wirklich wohl mit ihr.«

Ich musterte die Pfote und fragte mich, ob sie wirklich echt war. Schwarzes Fell … Mir kam ein ganz bestimmter Kater in den Sinn.

»Und wo ist der Rest des Tiers?«

Thorben zuckte mit den Schultern. Ich ging in die Hocke und sah ihm so streng in die Augen, wie ich konnte. Der Junge wurde auch wirklich etwas unruhig.

»Sag schon: Woher hast du das?«

»Ich …«

Er druckste ein wenig herum, aber ich hielt meinen Blick fest auf ihn gerichtet. Schließlich sah er sich noch einmal um, dann schaute er mich fast flehend an.

»Du sagst aber keinem was, versprochen?«

Ich dachte an Graf Yoster, an Franzi … und ich zögerte.

»Ich darf keinem was sagen«, fügte Thorben eindringlich hinzu, »das musste ich versprechen. Du darfst auch niemandem was sagen!«

»Meinetwegen. Also?«

»Ich wollte ins Haus und hab gerade die Tür aufgemacht, als eine schwarze Katze wie ein Pfeil aus dem Treppenflur rausgerannt ist, an mir vorbei und direkt auf die Straße. Ich hab ihr nachgesehen und nur ein paar Meter von mir entfernt wurde sie überfahren, ein weißer Transporter ist über sie drübergerumpelt. Die hat sich nicht mehr gerührt, ich glaub, die war tot! Ich hab dem Wagen noch nachgesehen, weil er zunächst einfach weitergefahren ist. Dann hat er doch gebremst, ist zurück zur Katze, ist ausgestiegen und hat die Klappe hinten aufgemacht. Dann hat er sie auf die Ladefläche geworfen und die Klappe wieder zugeknallt. Dann wollte er wieder los, aber weil ich immer noch dagestanden bin und geguckt hab, ist der Mann noch einmal ausgestiegen und hat mich gefragt, ob das meine Katze gewesen ist. War's ja nicht, und ich hab sie auch nicht gekannt. Aber der Mann hat ausgesehen, als ob er mir etwas dafür geben wollte, dass ich niemandem sage, dass er die Katze überfahren hat.«

»Und dann?«

»Na ja, auf dem Transporter habe ich Name und Adresse von einem Präparator, oder wie das heißt, stehen sehen. Halt so einer, der tote Tiere herrichtet.« Thorben sah zu Boden. »Und ich hab da doch noch einen Mutmacher gesucht. Da ist mir das mit der Hasenpfote eingefallen.«

»Und dieser Präparator hatte so was übrig und hat dir einfach eine gegeben?«

Ich stellte mir ein Handschuhfach vor, in dem neben Parkscheibe und Straßenkarten Fuchsschwänze und Hasenpfoten lagen, und schüttelte ungläubig den Kopf.

»Nö, hatte er nicht. Er hat gesagt, er schaut mal, was sich machen lässt. Und dann war er weg.«

»Und der kam echt noch einmal vorbei und hat dir diese Pfote gebracht?«

Der Junge zuckte wieder mit den Schultern. »Wahrscheinlich hat er geglaubt, ich würde ihn verpetzen, wenn er das nicht macht. Ich musste ihm meinen Namen sagen und meine Handynummer, und ein paar Tage später hat er sich gemeldet und hat mir das gebracht.« Thorben sah auf die Pfote in seiner Hand. »Seither hab ich meinen Mutmacher.« Er sah mich ängstlich an. »Und? Verrätst du mich jetzt?«

Der Kleine sah so zufrieden aus mit seinem Glücksbringer und Mutmacher. Graf Yoster war nun mal tot, und Franzi musste es ja nicht erfahren.

»Nein, ich sag keinem was. Indianer-Ehrenwort!«

Ich stand auf und war ganz stolz auf mich, aber Thorben verdrehte nur die Augen.

»Indianer-Ehrenwort?«, echote er, steckte die Pfote weg und ging kopfschüttelnd davon. »Mann, diese alten Leute reden immer so einen Blödsinn …«

— o —

Am nächsten Tag freute ich mich auf einen ruhigen Abend. Sebastians Elternabend in der Waldorfschule sollte um sieben Uhr abends beginnen, und er rechnete nicht damit, dass er vor zehn oder halb elf wieder daheim sein konnte. Thorben und Soraya waren zwar nervige Klugscheißer, aber sie trotteten vor Schultagen pünktlich um halb acht in ihr Zimmer, lasen noch etwas oder legten noch eine Weile ihre Puzzles – aber jedenfalls war nach halb acht außerhalb des Kinderzimmers nichts mehr von ihnen zu hören oder zu sehen.

Also kam ich bester Dinge aus der Stadt zurück an den Eugensplatz und wollte mir zu einem guten Glas Wein eine Strategie zurechtlegen, wie ich mich doch noch mit Lara versöhnen konnte. Den ganzen Montag über hatte ich mich mit Fantasien darüber gequält, was wohl alles in Laras Wohnung – die ja auch mal meine gewesen war – vorgefallen war, nachdem sie den Fahrradkurier so ungestüm zu sich hereingezogen hatte. Doch inzwischen war ich zu dem Schluss gekommen, dass Lara nun das Gefühl haben musste, wir seien quitt miteinander – falls sie mir wirklich nicht glaubte, dass ich ihr weder mit Lotte noch mit Franzi untreu gewesen war. Also müsste jetzt doch der Weg frei sein, mich wieder mit ihr auszusöhnen. Zwar versetzte es mir einen Stich, dass sie mich nun scheinbar betrogen hatte, wenn auch nur aus Rache, aber darüber musste ich wohl hinwegsehen, wenn ich wieder mit ihr zusammenkommen wollte.

Und das wollte ich mehr denn je.

Zunächst ging ich zu Franzi, um ihr den Wohnungsschlüssel zurückzugeben, den sie vergessen hatte mir abzunehmen. Und nebenbei wollte ich sie auch noch einmal daran erinnern, dass sie unbedingt Lara ihre Vorliebe für Frauen bestätigen sollte – und ihr auch gleich erklären sollte, dass sie mit ihrem seltsamen Auftritt als fast nackte Türtänzerin nur unsere Beziehung hatte retten helfen wollen.

Entschuldigt hatte ich mich bereits, als ich ihr morgens im Treppenhaus begegnet war, und nach einigem Zögern hatte sie meine Entschuldigung auch angenommen. Na ja, ich war noch immer wütend auf sie, weil sie mit ihrer Tanzeinlage wirklich Mist gebaut hatte – aber schon in dem Moment, als ich sie weinend vor mir sah und sie mich rausschmiss, hatte ich ein schlechtes Gewissen bekommen, weil ich mich wohl im Ton vergriffen hatte.

Als ich jetzt in Franziskas Wohnzimmer trat – ich hatte der Form halber geklingelt, dann aber doch den Schlüssel benutzt, als niemand öffnete –, saß Franzi mit hochrotem Kopf am Tisch und knallte gerade ihr altmodisches Telefon auf die Gabel zurück. Dabei hatte sie mir heute Morgen auch noch ganz begeistert erzählt, dass heute ihre Annonce in der Zeitung erscheine und sie deshalb wegen all der neuen Kunden, die ihr das gleich heute bescheren würde, sicher bis acht oder neun Uhr in ihrem Massageraum zu tun haben würde.

»Was ist denn mit dir los?«, fragte ich. »Ruft niemand an?«

Ihr Gesicht nahm eine noch etwas dunklere Farbe an, und fast erwartete ich, dass aus ihren Ohren gleich kleine Rauchwölkchen steigen würden.

»Jetzt mach dir keinen Kopf, Franzi. So schnell wirken Anzeigen nicht. Du musst das als längerfristige Investition sehen, weißt du?«

»Pfff«, machte sie, und immer wenn Lara so geklungen hatte, wies das nicht darauf hin, dass ein schöner Abend bevorstand.

Na, egal. Dachte ich mir meine Strategie halt später aus.

»Ich mach uns erst mal einen Tee oder einen Kaffee, okay?«

Franziska stierte wütend vor sich hin.

»Oder magst du lieber einen Wein?«

»Wein«, knurrte sie. »Mindestens.«

Ich ging in die Küche, holte einen Wein aus dem Schrank und den Korkenzieher aus der Schublade. Im Wohnzimmer klingelte das Telefon. Franziska hob ab, dann war es kurz still, bevor wieder der Hörer auf die Gabel knallte.

Noch war ich mit Gläsern und Flasche auf dem Weg, da klingelte es schon wieder, und die Prozedur wiederholte sich. Ich stellte die Gläser ab, setzte mich Franziska gegenüber und schenkte uns ein. Sie schien vor Zorn zu beben, ihre Wangen glühten und sie fixierte schwer atmend irgendeinen Punkt auf der Tischdecke.

»Also ruft doch jemand an?«, fragte ich, hob das Glas und prostete ihr zu. »Dann ist es doch gut, oder?«

»Wenn du das sagst!«

Sie schnappte sich ihr Glas, trank es in einem Zug aus und setzte es so hart zurück auf den Tisch, dass ich befürchtete, der Stiel breche gleich ab. Dann herrschte Schweigen, bis wieder das Telefon klingelte. Sie hob ab, hörte zu, knallte den Hörer auf die Gabel. Dann ging ein ganz leichtes Zittern durch ihren Körper, sie beugte sich vor und schluchzte leise.

»Jetzt sag schon, was los ist, Franzi.«

Wieder klingelte das Telefon, und sofort sah sie wie gehetzt auf den klobigen Apparat. Ich griff nach dem Hörer, hob ihn kurz an und legte gleich wieder auf. Sie schluckte, blinzelte sich ein paar Tränen weg und lächelte mich dankbar an.

»So geht das schon seit mittags«, murmelte sie nach einer Weile.

»Gut, und? Deshalb hast du die Annonce doch aufgegeben: damit sich Leute bei dir melden. Sind es zu viele?«

Sie schniefte und schwieg.

»Oder stimmt der Preis nicht?«

»Der Preis …«, knurrte sie. »Die bieten mir sogar mehr Geld, als ich will, aber …« Sie schüttelte fassungslos den Kopf.

»Ich versteh nicht ganz. Was ist denn nun das Problem?«

»Da rufen lauter … lauter … Schweine an!«

»Äh …?«

»Ja, die wollen mit mir …« Sie schüttelte sich und schien sich wirklich zu ekeln.

»Jetzt erzähl einfach mal! Was ist denn mit diesen Anrufern? Sind die blöd zu dir? Oder beleidigen Sie dich? Machen Sie sich lustig über deine Massage-Annonce?«

Franziska holte ein paar Mal tief Luft, dann sah sie mich an und begann zu erzählen. Davon, dass seit heute Mittag so viele Männer bei ihr angerufen hätten, dass sie irgendwann aufgehört habe, sie zu zählen. Dass die meisten breitestes Schwäbisch gesprochen oder es zumindest versucht hätten, was sich dann ziemlich plump und peinlich anhörte. Und dass sie alle am Telefon mit irgendeinem blöden Spruch begonnen hatten, der mal »Ond – bisch grad alloi, Vera?« oder »So ganz alloi, Vera? I komm gern!« lautete, jedenfalls ging es immer darum, ob sie denn auch gerade »alloi« sei, die Vera. Und dass die Anrufer alle schmierig und anzüglich geklungen hätten.

Ich hörte mir alles in Ruhe an, dann kam mir der Verdacht, dass Franziskas Annonce, mit der sie für Massagen mit Aloe-Vera-Gel werben wollte, in der falschen Rubrik gelandet sein könnte. Ich hatte die heutige Zeitung am Kiosk gekauft, um Franziska einen Beleg ihrer Anzeige geben zu können, also flitzte ich in Sebastians Wohnung hinunter und holte das Blatt. Bei Franzi schlug ich die Zeitung auf und suchte nach dem Inserat. Ich musste eine Weile blättern, aber als ich die richtige Seite aufschlug, sah ich die Annonce sofort. Sie war zwischen »Lisbeth, 56, devot« und »Emma! Alles! Immer!« platziert, und in diesem Umfeld wirkte das Bild, das Franziska zur Illustration ihrer Anzeige ausgesucht hatte … nun ja … etwas missverständlich.

Ich weiß nicht, ob Sie schon einmal die Blüten einer Aloe-Vera-Pflanze gesehen haben. Franziskas Wahl war jedenfalls auf ein schönes Foto gefallen, das den Blütenstand eines besonders prächtigen Exemplars zeigte: vom saftig grünen Stängel hingen die einzelnen Blüten auf dem Bild dicht an dicht, und eine schmale Frauenhand hob eine der noch geschlossenen Blüten sanft an. Diese Blüten sind länglich und prall, jugendfrei könnte man sie vielleicht mit einer nicht sehr krummen Banane in Orangerot vergleichen, und kurz bevor sie sich am unteren gekerbten Ende öffnen, wirken sie durchaus, als würden sie gleich platzen.

Zwischen den Inseraten von Lisbeth und Emma konnte dieses Foto problemlos einen unerwünschten Eindruck erwecken. Zudem bekam in diesem Umfeld auch der Text einen etwas anderen Zungenschlag: »Neu: Aloe Vera in S-Mitte«, stand da. »Sanfte Hände, hochwertiges Gel und viel Zeit – lassen Sie mich Ihrem Körper etwas Gutes tun, genießen Sie Entspannung und Wohlgefühl in persönlicher Umgebung.« Dann Franziskas Telefonnummer und darunter noch einmal »Neu: Aloe Vera in S-Mitte«.

Das Foto hatte sie allein ausgesucht, aber den Text hatte ich gegengelesen – er war vielleicht etwas schwülstig formuliert, aber eindeutig und präzise. Außer neben Lisbeth und Emma, und außer in Kombination mit diesem Bild … Ich hielt Franziska die Zeitungsseite hin und tippte erst auf ihre Anzeige und dann auf die beiden Inserate, die sie einrahmten. Sie sah einmal kurz hin, dann noch einmal lang mit aufgerissenen Augen, und dann wurde sie rot bis unter die Haarspitzen.

»Immerhin hat die Anzeige Aufsehen erregt«, versuchte ich sie zu trösten.

Die schnelle Bewegung aus dem Handgelenk konnte ich erst nicht richtig deuten, doch als das Glas auf mich zuflog, duckte ich mich weg, und es zerschellte hinter mir mit lautem Klirren. Nur zur Sicherheit trank ich schnell noch mein eigenes Glas leer, dann ging ich ins Bad, um Besen und Schaufel zu holen. Die Splitter lagen weit verstreut an der Wand entlang, und ein Fleck von den letzten Weintropfen im geleerten Glas markierte die Stelle des Aufpralls. Ich sah zu Franziska hinüber, die sich inzwischen schluchzend auf den Tisch hatte sinken lassen, und rekonstruierte noch einmal die Flugbahn. Sie hätte mich am Kopf getroffen. Vielleicht sollte sie lieber Messerwerferin werden als mit Aloe-Vera-Gel zu massieren – aber den Vorschlag behielt ich dann doch lieber für mich. Mit der vollen Kutterschaufel trottete ich in die Küche hinaus, und als ich zurückkam, klingelte wieder das Telefon. Franziska schüttelte im Liegen den Kopf und machte sonst keine Bewegung.

Ich hob kurz ab und legte gleich wieder auf.

»Und jetzt?«, fragte ich dann.

Sie sah mit verheulten Augen auf und zuckte mit den Schultern.

Für einen Moment sprang mein Kopfkino an, und ich hatte Mühe, die Bilder von Franziska, wie sie sich mit ihrer Wuschelmähne und ihren eingegelten Händen über mich beugte, wieder zu verscheuchen.

»Sei froh«, sagte ich und wagte ein freches Grinsen, »sei froh, dass du kein Foto von dir hast abdrucken lassen. Da würde das Telefon gar nicht mehr nachkommen mit Klingeln.«

Kurz zogen sich ihre Augenbrauen ein wenig zusammen und über ihrer Nase entstand eine Falte, aber dann streckte sie mir die Zunge raus und lächelte ein wenig.

»Na, siehst du, schon besser. Trotzdem: Was jetzt?«

»Keine Ahnung. Ich geb die Annonce halt noch einmal auf. Ich ruf dort an, sag denen, was sie versemmelt haben – dann wird's mich wahrscheinlich nicht mal was kosten.«

»Kann sein. Aber ein paar Tage würde ich mit der neuen Anzeige schon noch warten.«

Das Telefon klingelte wieder. Ich hob ab, legte auf und nickte zu dem Apparat hin.

»Deine Fans finden sie sonst noch – und meinen, dass sie nicht beim ersten, sondern beim zweiten Mal falsch platziert wurde.«

»Aber ich brauch das Geld«, sagte Franziska, und sie klang nun schon wieder etwas verzweifelter.«

»Na, wenn's nur ums Geld geht …«

Ich grinste, tippte auf den Hörer, hob aber gleich abwehrend die Hände, als sie mich wütend anfunkelte. »War nur Spaß!«

»Mach du dich nur über mich lustig, Nick! Nein, ehrlich, was mach ich jetzt? Die rufen sicher heute Abend noch einige Male an, vielleicht die ganze Nacht hindurch, was weiß ich.«

»Hast du eine Trillerpfeife?«

»Ja, klar, zu den Demos bin ich nie ohne. Aber was …«

Sie stutzte, dann verstand sie und grinste. Als es schon wieder klingelte, sprang sie auf, flitzte in die Küche, wühlte hektisch in einer Schublade und hielt, als sie zurück ins Wohnzimmer eilte, mit triumphierendem Lächeln eine Trillerpfeife in die Höhe. Franziska griff nach dem Hörer, hielt die Sprechmuschel eine Handbreite vor ihren Mund, steckte die Trillerpfeife zwischen ihre Lippen und holte durch die Nase tief Luft. Dann trillerte sie so laut sie konnte. Und sie konnte sehr laut. Schon mir schmerzten die Ohren, und dass der Anrufer in den nächsten Stunden mit einem Telefon noch etwas anfangen konnte, war nicht zu erwarten. Franziskas gezischtes »Habe die Ehre, du Arschloch!« hätte sie sich deshalb wohl sparen können – aber wenn es ihr half.

Mit grimmiger Freude verpasste sie noch einigen anderen im Lauf der nächsten halben Stunde Ohrenschmerzen, und als es mir zu viel wurde, nahm ich meine Jacke vom Haken und ging auf die Straße hinunter. Draußen war es etwas ruhiger, nur ab und zu wurde das Dahinrauschen der Autos und das Quietschen und Rattern der Stadtbahn von einem gedämpften Pfeifen unterbrochen, das durch die geschlossenen Fenster von Franziskas Wohnung drang.

Aber kalt war es eben auch, also ging ich auf die andere Seite des Platzes und setzte mich in die Eisdiele. Der Tisch, an dem ich immer mit Lara gesessen hatte, war frei, und ich nahm auf der gepolsterten Bank an der Wand Platz, um den Eingang im Blick zu haben. Vielleicht würde es ja auch Lara hierherverschlagen, vielleicht hatte ja auch sie Sehnsucht nach unseren Lieblingsplätzen.

Ich hatte schon zwei Espresso getrunken, als sie aus der U 15 stieg. Ich überlegte einen Moment lang, ob ich aufspringen, zu ihr hinausrennen und gleich jetzt mit ihr reden sollte, aber dann hatte sie den Eugensplatz so schnell überquert und verschwand aus meinem Blickfeld, dass ich einfach sitzenblieb und einen Grappa orderte.

Dort saß ich noch, als einige Stadtbahnen später Sebastian auf den Platz trat. Er wirkte müde und frustriert und er sah sich nach allen Seiten um. Er schaute zu Franzis Wohnung hinauf, dann zum Galatea-Brunnen hinüber, wo ich manchmal hockte und auf die Lichter im Talkessel hinunterblickte. Es war offensichtlich, dass Sebastian zu allem Lust hatte, nur nicht dazu, jetzt nach Hause zu gehen. Er streifte noch einmal die Eisdiele mit seinem Blick. Ich winkte ihm zu, und kurz bevor er sich mit hängenden Schultern zum Gehen wandte, bemerkte er mich.

»Magst du auch einen?«, fragte ich ihn, als er sich mir gegenüber auf den Stuhl geschoben hatte.

Dabei deutete ich auf mein Grappa-Glas, das die ganze Zeit leer vor mir gestanden hatte, und er nickte nur. Ich gab Giacomo ein Zeichen, und der stellte wenig später zwei randvolle Longdrink-Gläser vor uns ab, dazu eine Schale Pistazien.

»Du hast mich falsch verstanden«, sagte ich. »Sebastian und ich wollten nur jeder einen Grappa.«

»Das *ist* Grappa, und das passt schon«, beruhigte mich Giacomo und grinste. »Ihr beiden seht aus, als dürfte euer Grappa heute Abend etwas größer sein.«

Giacomo Florento war ein Neffe unseres Hausmeisters, und das Gebäude, in dem die Eisdiele untergebracht war, gehörte zu den Häusern, deren Besitzer der Onkel war. Sonst hatten sie kaum etwas gemeinsam. Während Onkel Giuseppe penibel und neugierig war, brachte sein Neffe Giacomo mit seiner herzlichen, unkomplizierten und dabei auch etwas chaotischen Art eine gute Portion mediterranes Lebensgefühl an den Eugensplatz.

Und er hatte ein Näschen für die Stimmung seiner Gäste – denn dass vor allem Sebastian einen drei- oder vierfachen Grappa im Moment gut gebrauchen konnte, stand außer Frage. Wir prosteten uns zu, griffen nach den Pistazien und ich wartete darauf, dass er erzählte. Offenbar war der Elternabend nicht allzu angenehm verlaufen, und ich spürte, wie mich wegen Thorbens Schimpfwörter-Aktion das schlechte Gewissen zwickte.

Doch zunächst schnitt Sebastian ganz andere Themen an. »Und? Ist endlich alles wieder klar mit Lara und dir?«

»Seh ich so aus?«

Er musterte mich kurz, dann schüttelte er den Kopf. »Nö, leider nicht. Und, wie steht's?«

»Gestern habe ich sie mit einem Fahrradkurier erwischt.«

Ich erzählte ihm von Laras beherztem Zugriff, und er stierte nachdenklich in sein Glas.

»Und wenn das nur gespielt war?«, schlug er vor.

»Dann war es sehr gut gespielt.«

»Hm. Und jetzt?«

»Na ja … Lara muss jetzt glauben, dass wir quitt sind. Vielleicht kann ich jetzt endlich mal mit ihr reden. Und vielleicht kommen wir dann doch wieder zusammen.«

Er sah mich lange an, dann lächelte er wehmütig. »Du magst Lara wirklich.«

»Natürlich mag ich sie. Und es zerreißt mich schier, wenn sie ohne mich dort droben in der Wohnung hockt, in der wir uns die gemeinsame Zukunft so schön ausgemalt haben.«

»Das wird wieder, Nick. Ich drück dir jedenfalls die Daumen.«

»Danke.«

Sebastian deutete mit dem Daumen hinter sich. »Sag mal … als ich vorhin draußen auf dem Platz stand, ging immer wieder mal eine Trillerpfeife. Es hat sich angehört, als würde es aus unserem Haus kommen. Möglicherweise aus Franzis Wohnung – jedenfalls habe ich sie am Fenster stehen sehen, den Telefonhörer in der Hand. Weißt du, was da los ist?«

Ich erzählte ihm vom Missgeschick mit Franzis Annonce. Er lachte leise und trank von seinem Grappa, dann wurde er wieder ernst.

»Jetzt sag schon«, fragte ich nach einer Weile: »Was ist los mit dir? War der Elternabend so schlimm?«

»Schlimmer«, brummte er und nahm noch einen Schluck.

Mir wurde etwas mulmig zumute, aber ich hielt meine Ungeduld im Zaum und wartete, bis er endlich erzählte.

»Zunächst hat alles ganz harmlos angefangen, und ich habe mich schon gewundert, warum einige der anwesenden Eltern und die Lehrerin, eine Frau Hanna, wie sie von allen genannt werden will, so angespannt gewirkt haben. Als wir die üblichen Punkte relativ zügig abgehandelt hatten, kam ein … nun ja … Zwischenfall von gestern zur Sprache.«

Sebastian berichtete im Prinzip dasselbe wie sein Sohn Thorben, nur dass keine Kindernamen fielen.

»Frau Hanna meinte, es habe sich in einem Stuhlkreis alles ausräumen und klären lassen. Deshalb wolle sie auch nicht einzelne Kinder herausgreifen, die ja ohnehin selbst am besten wussten, in welchem Ausmaß sie an dieser ›Entgleisung‹, wie sie es genannt hat, beteiligt waren. Während des Stuhlkreises sei ihr allerdings aufgefallen, dass praktisch alle Schüler über ein überraschend vulgäres Vokabular verfügten – und sie hat uns alle miteinander gebeten, doch auf unsere Kinder einzuwirken, damit sie künftig solche Ausdrücke nicht mehr verwenden.«

Ich atmete auf, versuchte meine Erleichterung aber nicht zu offensichtlich werden zu lassen. Es schien ganz so, als seien

Thorben und ich als sein Anstifter noch einmal mit einem blauen Auge davongekommen.

»Und danach ist es etwas blöd gelaufen«, fügte Sebastian hinzu, und er wirkte untröstlich.

Was kam denn jetzt noch? Hatte ich mich zu früh gefreut?

»Alle Eltern haben reagiert, wie sie immer reagieren: Sie haben furchtbar empört getan und darauf hingewiesen, dass ihre eigenen Sprösslinge selbstverständlich nicht an diesem ungeheuren Zwischenfall beteiligt waren. ›Mein Kind tut sowas ja nicht, aber …‹ – so hat praktisch jeder Redebeitrag angefangen. Frau Hanna hat ganz unglücklich in die Runde geschaut, weil irgendein Kind ja mitgemacht haben muss. Und normalerweise hätte Simona dasselbe gesagt wie alle anderen, aber Simona ist ja nicht da, sie erholt sich auf Madeira!«

Er trank seinen Grappa leer und hob das Glas, um Nachschub zu ordern.

»Und deshalb haben alle klargestellt, dass natürlich ihre Kiddies nichts Schlimmes angestellt haben – nur ich habe die Klappe gehalten! Und jetzt denken die anderen vermutlich, Thorben sei der Schlimmste gewesen.« Sebastian lachte freudlos. »Ausgerechnet Thorben, der noch nie irgendetwas angestellt und der noch niemandem etwas Böses getan hat.«

Er war untröstlich, und als Giacomo das neue Grappa-Glas hinstellen wollte, nahm Sebastian es ihm aus der Hand und nahm gleich einen ordentlichen Schluck.

»Ausgerechnet Thorben, von dem ich mir so wünschen würde, dass er mal auf den Tisch haut und mal den anderen zeigt, was Sache ist! Dabei kann der Junge keiner Fliege etwas zuleide tun.«

Zum Thema Fliegen konnte ich nichts sagen, aber ich dachte daran, wie abgebrüht Thorben dem Präparator die ominöse »Hasenpfote« abgepresst hatte. Ich musterte Sebastian, wie er elend über seinem Glas hing und mit der linken Hand nach einigen Pistazien griff. Ob es ihm ein Trost war, wenn ich ihm erzählte, wer Frau Hanna ein Arschloch genannt hatte?

Immerhin hätte Sebastian auf diese Weise erfahren, dass sein Sohn ihm einen großen Wunsch erfüllt hatte. Ich schwankte, und dann war die Gelegenheit auch schon wieder verstrichen.

»So, Nick«, sagte er und setzte sich etwas aufrechter hin. »Jetzt schauen wir mal, dass du und Lara wieder zusammenkommt. Das kann doch so nicht bleiben!«

Nun nahm ich auch noch einen großen Grappa, und als ich mein Glas geleert hatte, war es schon recht spät geworden. Sebastian gab vor, er müsse nur noch kurz zur Toilette und ich solle doch schon mal vorausgehen. Aber als ich mich an der Tür noch einmal umdrehte, sah ich ihn am Tresen stehen und mit Giacomo reden, als heckten die beiden etwas ganz Geheimes aus.

Kapitel 008

Eine erfolgreiche Kampagne

Der Mittwoch begann erfreulich ruhig. Thorben und Soraya hatten begriffen, dass ich morgens, wenn sie zur Schule aufbrachen, noch zu nichts zu gebrauchen war, und als ich gegen neun Uhr erwachte und in die Küche hinübertappte, saß Sebastian wieder am Tisch und las Zeitung.

»Kaffee ist in der Thermoskanne«, sagte er hinter dem Blatt hervor und kümmerte sich sonst nicht weiter um mich.

Mir war das ganz recht, und als ich zwei Tassen und ein Wurstbrot später zum Plaudern aufgelegt war, legte Sebastian auch wirklich die Tageszeitung beiseite und unterhielt sich mit mir über allerlei Belangloses. Einmal kam die Rede auf Thorben und darauf, dass sich Sebastian einbildete, der Junge habe ein schlechtes Gewissen.

»Weißt du da mehr als ich?«, fragte er.

»Nein, natürlich nicht«, schwindelte ich. »Du bist sein Vater. Wenn du's nicht weißt …«

»Na, vielleicht war er doch nicht so unschuldig an dieser Schimpfwort-Sache.«

Er lächelte versonnen, dann sah er mich prüfend an. Ich befürchtete schon, dass er wegen Thorben und seiner Ausdrücke nachhaken wollte, aber Sebastian hatte anderes im Sinn.

»Sag mal, Nick«, begann er, »du bist heute mit Jobst verabredet, nicht wahr?«

Ich hatte ihm am Abend davon erzählt.

»Ja, gleich nachher wollen wir uns drunten in der Stadt treffen. Wieso? Willst du mitkommen?«

»Nein, nein, ich hab auch schon was vor. Aber dann … äh … dann muss ich nichts zu Mittag kochen, oder?«

Sebastian hatte einen seltsamen Ton angeschlagen, er wirkte fast nervös, aber ich dachte mir nichts weiter dabei.

»Nein, ich esse dann mit Jobst. Und dann komm ich kurz hoch und schau noch nach Franzi – ich hoffe, die kriegt sich langsam wieder ein wegen des Inserats. Tja, und dann muss ich auch schon wieder zu meinen Theaterleuten. Das heißt, wir sehen uns frühestens heute am späten Abend wieder.«

»Gut«, sagte Sebastian.

Ich blinzelte ihn kurz irritiert an.

»Ich meine nur, dass ich dann nichts kochen muss«, korrigierte er sich schnell. »Ich geh wahrscheinlich … äh … irgendwo eine Pizza essen. Vielleicht bin ich ja heute Abend, wenn du kommst, noch wach. Dann mach ich uns eine Flasche auf.«

Er faltete die Zeitung zusammen und ging ins Wohnzimmer. Ich trank meinen Kaffee aus und machte mich auf den Weg zu dem Bistro, in dem ich mit Jobst verabredet war. Das Wetter war kühl, aber trocken, also wartete ich nicht lange auf die U 15, sondern nahm die Stäffele hinunter in den Talkessel. Die frische Luft tat mir gut, und ich bog guter Dinge um die nächste Ecke. Eher zufällig fiel mein Blick auf eine Litfasssäule und ich blieb stehen wie vom Donner gerührt.

Die Werbefläche war mit einem einzigen, riesigen Plakat beklebt, das einmal komplett um die Litfasssäule herumreichte – nach Art dieser »Vorher-Nachher«-Anzeigen, die es früher für Pickelcreme und Diätmittel gab. Und das »Vorher«-Bild war – ich.

Natürlich war nicht wirklich ich auf dem Plakat abgebildet, sondern ein Fotomodell, recht gut aussehend übrigens, aber vom Dreitagebart über Haarschnitt und -farbe bis zum Kleidungsstil fühlte ich mich von dem Fotomodell doch ziemlich naturgetreu imitiert.

Der Typ auf dem Plakat hockte krumm und gelangweilt an einem alten Wirtshaustisch, im Hintergrund war schemenhaft eine fürchterlich altmodische Einrichtung zu erkennen. Vor ihm stand ein halb geleertes Henkelglas mit einer sehr hellroten Flüssigkeit, die wohl Trollinger darstellen sollte. Der Typ hatte ein dämliches Lätzchen umhängen, auf dem »Dschäbblaberg 4ever« eingestickt war. Nun war ich kein Bewohner von »Dschäbblaberg«, wie der Stuttgarter Stadtteil Gablenberg manchmal scherzhaft genannt wurde, aber der Teller, der vor dem Fotomodell auf dem Tisch stand, zerstreute letzte Zweifel, wer hier gemeint war: Ich kannte niemanden außer mir und meinen Eltern, der zu seinen sauren Kutteln Spätzle aß – und genau diese Mischung dampfte in dem fotografierten Teller.

Es dauerte einen Moment, bis ich mich von dem Motiv losreißen und den Rest des Plakats registrieren konnte. Unter dem Kuttelszenario waren die sieben Schwaben zu sehen, mit schlotternden Hosen und abgebrochener Lanzenspitze – und ein Hase, der ihnen die Zunge rausstreckte. Und über der traurigen Gestalt mit dem Kutteltеller fragte eine gelb unterlegte und mit den drei württembergischen Hirschgeweihen verzierte Banderole »Oiner wia koiner …?«.

Neben dem Fragezeichen wies ein fetter Pfeil nach rechts auf die andere Seite der Litfasssäule. Ich ging ein paar Schritte, um nachzuschauen, was dort zu sehen war. Da saß eine fröhliche Gesellschaft junger, schöner Menschen, die mit Weißwein anstießen und sich silberne Servierplatten mit Spargel und anderen Leckereien reichen ließen. »… oder mitten drin im schönen Leben?«, stand dort. Und hier war die Banderole in Gelb-Rot-Gelb hinterlegt – Vater Klingelberger hatte mir mal erklärt, dass das die Farben der badischen Flagge seien, und er hatte daraufhin sofort schmetternd das Badnerlied angestimmt. Ich trat näher an die Säule heran, um auch das Kleingedruckte entziffern zu können. Offenbar hatte Sebastian recht gehabt mit der Beschreibung von Laras neuem Job. »Stuttgart wurde 1219 von Markgraf Hermann V. von Baden zur Stadt erhoben«, las ich. »Genießen Sie auch heute das Flair unserer *baden*-württembergischen Metropole. Ihre Stadtverwaltung Stuttgart.« Daneben war einer dieser QR-Codes aufgedruckt, mit denen man übers Handy eine weiterführende Internetadresse aufrufen konnte. Ich zückte mein Smartphone, richtete die Kamera auf das Codequadrat und sah im Display die entsprechende Homepage. »Liebe Besucher«, begann der dort angezeigte Text. Es ging wohl darum, dass das Zusammenspiel von schwäbischer Ernsthaftigkeit und badischer Lebensfreude der Landeshauptstadt Stuttgart eine goldene Zukunft bescheren werde. Es war ein schön formuliertes Editorial, und über dem Text war ein sehr vorteilhaftes Foto einer schönen jungen Frau mit lustig struppigen, schwarzen Haaren platziert: ein Foto von … Lara!

Ein Schatten huschte hinter mir vorbei. Ich griff im ersten Reflex nach meiner Gesäßtasche, aber der Geldbeutel steckte noch dort. Auch war die Gestalt nicht weitergerannt, sondern hinter der Werbesäule verschwunden. Ich sah mich um, dann machte ich ein, zwei Schritte zurück und lugte um die Säule herum.

Jobst stand dort, mit dem Rücken dicht an das Plakat gepresst, und er schaute gehetzt zu mir hin und über meine Schulter hinweg zur Straße.

»Was ist denn mit dir los?«, fragte ich ihn.

»Kommt da einer?«, fragte er zurück.

Jobst atmete schwer und sein Blick ging immer wieder ängstlich in die Richtung, aus der er gekommen war. Ich schaute die Straße entlang, erst in die eine, dann in die andere Richtung. Außer den üblichen Passanten war niemand zu sehen.

»Wer soll denn kommen?«

»So ein kleines, krummes Männchen. Hat Flugblätter in der Hand und eine schwarze Wollmütze auf dem Kopf.«

Ich sah mich noch einmal für ihn um, aber die Beschreibung passte auf niemanden in meinem Blickfeld.

»Nein, so einen seh ich nicht.«

Jobst schien sich ein wenig zu entspannen, aber noch immer blieb er an die Werbesäule gelehnt stehen, und sein Atem beruhigte sich nur langsam.

»Was ist eigentlich los, Jobst?«

»Ich habe …« Er holte noch ein paar Mal tief Luft, bevor er sich wieder von der Säule löste und vorsichtig hinter ihr hervorlugte. »Ich habe einen Fan«, teilte er mir schließlich mit.

»Da solltest du aber nicht weglaufen, sondern Autogramme geben – wer weiß, ob noch ein zweiter nachkommt.«

Ich klopfte Jobst auf die Schulter und grinste ihn an, aber ihm war offenbar nicht besonders lustig zumute.

»Ist eine deiner Leserinnen zu aufdringlich geworden?«, versuchte ich einen Schuss ins Blaue.

»Nein, keine Frau – ich hab's dir doch gerade gesagt, ein kleines, krummes Männchen. Flugblätter, Wollmütze.«

Ich beugte mich etwas vor und schnupperte, ob Jobst vielleicht schon etwas getrunken hatte. Aber er roch nur nach Kaffee, und unter seiner offenstehenden Jacke konnte ich einen Saftfleck auf dem Hemd sehen.

»Ist dir nicht kalt?« Ich deutete auf die offene Jacke.

»Doch«, brummte er und zog den Reißverschluss zu. »Aber ich hatte keine Zeit mehr. Hab die Jacke nur noch schnell geschnappt und bin losgerannt.«

Wieder ein schneller Blick die Straße entlang. Ich wartete, aber Jobst dachte nicht daran, von sich aus zu erzählen, also hakte ich nach.

»Geht's wieder um diesen Namensvetter von dir? Um den mit dem Buchpreis?«

»Nein, diesmal bin wirklich ich gemeint.«

»Aber … das ist doch toll, oder? Ich meine, für deine Bücher hat sich lange kein Schwein interessiert, und jetzt beschwerst du dich, weil einer mit dir Kontakt aufnehmen will?«

Zu »kein Schwein« verfinsterte sich Jobsts Miene für einen Moment, aber dann gewann schon wieder die Verzweiflung die Oberhand.

»Wenn du mir nicht sagst, was los ist, kann ich dir auch nicht helfen. Wir können ja schlecht den ganzen Tag hier stehen bleiben. Vor diesem Plakat ohnehin nicht.«

Jobst fiel auf, dass nun meine Miene mürrischer wurde. Er drehte sich um, trat zwei, drei Schritte zurück und sah staunend auf die Werbung vor ihm.

»Spätzle mit Kutteln? Ist das nicht dein Lieblingsessen?«

Ich nickte.

»Und der Typ … sieht dir der nicht auch irgendwie ähnlich?«

Ich nickte wieder. Jobst ging um die Säule herum und bestaunte den Rest. »Aha. Vorher – nachher, würde ich sagen. Richtig?«

Noch einmal nickte ich.

»Und du bist das Vorher-Bild?« Jobst lachte schallend. »Das ist natürlich blöd!«

Mein stechender Blick gab ihm recht, und er versuchte wieder ernst zu werden.

»Weißt du, was das soll?«

»Lies den Text dort unten.« Ich deutete auf die Info zur Stadterhebung Stuttgarts und schließlich auf den QR-Code.

»Und wer …?«, setzte Jobst an, da hielt ich ihm mein Handy hin.

»Oh … Lara.« Er schaute ganz betrübt.

»Mein Kumpel Reza hat mich schon angerufen, weil er von Sebastian …« Jobst unterbrach sich. »Äh … weil sich dein Nachbar Sebastian Sorgen macht, dass ihr womöglich gar nicht mehr zusammenkommen könntet.«

»Das hat Sebastian mit Reza besprochen?«

Ich wusste ja, dass Sebastian mir wünschte, dass ich mich jetzt, vier Wochen nach meinem Rauswurf, wieder mit Lara versöhnte – vermutlich auch, weil er mich wieder aus der Wohnung haben wollte, bevor seine Frau von Madeira zurückkehrte. Aber dass er das mit Jobsts Freund Reza besprach, überraschte mich.

»Ja, ja, ist egal jetzt – aber um euch scheint's schlimmer zu stehen, als ich dachte.« Er nickte zu dem Plakat hin. »Glaubst du, das ist eine Retourkutsche für deine angebliche Nummer im Videokeller oder für deinen Einzug bei Franzi?«

Ich erzählte ihm von dem Fahrradkurier.

»Hm«, machte er, als er die Geschichte verdaut hatte. »Dann hätt's das Plakat ja eigentlich gar nicht mehr gebraucht. Wobei ... so eine Werbekampagne hat auch ein wenig Vorlauf. Vielleicht war das alles schon auf dem Weg, bevor das mit dem Kurier ...«

»Kann mir eigentlich auch egal sein«, knurrte ich. »Selbst wenn es keine Retourkutsche sein sollte. Trollinger, Kutteln, Spätzle – sie macht genau das lächerlich, was ich ihr für unser erstes romantisches Abendessen in meiner alten Wohnung aufgetischt habe. Wenn es das ist, was sie über mich und meine Vorlieben denkt ...« Ich schluckte und ließ den Kopf hängen.

»Vielleicht ist das alles ja nur dumm gelaufen«, versuchte Jobst mich zu trösten. »Komm, wir gehen einen Kaffee trinken. Das hatten wir doch eh vor. Wir reden über alles, und uns fällt dabei sicher was ein, wie wir dich und Lara wieder zusammenbekommen.«

»Falls ich das überhaupt noch will.«

»Jetzt aber, Nick! Klar willst du das! Los, komm!«

Er hakte mich unter, und wir gingen los. Allerdings wandte er sich nicht in Richtung des Bistros, in dem wir uns verabredet hatten, sondern es ging auf Umwegen zum Schlossplatz. Als ich mich darüber wunderte, berichtete Jobst noch einmal von dem Mann, der ihn verfolgte.

»Ich schreibe doch seit einiger Zeit auch Krimis und bringe sie online im Selbstverlag heraus.«

Das wusste ich bereits.

»In meinem jüngsten Krimi ›Ronnie Rupff und der Dealer vom Bärensee‹ lasse ich auch einen ehemaligen IM auftreten.«

Ich unterdrückte ein Grinsen und konnte nur hoffen, dass der Krimi spannender war als sein Titel.

»IM – du weißt schon – Informant, Stasi und so?«

»Ja, klar. Und?«

»Ronnie kommt einer ganz großen Sache auf die Spur, und plötzlich steht er auf dem Pragfriedhof einem geheimnisvollen Unbekannten gegenüber, der behauptet, in direktem Kontakt zu Markus Wolf zu stehen.«

Ich schüttelte den Kopf. Recherche schien nicht Jobsts größte Stärke zu sein. Ich hatte für das Stadtmagazin mal eine größere Geschichte über Kommunisten aus Baden-Württemberg geschrieben. Dort hatte natürlich auch Markus »Mischa« Wolf nicht fehlen dürfen: Er war als Sohn des Arztes, Schriftstellers, engagierten Kommunisten und Friedensaktivisten Friedrich Wolf 1923 in Hechingen geboren worden und lebte danach einige Jahre in Stuttgart, wo sein Vater eine homöopathische Praxis eröffnet hatte. Später wurde Markus Wolf als Leiter der HVA berühmt, also als Chef der DDR-Auslandsspionage.

»Wann spielt denn dein Krimi?«

»Heute, warum?«

»Wolf ist 2006 gestorben. Da stelle ich es mir schwierig vor, dass dein geheimnisvoller Unbekannter noch direkten Kontakt mit ihm hat.«

Jobst wischte meinen Einwand mit einer genervten Handbewegung beiseite. »Papperlapapp! Das ist künstlerische Freiheit. Auf jeden Fall beschreibt der Unbekannte diesen Wolf mit ein paar Sätzen, und Ronnie äußert sich abfällig über den Ex-Spionagechef. Dann gehen beide wieder ihrer Wege und treffen sich nie wieder.«

»Klingt ja rasend spannend«, ätzte ich.

»Warte, jetzt kommt's!« Jobst blieb stehen und zog ein zerknittertes Flugblatt aus der Tasche.

Ich überflog den Text, wurde aber nicht ganz schlau daraus.

»Die meinen mich«, sagte Jobst. »›Dient sich mit seinem Machwerk dem Kapital an, entlarvt sich in den Dialogen seines sogenannten Krimis als Duckmäuser und Speichellecker der Obrigkeit‹ – damit meinen die mich!«

Das Flugblatt zitierte auch noch eine Passage aus »Ronnie Rupff und der Dealer vom Bärensee«, die all das angeblich belegen sollte. Es war die Stelle, in der sich der misanthropische Privatdetektiv Ronnie mit dem Unbekannten auf dem Pragfriedhof trifft und ihm einige völlig hanebüchene Fragen stellt. Die Passage war unglaublich fad, aber als Ausgangspunkt für die Beschimpfung von Jobst taugte sie nicht.

Ich gab ihm das Flugblatt zurück und grinste ihn an. »Hast du nicht immer geklagt, dass du kein Feedback auf deine Bücher bekommst? Freu dich halt einfach, viel mehr Feedback geht ja eigentlich nicht, oder?«

»Na ja, andere, positivere Reaktionen wären mir schon lieber.«

»Aber dein Krimi wird gelesen!«, beharrte ich. »Und vielleicht kannst du ja mal mit einem Journalisten darüber reden – das gibt doch eine Story her. Und das wiederum wirbt für deinen Krimi und beschert dir bessere Verkaufszahlen.«

»Ich weiß nicht recht …«

»Und dieser Typ mit dem Flugblatt beißt sich in den Arsch, wenn ihm klar wird, dass er mit seiner Jobst-Seiler-Schmähung ausgerechnet dir als … wie schreibt er? Knecht des Kapitals?«

»So ähnlich.«

»… dass er dir zusätzliche Buchtantiemen verschafft hat.«

Jetzt musste auch Jobst grinsen. Der Gedanke schien ihm zu gefallen.

Wir waren weitergegangen und hatten inzwischen das Café im Erdgeschoss des Kunstmuseums erreicht. Dort ließen wir uns zwei Cappuccino schmecken, bevor wir uns auf den Weg zur Markthalle machten, wo mich Jobst für meine Idee mit dem Zeitungsartikel zu einem kleinen Imbiss einladen wollte. Wir steuerten gerade an der großen Buchhandlung vorbei auf den Durchgang zum Schillerplatz zu, als ich aus dem Augenwinkel eine Bewegung seitlich hinter uns bemerkte.

Es raschelte zweimal ganz kurz, dann war das unregelmäßige Klacken von Schuhabsätzen zu hören, und schon sah ich einen sehr kleinen, sehr hageren und sich etwas krumm haltenden Mann in seltsamen Sprüngen von uns wegeilen. Ich sah auf das Flugblatt, dann zu Jobst. Der zuckte nur mit den Schultern und nickte.

»Das war er wieder. Den Flyer kennst du ja schon.«

Ich hatte Jobsts Beschreibung für eine seiner typischen Übertreibungen gehalten, aber gerade hatte ich selbst das kleine, krumme Männchen gesehen, von dem er gesprochen hatte. Selbst die Wollmütze stimmte, und sie verschwand soeben mit ihrem wackelnden schwarzen Wollbommel hinter der Ecke des Buchhauses.

»Weiß der Typ, wer du bist?«

»Klar weiß er das, sonst würde er mir doch nicht überall auflauern. Vorhin bin ich in dem Bistro gesessen, in dem wir uns treffen wollten – da ist er geradewegs durchs Lokal gepflügt und hat mir das Flugblatt in die Hand gedrückt. Und jetzt wieder.«

»Na ja«, wandte ich ein und hielt mein Exemplar hoch, »ich hab auch eins bekommen. Und schau: dort, dort, dort …«

Einige Passanten, die ratlos auf ein Flugblatt schauten, bildeten eine klare Linie die Königstraße entlang, bis zu uns, und auch auf dem weiteren Weg des Wollbommels sahen einige Leute nach unten und lasen, was sie da gerade in die Hand gedrückt bekommen hatten.

»Vielleicht ist der Typ einfach nur fleißig, und der weiß gar nicht, wem er das alles in die Hände gedrückt hat.«

Jobst sah nicht überzeugt aus.

»Behalt das mal im Auge«, riet ich ihm. »Ich mach dich gleich nachher in der Markthalle mit einem befreundeten Reporter bekannt, der dort jeden Mittag was isst. Und vielleicht ist der ja sogar mal dabei, wenn der Kleine wieder vorbeihüpft.

Das gäbe dann sogar noch ein Foto – und außerdem könntest du den Typen dann auch mal zur Rede stellen. Fiktion trifft Wirklichkeit – klingt doch super für eine Reportage, oder?«

Auf dem ganzen restlichen Weg zur Markthalle sagte Jobst nichts mehr, er wirkte sehr nachdenklich und sah sich ab und zu um, aber es kam zu keinen weiteren Zwischenfällen.

Der Reporter war schnell gefunden. Er saß auf seinem Stammplatz im italienischen Lokal im ersten Stock, mit Blick auf das Gewusel zwischen den Marktständen, einen Teller voller Antipasti und ein Glas Wasser vor sich. Ich stellte ihm Jobst vor, und kaum hatte er dem Reporter sein Problem geschildert und der Reporter ein paar Mal interessiert nachgefragt, war meine Anwesenheit nicht mehr notwendig.

Als ich kurz darauf ging, bemerkte es keiner der beiden, so vertieft waren sie in ihre Unterhaltung darüber, wie man dem Unbekannten am besten auflauern und wie man aus der Konfrontation von Jobst und seinem unbekannten Widersacher eine möglichst fetzige Story stricken konnte.

— o —

Hungrig machte ich mich auf den Heimweg. Eigentlich hatte ich mich bei Jobst ein wenig ausheulen wollen, und die Aussicht, von ihm eingeladen zu werden, war auch recht verlockend gewesen – meine erste Gehaltszahlung von »Gschwend gscheid gschwätzt« würde erst Ende des Monats eintreffen, und bis dahin konnte es auf meinem Konto durchaus eng werden.

Meine Hälfte der Mietkaution für die Wohnung am Eugensplatz, in der ich im Moment noch nicht einmal wohnen durfte, hatte eine ziemlich große Lücke in meine Ersparnisse gerissen. Und eine Abfindung vom Verleger des Stadtmagazins hatte mir mein Anwalt bisher nicht erstreiten können. Also marschierte ich zum Eugensplatz hinauf, ohne unterwegs einzukehren, und fuhr dann mit meinem Kombi ins Remstal, um mich bei Muttern satt zu essen.

Es schmeckte wie immer hervorragend, allerdings legte mir mein Vater hinterher die Zeitung von heute neben die Kaffeetasse. Auf der aufgeschlagenen Seite war die »Vorher«-Hälfte des Werbeplakats zu sehen. Ich blätterte um – und sah die »Nachher«-Hälfte.

»Schafft deine Lara nicht inzwischen bei der Stadt?«

Ich nickte, holte das Handy hervor und schaltete es ein. Auf dem Display war noch immer die Seite mit Laras Foto ausgewählt.

»Und, Bub, glaubst du, sie meint dich mit dieser Anzeige?«

»Nein, wahrscheinlich nicht wirklich, aber … wie findest du das, dass sie ausgerechnet unsere Leibspeise veräppelt?«

»Na ja«, brummte er gutmütig und grinste dabei, »ich finde die Kombination ja selber etwas seltsam – aber mir schmeckt's halt. Und über uns Schwaben lacht ohnehin halb Deutschland, aber …« Er knuffte mich leicht in die Seite. »Aber am Ende schreiben wir die Rechnung.«

Ich fiel etwas gequält in sein schallendes Lachen ein, dann wurde er wieder ernst.

»Ich hab mit deiner Mutter auch drüber gschwätzt. Die Lara ist ein sauberes Mädle – schau zu, dass ihr wieder miteinander klarkommt, Bub. Ich glaub, die ist es wert.« Er schaute versonnen zur Küche hinüber, wo meine Mutter mit Töpfen und Pfannen schepperte. »In ihrer lebensfrohen Art erinnert sie mich sehr an deine Mutter, Bub. Und auch sie hat es mit ihrem verhockten Schwaben ausgehalten.« Er zwinkerte mir zu.

»Schon, aber Mama stammt auch nicht aus dem Badischen.«

»Aber aus Welzheim«, platzte es aus ihm heraus und er bog sich vor Lachen. »Glaub mir, auf dem Wald und im Remstal – das sind auch zwei Welten!«

Er schlug mir ein paar Strategien vor, wie ich Lara wieder für mich gewinnen könnte, aber Tanztee, Blumenstrauß und jeden Morgen eine teure Praline vor der Tür verwarf ich schnell als altmodisch. Sie ging weder zu den Stuttgarter Kickers noch zum VfB, weder zu den MTV-Volleyballerinnen noch zum Handball in die Porsche-Arena – also entfiel auch die Möglichkeit, mit einer Werbedurchsage während einer Sportveranstaltung Punkte zu machen.

Die Sache mit dem Plakat ließ mich allerdings nicht so schnell los.

— o —

Doch zunächst ging es zurück an den Eugensplatz. Lara schien heute tagsüber nicht zuhause zu sein, auch den Fahrradkurier bekam ich nicht zu Gesicht, also versuchte ich einstweilen Franziska zu überreden, nun endlich die Annonce zu ihrer Aloe-Vera-Massage noch einmal drucken zu lassen. Das hatte weniger damit zu tun, dass ich ihr bald die erhofften Einnahmen für ihre Gelmassagen wünschte, sondern damit, dass mir ihre ständige Trillerpfeiferei auf die Nerven ging. Ich besuchte sie nur noch ab und zu, aber den Krach, den sie veranstaltete, hörte man leider im ganzen Haus.

Fast immer, wenn ich mal wieder kurz bei ihr war, lieferten wir uns geradezu ein Wettrennen zum Telefon, weil ich nicht mehr recht glauben wollte, dass noch immer verirrte Liebesbedürftige am anderen Ende der Leitung waren. Wenn ich gewann, stellten sich die Anrufer tatsächlich stets als Bekannte von Franzi heraus, oder jemand wollte ihr ein Abo oder ein ganz besonders günstiges Olivenöl aus Italien verkaufen. Franzi fackelte trotzdem nie lange und pfiff drauflos, sobald sie den Hörer in der Hand hielt.

Also behielt ich meistens das Telefon im Blick, um gleich aufspringen und ihr zuvorkommen zu können. Ich mochte mir gar nicht ausmalen, dass Lara sich irgendwann übers Telefon erkundigen wollte, ob Franzi nicht vielleicht doch eine Vorliebe für Frauen habe – und die ihr bei dieser Gelegenheit die Ohren ruinierte.

Eigentlich war auch alles für einen neuen Anlauf mit dem Aloe-Vera-Gel vorbereitet. Die Anzeigenabteilung der Zeitung hatte sich schon wortreich bei Franziska entschuldigt und ihr zugesagt, dass die Veröffentlichung diesmal natürlich nichts extra kosten würde – und dass sehr darauf geachtet werde, das Inserat diesmal auch wirklich im richtigen Umfeld zu platzieren. Auch das ursprüngliche Bild war gegen ein unverfängliches Motiv ausgetauscht. Also ließ sie sich schließlich dazu breitschlagen, der Zeitung jetzt Bescheid zu geben – damit würde der trillernde Irrsinn voraussichtlich morgen enden.

Ich war mit den Theaterleuten verabredet, und als ich die Wohnung verließ, hörte ich im Treppenhaus jemanden heraufkommen. Einen Moment lang fürchtete ich, dass es Lara sein könnte – und sie mich ausgerechnet jetzt, da ich bei Sebastian untergekommen war, doch noch aus Franzis Wohnung kommen sah. Ich überlegte mir kurz, wo ich mich verstecken konnte, aber dann fiel mir auf, die leicht schlurfenden und langsamen Schritte passten nicht zu ihrem energischen, flotten Tempo. Kurz darauf schob sich ein Typ Mitte dreißig in mein Blickfeld. Kurze Haare, glatt rasierte Wangen, beiges Jackett mit Lederaufnähern an den Ellbogen, hochgeknöpftes Hemd mit blassbeigen Karos, erdbraune Cordhose, bequem und etwas ausgetreten wirkende Halbschuhe.

»Äh … Herr Ling?«, begann der Fremde, als er mich vor der Wohnung stehen sah.

»Nein«, antwortete ich, »Brandt, Nick Brandt. Wollen Sie zu Frau Ling?«

»Ja. Ist sie denn zuhause?«

»Klar, ist drin.«

Ich drehte mich um, schloss die Wohnung wieder auf und rief nach Franziska. Dabei stellte ich mich so in die Tür, dass der Fremde nicht hineinkonnte. Sie war unter die Dusche gegangen, und ich wollte verhindern, dass sie der Typ womöglich nackt sah. Vielleicht war das ja auch so ein Spinner, der sich um die einsame Vera sorgte und der irgendwie über die

Telefonnummer Franzis Adresse herausbekommen hatte. Der Mann nestelte in seiner Jacketttasche herum, kramte einen Dienstausweis hervor und hielt ihn mir unter die Nase.

»Hufner, Amt für öffentliche Ordnung«, sagte er und versuchte an mir vorbei in die Wohnung zu schauen.

Ich machte mich noch ein wenig breiter. »Frau Ling kommt gleich, einen Augenblick bitte, ja?«

Damit war ich auch schon wieder drin und zog die Tür schnell hinter mir zu. Franziska kam aus dem Bad, sie war barfuß, trug einen Bademantel und um die klitschnassen Haare hatte sie ein Handtuch geschlungen.

»Draußen ist ein Typ vom Ordnungsamt. Der will mit dir reden.«

Sie zuckte mit den Schultern. »Soll halt reinkommen.«

»Der kann sicher auch noch kurz warten, und du ziehst dir was über.«

Sie sah an sich herunter. »Nö, passt doch so. Lass ihn ruhig rein.«

»Äh ... der ist vom Ordnungsamt, Franzi, ich weiß nicht, ob ...«

»Papperlapapp. Lass ihn rein, du kannst ja hierbleiben, wenn du etwas befürchtest.«

Sie zwinkerte mir zu, grinste und huschte wieder aus dem Wohnzimmer. Gut, dachte ich mir, sie scheint ja doch noch auf meinen Rat zu hören. Ich öffnete die Tür, der Ordnungsbeamte stand direkt davor, als habe er gelauscht.

»Kommen Sie doch rein«, sagte ich und bot ihm einen Sessel an. »Frau Ling hat geduscht, sie zieht sich nur kurz an und ist gleich wieder da.«

Hufner ließ sich auf der Vorderkante des Sessels nieder, stellte eine schmale Aktentasche auf seine Knie, schnallte sie auf und legte einen Block im Format DIN A4, mehrere Formulare und einen Kugelschreiber vor sich auf dem Tisch bereit. Wir warteten. Mir war es, als würde ich Franzi nicht im Bad, sondern in der Küche hantieren hören. Und als sie nach fast zehn Minuten zurückkam, war sie noch immer in Handtuch und Bademantel – aber sie trug ein kleines Tablett vor sich her, auf dem drei Tassen, eine Zuckerdose, eine Packung Kekse aus dem Ökoladen und eine dampfende Teekanne standen.

Der Ordnungsbeamte las sehr aufmerksam das Etikett der Kekstüte, vermutlich wollte er sich vom Anblick der jungen Frau im Bademantel ablenken. Einen Moment lang überlegte ich, ob es ihm helfen würde, wenn ich ganz beiläufig auf Franzis Vorliebe für Frauen zu sprechen kam – aber erstens hatte ich keine Ahnung, wie ich das diesem Cordfritzen gegenüber beiläufig tun sollte, und zweitens war es vielleicht ja noch von Vorteil, wenn der Typ unsicher war und sein Anliegen nicht mit dem gewohnten Nachdruck vertreten konnte. Was immer er hier wollte.

»Nehmen Sie doch«, bat ihn Franzi mit zuckersüßer Stimme, und wenn ich es nicht besser gewusst hätte, wäre es mir so vorgekommen, als flirte sie mit ihm.

Währenddessen schenkte sie ihm eine Teetasse voll.

Hufner schluckte und nickte, er griff nach dem Teller, auf den sie inzwischen einige der Kekse geschüttet hatte. Er behielt aber sicherheitshalber weiterhin ganz fest die ein Stück daneben stehende Packung im Blick und musste deshalb zweimal mit den Fingern tasten, bevor er auch wirklich einen Keks erwischte. Franzi warf mir einen amüsierten Blick zu, und als ich sie warnend ansah, winkte sie nur ab und ließ ein perlendes Lachen hören. Nun sah der Beamte doch auf, und ich konnte gut verstehen, dass er sie einen Moment zu lang ansah. Franziska Ling sah schon verdammt gut aus. Sie war groß und schlank, mit Rundungen an den richtigen Stellen, ihr Gesicht war sehr hübsch und sie schnitt damit obendrein noch herrliche Grimassen. Allein ihr Lachen, für das sich die süße Nase auf dem Rücken kräuselte, war umwerfend. Dazu die funkelnden Augen und die wild wuchernde rote Mähne – ich konnte mir gut vorstellen, dass das auch Frauen zu schätzen wussten.

Konrad Hufner jedenfalls war hin und weg.

Er musste mehrfach ansetzen, um einen halbwegs geraden Satz hervorzubringen, und auch dann war zumindest mir noch nicht ganz klar geworden, was er eigentlich wollte. Es ging um eine Satzung der Stadt Stuttgart, und er bezog sich auf § 1 Punkt 10 sowie § 4 Punkt 8, und das Wort »Vergnügungssteuer« war noch gefallen. Franzi und ich sahen den Mann an, als sei er gerade im geblümten Taucheranzug unter dem Sofa hervorgekrochen.

»Nun, äh … ich …«

Franzi lächelte nach wie vor, aber dabei sah ihr Gesicht vor allem aus wie ein großes, sehr hübsches Fragezeichen. Hufner schluckte, griff nach der Teetasse, verschüttete ein bisschen und beugte sich weit vor, damit die Tropfen beim Trinken auf der Untertasse landeten. Mir tat schon vom Zusehen der Rücken weh, aber er musste Übung darin haben, denn tatsächlich verschüttete er keinen Tee auf die Tischplatte.

»Ich … äh …«

Franzi hatte sich nun ebenfalls vorgebeugt. Sie reichte ihm eine Serviette, und Hufner war sehr darum bemüht, den dadurch etwas auseinanderklaffenden Ausschnitt ihres Bademantels nicht zu beachten. Irgendwann war die Untertasse wieder sauber, auch den unteren Rand der Tasse hatte er trockengetupft, und nach mehrmaligem Räuspern nahm der Beamte einen neuen Anlauf. Diesmal sah er sogar zu Franzi hin, wenn er dabei auch ein ganz klein wenig rot anlief.

»Ich komme wegen Ihrer Annonce«, brachte er schließlich hervor.

Franzis Lächeln wurde etwas dünner.

»Ich wollte mich erkundigen, was genau Sie da anbieten.«

»So?«

Sie lächelte noch immer, aber ihre Augen blitzten und in mir stieg etwas Mitleid mit dem Ordnungsmenschen auf, weil Franzi auf mich wirkte, als wolle sie ihm gleich mit den Fingernägeln voraus ins Gesicht springen. Hufner dagegen schien nichts von ihrer Veränderung zu bemerken, so froh war er, endlich sein Anliegen vortragen zu können.

»Ja, ich … mich interessiert vor allem der erotische Aspekt dieser Massage.«

»Was Sie nicht sagen …«

Inzwischen war ihre Stimme ein wenig tiefer geworden, sie vibrierte leicht, und ich fand schon, dass man auch als Cordhosenträger das leichte Knurren bemerken konnte, das sich in Franzis Timbre geschlichen hatte. Hufner dagegen wirkte kein bisschen alarmiert, sondern einfach nur beflissen.

»Da hätten Sie lieber mal angerufen«, brummte sie, »dann hätten Sie sich den Weg sparen können.«

»Ja, anrufen, gute Idee, eigentlich. Mein Kollege hat's versucht, aber kaum dass an Ihrem Ende abgehoben wurde, schrillte auch schon eine Trillerpfeife.«

Franzi stutzte, ich knüpfte in Gedanken mögliche Verbindungen zwischen den Bereichen erotische Massage und Ordnungsamt.

Konrad Hufner sprach einfach ungerührt weiter. »Die Pfeife konnte ich noch von meinem Schreibtisch aus gut hören. Der Kollege bleibt für ein paar Tage daheim, er wurde dienstunfähig geschrieben. Deshalb bin ich jetzt hier, obwohl ich eigentlich gar nicht für Sie zuständig bin.«

Hufner zog einige zusammengetackerte Blätter aus dem Stapel Unterlagen vor sich und hielt sie Franzi hin. Sie nahm sie und ließ ihren Blick über die erste Seite schweifen. »Satzung der Landeshauptstadt Stuttgart über die Erhebung der Vergnügungssteuer« stand da.

»Auf Seite zwei oben und auf Seite vier ganz oben finden Sie die beiden Punkte, von denen ich vorhin gesprochen habe. Demnach fällt für eine Massage wie diejenige, die Sie in Ihrer Annonce anbieten, sehr wahrscheinlich Vergnügungssteuer im Sinne dieser Satzung an.«

»Oh«, machte Franzi und blätterte sich durch die Papiere. »Und ich dachte, Sie wollten … eine Massage … ich meine …«

Hufner räusperte sich und wirkte wieder etwas verlegener.

»Es ist nämlich so«, fuhr sie fort. »Das Inserat habe ich zwar aufgegeben, aber es wurde versehentlich in der falschen Rubrik abgedruckt. Ich biete Massagen mit Aloe-Vera-Gel an – aber keine erotischen Massagen, um Himmels willen!«

Der Beamte hörte ihr aufmerksam zu, wirkte aber noch nicht ganz überzeugt.

»Deshalb auch die Trillerpfeife, verstehen Sie?« Franzi sah ihn mit großen Augen an, ihr Blick bekam etwas Flehendes.

Ich fand, dass sie jetzt etwas arg dick auftrug, aber Hufner kaufte ihr den Auftritt ab.

»Hier haben ständig irgendwelche schmierigen Typen angerufen, die sich von mir sonst was versprochen haben und die … nun ja … teilweise ziemlich deutlich geworden sind.«

Um Hufners Mundwinkel zuckte es leicht, dazu nickte er bedächtig.

»Irgendwann ist es mir dann eben zu viel geworden, und ich habe die Trillerpfeife neben das Telefon gelegt. Es hat übrigens geholfen: Die Anrufe lassen nach. Und demnächst erscheint die Anzeige noch einmal, dann auf der richtigen Seite.« Sie nickte zufrieden, dann fiel ihr etwas ein und sie legte schnell eine Hand auf Hufners Arm. »Und … wie geht's Ihrem Kollegen? Es ist hoffentlich nicht so schlimm?«

Hufner sah kurz irritiert auf ihre Hand, dann hob er den Kopf und ein leichtes Lächeln schlich sich auf sein Gesicht.

»Doch, schon, Ihre Trillerpfeife hat ihm ordentlich zugesetzt – aber ich kann ihn eh nicht leiden. Das ist ein fürchterlicher Erbsenzähler. Sie können von Glück sagen, dass ich ihn vertrete. Ich bin meinen Vorgesetzten eher zu locker, wissen Sie?«

Ich musterte Hufner und versuchte aus seinem hüftsteifen Benehmen hochzurechnen, wie der weniger lockere Kollege wohl aussehen und auftreten mochte.

Er streckte die Hand aus, als wolle er Franzi und sich eine neue Chance geben. »Sagen Sie einfach Konrad zu mir.«

»Franzi.«

Ich überlegte einen Moment lang, ob ich mich auch noch mit meinem Vornamen vorstellen sollte, aber daran schien keiner Interesse zu haben. Also räumte ich meine Tasse in die Küche, zog mich an und machte mich auf den Weg zur Theaterscheuer. Meinen letzten fragenden Blick hatte Franzi mit einem beruhigenden Nicken beantwortet, und im Rausgehen hörte ich sie fragen: »Sag mal, Konrad, soll ich dir mal den Nacken massieren? Mein Gel ist fabelhaft, und du siehst wirklich ein bisschen verspannt aus.«

»Ich weiß nicht recht«, stammelte Konrad, aber Franzi war schon aufgestanden und ging etwas Gel holen.

Ich zog die Wohnungstür leise hinter mir zu und tappte grinsend nach unten.

— o —

Am Tag bevor Simona Krampenbach von Madeira zurückkam, verschwand Sebastian für geschlagene zwei Stunden, und als er sich danach wieder neben mir auf die Eckbank sinken ließ, wirkte er völlig kaputt, aber zufrieden.

»Ich habe eine neue Bleibe für dich«, sagte er.

»Ach? Brauche ich denn eine?«

»Morgen ist Simona wieder hier, da ist es mit unserer Männer-WG leider vorbei, Nick. Sie braucht das Gästezimmer …«

»Ihr schlaft getrennt?«

»Nein, lass mich ausreden. Sie braucht das Gästezimmer für ihre Yoga-Übungen. Sie sagt immer, die Fünf Tibeter klappen nur, wenn man einen Raum dafür hat, in dem man allein ist und sich absolut wohl fühlt. Mit den Tibetern harmonisiert sie ihr Chakra, und das hat sie dringend nötig. Es ist oft etwas anstrengend mit Simona, und ohne ihre Fünf Tibeter wäre es noch schlimmer, fürchte ich. Aber wie gesagt, dafür muss sie allein sein, ungestört, sonst klappen vor allem Halbmond und Brücke nicht, wie sie sollen.«

Ich sah ihn fragend an, und er hob sofort abwehrend die Hände. »Hat sie mir mal gesagt. Ich selbst hab keine Ahnung von Yoga, und zusehen darf ich ja nicht.«

»Meinetwegen. Und was ist das nun mit meiner neuen Bleibe?«

»Ich hab mich umgehört, ob irgendwo was frei ist für dich. Mit Lara wirst du wohl kaum bis morgen wieder zusammenziehen können.«

Ein wahrer Freund, der mich so feinfühlig darauf hinwies.

»Also habe ich mal mit Gunda Späth gesprochen.«

»Diese durchgeknallte Märchenerzählerin mit ihrem Fuchsfell? Niemals!«

»Ja, ja, lass stecken. Sie hat ähnlich reagiert, und ich bin dann noch zu Giacomo rüber. Der hatte mir in der Eisdiele mal erzählt, dass im Hinterhaus vielleicht Platz frei wird. Das Haus mit der Eisdiele gehört seinem Onkel Giuseppe, wie du weißt, und die Gebäude links und rechts davon halt auch.«

»Unserem Hausmeister.«

»Ja. Und der ist auch in finanziellen Dingen schwäbischer als ein Schwabe. Ihm hat ein Berufsmusiker gekündigt, der im Hinterhaus eine winzige Bude bewohnt hat. Und weil diese … nun ja … Unterkunft selbst beim derzeitigen Wohnungsmangel nicht zu vermieten war, steht sie nun leer. Bis auf Weiteres könntest du dort einziehen.«

Er nannte mir die Miete, die Florento dafür nahm. Sie klang fair, und wenn ich die Kehrwoche für die Mieter im Vorderhaus mit übernahm, würde das auch noch mit dem fälligen Betrag verrechnet.

»Er packt sogar noch einen kostenlosen Stellplatz für deinen Kombi obendrauf«, sagte Sebastian, und spätestens das hätte mich stutzig machen sollen.

Aber Sebastian wollte mich aus der Wohnung haben, und bevor er es doch noch schaffte, die Märchenerzählerin umzustimmen, sah ich mir die Bude vielleicht doch lieber mal an.

Der Weg zu meiner neuen Bleibe führte durch die Eisdiele und dann neben den Toiletten hinauf in den steilen, engen Garten. Dort war ganz hinten eine Art Schuppen errichtet worden, dessen Dach zwei Autostellplätze bildeten. Der Wohnraum in dem Schuppen war nicht üppig, aber ausreichend: ein Zimmer mit kleiner Küche und altmodischem Bad. Die kleine Wohnung wirkte eher düster und war obendrein offenbar mit Möbeln vom Sperrmüll ausgestattet. Aber es roch nicht allzu muffig und es war hinreichend warm, als ich die Räume besichtigte.

Ich sah in alle Ecken, ließ mir zeigen, wie der altertümlich aussehende Nachtspeicherofen funktionierte, wo sich die Utensilien für die Verrichtung der Kehrwoche befanden und was alles wöchentlich an Reinigungsarbeiten zu erledigen war. Es war nicht gerade eine Präsidentensuite und weder groß noch besonders schön hergerichtet, aber fürs Erste sollte es gehen, und für lange war es ja nicht gedacht, also sagte ich zu.

Giuseppe Florento grinste bei meinem »Ja« verdächtig breit, dann spuckte er in seine rechte Hand und drückte mir meine. Ich weiß nicht, wo er das als typisch schwäbisch beobachtet haben wollte, aber ich wischte mir die Handfläche hinterher sehr sorgfältig an meiner Jeans ab. Zeit dazu hatte ich, als er mir den Stellplatz und den Notausgang zeigte.

Ich hatte nun mit einem der beiden Stellplätze auf dem Dach meiner neuen Bleibe gerechnet, doch wir überquerten die Straße, die vor der Eisdiele vom Eugensplatz bergaufwärts wegführte, und hielten auf eine Baustellenabsperrung zu. Sie bestand aus mehreren zusammengestellten Gittern, zwischen denen Baumaterialien und sonstiger Kram gestapelt waren.

»Pack mal mit an«, kommandierte Florento, und schon zerrten wir einige der Gitterelemente ein Stück weiter, bis die Baustellenabsperrung so erweitert war, dass außer den Baumaterialien nun auch ein Auto innerhalb der Gitter Platz fand. Dass das Konstrukt dafür nun einen Teil vom Straßenrand mit absperrte, der vorhin frei gewesen war, schien meinen Vermieter nicht im Geringsten zu stören.

»Schau hier«, meinte er nur, hob das eine Ende eines Gitterelements etwas an und ließ es mühsam aufschwingen wie ein altes, schlecht geöltes Tor. »Hier fährst du rein.« Er wuchtete das Gitter wieder zurück. »Und so ist der Stellplatz auch wieder gesichert. Nicht schlecht, was?«

Ich zuckte mit den Schultern.

»Eigentlich könnte ich dafür doch etwas Miete verlangen«, dachte Florento laut, aber als er sah, wie sich meine Augen weiteten, lachte er: »Nein, hab nur ein Späßle gmacht!«

Das mit dem Notausgang meinte er dagegen vollkommen ernst. Ich hatte ja schon erwähnt, dass ich die Wohnung durch die Eisdiele erreichen konnte. Für die Türen auf diesem Weg bekam ich aber keine Schlüssel, und wenn Giacomo sein Lokal nicht geöffnet hatte, musste ich hinten rein und raus. Das hieß, die Wagenburgstraße rein, rechts in die Diemershaldenstraße abbiegen und an der hinteren Grenze von Florentos Grundstück neben den Stellplätzen über meiner Bleibe durch eine Lücke in der Mauer und über die steile Treppe in den Garten hinunterklettern – und dann stand ich auch schon neben dem Schuppen, in dem meine Behausung untergebracht war.

Sebastian hatte mich zur Besichtigung begleitet. Und während Giuseppe Florento mir Stellplatz und Hintereingang zeigte, flitzte er in seine Wohnung zurück und stand mit einer Flasche Rotwein neben dem Schuppen, als ich gerade die Treppe heruntergeklettert kam.

»So«, sagte er und wirkte sehr zufrieden, »nun hast du also endlich deine eigene Wohnung.«

»Ich hab eigentlich schon eine Wohnung«, maulte ich. »Drüben bei euch im Haus, aber Lara lässt mich nicht mehr rein.«

»Ja, schon recht. Aber deine neue Unterkunft müssen wir begießen.«

Er musste sehr viel Angst davor gehabt haben, seiner Frau zu beichten, dass im Gästezimmer wegen mir für einige Zeit kein Platz für die Fünf Tibeter war. Wir gingen hinein, und ich suchte nach Gläsern. Im Prinzip war alles da, was man so brauchte – aber der Musiker hätte ruhig noch alles einmal spülen können, bevor er ausgezogen war. Und so standen Sebastian und ich erst einmal in der Küche und säuberten einige Gläser, Teller und etwas Besteck. Dann setzten wir uns auf die ramponierte Couch, warteten, bis sich der dadurch aufgewirbelte Staub wieder gelegt hatte, pusteten unsere Gläser noch einmal sauber und schenkten uns ein.

Zwischendurch stand Sebastian auf und nahm die winzigen Fenster in Augenschein, die auf den Garten hinausgingen. Er zog einen der fadenscheinigen Vorhänge beiseite, dabei riss die Verankerung der dünnen Gardinenstange aus dem Putz und das ganze Gerümpel fiel staubend auf den Boden.

»Na, egal«, sagte Sebastian. »Der Vorhang hat eh nur gestört.«

Nach einer Weile, wir hatten uns gerade den letzten Rotwein eingeschenkt, begann der Schuppen zu vibrieren, und von oben knirschte es, als würde gleich alles einstürzen. Ich rannte aus dem Raum und in den Garten hinaus und schaute nach, was da oben los war: Ein Wagen war soeben auf einen der beiden Stellplätze auf dem Dach meines neuen Domizils gerollt.

— ○ —

Ich hatte an Laras Tür klingeln wollen, um ihr zu sagen, wo ich jetzt wohnte, und sie gleichzeitig zu bitten, den Videokeller – der ja zum Teil auch meiner war – weiterhin nutzen zu dürfen. Aber dann fiel mir das Plakat mit dem Trottel vor seinem Trollinger und dem Teller Kutteln mit Spätzle wieder ein, und ich begnügte mich damit, Lara einen Zettel zu schreiben und ihn ihr in den Briefkasten zu werfen.

Dort war noch immer unser altes Namensschild angebracht: »Lara & Nick«, und darunter »Klingelberger/Brandt«, als wären wir noch immer zusammen. Sie hatte mal über Sebastian gefragt, ob sie meine Post künftig bei ihm in den Briefkasten werfen solle oder ob ich mich ummelden würde. Wir hatten uns dann darauf geeinigt, dass sie neben der Wohnungstür eine kleine Kiste hinstellte, in der meine Briefe und Päckchen bereitlagen. Das war mir natürlich schon deshalb recht, weil ich so darauf hoffen konnte, Lara mal ganz zufällig vor unserer … vor ihrer Wohnung anzutreffen. Doch ob es Schicksal war oder ob sie immer erst durch den Türspion lugte, bevor sie die Wohnung verließ: Ich traf sie dort kein einziges Mal.

An diesem ersten Tag nach meinem Einzug in die Bruchbude hinter der Eisdiele traf ich Lara jedenfalls auch nicht. Und weil es Samstag war, trottete ich zur Stadtbahnhaltestelle hinüber und ließ mich von der nächsten U 15 in die Stadt schaukeln. In einem Café trank ich einen Cappuccino, dann noch einen, und schließlich bezahlte ich fünf von ihnen und einen Grappa. Eher nervös als belebt tappte ich kreuz und quer in der Innenstadt herum, und anfangs wunderte ich mich noch, dass mir überall Pärchen begegneten, die sich untergehakt hatten und sich verliebt anlächelten. Dazwischen hasteten Männer aller Altersklassen mit Blumensträußen durch die Fußgängerzone, und an manchen Ecken standen missmutige Frauen, sahen sich unleidig um und schauten von Zeit zu Zeit auf ihre Armbanduhren oder Handy-Displays. Dann kam ich an dem mit roten Herzen beklebten Schaufenster einer Bäckerei vorbei, in dem ein Korb voller Brezeln stand, die gottlob nicht rot waren, aber doch ebenfalls in Herzform geschlungen. Darüber ein offenbar von Hand beschriftetes Spruchband: »Mach mit der Liebe keinen Scherz. Hol von Bäcker Striebeck dir dein Brezel-Herz!«

Das Versmaß kam mir etwas holprig vor, aber das darunter geschriebene »Heute Valentinstag!« erklärte zumindest die Blumenflut in der City. Ich war langsam weitergegangen, während ich das Gedicht des Bäckers las, und lief nun genau in ein Pärchen, das ebenfalls nicht nach vorne gesehen hatte. Wir blieben alle drei einen Moment lang verdattert stehen, dann begann der junge Mann zu schimpfen, seine Begleiterin versuchte ihn zu besänftigen und zog ihn weiter, während ich eine Entschuldigung murmelte.

Ich sah den beiden noch nach. Sie hingen nun schon wieder sehr verliebt aneinander, und als sie das Schaufenster des Bäckers bemerkten, machten sie sich zwar über das Werbegedicht lustig – gingen aber doch in den Laden und stellten sich hinter den anderen Kunden an.

Die junge Frau war sehr hübsch gewesen, und sie hatte sich orangefarbene Strähnchen ins platinblondierte Haar machen lassen. Nun gab es wohl kaum eine Haarfarbe, die Lara nicht schon mal ausprobiert hatte, aber orange/platinblond war sie aus Amsterdam zurückgekommen, und orange/platinblond war sie mit mir und unseren Freunden durchs Stuttgarter Nachtleben gezogen und orange/platinblond war sie spät in der Nacht mit mir …

Ich fühlte meinen Puls rasen, meine Handflächen waren feucht geworden, und ich musste mehrmals tief ein- und ausatmen, um das aufkommende Zittern in den Griff zu bekommen, das ich in mir spürte. Natürlich hatte ich etwas zu viel Kaffee erwischt an diesem Morgen – aber dass es mir am Valentinstag besonders schmerzhaft bewusst wurde, wie sehr mir Lara fehlte, wird wohl jeder verstehen.

Unterwegs kehrte ich noch auf ein Bier in einem Bistro ein, ein Stück weiter noch auf ein zweites in einer kleinen Eckkneipe, und so schlurfte ich mit hängendem Kopf und hängenden Schultern die Straßen entlang, bis ich irgendwann vor Giacomos Eisdiele stand. Dort ließ ich mir noch einen Grappa zum Mitnehmen geben. Auf meiner ramponierten Couch mummelte ich mich in eine alte Decke und stierte trübsinnig durch das kleine Fenster in den verwilderten Garten hinaus.

Nach einer Weile fasste ich den festen Entschluss, mich ordentlich zu betrinken. Im Videokeller standen ein paar Flaschen Schnaps – die hatte mir ein Brenner aus der Kirchheimer Gegend mitgegeben, als ich bei ihm für eine Geschichte über schwäbischen Whisky recherchiert hatte. Ich hatte sie immer mal mit Lara probieren wollen, aber das hatte sich wohl erst einmal erledigt. Und Recherchen für Beiträge im Stadtmagazin würde es so bald auch nicht wieder geben.

Das heulende Elend überkam mich, und es schlug gleich so heftig zu, dass ich erst noch eine Stunde auf dem Sofa hocken blieb, bevor ich mich hochmühte und mich auf den Weg zum Videokeller machte. Das leere Grappaglas stellte ich unterwegs auf Giacomos Tresen ab. Der sah kurz hoch, setzte zu einer Bemerkung an, blieb aber stumm, als ich wortlos den Kopf schüttelte und in Richtung Eugensplatz weitertappte.

Draußen schlug mir ein kalter Wind ins Gesicht, und ein Radler schoss so knapp an mir vorbei, dass ich nicht einmal die Hand hätte ausstrecken müssen, um mir sein leuchtendes Renntrikot zu greifen. Ich sah dem Idioten hinterher: Er raste wie ein Irrer die Haußmannstraße hinauf, mal über den Gehweg, dann wieder auf der Straße, und sein langer Pferdeschwanz wippte unter dem Helm mit der Aufschrift »hier: oben« munter hin und her. Als ich realisierte, dass das Laras Fahrradkurier gewesen war, hatte er sich auch schon aus meinem Blickfeld gestrampelt.

Ich schaute zu Laras Wohnung hinauf. An den Fenstern war niemand zu sehen, und der Radler hatte am Eugensplatz keinen Halt eingelegt – also war er zumindest jetzt nicht bei Lara gewesen. Doch das tröstete mich nicht, stattdessen versetzte mir der Gedanke an sie einen neuen Stich. Mein Kopfkino sprang an, die Hauptrollen spielten eine junge, schöne Frau mit bunten Haaren und ein durchtrainierter Radfahrer, die …

Ich schüttelte mich und konzentrierte mich auf die U 15, die gerade auf den Eugensplatz rollte, auf die alte Frau, die sich von ihren drei Hunden die Haußmannstraße hinaufzerren ließ, auf die beiden Verliebten, die aus der Stadtbahn hüpften und Arm in Arm auf die Eisdiele zuhielten, und auf die schöne Frau mit blauen Haaren, die aus der U 15 stieg, mich kurz überrascht ansah und dann eilig über den Platz ging und im Eckhaus verschwand.

Bis ich in meinem Selbstmitleid überhaupt realisiert hatte, dass das eben Lara gewesen war, hatte sie schon wieder die Haustür hinter sich zugezogen. Wie ein begossener Pudel stand ich da, und mein Kopfkino sprang wieder an. Eine schöne Frau mit blauen Haaren und ein durchtrainierter …

Stopp!

Valentinstag hin oder her: Ich hatte keine Lust, hier als deprimierter Single herumzustehen, während sich alle anderen unterhakten und sich Blumen schenkten. Und eigentlich hatte ich auch keine Lust mehr, mich zu betrinken. Ausgerechnet in dem Haus, in dem Lara wohnte. Und in dem ich eigentlich auch wohnen sollte.

Ich schaute die Haußmannstraße hinunter, dann schaute ich hinauf, und mir fiel die Visitenkarte ein, die Sabine mir auf dem Sommerberg in Bad Wildbad in die Hand gedrückt hatte. Dort war die Haußmannstraße als Adresse angegeben. Sabine, oder besser Zsara, war jetzt genau die Richtige. Wenn Lara mich in die Wüste schickte, weil sie mir zu Unrecht eine Affäre mit Lotte und meinetwegen auch noch mit Franzi vorwarf und sich mit einem Fahrradkurier an mir rächte … tja, dann konnte ja wohl auch niemand etwas dagegen einwenden, wenn ich mich nun revanchieren wollte.

Einmal Zsara und wir sind quitt – dieser Gedanke ging mir nicht mehr aus dem Kopf.

An die Hausnummer auf Sabines Visitenkarte konnte ich mich zwar nicht mehr erinnern, und Sabines Nachname war dort auch nicht vermerkt gewesen – aber da ich ohnehin nichts mit mir anzufangen wusste, konnte ich ebenso gut die Häuser in der Straße abklappern. Vielleicht stand ja auf einem der Klingelschilder auch Sabines Pseudonym Zsara. Und allzu viele Zsaras sollte es in der Haußmannstraße eigentlich nicht geben.

Einmal Zsara und wir sind quitt – immer grimmiger marschierte ich die Straße entlang. Und es dauerte keine halbe Stunde, bis ich das gesuchte Haus gefunden hatte. Sabine hieß Räuchle mit Nachnamen, und unter ihrem bürgerlichen Namen war »Zsara 2 x klingeln« zu lesen – in rosa und in einer Schriftart, die aussah wie mit Kreide oder Lippenstift geschrieben. Ich klingelte zweimal, und die rauchige Stimme, die aus der Sprechanlage zu hören war, bestärkte mich sehr in meinem Vorhaben. Ich gab mich zu erkennen, und nach kurzem Zögern summte der Türöffner.

Sabines … wie sagt man? Praxis? Kanzlei? Büro? Na, egal. Sie wohnte und arbeitete jedenfalls im zweiten Stock, und als ich die Treppen hinaufgeklettert war, stand sie in einem Nichts aus Seide vor mir, die Haare hochgesteckt und gekrönt von einer Art Turban, der in einem langen Bändel endete, der über ihre nackte Schulter fiel und wie zufällig zwischen ihren halb entblößten Brüsten endete.

»Was machsch denn du do?«

»Na ja, ich …«

Ich lächelte sie etwas unsicher an und zog ein bisschen Geld aus der Hosentasche. Sabine erschrak und machte Anstalten, mir die Tür vor der Nase zuzuschlagen.

»Zu wenig?«, fragte ich. »Ich kann mehr holen gehen, oder vielleicht … hab ich auch Kredit bei dir?«

»Schteck des Geld weg, du Seggel!«

»Aber ich …«

Sie schüttelte entrüstet den Kopf, gab aber den Weg in ihre Wohnung frei.

»Halt dei Gosch ond komm rei.«

Der Flur war mit Tüchern behängt und mit einem weichen, sandfarbenen Teppich ausgelegt, indirekte Beleuchtung sorgte für ein angenehmes Licht, und bis auf eine Tür am Ende des Flurs waren alle verschlossen.

»I schaff grad«, brummte sie und deutete zu der offen stehenden Tür hin.

»Aha, okay, dann …«, stammelte ich. »Hast du ein Wartezimmer oder so was?«

Sie sah mich mit aufgerissenen Augen an, dann schüttelte sie wieder den Kopf, und plötzlich war der Flur von ihrem schallenden Lachen ausgefüllt. Sie rang nach Atem und legte mir eine Hand auf die Schulter, doch bevor sie etwas sagen konnte, knarrte rechts von mir eine Diele. Ich sah zu der offenen Tür hin: Auf dem Fußboden davor kauerte ein kleiner, nackter und ziemlich dicker Mann auf allen vieren, hielt eine schwarze Lederpeitsche im Mund und versuchte trotzdem mehrmals ein »wuff! wuff!« hervorzubringen.

»Ist gut, Hasso, Frauchen kommt gleich«, scheuchte Sabine ihn in astreinem Hochdeutsch und mit strenger Stimme zurück ins Zimmer.

Schon wuffte der menschliche Mops und trollte sich so behände, dass ich nicht allzu überrascht gewesen wäre, wenn er dabei freudig mit dem Schwänzchen gewedelt hätte. Sie wandte sich wieder mir zu, und als sie mein breites Grinsen sah, zuckte sie mit den Schultern.

»Jeder Job hot Facetta, die oim net so gfallat, gell?«

»Sieht ganz so aus.«

Sabine öffnete die nächstgelegene Tür. »Do wardesch gschwend, i ben glei fertig. Dr Hasso isch nemme dr Jöngschde, des goht meischtens schnell. Kannsch dir en Kaffee nemma, en dr Kann müsst no oiner sei.«

Ich trank Kaffee und sah zum Fenster hinaus. Das Eckhaus mit meiner früheren Wohnung war von hier aus gut zu sehen, und im ersten Moment rutschte ich deshalb ein bisschen tiefer auf meinem Stuhl. Aber da Lara ja wohl kaum die Fenster der Nachbarschaft nach mir absuchen würde, wo sie mich doch nicht einmal kurz begrüßte, wenn sie an der Stadtbahnhaltestelle plötzlich vor mir stand, setzte ich mich wieder aufrecht hin und ließ meinen Blick weiter über die Umgebung schweifen.

Ohnehin: Was wollte sie mir vorwerfen? Gerade sie! Pah! Ich sage nur Fahrradkurier! Da konnte ich doch auch einmal … Ein lautes Bellen, gefolgt von einem jämmerlichen Winseln, riss mich aus meinen Gedanken, dann war kurz noch ein leises Stöhnen zu hören, und fünf Minuten später ging jemand draußen durch den Flur und zur Tür hinaus.

Sabine kam in die Küche und setzte sich mir gegenüber. Sie hatte einen Bademantel übergezogen.

»Und?«, fragte ich. »Ist Hasso gegangen?«

»Ja, der isch uff 'm Weg hoim. Frau, Hond, zwoi Kender ond koin Schpass em Gschäft – des isch a arme Wurscht, ond er zahlt guat. Drletscht war er em Kino, du woisch scho: der Schtroifa mit dem Sadomaso-Millionär ond seira naiva Studentin. Jetzat will er halt dr Hond sei.«

Sie schenkte sich Kaffee ein und grinste. »Wäga mir. En Hond isch mir so recht wie ällas andere.«

Ich nickte und sah auf die Tischplatte, weil ich nicht recht wusste, was ich jetzt sagen sollte. Ich hatte noch nie eine Frau dafür bezahlt, dass sie …

»Ond? Was isch mit dir?«

»Äh … ich … also, ein Hund will ich nicht sein. Ich dachte da mehr an …«

Klatsch!

Die Ohrfeige brannte wie Feuer, und auch wenn Sabine schon einen Augenblick später wieder dasaß wie zuvor. Sie funkelte mich zornig an.

»Aber du …«

Sie hob drohend die flache Hand und ich verstummte.

»Jetz bass amol uff, mei lieber Nick: Du kannsch vielleicht mol mei Freind sei, no schlof i au mit dir, gern, koi Problem. A leckers Bürschle bisch jo, des wirsch wissa. Aber wenn du mir no oimal Geld für Sex abietesch, no werd i grätig!«

Auf mich wirkte sie schon jetzt mehr als »grätig«.

»Schwätza könna mr, an Wei drenka, was zsamma kocha – aber lass dei Geld schtecka.« Sie grinste mich frech an. »Ond dei Deng!«

Sabine war offenbar kein besonders nachtragender Typ. Den Valentinstag hielt sie sich aus Prinzip frei, nur für den armen Hasso hatte sie diesmal eine Ausnahme gemacht, und im Wohnzimmer lag schon ein ganzer Stapel romantischer Komödien für einen Filmabend bereit. Wir verbrachten einen wunderschönen

Tag miteinander, nur kurz nach fünf begann sich eine weniger angenehme Stimmung auszubreiten. Sabine hatte das Radio angeschaltet, um die Bundesliga-Schlusskonferenz anzuhören. Aus Hoffenheim wurde ein 1 : 1 der TSG gegen den VfB Stuttgart gemeldet, und nach ein paar derben Flüchen begann sie gerade ihren Frieden mit dem einen Punkt zu machen, den die Stuttgarter wenigstens mit nach Hause bringen würden – da fiel in der Nachspielzeit das 2 : 1 für Hoffenheim. Blass und mit aufgerissenen Augen schimpfte sie wie ein Rohrspatz.

»Scheiß Badenser«, rumpelte sie irgendwann, »müssat die mir mein VfB mit leere Händ hoimschicka? Ausgrechnet Badenser!« Sie unterbrach sich, sah mich an und lächelte entschuldigend. »Dut mir loid, Nick. Beim Fußball vergess i mi. Dei Lara isch nadierlich en ganz andrer Fall.«

Da war ich mir nicht so sicher. Meine große badische Liebe hatte mich ja auch mit leeren Händen fortgeschickt.

Es wurde aber doch noch ein toller Abend. Mit allerdings etwas anstrengenden Liebesfilmen – und auch noch einer durchquatschten Nacht. Na ja, einer *fast* durchquatschten Nacht, weil ich nach drei Gläsern Wein auf der Küchenbank einschlief, eine halbe Stunde später mit schmerzendem Rücken aufwachte und noch eine halbe Stunde später heulend wieder einschlief.

Irgendwann lag ich bequemer, und als ich im Morgengrauen die Augen öffnete, schälte sich vor mir ein Regal mit Sexspielzeug aus dem Dämmerlicht. Überall hingen Poster mit Fotos, die arabische Paläste und Wüstenlandschaften zeigten, es waren luftige Tücher an den Wänden drapiert, und über dem Bett, auf dem ich lag, hing ein Baldachin aus schwerem rotem Stoff von der Decke. Er lief in vier Tuchbahnen aus, die mit goldfarbenen Troddeln zusammengebunden waren und mit weiteren Goldbändern an den Eckpfosten des Bettes befestigt waren.

Ich wuchtete mich hoch, schob ein paar runde Kissen beiseite, die um mich herum auf dem Bett lagen, und ging zum

Fenster, das eher eine Balkontür darstellte, vor dem eine metallene Brüstung angebracht war – man nennt so etwas, glaube ich, einen »französischen Balkon«. Links und rechts waren schwere Vorhänge gerafft, die Sabine vermutlich zuzog, wenn sie hier ihrer Arbeit nachging. Jetzt war der Blick hinaus frei, die Luft war schwer von einem süßlichen Parfüm, und ich atmete ein paar Mal tief ein, als ich die Glastür geöffnet, mich auf die Brüstung gelehnt und ein wenig in den Morgenwind vorgebeugt hatte. Die kalte Luft umgab mich und machte mich recht schnell wach. Ich stand ein, zwei Minuten mit geschlossenen Augen da, bevor ich wieder hinausschaute.

Dann wurden mir zwei Dinge klar, mit denen der Tag nicht gut begann.

Zum einen ging mein Blick aus Sabines Arbeitszimmer zur selben Seite hinaus wie in der Küche: Jenseits des Eugensplatzes konnte ich Lara mit einer Tasse Kaffee und verwuschelten Haaren am offenen Fenster ihrer Wohnung stehen sehen.

Zum anderen machte mir die kühle Brise zwischen meinen Beinen bewusst, dass ich offenbar nackt geschlafen hatte – was Laras Verhalten in den nächsten Sekunden erklärte. Sie schaute sich müde in alle Richtungen um, dann blieb ihr Blick an mir hängen, ihre Augen weiteten sich und ihre Finger ließen die Kaffeetasse los. Ganz langsam glitt die Tasse aus ihren Händen, fiel nach unten, ohne dass auch nur ein Tropfen Kaffee verschüttet wurde, und landete unsanft auf dem Gehsteig vor dem Haus. Als ich den Blick von der zerberstenden Tasse löste und wieder nach oben schaute, flog dort gerade das Fenster zu und die Jalousie wurde krachend heruntergelassen.

— o —

Jobst lief mir in den Tagen danach häufiger über den Weg. Er schien oft in der Gegend zu tun zu haben, bald jeden Abend sah ich ihn am Eugensplatz aus der U 15 steigen und dann zügig in Richtung des Hauses davoneilen, in dem Jorge, Raffaela, Dorle und Reza wohnten. Ich saß jetzt viel in Giacomos Eisdiele, denn ich hatte es ja nicht mehr weit und konnte so den Platz im Auge behalten. Lara sah ich fast jeden Tag, allerdings würdigte sie mich keines Blickes. Einmal war es mir, als hätte ich Felix Torer zu Lara ins Haus gehen sehen, aber genau in diesem Moment fuhr ein Lieferwagen über den Eugensplatz, und als mir die Karre nicht mehr die Sicht versperrte, war der Mann, der vielleicht Felix war, wieder verschwunden. Sebastian kam immer wieder mal nach der Arbeit an der Eisdiele vorbei, und eben Jobst.

Irgendwann fiel ich ihm auf, wie ich auf meinem Stammplatz saß, und ich hatte den Eindruck, er zögere kurz. Aber dann kam er doch auf mich zu, begrüßte mich überschwänglich und fragte mich, wie es mir gehe. Es kam nicht wirklich über Smalltalk hinaus, und als ich ihn fragte, ob sich etwas Neues zu seinem Flyer-Fan ergeben habe, erzählte er zwar recht euphorisch von den gelegentlichen Treffen mit dem Reporter aus der Markthalle, doch dann musste er zugeben, dass er seinen Verfolger bisher nicht mehr angetroffen hatte.

»Vielleicht ist der Spuk ja auch vorbei«, sagte Jobst, aber er klang, als glaube er selbst nicht recht daran. »Du lebst noch immer dort hinten, oder?«

Er deutete ein Kopfnicken in Richtung der Toiletten an. Ich zuckte mit den Schultern und fragte mich, ob ich ihm das denn eigentlich schon erzählt hatte. Doch Jobst plapperte einfach weiter, und dann stand er auch schon wieder auf.

»Ich muss, Nick. Bis bald mal, ja?«

»Eins noch«, sagte ich schnell. »Ich hab mir eine Aktion überlegt, mit der ich mich gegen dieses Schwaben-Dödel-Plakat wehren möchte. Ich könnte dabei noch Hilfe brauchen – hättest du vielleicht Lust, da mitzumachen? Könnte lustig werden, und Trollinger besorge ich auch.«

Jetzt wirkte Jobst doch wieder interessiert, und so eilig wie eben schien er es auch nicht mehr zu haben.

»Echt? Du hast eine Idee? Das klingt ja prima. Und, was ist es?«

»Das erzähl ich dir in meiner neuen Wohnung. Wann hast du denn mal Zeit?«

»Hm … nachher vielleicht?«

»Ich dachte, du musst weg?«

»Ja, schon, ich bin verabredet, aber …« Er zögerte kurz, dann gab er sich einen Ruck und fragte: »Würde es dir was ausmachen, wenn ich meine Kumpels mitbringe? Mit denen bin ich verabredet, wir treffen uns bei Reza – und die würden dir sicher gern helfen.«

»Klar. Trollinger ist genug da. Kommt einfach hier bei Giacomo vorbei, ich warte so lange. Meine Theaterleute haben eh heute Probenpause, die dringendsten Sketche sind geschrieben – also habe ich Zeit.«

»Gut, dann bis nachher.«

Er nickte mir grinsend zu, und weg war er. Als er schon eine gute halbe Stunde später wiederkam, staunte ich nicht schlecht: In seinem Gefolge betrat außer Jorge und Reza auch Sebastian die Eisdiele. Jeder von ihnen hatte eine Flasche Wein und etwas zu knabbern dabei.

»Tut mir leid«, erklärte Jobst und lächelte mich entschuldigend an. »Trollinger fanden die anderen nicht so verlockend.«

Also ließen wir uns stattdessen Sebastians Bordeaux, Chianti aus Rezas gut sortiertem Weinkeller und zum Schluss noch Portwein aus dem Douro-Tal im Norden Portugals schmecken, den Jorge einmal im Jahr von einem ausgedehnten Heimaturlaub mitbrachte. Jobst wiederum gab uns eine Runde von Giacomos Grappa aus, die er genau in dem Moment bestellte, als ich ihn fragte, wie es Sebastian in seine Clique verschlagen hatte – nachdem sie sich meines Wissens nur auf unserer Einweihungsparty getroffen hatten. Auch danach ging er über diese Frage recht schnell hinweg. Die Welt sei ein Dorf und Stuttgart sowieso, aber die Blicke, die Jorge, Sebastian und Reza dabei wechselten, machten mich etwas stutzig. Doch der Abend wurde sehr lustig und kurzweilig, und bald hatte ich das seltsame Gefühl wieder vergessen, das mich beim gemeinsamen Auftauchen meines besten Freundes, seiner Kumpel und meines Nachbarn beschlichen hatte.

»Und das willst du über alle Plakate mit dem doofen Schwaben und den fröhlichen Badenern kleben?«, fragte Reza schließlich.

Ich hatte meinen vier Besuchern erzählt, was ich vorhatte: Aufkleber bei einer Internetdruckerei in Auftrag geben und sie auf allen Plakaten platzieren, auf denen der tumbe Schwabe Trollinger trank und saure Kutteln mit Spätzle aß.

»Genau so habe ich mir das gedacht.«

Ich holte einen Skizzenblock hinter der staubigen Couch hervor und zeigte den anderen meine Entwürfe. Ich war kein besonders guter Zeichner, aber für Skizzen und Layoutideen reichte es allemal. Zunächst zeigte ich ihnen meine Favoriten. Ein Aufkleber war in Form einer Sprechblase gestaltet, in den ich meine Botschaften schreiben wollte – ein anderer sah aus wie ein Fußabdruck, hier sollte alles auf gelbem Hintergrund zu lesen sein.

»Weil die Badner doch Gelbfüßler sind, versteht ihr?«

Reza lachte am lautesten, aber ich musste ihnen die Laune wieder verderben.

»Ist beides leider zu teuer, 130 Euro für zwanzig Stück beim günstigsten Anbieter. Und mit zwanzig Stück komme ich sicher nicht hin. Aber ich habe mir was anderes überlegt, das ich mir eher leisten kann.«

Ich blätterte um. Nun war der Entwurf für ein Plakat im Querformat zu sehen, das Original würde einen Meter breit und dreißig Zentimeter hoch sein.

»Fünfzig Plakate für etwa siebzig Euro, dazu noch etwas Leim und einen Pinsel – fertig ist die Plakataktion.«

Die anderen beugten sich über meinen Entwurf. Bald kicherte der Erste, und schließlich lachten wir alle. Das hatte sicher auch mit unserem Alkoholkonsum zu tun. Alle gaben mir ihre Handynummern, und als ich Reza und die anderen am nächsten Tag anrief, hatte der eine oder andere zwar einen schweren Kopf – aber sie bestätigten, dass sie mit von der Partie waren.

Und sie hatten sich auf dem Heimweg auch schon abgesprochen, dass wir uns die Kosten für die Aktion teilen würden.

Also machte ich die Druckdatei fertig und gab die Plakate in Auftrag. Als sie wenige Tage danach eintrafen, trommelte ich die anderen zusammen. Jorge hatte Leim und Pinsel beschafft, wir warteten bis spät in die Nacht, dann fuhren wir mit meinem alten Kombi kreuz und quer durch die Stadt und beklebten alle »Oiner wie koiner«-Werbeflächen, die wir entdeckten, mit unserem Zusatzplakat.

Ein paar Mal wurden wir dabei beobachtet, aber keiner sprach uns deswegen an, und meinen Wagen hatte ich jedesmal ein Stück entfernt abgestellt, also sollte sich niemand die Autonummer merken und uns damit wegen unerlaubten Plakatierens anzeigen können.

Als wir fertig waren, war es halb drei Uhr in der Nacht, und nun klebte über jedem trotteligen Kuttelesser ein Banner mit der rot gedruckten Aufschrift »Kuddla sen kuhl & Xälz isch xond!«, darunter in Schwarz »Dschäbblaberg 4ever«, der Spruch auf dem Lätzchen – und als Kennzeichnung in knalligen Buchstaben der Absender »Commando Gablenberg« mit der passenden falschen Internetadresse. Zu dem Namen meiner Aktionsgruppe hatte mich eine große VfB-Fangruppe inspiriert, und ich hoffte inständig, dass die Fans mir meine Anleihe nicht übelnahmen.

Dass Lara ahnte, wer hinter dieser Aktion steckte, davon ging ich aus.

Dass unsere Nacht-und-Nebel-Aktion so weite Kreise ziehen sollte – davon waren wir alle überrascht.

— o —

Zunächst fühlte ich mich regelrecht beflügelt von der Plakatkleberei. Ich war hundemüde, sprühte aber vor Ideen. Ich schrieb gleich am Morgen zu den ersten Tassen Kaffee einige neue Sketche, die meisten veräppelten badische Eigenheiten oder gleich das ganze Badnerlied, die inoffizielle Hymne des westlichen Landesteils. Und auf der Fahrt hinaus nach Steinächle kam mir eine Figur in den Sinn, die eine wunderbare Ergänzung für Horst und Claus sein könnte: eine etwas dämliche Blondine mit badischem Zungenschlag, die meine beiden Schwaben auf der Bühne wahlweise mit ihrer Naivität, mit ihrer Ahnungslosigkeit und mit ihrer Genussfreude in den Wahnsinn treiben konnte.

Natürlich musste das wirken, als stellte ich in Sketchen mit dieser Blondine – Haarfarbe hin oder her – Lara bloß, und vielleicht kam mir die Rolle auch wirklich aus Rache dafür in den Sinn, dass sie auf den Plakaten dem tumben Trollingertrinker einige meiner Merkmale gegeben und meine Lieblingsspeise aufgetischt hatte. Kurz nach Fellbach plagten mich deswegen Gewissensbisse und ich war kurz davor, die Figur wieder zu verwerfen. Doch dann musste ich mich bei Waiblingen auf den Tacho konzentrieren, weil ich keine Lust hatte, mir von den dortigen Radarsäulen Löcher in die Haushaltskasse reißen zu lassen – und als ich vor der Theaterscheuer aus dem Auto stieg, hatte ich alle Bedenken längst aus meinem Bewusstsein verbannt.

Andernfalls hätte ich sie spätestens jetzt vergessen, denn vor der Scheuer war der Teufel los.

Entlang der Straße parkten mehrere Kleinwagen mit Stuttgarter, Heilbronner und Tübinger Kennzeichen, und halb verdeckt von der Scheunenmauer sah ich einen Übertragungswagen des Südwestrundfunks und dahinter einen schicken Zweisitzer. Auch im Inneren des alten Hauses herrschte Hochbetrieb. Die Garderobe hing voller Mäntel und Jacken, auf dem Tisch in der Küche waren Servierplatten mit Häppchen ausgelegt, überall lagen Kabel auf dem Boden und wichtig dreinschauende Leute hetzten hin und her.

Sandra bemerkte mich als Erste. Sie winkte mich zu sich und stellte mir die beiden Männer vor, mit denen sie sich gerade am Bühnenrand unterhielt: zwei Fernsehredakteure, die

»nur einen kleinen Piloten als Pitch« mitschneiden wollten, wie sie sagten. Ich wusste ja schon, dass das Fernsehen eine Serie mit G3-Sketchen drehen wollte, und den Medien-Sprech der Redakteure reimte ich mir deshalb so zusammen, dass sie nun halt mal einen ersten Mitschnitt vorab machen würden – vielleicht, um ihn einem Testpublikum vorzuführen oder dem Chefredakteur. Ich kannte das TV-Geschäft nicht und würde mich einfach überraschen lassen.

»Das ist unser Autor, der begnadete Nick Brandt«, flötete Sandra, und sie zwinkerte mir zu, als mir die Fernsehleute die Hand schüttelten. »Er weiß gar nicht, wohin mit seinen Ideen, der Gute, und er hat uns sicher auch heute wieder was Feines mitgebracht.«

Sie sprach ein bisschen, als wolle sie ihrem Königspudel einen Knochen schmackhaft machen, aber vielleicht redete man so in dieser Szene. Sandra hatte da sicher mehr Erfahrung als ich, und deshalb schloss ich mich ihrer seltsamen Ausdrucksweise so gut an, wie ich konnte.

»Ja, ja, ganz fein, und trotzdem habhaft«, schwadronierte ich drauflos. »Ich schäume förmlich über, wissen Sie, und gerade jetzt dünkt mir …«

Die beiden Fernsehmänner starrten mich entgeistert an. Sandra hakte mich schnell unter, lächelte über die Szene hinweg, kicherte den beiden zu und zerrte mich in die Küche hinaus.

»Sag mal«, fuhr sie mich dort an, »hast du was genommen?«

»Nein, wieso? Ich hab gehört, dass du anders mit denen redest, als ich das von dir kenne – da hab ich halt gedacht, ich mach da mal mit.«

»Ach du Scheiße!«, platzte sie heraus. »So hab ich geklungen?« Sie lachte und schlug sich dann die flache Hand vor den Mund.

»Das sollte ich lassen«, brachte sie nach einer Weile heraus. »Und du – bitte! – übrigens auch.«

Sie drehte sich zum Theaterraum hin und sah, wie einer der Fernsehmänner zu uns hersah. Sie winkte ihm fröhlich, dann wandte sie sich wieder mir zu.

»Diese beiden Pappnasen haben uns heute regelrecht überfahren. Keiner wusste, dass sie kommen – und plötzlich steht draußen der Ü-Wagen. Ich glaube, die wollen testen, ob wir spontan sind und ob wir auch unter Druck gut arbeiten können. Und das können wir doch, oder?«

Ich zuckte mit den Schultern.

»Klar können wir das!«, behauptete sie und packte mich an beiden Schultern. »Und du gehst da jetzt rein und begeisterst sie mit einer umwerfenden Idee. Du hast doch was im Köcher?«

»Ich … ja, ich … ich habe ein paar neue Sketche, die nehmen badische Eigenheiten aufs Korn. Meinst du, so was ginge?«

»Wir sind eine schwäbische Bühne – also geht das natürlich.« Sie grinste. »Badenser durch den Kakao ziehen ist immer gut«, fügte sie hinzu. »Also, auf geht's, Nick!«

Ich holte tief Luft und stürmte zusammen mit Sandra zurück in den Theaterraum. Die beiden Fernsehfritzen erwarteten uns mit leicht unterkühlten Mienen, und vor allem mich sahen sie an, als würden sie jeden Moment damit rechnen, dass ich sie veräppeln wolle. Dann erzählte ich ihnen die Idee für den ersten Sketch und für den zweiten, und als nach der Pointe des dritten erst der eine und dann der andere Redakteur in schallendes Gelächter ausbrach, fiel mir ein Stein vom Herzen. Hinter den beiden stand Sandra, nickte mir begeistert zu und hielt beide Daumen hoch.

— ○ —

Das SWR-Team war mitten in ein Casting geplatzt, und diese Kombination erwies sich an diesem Nachmittag überraschenderweise als Glücksfall für »Gschwend gscheid geschwätzt«.

Horst und Claus setzten meine Sketch-Ideen so souverän und witzig um wie immer, aber im Zuschauerraum saßen einige Männer und Frauen unterschiedlichen Alters, die ungeduldig darauf warteten, endlich ihre Bewerbungsvorstellung abzuliefern. Ich sah die ganze Zeit nur den beiden auf der Bühne zu, musste zwischendurch manchmal den Fernsehleuten erklären, wo wir noch weitere Gags einbauen würden, und deshalb konnte ich mich erst gar nicht um die Besucher auf den Zuschauerplätzen kümmern.

Dann nahm Sandra die beiden Redakteure beiseite und erklärte ihnen, dass wir jetzt die Vorstellungsrunde für die anwesenden Bewerber angehen mussten. Schließlich brauchte das Theater noch zwei oder drei Schauspieler, die vom Dialekt, vom Aussehen und vom Typ ins Ensemble passen würden. Die Fernsehmänner gaben ihr Okay und trollten sich auf einige Häppchen und ein Bier in die Küche. Sandra rief den ersten Bewerber auf und ich ließ meinen Blick über die anderen schweifen.

Auf den Stühlen im Theaterraum saß eine bunte Mischung, viele waren bauerntheatermäßig kostümiert gekommen, aber die größte Überraschung für mich war eine hübsche, junge, blonde Frau in Jeans und Sweatshirt, die in der Mitte der dritten Reihe saß.

»Lotte!«, rief ich und eilte zu ihr hin. »Was machst du denn hier?«

Ich umarmte sie und freute mich ehrlich, sie hier zu sehen. Wir plauderten eine Weile, und schließlich gesellten sich die beiden Fernsehredakteure zu uns.

»Ihr kennt euch?«, fragte der eine.

»Na klar«, antwortete Lotte. »Ich durfte für Nick einen seiner schwäbischen James-Bond-Filme synchronisieren – ich habe die Domino gesprochen, die im Film von Kim Basinger gespielt wird.«

»Kim ist eine schöne Frau. Na ja, war sie. Du bist es noch – ich kann mir dich gut als Domino vorstellen«, sagte der jüngere Redakteur, und er klang dabei etwas ölig.

»Und im Gegenzug hat Nick meine Dialoge in ›Bollywood am Nesenbach‹ abgehört.«

Ich stutzte. »Wieso ›Bollywood am Nesenbach‹ – der Film hieß doch ganz anders. War das nicht …?«

»Der Producer und ich haben das geändert«, mischte sich der jüngere Redakteur ein. »Bollywood – die Farben, der Tanz, die tiefen Gefühle …«

So, wie er es betonte, erinnerte es mich an Kerkelings geniale »Hurz«-Nummer.

»Aber die Szenen von Lotte, die ich übrigens *persönlich* für ihre Rolle gecastet habe, sind unverändert geblieben«, sagte er dann noch und verschlang sie fast mit seinen Blicken. »Habt ihr …« Er schluckte. »Habt ihr die Szene im Büro des Produzenten auch geprobt, ihr beide?«

»Äh … ja«, sagte ich.

Lotte lächelte ihn kokett an, und dem Redakteur traten fast die Augen aus dem Kopf. Offenbar ging er davon aus, dass Lotte Landauer der Spieltechnik des Method Acting anhing, in der man sich die Rollen durch möglichst genaues Einfühlen und Nachfühlen der Figuren und Situationen erarbeitete. Ich unterdrückte mühsam ein Grinsen. Sollte der Typ doch denken, was er wollte – solange er uns in Ruhe arbeiten ließ und hinterher ordentlich Sendezeit für »Gschwend gscheid gschwätzt« freiräumte.

»Die Nächste bitte«, rief Sandra jetzt von der Bühne her und deutete auf Lotte.

Die nickte uns noch knapp zu und sprang federleicht den kleinen Absatz zu den Bühnenbrettern hinauf. Dabei spannte sich ihre enge Jeans sehr sehenswert über ihrem Hintern, und dem jüngeren Redakteur war anzusehen, dass er das ebenso empfand.

»Was hast du denn für uns vorbereitet?«, fragte Sandra.

»Ein paar Klassiker«, antwortete Lotte, und schon legte sie los.

Äffle und Pferdle, Häberle und Pfleiderer, der berühmte Falschgeld-Monolog von Willy Reichert aus dem alten »Tatort« – Sie wissen schon: »Wer Branntwein nachmacht oder verfälscht oder wer nachgemachten oder verfälschten …« Dann noch ein paar Sketche, mit denen Horst und Claus bekannt geworden waren, und zwar sprach sie dabei beide Rollen in unterschiedlichen Tonlagen und warf sich auch jeweils in die passenden Posen.

Sie war herrlich. Die Fernsehleute waren begeistert, Horst und Claus klatschten Beifall, Sandra strahlte sie an – und ich rief: »Und was Badisches, Lotte?«

Keine Ahnung, was mich in diesem Moment geritten hatte. Vielleicht entsprach diese 25-jährige Vollblutschauspielerin einfach nur sehr genau dem Bild, das ich mir von »meiner« etwas dubbeligen Badenerin gemacht hatte. Was weiß ich. Jedenfalls schaltete Lotte von einem Moment auf den anderen komplett um und bot uns einen rasanten Querschnitt aus allen Dialekten, die ich zwischen dem Kurpfälzischen und dem Niederalemannischen jemals gehört hatte. Danach stemmte sie die Fäuste in die schmalen Hüften und schmetterte das komplette Badnerlied in schönstem Kallsruherisch.

Danach bekam sie von allen Standing Ovations – und natürlich die sofortige Aufnahme ins G3-Ensemble.

Es wäre zwar nicht mehr nötig gewesen, aber auch die Fernsehleute bestanden geradezu darauf, dass Lotte Teil von »Gschwend gescheid gschwätzt« wurde – und dass sie unbedingt auch in den Sketchen zu sehen sein musste, die der SWR mitschneiden wollte.

»Hast du denn da eine passende Rolle?«, fragte Sandra.

Und noch bevor ich zu Ende überlegt hatte, nickte ich auch schon und erzählte allen Umstehenden von der etwas dämlichen Blondine mit badischem Zungenschlag, die unsere beiden Schwaben Horst und Claus auf der Bühne wahlweise mit ihrer Naivität, mit ihrer Ahnungslosigkeit und mit ihrer Genussfreude in den Wahnsinn treiben konnte.

»Gut«, sagte der ältere Redakteur, der bisher geschwiegen hatte. »Dann lasst uns jetzt noch schnell den Piloten mitschneiden, und dann macht ihr uns ein paar Sketche mit Lotte als badisches Bobbele – das wird knallen, da bin ich mir sicher!«

Kurz freute ich mich auf die Arbeit fürs Fernsehen, auch auf die Arbeit mit Lotte. Dann kam mir Lara in den Sinn, und das schlechte Gewissen begann sich zu regen.

Kapitel 009

Die badische Blondine

Von nun an wurde in der Theaterscheuer die Schlagzahl noch einmal deutlich erhöht, und für mich bedeutete das, dass ich schon vormittags nach Steinächle fuhr, gleich dort in der Küche meine nächsten Sketche schrieb – um sie anschließend mit Horst, Claus, Lotte und dem ebenfalls neu engagierten Holger, einem 23-jährigen Kugelblitz von der Schwäbischen Alb, gleich auf der Bühne umzusetzen.

Damit ich schneller vorankam und weil mir allmählich die Witze und Vorurteile über Badener ausgingen, hatte ich mich inzwischen darauf verlegt, abends und frühmorgens im Internet nach Badener-Witzen zu suchen. Es gab eine reichhaltige Auswahl, zum Beispiel diesen: Warum bauen Badener ihre Schulen immer auf einen Berg? Damit sie auch mal auf die höhere Schule gehen können! Oder: Sagt ein Badener zum anderen: »Du, am Fritig goht d' Welt unter.« Darauf der andere: »Sell macht nüt. Da bin ich bi Verwandte in Kallsruh.« Oder kennen Sie den von dem Neugeborenen, das direkt nach dem Abnabeln komplizierte mathematische Formeln aufsagt? Darauf entfernt ihm der Arzt das Gehirn, um ihm ein schweres Leben als Megagenie zu ersparen, und pflanzt ihm ein altes Brötchen ein. Das Kind erwacht aus der Narkose – und singt das Badnerlied.

Sandra fand nicht jeden Witz lustig, aber die Sketche, die ich daraus für Lotte, Claus, Horst und Holger schnitzte, gefielen ihr meistens.

Wie üblich saß in der letzten Sitzreihe unser Dauergast. Seine Beine lagen auf einigen umgedrehten Stühlen in den

Reihen vor ihm, und neben sich hatte er die Vesperbox und die Bierflasche. Sandra sah immer wieder zu ihm hin, und ich dachte schon, sie sei von seiner Anwesenheit genervt, aber dann folgte ich ihrem Blick, und der Dicke, der meistens die linke Hand auf seinem mächtigen Bauch liegen hatte, hob nun die Hand und richtete den Daumen nach oben oder nach unten – und dementsprechend lobte Sandra uns oder bat uns, noch ein wenig an der Pointe zu arbeiten.

»Du kennst den also doch?«, fragte ich sie. »War der früher mal beim Theater?«

»Nein, ich kenn den Mann wirklich nicht. Ich weiß nicht, wie er heißt oder was er so macht, wenn er nicht bei uns in den Proben hockt. Aber mir ist aufgefallen, dass er manchmal vor sich hin schmunzelt – und ich habe es jedesmal selbst so empfunden, dass das jeweils eure besten Szenen waren. Jetzt ist er halt mein Probezuschauer.«

Sie winkte dem Dicken zu, und der nickte gemütlich zurück, nahm sich ein Stück Schwarzwurst und tunkte es in die Senfpfütze in seiner Vesperbox.

Sandra hatte noch weitere Überraschungen für mich parat. Erst erklärte sie mir, was eigentlich ein »badisches Bobbele« war. Ich kannte die Bezeichnung nur von Boris Becker her, und Lotte sah dem weder ähnlich noch stammte sie aus Leimen wie der Tennisspieler.

»Gebürtige Freiburger heißen so«, erklärte sie mir. »Manchmal werden auch Leute so genannt, die nicht die Allerhellsten sind – und dann kann ›Bobbele‹ auch als Verniedlichung eines alemannischen Worts für ›Puppe‹ verstanden werden. Wenn du das zusammenpackst, passt das ›Bobbele‹ ganz gut auf deine naive badische Blondine, finde ich.«

»Aha. Und woher weißt du das alles?«

»Ich bin aus Freiburg, habe lange in Rastatt gelebt und bin über Heidelberg hierher ins Schwäbische gekommen.«

»Aber hast du nicht gesagt: ›Badenser durch den Kakao ziehen ist immer gut‹?«

»Klar. Ich bin Badenerin – aber ich bin auch Profi. Du hast mir mal von deiner Freundin Lara erzählt, die jetzt für die Stadt Stuttgart diese Kampagne mit den tumben Schwaben und den lebenslustigen Badenern angezettelt hat. Die sieht das sicher genauso.«

»Lara ist meine *Ex*freundin.«

»Ex? Na, hoffentlich nicht wegen dieser Plakatkampagne! Lara ist vermutlich auch nur Profi, und sie mag ihren tumben Schwaben wahrscheinlich noch immer.«

Sie hob mit dem Zeigefinger mein Kinn an und lachte, dann klatschte sie in beide Hände und erhob die Stimme.

»So, Leute, es geht weiter! Rumhängen können wir, wenn alles steht!«

In der nächsten halben Stunde war ich nicht ganz bei der Sache. Immer wieder musste ich an Lara denken und an das, was Sandra über sie gesagt hatte. Doch als mir ein Gag auf Kosten der badischen Blondine, die Lotte wirklich sehr überzeugend darstellte, zu brav geriet, stoppte mich Sandra und sah mich streng an.

»Nick, gib dir mehr Mühe. Lotte muss richtig blöd dastehen, nicht nur so ein bisschen! Hau mal richtig auf den Pudding, Mann!«

Ich riss mich am Riemen, die Pointen wurden wieder bösartiger, und alle waren's zufrieden.

— ○ —

Am zufriedensten waren die Fernsehleute. Drei Tage nach unserem ersten Zusammentreffen in der Theaterscheuer kamen sie wieder in voller Besetzung nach Steinächle, diesmal hatten sie sich vorher angemeldet, und Sandra hatte drei Sketche ausgewählt, die wir den Redakteuren vorspielen wollten.

»Saaagenhaft!«, schwärmte der Ältere.

Der Jüngere sprang auf, applaudierte wie verrückt und ging hinüber an den Bühnenrand, um Lotte in ein Gespräch zu verwickeln.

Auch Sandras Testzuschauer in der letzten Stuhlreihe unterbrach sein Vesper und hielt beide Daumen hoch.

»Das schneiden wir gleich mit«, bestimmte der ältere Redakteur und gab seinen Technikern entsprechende Anweisungen. »Und der Dicke da hinten, der muss raus!«

Sandra sah kurz zu dem Mann hin, der hatte natürlich alles mit angehört. Er blickte missmutig drein, nahm die Beine von den Stühlen vor sich und begann, sein Vesper zusammenzupacken.

Ich sah geradezu, wie es hinter Sandras Stirn arbeitete, dann hellte sich ihre Miene auf. »Sorry«, sagte sie, »das geht nicht.«

»Ach? Und warum nicht? Wir können hier nicht irgendeinen Dorfdödel sitzen haben, der seine Schwarzwurst mampft, Bier trinkt und rülpst, während wir aufnehmen! Wir sind das Fernsehen! Ich kann so nicht arbeiten!«

»Das ist kein Dorfdödel. Das ist unser Testpublikum. Er gehört zum Ensemble.«

Der Dicke hatte den Disput aufmerksam verfolgt, nun sah er fragend zu Sandra.

»Ich hab auch schon eine Idee, wie wir ihn einbauen.«

Damit flitzte sie zu dem Dicken und redete auf ihn ein. Der ältere Redakteur beobachtete sie irritiert. Der jüngere hatte nur kurz herübergeschaut, dann flirtete er eifrig weiter mit Lotte.

Sandra kam mit unserem Testpublikum nach vorn. »Darf ich vorstellen: unser Testzuschauer …« Sie beugte sich zu dem Dicken und raunte ihm zu: »Wie heißt du eigentlich? Das Du ist doch okay, oder? Am Theater duzen sich alle, weißt du?«

»Eugen«, sagte der Dicke und gab dem Redakteur die Hand.

»Gut, also, das ist Eugen – und den bauen wir als Running-Gag in unsere Sketche ein. Ich stell mir das so vor …«

Am Ende waren alle begeistert von Sandras Vorschlag. Und wenn ich mir heute die Fernsehmitschnitte so ansehe, finde ich: Ohne Eugen wäre das alles nicht halb so gut gewesen! Während der ersten Aufzeichnungen wurde aus dem Off Applaus und Gelächter eingespielt, bald darauf wurde stets vor Publikum gespielt, das natürlich ebenfalls nach jeder Pointe lachte und johlte und klatschte – und wenn dann die Kamera zu einem besonders gelungenen Gag zu Eugen schwenkte, der von jetzt an immer in der ersten Reihe saß, die Beine auf einen Schemel gestreckt und neben sich einen Stuhl frei für die Flasche Bier und die Vesperbox, dann schmunzelte der höchstens leicht amüsiert oder nickte bekräftigend – und schob sich noch ein Stück Schwarzwurst in den Mund.

Inzwischen gibt es eine ganze T-Shirt-Serie mit Eugens Konterfei, natürlich in Übergröße, und Schwarzwurst, Senf, Bier und Bauernbrot darf er längst beim Sender als Spesen abrechnen. Über ihn selbst wissen wir immer noch sehr wenig. Er hat uns einmal zu sich nach Hause eingeladen – er wohnt am anderen Ende von Steinächle, also gut und gerne zwanzig Meter entfernt von der Theaterscheuer. Zwischen vielen Katzen, einem blinden Hund und zwei stummen Papageien hatte er zahllose Bilder von Film- und Theaterstars aufgestellt. Manche waren zusammen mit einem Mann fotografiert, der so aussah, wie Eugen früher ausgesehen haben mochte – aber bisher hat er noch kein Wort über seine Vergangenheit verloren.

Ohnehin brachten die Sketche für uns alle den Durchbruch. Die Truppe »Gschwend gscheid gschwätzt« ging zusätzlich zu den ausverkauften Vorstellungen in der Theaterscheuer bald auch auf Tournee, und Einladungen flattern ihr selbst aus Niedersachsen und Mecklenburg-Vorpommern ins Haus – selbst diese Gastspiele sind erfolgreich und gut besucht, obwohl ich mir beim besten Willen nicht vorstellen kann, worüber Leute, die vermutlich kaum ein Wort der Dialoge verstehen, eigentlich lachen. Und selbst ins Badische wurden wir inzwischen mehrfach gebucht – und Lotte ist vor allem am Oberrhein zur Kultfigur geworden. Eine lokale Rockband coverte einen Led-Zeppelin-Song in badischer Mundart und nannte ihn »Whole

Lotte love«, eine Winzergenossenschaft am Kaiserstuhl wirbt mit ihrem hübschen Konterfei, und in Freiburg, so habe ich unlängst gehört, laufen schon die Vorbereitungen für das erste »Bobbelesfest«, das im kommenden Herbst stattfinden soll.

Kurz, die Badener haben sich als sehr humorvoll erwiesen, und sie tragen Lottes naive Blondine geradezu auf Händen. Diese Fähigkeit zur Selbstironie hat mir die Badener noch einmal sympathischer gemacht.

Nur die eine, die mir von allen Badenern die sympathischste war, fand das alles nicht so lustig.

Aus heutiger Sicht kann ich es ihr nicht einmal verdenken. Schließlich war ich verantwortlich dafür, dass sie Probleme in ihrem Job bekam. Noch schneller als die Sketche von »Gschwend gscheid gschwätzt« mauserte sich meine Plakataktion zu einem Erfolg. Erst berichteten ein paar lokale Medien über die Aufkleber, mit denen einige Unbekannte eines Nachts die Stuttgarter Baden-Offensive ad absurdum geführt hatten. Dann stiegen einige Graffiti-Künstler ein. Zwei legten sich neue Tags zu – diese Zeichen, mit denen sie sich an Brücken, Bussen und Bahnwaggons verewigen – und sprayten als »Ksk« und »XiX!« die halbe Stadt voll. Ausgehend von Gablenberg verbreiteten sich diese Kürzel, und im Internet wurden sie für alle, die nicht selbst draufgekommen waren, entschlüsselt als »Kuddla sen kuhl« und als »Xälz isch xond!«, auch eine Homepage »Dschäbblaberg 4ever« gab es bald, und im Impressum stand ein »Commando Gablenberg«.

Damit hatten Sebastian, Reza, Jorge und ich nichts zu tun, ich schwöre! Aber was sich Lara dabei dachte, konnte ich mir gut vorstellen.

In der Stadtverwaltung Stuttgart fanden nicht alle die Entwicklung lustig, die das Vorher-Nachher-Plakat zur badischen Lebenslust genommen hatte. Ein paar Leute aus dem Stadtmarketing drehten den Spieß zwar geschickt um und feierten die Aufkleber über Facebook & Co. so lange, bis viele glaubten, die Stadt Stuttgart habe sich hier selbst auf die Schippe genommen – das wiederum fanden viele cool, und in offiziellen Statements zu dem Thema, die nun auch Radio- und TV-Reporter aus anderen Bundesländern haben wollten, stellte sich auch der Oberbürgermeister säuerlich lächelnd als Meister der Selbstironie dar. Aus einem seiner Interviews schnitt ein recht bekannter Berliner Rapper eine Tonspur zusammen, die er mit harten Beats und einer eingängigen Melodie unterlegte – bis auf Platz drei der Download-Charts schaffte es der Stuttgarter OB auf diese Weise, Einladungen in Sendungen wie »TV total« und »Circus HalliGalli« sagte er aber ab. Nur zu einem Besuch bei Markus Lanz ließ er sich überreden, und in Michael Steinbrechers »Nachtcafé« saß er neben Entertainer Harald Schmidt, meinem großen Vorbild Dodokay und Albin Braig, dem Hannes aus der Mäulesmühle, und wurde zum Thema »Lachen im Keller – der Humor der Schwaben« befragt. Er schlug sich überall wacker und erntete viel Lob.

Hinter den Kulissen brannte allerdings der Baum, und es stand auf Messers Schneide, ob Lara durch die Plakatkampagne nun zum neuen Star des Marketing werden würde – oder arbeitslos.

Das erklärte auch, wie der letzte Versuch meiner Stuttgarter Freunde endete, Lara und mich wieder zusammenzubringen.

— o —

Seit unserer nächtlichen Plakataktion hockten Jorge, Reza, Sebastian und ich immer wieder mal zusammen, manchmal stieß auch Jobst zu unserer Runde – und einmal verplapperte er sich.

»Ja«, gab er schließlich zu, er und die anderen hätten sich immer wieder getroffen, weil sie sich Sorgen um mich und Lara machten, und sie suchten seit meinem Rauswurf nach Möglichkeiten, wie Lara und ich uns wieder aussöhnen könnten. Sie hätten sich meistens bei Reza oder Jorge getroffen, weil deren Frauen seit Schulzeiten miteinander befreundet waren und recht oft miteinander ins Kino gingen. Und irgendwann sei halt Sebastian dazugestoßen – der sich, wie er gerne zugab, die meisten Sorgen um uns machte. Deshalb waren auch alle so schnell bereit, mir mit den Plakaten zu helfen, und seit die Aktion zwar sehr weite Kreise zog, aber Lara und mich eher noch weiter auseinander- statt zusammengebracht hatte, ließen sie inzwischen lieber die Finger von Plänen, unsere Beziehung doch noch zu retten.

Sie machten mir zwar immer mal wieder Vorschläge, was ich versuchen könnte – aber meistens unterhielten wir uns jetzt über andere Themen. Jorge erzählte von seinem Job beim Daimler, Reza von seiner über ganz Europa verstreuten Familie, Sebastian von den neuesten Entwicklungen an der Waldorfschule, und Jobst setzte uns haarklein seinen neuen Plan auseinander. Er wollte eine Komödie schreiben, die in Stuttgart spielte, vielleicht sogar am Eugensplatz. Zum ersten Mal erzählte er nicht so fad wie sonst, und wer weiß – womöglich würde das sein erster Roman werden, den man auch wirklich lesen konnte.

Auch zu dem kleinen, krummen Männchen mit den Handzetteln gab es Neues zu berichten.

»Natürlich war der Reporter nicht dabei, als mir Alfons vor zwei Tagen vor dem Feinkostladen aufgelauert hat«, sagte Jobst und grinste breit dazu.

»Alfons heißt er? Ihr habt euch bekannt gemacht?«, fragte ich überrascht.

»Das kann man so sagen. Er ist also vor diesem Laden herumgelungert, ihr wisst doch, das Teil hinter dem Schlossplatz, wo man teuer einkaufen und gut essen kann?«

Alle nickten, Sebastian mit einem ganz versonnenen Lächeln.

»Er ist wieder herangesprungen wie üblich, hat mir den Zettel in die Hand gedrückt, aber ich konnte diesmal noch rechtzeitig reagieren und habe ihn am Ärmel seiner Jacke festgehalten. Er wollte gleich wieder davon, dabei ist der Ärmelstoff etwas eingerissen. Da ist er stehen geblieben, hat sich das Malheur angesehen und mich beschimpft!«

Ich war gespannt, wie die Geschichte weiterging, denn Jobst erzählte alles mit einer Miene, die auf ein Happy End hindeutete.

»Jedenfalls hat sich schnell eine Traube von Leuten um uns beide herum gebildet, und da wurde es Alfons zu viel. Er hat sich unsicher umgesehen, wie ein gejagtes Tier, und schließlich hat er die Schultern noch weiter sinken lassen und geheult wie ein Schlosshund. Erst bin ich etwas bedröppelt dagestanden, denn schließlich hatte er mich die ganze Zeit genervt und belästigt. Zwischen den Tränen hat er kaum verständlich hervorgestoßen, dass er das alles gar nicht gewollt habe, dass er doch nur dem Fred habe imponieren wollen und dass er jetzt nicht wisse, woher er das Geld für die Reparatur der Jacke hernehmen solle.« Jobst trank einen Schluck von seinem Cappuccino. »Irgendwann habe ich ihn halt in den Arm genommen und ihn getröstet. Die Umstehenden haben applaudiert, und als ich Alfons untergehakt habe, um ihm im Eckbräu ein Bier zu spendieren und mit ihm zu besprechen, was wir wegen seiner Jacke unternehmen könnten, ist uns ein Mittfünfziger im Maßanzug in den Weg getreten. Er hat einen der Handzettel hochgehalten. ›Geht's da um ein Buch von Ihnen?‹, hat er gefragt, und als ich das bestätigt hatte, hat er mir seine Visitenkarte gegeben und hat gefragt, ob ich nicht Lust hätte, in seinem Haus auf dem Killesberg eine kleine Privatlesung zu geben. Er hat mir auch eine sehr anständige Gage geboten.«

Jobst nannte den Betrag, und wir waren alle angemessen beeindruckt.

»Natürlich hatte ich Lust, und nun soll die Lesung am kommenden Samstag stattfinden. Daraufhin habe ich Alfons noch ein Schnitzel zu seinem Bier spendiert und ihm versprochen, die kaputte Jacke meiner Haftpflichtversicherung zu melden.«

Schöne Geschichte, schönes Ende.

»Und was wird jetzt mit diesen Handzetteln?«

»Wir haben besprochen, dass Alfons einfach weitermacht wie bisher.«

»Hä?«

»Na ja, schau: Genau mit dieser Aktion hat er mir diese lukrative Lesung verschafft, und auch den Reporter in der Markthalle hätte ich ohne ihn nicht kennengelernt. Der will übrigens demnächst eine Ronnie-Rupff-Krimiwanderung um den Bärensee organisieren und dafür auch mit einem Artikel Werbung machen.« Jobst grinste nun noch breiter. »Außerdem hat Alfons einen guten Grund für die Sache mit den Handzetteln. Der Fred, dem er damit imponieren will, wie er vor dem Feinkostladen erzählt hat, hat eine jüngere Schwester, kaum einsfünfzig groß und dem Foto nach, das Alfons stets mit sich herumträgt, ein furchtbar dürres Gestell. Aber er hat sich in sie verliebt, sie mag ihn wohl auch – nur Fred wacht über sie wie ein altmodischer Patron, und dem großen Bruder, wohl ein Schrank von einem Mann, will er unbedingt zeigen, dass er ein ganzer Kerl ist. Fred wiederum ist Kommunist, nach allem, was Alfons so von ihm erzählt, eher mit dem Mund als mit dem Herzen. Und als Alfons auf die Nachricht gestoßen ist, dass in Tübingen ein paar Kommunisten gegen den Autor eines historischen Romans hetzten, weil der ihrer Ansicht nach der Obrigkeit nach dem Mund geschrieben hat, stand sein Plan. Er hat Romane gesucht, in denen irgendwo gegen Kommunisten gestänkert wurde. Auf meinen Ronnie-Rupff-Krimi kam er eher zufällig, und er hat die Passage ja auch falsch verstanden – aber … na ja.«

Wir stießen alle fröhlich auf Alfons und seine Freundin an, dann gingen wir auseinander.

— o —

Als wir uns das nächste Mal in Giacomos Eisdiele trafen, wirkten Reza und Jorge ein wenig nervös. Und als ich sie nach einer Weile fragte, ob wir nicht noch zusammen runter in die Stadt gehen sollten, um irgendwo spanisch oder italienisch oder sonst wie zu essen, waren alle anderen eifrig darum bemüht, mir das auszureden. Sebastian bestellte mir sogar ein großes Spaghetti-Eis, das Giacomo wie gewohnt als riesige Portion vor mir auf den Tisch stellte. Ich aß es, obwohl ich eher Lust auf etwas Deftiges gehabt hätte. Nach reichlich Sahne und Milcheis war ich immerhin pappsatt.

Gegen neun erfuhr ich, warum die anderen mich nicht aus der Eisdiele lassen wollten. Die U 15 hielt am Eugensplatz, ein paar Fahrgäste stiegen aus, und dann sprang eine lustige, plappernde Frauengruppe aus dem Waggon: Jorges Frau Raffaela, Rezas Dorle und Jobsts Freundin Carina lachten lauthals um die Wette, und sogar die sonst eher mürrische Simona Krampenbach wirkte gelöst und heiter – aber ich hatte nur Augen für die eine Frau, die in der Mitte stand und einen Witz nach dem anderen erzählte.

Lara war wunderschön, wie immer, wenn ich sie aus der Ferne beobachtete. Ihre Haare hatte sie ein wenig wachsen lassen, was ihr sehr gut stand. Außerdem trug sie ihren Schopf nun blond gefärbt – auch das sah klasse aus an ihr. Sie war prächtig gelaunt, und vielleicht war jetzt genau der richtige Moment, sie anzusprechen und vielleicht doch wieder alles in Ordnung zu bringen.

Ich überlegte mir gerade, ob ich aufstehen und hinausgehen sollte, da bemerkte ich, wie Raffaela Häberle sich mitten in einem etwas künstlich wirkenden Lachanfall umdrehte und ihrem Mann Jorge einen fragenden Blick zuwarf. Jorge nickte nur, und dann war mir alles klar.

Die Jungs hatten das mit ihren Partnerinnen eingefädelt, sie wollten Lara und mich »ganz zufällig« hier in der Eisdiele aufeinandertreffen lassen und dem Treffen einen Rahmen aus lauter Freunden geben, vor denen man sich eher mal zurückhält, wenn man eigentlich gerne losschimpfen will, und vor denen man den anderen auch mal geduldiger anhört, als das vielleicht bei einem wirklich zufälligen Treffen unter vier Augen der Fall wäre.

Ich war ganz gerührt, weil sich alle so sehr für uns ins Zeug legten. Zugleich rutschte mir aber auch das Herz in die Hose, weil ich nun nicht mehr selbst entscheiden konnte, wann ich meinen Mut für ein Gespräch beisammen hatte. Und zu alledem hatte ich ein verdammt ungutes Gefühl, was dieses Gespräch anging.

Es stellte sich heraus, dass auf mein Gefühl Verlass war.

Die Mädels lachten und schäkerten noch ein wenig an der Stadtbahnhaltestelle, dann machte Raffaela den Vorschlag, man könne doch noch auf einen Cappuccino oder einen Grappa zu Giacomo gehen. Der Vorschlag wurde freudig angenommen, und schon strömten die Frauen dicht nebeneinander zum Eingang herein. Reza und Jorge sprangen auf, zogen den freien Nebentisch zu unserem heran und rückten die Stühle dazu.

Lara entdeckte mich mitten im Lachen. Das perlende Geräusch brach schlagartig ab, und während ihr Mund noch einen Moment offen stand und sie ihn erst dann schloss, war ihr Blick sofort eisig geworden. Vermutlich verhinderte nur die hinter ihr stehende und sie voranschiebende Simona, dass Lara auf dem Absatz kehrtmachte, aber dann saßen wir doch alle um den Doppeltisch herum. Alle begrüßten sich freundschaftlich, küssten sich oder lächelten sich wenigstens an – nur Lara und ich saßen stocksteif und mit starren Mienen mitten in dem Trubel.

Mir kam unser erster Besuch auf dem Weingut von Laras Eltern in den Sinn. Damals saß ich in dieser Stimmung neben ihrem Vater, während sich alle anderen bestens miteinander unterhielten. Ich überlegte, ob ich Lara wohl einen Grappa spendieren sollte – aber als ich sie kurz ansah, verwarf ich die Idee gleich wieder. Dieses Gesicht würde ich nicht dadurch aufhellen können, dass ich sie unter den Tisch trank.

Natürlich war auch den anderen aufgefallen, dass wir uns nicht gerade wie zwei frisch Verliebte gegenübersaßen. Jobst tischte eine Anekdote nach der anderen auf, er schwindelte Lara vor, wie sehr ich ihm geholfen hätte, als er von Alfons mit Handzetteln verfolgt worden war. Reza erkundigte sich sehr interessiert nach Laras beruflichen Erfolgen, und Simona kam auffällig unauffällig darauf zu sprechen, dass sie persönlich ja davon überzeugt sei, dass Franzi lesbisch sei.

Lara hörte sich alles geduldig an, sie trank auch ihren Cappuccino ohne allzu große Eile aus, aber dann stand sie auf, verabschiedete sich mit einem kurzen Klopfen auf die Tischplatte und wandte sich ab, ohne mich noch eines weiteren Blickes zu würdigen.

»Bleib doch«, sagte ich.

Ich hatte meinen ganzen Mut zusammengenommen, und wirklich blieb sie stehen, aber was in ihrem Gesicht vorging, konnte ich nicht sehen, weil sie mir für ein, zwei Minuten den Rücken zuwandte. Dann drehte sie sich um. Aus ihren Augen zuckten Blitze, und ihre Hände waren zu Fäusten geballt.

»So? Bleiben soll ich? Und wozu? Dass du noch mit anderen … Nachbarinnen oder … Fernsehschlampen rummachen kannst?«

Ihre Stimme bebte vor Wut, und sie war laut geworden. Die anderen Gäste drehten sich zu uns um, aber weder Lara noch ich kümmerten uns darum.

»Inzwischen ist es mir scheißegal, ob Franziska Ling auf Frauen steht oder auf Männer. Jedenfalls geht bei ihr seit einiger Zeit so ein Beamtenfritze ein und aus, und wenn sie ihn mit Handkuss und nettem Lächeln verabschiedet, sieht das für mich nicht allzu lesbisch aus. Und wenn ich im Fernsehen dieses seltsame Schwabentrampeltheater anschaue, für das du die Sketche schreibst, dann habe ich immer furchtbar viel Spaß mit dieser dämlichen badischen Blondine.«

Sie fuhr sich kurz in den Nacken und hob ihre blondierten Haare ein wenig an.

»Es tut mir auch richtig gut, wenn ich sehe, dass diese blöde Blondine ausgerechnet von diesem Flittchen gespielt wird, mit dem du in deinem Videokeller angeblich gar nichts hattest. Alles natürlich nur Zufall, stimmt's?«

Fast hätte ich genickt, weil es ja wirklich zutraf, aber das hätte in diesem Moment sicher nicht den gewünschten Eindruck gemacht. Also blieb ich still und unbeweglich sitzen und presste die Lippen aufeinander.

»Und von den Kollegen in der Stadtverwaltung muss ich mir anhören, ob es nicht doch ein wenig riskant gewesen sei, die badischen Facetten der Schwabenmetropole gleich so offensiv herauszustreichen. Jetzt, da diese Unbekannten mit ihrem kleinen Streich die Plakate so öffentlichkeitswirksam in ihr Gegenteil verkehrt haben.« Lara fixierte mich jetzt noch wütender. »Unbekannte! Ha!«

Ich hätte mich nicht gewundert, wenn sie vor mir auf den Tisch gespuckt hätte.

»Wenn ich meinen Job verliere – übrigens der einzige, den ich habe –, dann weiß ich schon, wem ich das zu verdanken habe, da musst du dir nichts vormachen. Du … du …«

Sie rang nach dem passenden Wort, fand es aber nicht und winkte deshalb einfach nur ab. Inzwischen war mir ihr Auftritt aber auch zu viel geworden. Ich war aufgesprungen und hatte nur auf eine kurze Pause in ihrer Schimpftirade gelauert, um mir ebenfalls den Kropf zu leeren.

»Du hast es grad nötig, dich über Plakate zu beschweren! Wer hat mich denn in dieser Vorher-nachher-Kampagne zum Vorher-Trottel gemacht? Mit Kutteln und Spätzle? Den Hinweis auf Gablenberg habe ich zwar nicht verstanden, aber …«

»In Gablenberg wohnt der Chef vom Stuttgarter Stadtmarketing«, mischte sich Jobst ein. »Der hat das selbst vorgeschlagen, als im entscheidenden Meeting noch ein lokaler Bezug gesucht wurde.«

Ich starrte ihn an.

»Haben mir Jojo und Kralle erzählt. Die haben das für eine Story in deinem Stadtmagazin recherchiert.«

Ich lief rot an, und Jobst beeilte sich hinzuzufügen: »Sorry. Ich meine: in deinem *ehemaligen* Stadtmagazin.«

»Halt! Die! Klappe!«, herrschte ich ihn an, und er ließ sich mit offenem Mund gegen seine Stuhllehne sinken.

»Und du«, wandte ich mich wieder an Lara, deutete mit dem Zeigefinger auf sie und wurde noch ein bisschen lauter, »hast mit einer Schwindelei begonnen und wirfst mir Untreue vor, die ich mir nie geleistet habe! Du beschwerst dich über Plakataufkleber und machst mich zum Deppen, wo du nur kannst! Du machst mit diesem Fahrradkurier rum oder auch nicht, was weiß ich – jedenfalls willst du, dass ich es von dir glaube. Mein Gott, wie billig ist *das* eigentlich?«

Ich hatte mich richtig in Rage geschimpft, aber im Moment fühlte ich mich leer. Mir wollte kein weiteres Argument mehr einfallen, obwohl ich wusste, dass ich im Recht war. Obwohl ich überzeugt war, dass alles, was ich gesagt hatte, Lara eigentlich zum Nachdenken bringen musste. Zum Einlenken. Zum Nachgeben.

Es brachte sie zum Weinen.

Erst bebten nur ihre Schultern ein wenig, dann begannen ihre Augen zu schimmern. Ihr Mund wurde weicher, und ich hatte den Eindruck, wie ich dabei zusehen konnte, wie ihr Gesicht schlaffer wurde und sich die Ringe tiefer unter ihre Augen eingruben. Sie schluckte noch ein-, zweimal, drehte sich um und ging aus der Eisdiele. Ich sah sie noch langsam und wie benommen über den Eugensplatz gehen und hinter der Ecke unseres Hauses verschwinden.

Dann war sie weg.

— o —

Zwei Tage später kam Sebastian zu mir. Er überbrachte Botschaften von Lara. Ich solle mich endlich ummelden, sie wolle keine Post mehr für mich annehmen; und ich solle den Videokeller räumen und ihr den Schlüssel dafür hinterher in den

Briefkasten werfen. Ich erledigte alles wie gewünscht, und als ich meine Videogerätschaften irgendwie in dem engen Loch unter den Stellplätzen verstaut hatte, schob ich den Kellerschlüssel durch den Briefschlitz. Dort stand jetzt nur noch Lara Klingelberger.

Damit hätte die Geschichte enden können. Und es sah auch ganz danach aus, dass sie so endete. Zwar hing ich noch immer der schönen Zeit mit Lara nach, aber dass es eine realistische Chance auf eine Fortsetzung unserer Beziehung gab, glaubte ich selbst nicht.

Nun ist das mit dem Realismus bei Verliebten so eine Sache, und bei unglücklich Verliebten sowieso. Also hörte ich zwar auf, ständig nach Lara Ausschau zu halten, aber ich tat ein paar Dinge, die sie vor unserer Trennung vermutlich gern an mir gesehen oder erlebt hätte.

Ich besorgte mir französischen Wein und experimentierte mit neuen potenziellen Lieblingsgerichten wie Spaghetti Bolognese, Tapas oder Rinderfilet in Morchelrahmsoße. Zu Spätzle machte ich nun lieber einen Braten oder Linsen, und Kutteln gab es, wenn überhaupt, mal mit breiten Nudeln und mal mit Bratkartoffeln.

Das war alles recht mühsam in meiner kleinen Küche, aber was tut man nicht alles für die Frau, die man liebt. Selbst, wenn die überhaupt nichts davon mitbekommt.

Ich kaufte mir sogar zum ersten Mal in meinem Leben Schmuck. Lara hatte mir immer vorgeschwärmt, wie gerne sie in den kleinen Juwelierladen im Bebenhäuser Hof ging. Auf das winzige Geschäft war sie gestoßen, als sie ihren Karlsruher Freundinnen unbedingt einmal zeigen wollte, dass das berühmte Dreifarbenhaus hinter dem Stuttgarter Rathaus tatsächlich dreifarbig verputzt ist.

Nun stand ich selbst in dem engen, düsteren Raum und ließ mir von der grauhaarigen Verkäuferin Ringe und Halsketten zeigen, die sie geduldig unter einer Leselampe am Tresen platzierte. Ich wusste nicht wirklich, was ich eigentlich wollte, aber irgendwann fiel mir ein, dass Lara mir mal ein filigranes Armkettchen aus Weißgold gezeigt hatte, ein Geschenk ihrer Mutter, das sie seit vielen Jahren in Ehren hielt. Ich ließ mir ein paar Stücke in Weißgold vorlegen und entschied mich schließlich für eine eher grobgliedrige Halskette. Dazu wählte ich noch einen Anhänger aus, der zwei ineinander verschlungene Ringe darstellte.

Den Schmuck trug ich nur zuhause, manchmal auch, wenn ich nach vorne in die Eisdiele ging, aber niemals außer Haus. Männer mit Halsketten – da sah ich immer schlecht rasierte Dealer oder tätowierte Fußballer vor mir, die nur an fette Autos und dünne Damen dachten. An beidem hatte ich momentan keinen Bedarf.

Sabine bekam die Kette trotzdem zu Gesicht. Für »Gschwend gescheid gschwätzt« hatte ich schon viel vorgearbeitet, sodass ich mir neuerdings die Tage bis in den späten Nachmittag hinein frei einteilen und halbtagesweise auch freinehmen konnte. Ich saß gerade bei Giacomo und träumte mich durch den späten Vormittag, als ich sie draußen vorbeigehen sah. Sie hatte die U 15 um ein paar Sekunden verpasst, und nun stand sie an der Haltestelle, offenbar unschlüssig, was sie mit den zehn Minuten bis zur nächsten Stadtbahn anfangen sollte. Es war kalt draußen und zugig, und sie entschied sich, schnell noch einen Espresso zu trinken. Sie entdeckte mich, während sie durch die Tür stöckelte, und ihr aufflammendes Lächeln weckte sofort das schlechte Gewissen in mir. Seit meinem Besuch bei ihr am Valentinstag waren fast zwei Monate vergangen. Sie hatte sich damals mein nicht enden wollendes Gejammer angehört, hatte sich als wirkliche Freundin erwiesen und mich nach einem üppigen Frühstück leidlich berappelt wieder nach Hause geschickt – und ich hatte mich seither nicht mehr bei ihr gemeldet.

»Awa, Blödsinn«, wischte sie meine Entschuldigung beiseite. Sie saß neben mir, hatte schon die beiden nächsten

Stadtbahnen verpasst und sich von mir die Ereignisse der Wochen schildern lassen, die seit meinem Besuch bei ihr und unserem Liebesfilmabend am Valentinstag vergangen waren. »Dei Schtory klingt grad so, als hättsch du scho gnug om d' Ohra ghett.« Sie grinste mich frech an. »Ond i han doch so meine Zweifel, ob dei Bsuach bei mir en dera Situatio wirklich hilfreich gwä wär. Schtell dir vor, dei Lara hätt di bei mir gsäh …«

Sie fand die Vorstellung sehr witzig und lachte schallend, und ich rang mir ein Lächeln ab und brachte es nicht übers Herz, ihr zu verraten, dass genau das passiert war.

Wir unterhielten uns noch eine Weile. Sie erzählte mir, wie es ihr ergangen war und dass die Geschäfte prächtig liefen, und wir beide wunderten uns, dass wir uns seit dem Valentinstag nicht wieder über den Weg gelaufen waren, so nahe beieinander, wie wir wohnten. Schließlich ließ sie sich die Weißgoldkette zeigen und war ganz angetan davon, dass ich das für die Frau tat, die mich inzwischen wohl endgültig abserviert hatte.

Gegen Mittag kam Jobst dazu, und als ich ihm Sabine vorstellte und ihm die Episode auf dem Sommerberg erzählte, lachte er herzhaft, aber er warf ihr aus den Augenwinkeln auch immer wieder interessierte Blicke zu.

Sabine gab ihm ihre Visitenkarte. »Kannsch mi gern mol arufa«, gurrte sie, und Jobst machte große Augen, als er die Karte genauer betrachtete. »Musch au net erscht noch dr Zsara fraga – des ben i, des isch mei Künstlername, ond i … schaff ganz für mi alloi. Du hosch mi also emmer selber am Telefo.«

Ihre Stimme hatte einen immer vibrierenderen Unterton bekommen, und Jobst schluckte ein paar Mal.

»Ich … äh«, brachte er mühsam hervor, »ich bin in einer festen Beziehung. Wir sind schon so gut wie … verheiratet.«

Sie lächelte ihn an und nickte. »Herzlich willkomma en meira Zielgruppe, Jobscht.«

Er schluckte noch einmal, dann sah er fragend zwischen ihr und mir hin und her.

»Siaß«, sagte Sabine. »Jetzt isch er rot gworda.« Sie stupste ihm mit dem Zeigefinger auf die Nasenspitze. »Aber krieg de wieder ei, Kerle. Nick kenn i bloß privat, ond privat ben i d' Sabine ond han eher selta Luscht uff Sex.«

Sie legte das Geld für ihren Espresso auf den Tisch, verabschiedete sich mit Küsschen links und Küsschen rechts von Jobst und mir und beeilte sich, die Stadtbahn zu erwischen, die gerade quietschend und ratternd die Haußmannstraße herunterkam.

»Attraktive Frau«, sagte Jobst, nachdem er ihr noch ausgiebig auf den Hintern gestarrt hatte. »Du kennst Leute, Nick!«

»Sabine ist wirklich nett. Ich glaube, die kann ein guter Kumpel sein.«

»Kumpel … ja, schon klar …«

Er grinste anzüglich, woraufhin ich ihn damit ablenkte, dass ich ihn nach seiner Komödie fragte. Jobst erzählte ein bisschen, offenbar kam er mit dem Buch gut voran. Dann musste er auch bald los, und ich saß allein in Giacomos Eisdiele und konnte nicht aufhören, an den Sommerberg zu denken. Erst an Sabine, dann aber bald nur noch an Lara, natürlich. An die Bikerstrecke, neben der ich mit Laras Snowboard so unsanft im Schnee gelandet war. Auf das verschneite Winterwunderland. An die Grünhütte und die Zeit, die ich mit Lara auf der engen Eckbank in der Hüttenküche verbracht hatte.

Irgendwann kam Giuseppe Florento in die Eisdiele seines Neffen. Er stellte sich in seinem Arbeitskittel an den Tresen und ließ sich einen Espresso geben. Im Hinausgehen sah er mich und nickte mir freundlich zu.

Florento war so froh, endlich einen pünktlich zahlenden Bewohner für dieses düstere Loch gefunden zu haben, dass er mir bei weiterhin ermäßigter Miete die Kehrwoche erließ – ich hatte sie ohnehin nicht mit der Perfektion erledigt, die er erwartete. Und als die Baustelle gegenüber abgeschlossen war und die Gitter um meinen improvisierten Stellplatz abgebaut wurden, gab er mir einen guten Tipp für einen halb legalen Stellplatz nur zwei Straßen weiter.

Nachdem ich mein Video-Equipment in meine neue Bleibe geholt hatte, war ich mit »Sag niemals noi« nicht mehr recht vorangekommen. Zeit hatte ich eigentlich genug, aber mir fehlte die Lust. Und irgendwann schaute ich mir im Internet einzelne Szenen von den Filmen an, von denen mir Lara früher mal vorgeschwärmt hatte. Ich sah ein paar Minuten »Pretty Woman«, versuchte es mit »E-Mail für dich« und kämpfte mich durch »Casablanca«. An »Notting Hill« gefiel mir vor allem der schräge Mitbewohner der männlichen Hauptfigur – aber als ich auf Wikipedia die Handlung von »Frühstück bei Tiffany« überflog, als ich las, dass der Film nach einem Roman von Truman Capote entstanden war und dass der sogar eigenhändig das Drehbuch geschrieben hatte, ließ ich mein Weißgoldkettchen ein paar Mal durch meine Finger gleiten und bestellte nach ein paar Minuten Bedenkzeit den Film auf DVD.

Ich musste mir die Romanze dreimal ansehen, bevor ich nicht mehr einschlief – und ab dem vierten Mal fand ich immer neue Details, die mich begeisterten, amüsierten, traurig machten. Vor allem das Happy End hatte es mir angetan: wie Holly lange nicht begreift, dass Paul sie liebt; wie sie ihren geliebten Kater in den Regen hinausjagt; wie er ihr ordentlich die Meinung sagt; wie Holly ihren Kater sucht und ihn wiederfindet; wie Paul und Holly sich endlich küssen, im strömenden Regen, während ein Chor »Moon River« singt.

Irgendwann, es war mitten in der Nacht, wurde mir klar, was nun zu tun war. Auch wenn Lara nie davon erfahren würde. Ich holte Knet aus meinem reich bestückten Vorrat und begann mit den Figuren. Die Katze war am schwierigsten, und ich hatte am Ende eher Franzis Graf Yoster im Sinn als Hollys Tier aus dem Film.

Nach zwei Wochen war ich fertig mit der Arbeit.

Und an einem freien Tag Ende April, als draußen die Sonne schien und einen ersten Hauch von Frühsommer über die Stadt legte, setzte ich mich in meinen Kombi und fuhr nach Bad Wildbad. Es war an der Zeit, dass ich vom Schauplatz unseres ersten Treffens Abschied nahm.

Der Abspann

Felix will helfen

Mit den grauhaarigen Bikern, die mich an diesem sonnigen, warmen Aprilwerktag auf dem Sommerberg oberhalb von Bad Wildbad anrempelten und beinahe über den Haufen fuhren, mit meiner Wanderung zur Grünhütte und mit Felix, dem ich alles erzählte, habe ich meine Geschichte begonnen. Und als ich Felix Torer, dem Küchenhelfer der Grünhütte, dem alten Freund von Lara und nicht zuletzt dem Programmierer der Flirt-App, die uns beide zusammengebracht hatte, alle Ereignisse geschildert hatte, die Sie inzwischen auch kennen, saß er lange stumm vor mir.

»Du wirst dir denken können, dass ich das alles schon wusste«, sagte Felix schließlich.

»Und warum hast du mich alles noch einmal erzählen lassen?«

»Das soll manchmal helfen.« Er musterte mich. »Und? Hat's geholfen?«

Ich zuckte mit den Schultern. »Vom Erzählen allein kommt Lara nicht wieder zu mir zurück, oder?«

»Nein«, gab er zu und wirkte sehr zerknirscht, »das nicht.«

Die Wandergruppe um den älteren Gast, der mich so gerne als Selbstabholer mit einem Tablett von der Hütte zu meinem Platz hätte marschieren sehen, hatte sich längst getrollt.

Felix saß vor mir, runzelte die Stirn und dachte nach. Ich hatte das Gefühl, ich müsse ihn trösten, weil seine App Lara und mich überhaupt erst miteinander bekannt gemacht und mir – wenn man es so sehen wollte – meinen Liebeskummer eingebrockt hatte.

»Felix, mach dir keinen Kopf«, sagte ich deshalb. »Wenn wir uns nicht über deine Flirt-App kennengelernt hätten, dann vielleicht über eine andere. Du musst dir da keinen Vorwurf machen.«

Er sah auf und blickte mich ganz seltsam an. Ich erwartete schon, dass er mich fragte, wie ich denn darauf käme, dass er ein schlechtes Gewissen habe und seine App an irgendetwas schuld sein sollte.

Aber er sagte etwas ganz anderes.

»Nein, Nick. Ihr hättet euch über keine andere Flirt-App kennengelernt, glaub mir. Du und Lara – das wäre ganz ausgeschlossen.«

Er nannte ein paar Apps, die seiner ähnelten.

»Überall dort wurden die Algorithmen ein bisschen anders angelegt. Ich habe erst vor ein paar Wochen gemerkt, dass ich da … na ja … etwas schlampig gearbeitet habe.«

»Wieso schlampig?«

Er dozierte eine Weile über Suchfunktionen und diverse Merkmale, die man Accounts hinzufügen konnte. Ich verstand kein Wort. Als er aber auf Ausschlusskriterien kam, die er anfangs nicht beachtet hatte, wurde ich hellhörig.

»Und so was wie ihr beide«, sagte er, »hätte es als Match in meiner App nie geben dürfen.«

»Was meinst du mit ›so was wie wir beide‹?«

»Du bist Schwabe, sie ist Badnerin – no go!«

Ich sah ihn verblüfft an.

»Schau, es ist ganz einfach: Du kannst in einer Flirt-App gewisse Kombinationen unterbinden. Nehmen wir mal an, in der Westukraine sucht einer eine Frau, und auf der Krim passt eine haargenau zu seinen Vorstellungen – no go, klar?«

Zwar fand ich es etwas gewagt, politische Entwicklungen in einer Flirt-App abzubilden – aber meinetwegen, wenn er das so sehen wollte. Also nickte ich.

»Einer Frau aus Bitburg in der Eifel kannst du niemals einen Mann aus Hörvelsingen vorschlagen.«

»Hä?«

»Na ja: Bitburg, Bier – du verstehst?«

»Klar, aber Hörvel… wie?«

»Hörvelsingen. Dort gibt es seit 1681 eine Familienbrauerei, deren Bier ist erste Sahne – aber auf jeden Fall geschmacklich so weit von dem entfernt, was die Bitburgerin kennt, dass das niemals gutgehen kann.«

»Aha.«

Eine Flirt-App schien komplizierter zu sein, als ich es mir vorstellte.

»Und ein solches No go ist auch Badnerin und Schwabe. Das kann niemals gutgehen. Das ist noch schlimmer als Bitburg und Hörvelsingen, glaub mir.«

»Dass das mit Lara und mir niemals gutgehen konnte, habe ich ja inzwischen nachdrücklich bestätigt bekommen.«

»Eben«, sagte Felix, sah dabei aber nicht aus wie jemand, der Recht bekommen hatte.

Im Gegenteil: Er saß vor mir wie ein geprügelter Hund.

»Und genau das ist das Problem«, fügte er nach einer Weile hinzu.

»Warum?«

»Weil …« Er hob den Kopf und sah mich an. »Weil es mit euch beiden eben doch hätte funktionieren können. Ihr passt so gut zusammen, gerade auch durch eure Unterschiede. Wenn ich euch beide hier oben gesehen habe – ob bei eurem ersten Besuch in der Hütte oder bei den anderen Malen bis nach Weihnachten – ist mir jedesmal das Herz aufgegangen, so glücklich habt ihr ausgesehen. Ich kenne Lara ja schon eine Zeitlang, und ich kann sagen: Du hast ihr gutgetan. Sehr gut.« Er nickte mir zu, legte sogar für einen Moment seine beiden Hände auf meine. »Und jetzt muss ich damit klarkommen, dass ich euch erst versehentlich zusammengebracht habe mit dieser blöden App – und dass ihr euch danach doch noch getrennt habt.«

»Also bitte! Klarkommen muss damit wohl eher ich, oder?«

»Ja, klar, stimmt, entschuldige. Aber an mir nagt das schon auch.«

Wir saßen noch eine halbe Stunde beisammen, dann machte ich mich auf den Rückweg. Vor meinem Aufbruch ließ er sich für alle Fälle meine Handynummer geben und nahm mir das Versprechen ab, dass ich ihn von Zeit zu Zeit in der Grünhütte besuchen würde.

Den Weg zur Bergstation der Seilbahn schaffte ich recht flott, und das kurze Stück weiter bis zu dem Parkplatz, auf dem mein Auto stand, legte ich noch zügiger zurück. Die radelnden Pellwürste hatten ihr Training auf der Downhill-Strecke wohl beendet, und nun standen die grauen Radler noch auf ein Bier zusammen. Einer von ihnen sah mich kommen und erkannte mich. Er machte den Gestürzten auf mich aufmerksam, dem ich den Stinkefinger gezeigt hatte – und der stachelte die anderen an, mich zu verfolgen.

Und da ich nicht wusste, ob die älteren Herrschaften nur mit mir über höfliches Benehmen diskutieren oder mir womöglich eine Abreibung verpassen wollten, nahm ich die Beine in die Hand und rannte zu meinem Kombi, so schnell ich konnte. Ich schlüpfte auf den Fahrersitz, drückte schnell die Türverriegelung herunter und fuhr mit durchdrehenden Reifen vom Parkplatz.

Im Rückspiegel sah ich die Senioren heranstürmen und dann immer weiter zurückbleiben. Zufrieden legte ich den nächsthöheren Gang ein und sah nach vorne. Im letzten Moment konnte ich einer Gruppe Wanderer ausweichen, einer von ihnen hob schimpfend seinen Gehstock und sah mir mit hochrotem Kopf hinterher. Ich hätte fast darauf gewettet, dass es der Alte war, der mich an der Grünhütte zur Selbstbedienung hatte nötigen wollen.

— o —

Felix rief mitten in der Nacht an, und er war ganz aufgeregt.

»Ich hab's!«, rief er ins Telefon, noch bevor ich richtig wach war.

»Was hast du?«

»Ich habe einen Weg gefunden, wie meine App doch noch was für dich und Lara tun kann!«

Ich rieb mir die Augen. Der Radiowecker zeigte 2.30 Uhr an.

»Und deshalb weckst du mich? Hast du mal auf die Uhr gesehen?«

»Klar weck ich dich deshalb!«

Felix klang nun ein wenig empört, weil ich offenbar nicht verstand, was an seiner Neuigkeit so brandeilig war.

»Gut«, brummte ich ins Handy. »Dann erzähl halt, was dir eingefallen ist.«

»Nein, das musst du nicht wissen. Wär eh zu kompliziert für dich. Algorithmen, neue Formeln, Funktionen und so weiter – Programmierkram.«

Nun wusste ich gar nicht mehr, warum er mich geweckt hatte.

»Und warum rufst du mich dann mitten in der Nacht an, wenn du's mir sowieso nicht erzählen magst?«

»Weil ich dich fragen wollte, ob du Lara wirklich noch willst.«

Die Frage kam mir erst blöd vor. Es musste doch für jeden offensichtlich sein, wie sehr ich der Zeit mit Lara nachtrauerte. Und ich hatte vor der Grünhütte Felix gegenüber auch keinen Zweifel daran gelassen, fand ich. Dann dachte ich über die Frage noch einmal nach – und stellte fest, dass sie durchaus ihre Berechtigung hatte. Ich meine, Lara hatte mich rausgeworfen, sie hatte mich für einen untreuen Schlawiner gehalten, mich auf Plakaten in der ganzen Stadt zum Gespött gemacht und mir hinterher in einer hässlichen Szene bei Giacomo vorgeworfen, dass ich mich dagegen gewehrt hatte.

Wollte ich sie noch?

»Hallo, Nick, bist du noch da?«

»Klar bin ich noch da.«

»Und? Willst du Lara noch?«

Ich wunderte mich selbst, dass ich eine lange Pause ließ, bevor ich sagte, was ich genauso gut auch sofort hätte sagen können.

»Ja. Ich will sie noch.«

Felix legte grußlos auf, und ich brauchte zwei Stunden, bis ich endlich wieder Schlaf fand. Am Morgen erwachte ich wie gerädert. Ich konnte mich nur mühsam auf den neuen Sketch konzentrieren, den ich bis zum nächsten Tag fertig haben wollte. Und ich hatte keine Ahnung, was Felix nun eigentlich vorhatte.

— o —

Mein Sketch wurde pünktlich fertig, ich sah Claus und Horst in der Theaterscheuer beim Proben zu, und als ich schon am späten Nachmittag wieder nach Hause kam, hing Giacomo hinter der Theke gerade am Telefon. Mit rollenden Augen und seltsamen Gesten versuchte er mir irgendetwas mitzuteilen. Ich wurde nicht schlau aus seinem Gefuchtel, aber die Staubwolke, die aus meiner offenstehenden Wohnungstür wehte, war kaum falsch zu verstehen.

»Mensch, Nick«, sagte meine Mutter, als sie mich bemerkte, »mit diesem Saustall hast du dich ja wirklich selbst übertroffen! Ich dachte immer, schlimmer als in deinem Kinderzimmer geht's nicht, aber …«

Hinter mir hörte ich Schritte. Mein Vater schleppte einen Kasten Bier heran. »Ah, gut dass du endlich da bist«, sagte er, schob mich mit dem Kasten zur Seite und trug ihn hinein.

Ich ging ihm hinterher. Meine Unterkunft war kaum wiederzuerkennen. Es war gefegt und gewischt, nichts lag mehr unordentlich herum, und auch der Papierkorb, in dem ich gerne auch mal leere Bierdosen lagerte, war leer. Von der Spüle war zweimal ein knackiges Ploppen zu hören, dann kam mein Vater zu mir, zwei geöffnete Bügelflaschen in den Händen. Eine hielt er mir hin, mit der anderen prostete er mir zu.

»Diese Plörre«, sagte er nach einem tiefen Schluck, »die du dir gekauft hast, kann man echt nicht trinken. Jetzt hast du wenigstens was Gscheites da.« Er setzte sich auf die Couch, die nun sehr sauber aussah, und tätschelte den Stoff direkt neben sich. »Setz dich, Junge, und lass uns reden.«

Meine Mutter registrierte zufrieden, dass ich mich neben meinem Vater niederließ und dass wir über meinen neuen Job, meine neue Bleibe und einige der Freunde redeten, die ich rund um den Eugensplatz kennengelernt hatte.

Als mein Vater auf Lara zu sprechen kam, hatte meine Mutter einen Teller mit Rauchfleisch- und Käsestücken auf den Tisch gestellt, dazu einen üppig gefüllten Brotkorb aus dem Gasthaus, und setzte sich zu uns. Das Vesper unterbrach unser Gespräch, aber meine Eltern warteten geduldig, bis ich endlich das erzählte, was zwischen Lara und mir vorgefallen war.

Mutter legte ihre Stirn in tiefe Falten und wirkte sehr besorgt, aber Vater lachte lauthals los, als ich schilderte, wie ich nackt auf Sabines französischem Balkon stand, und ausgerechnet in diesem Moment Lara gegenüber aus ihrem Fenster schaute.

»Rudolf!«, ermahnte ihn meine Mutter streng, aber er konnte sich nur schwer zusammenreißen.

»Aber Liesl«, brachte er hervor, »stell dir das doch nur mal bildlich vor: Unser Junge in diesem Zimmer, nackt …«

Er prustete wieder los, meine Mutter schüttelte nur den Kopf.

»Nein, Rudolf, das stell ich mir lieber nicht vor.«

Sie wandte sich an mich. »Und seither habt ihr keinen Kontakt mehr?«

Ich erzählte ihr von dem missglückten Versuch unserer Freunde, Lara und mich in der Eisdiele »ganz zufällig« wieder zusammenzubringen.

»Das klingt nicht gut«, gab mir Mutter recht. »Und jetzt?«

»Keine Ahnung.«

Sie verstummte, sah auf die Tischplatte, dann zu meinem Vater, und für einen Moment hatte ich das Gefühl, dass sich die beiden auf eine Art ansahen, als heckten sie gerade etwas aus. Aber dann war der Augenblick auch schon wieder vorüber, meine Eltern verabschiedeten sich und fuhren zurück ins Remstal.

Ich holte mir noch eine Flasche von dem Bier, das wirklich viel besser schmeckte als das Zeug aus der Tanke, zwei weitere stellte ich in den Kühlschrank. Oder eher: Ich wollte sie in den Kühlschrank stellen – aber dort war zwischen all den Wurst-, Fleisch-, Käse- und Gemüsepäckchen kein Platz mehr.

Meine Mutter hatte ganze Arbeit geleistet, und als ich mein Bier trank, ganz allein in meiner Bleibe unter den Stellplätzen, verdrückte ich zwischendurch auch einige Tränen der Rührung.

— o —

Den Rest des Tages vertrödelte ich auf der Couch. Zwischendurch machte ich mir etwas zu essen, trank noch ein Bier und schlief recht früh ein.

Am nächsten Morgen erwachte ich erfrischt wie lange nicht, und schon auf dem Weg hinunter in die Stadt fielen mir neue Szenen für das Theater ein. Ich kaufte mir unterwegs einen kleinen Notizblock und einen Stift, und der Vormittag im Café am Schlossplatz war so produktiv, dass ich mich von nun an jeden Morgen auf den Weg dorthin machte, ein, zwei Cappuccino trank und bis Mittag fleißig an neuen Sketchen schrieb.

Für die Stunde danach gewöhnte ich mir einen Spaziergang durch die Stadt an, und auf meinen Runden kam ich immer wieder an Plätze, an denen ich seit einiger Zeit nicht mehr gewesen war. Manchmal tat es etwas weh, weil ich hier mal mit Lara gegessen oder dort mit ihr etwas getrunken hatte, aber meistens fühlten sich die Spaziergänge gut an und brachten mich auf andere Gedanken.

Bis auf diesen einen, der mich durch den kleinen Park zwischen Friedrichsbau und Unibibliothek führte. Es war ein sonniger Tag, wir hatten inzwischen Anfang Mai, und entsprechend viele Fußgänger waren auf den Wegen um mich herum unterwegs.

Etwa zwanzig, dreißig Meter vor mir kam ein auffallend übellauniger Mann auf mich zu. Er stapfte voran, dann sah er zu mir her oder an mir vorbei, riss die Augen auf – und im nächsten Moment fühlte ich einen heftigen Stoß im Rücken, kippte vornüber und landete unsanft auf dem Weg. Ich war ein wenig benommen und sah deshalb den direkt folgenden Zwischenfall nicht – aber auch die Geräusche für sich allein genommen wirkten spektakulär. Erst war ein dumpfer Schlag zu hören, dann klapperte Metall auf Stein, und als ich sofort danach doch aufschaute, sah ich einen Radfahrer, dessen Gefährt sich unter ihm überschlagen hatte, im hohen Bogen auf einen Baum am Wegrand zufliegen.

Der schlecht gelaunte Mann rieb sich mit der linken Hand die rechte Handkante, sah dem Stürzenden aber recht zufrieden hinterher, bevor er sich abwandte, mir knapp zunickte und davonmarschierte.

Der fliegende Radler verpasste den Baum nur knapp und schlug hart auf der Wiese direkt neben dem Weg auf. Sein Fahrrad schlitterte noch ein bisschen übers Gras und blieb dann liegen, das Vorderrad ragte in die Luft und drehte sich eiernd noch ein wenig weiter.

Ich rappelte mich auf. Mir tat alles weh, aber den Radfahrer hatte es vermutlich schlimmer erwischt. Ich hatte ihn noch nicht erreicht, als ich auch schon Laras Kurier in ihm erkannte. Er lag zwar mit dem Gesicht nach unten, aber der lange Pferdeschwanz und der Helm, unter dem er hervorquoll, wischten alle Zweifel weg. Der Helm war verrutscht, und die Aufschrift »hier: oben« mit dem aufwärts zeigenden Pfeil hatte ein paar Macken abbekommen. Ich ging in die Hocke, so gut es nach meinem Sturz eben ging, und drehte den Mann vorsichtig um. Sein Gesicht war blutverschmiert, und er wirkte noch benommener als ich eben. Mit flatternden Lidern öffnete er seine Augen, sah mich ungläubig an und starrte mich nach einer kurzen Schrecksekunde beinahe ängstlich an.

»Schon gut«, versuchte ich ihn zu beruhigen. »Ich tu dir nichts.«

Er hatte mich wohl erkannt, und vielleicht befürchtete er nun, dass ich mich wegen Lara an ihm rächen wollte. Dann fiel mir ein, dass er mich ja gar nicht wirklich als Freund von Lara kannte und nur einmal kurz im Treppenhaus gesehen hatte. Und danach fiel mir auf, dass auf seinen Oberkörper, über den ich mich gebeugt hatte, eine rote Flüssigkeit tropfte.

»Du blutest«, sagte er mit schwerer Zunge.

Ich wischte mir mit der Hand übers Gesicht, und wirklich hatte ich mich durch den Sturz mehr verletzt, als ich dachte.

»Scheiße!«, knurrte ich. »Das hab ich übrigens dir zu verdanken. Du hast mich angefahren.«

Er verzog das Gesicht, aber eine Entschuldigung mochte er sich offenbar nicht abringen.

»Sieht ganz danach aus, als wäre dir unser Zusammenstoß auch nicht gut bekommen«, fügte ich hinzu. »Du musst ja einen Affenzahn draufgehabt haben, wenn du mich umfährst und dadurch auch gleich selbst auf der Nase landest.«

»Na ja«, meinte er und grinste schwach, »Fußgänger kann ich schon noch anfahren, ohne davon gleich selbst hinzufallen.« Er sah an mir vorbei den Weg entlang, auf dem er herangerast war. »Der Typ dort hinten hat mich vom Rad gehauen.«

Ich folgte seinem Blick. In einiger Entfernung bog gerade der übellaunige Mann um eine Ecke und war kurz darauf nicht mehr zu sehen.

»Der hat sich wohl geärgert, dass ich dich gestreift habe …«

»Gestreift? Sehr witzig!«

»Ja, okay, sorry. Auf jeden Fall hat er ausgeholt und mir direkt unterhalb der Helmkante ins Genick geschlagen. Der hat so fest zugeschlagen, dass ich vornübergekippt bin und mich samt Fahrrad überschlagen habe. Ich sag dir: Die Fußgänger in dieser Stadt haben echt einen an der Waffel.«

»Ach, nur die Fußgänger?«

»Ja, meinetwegen, wir Kuriere auch. Aber Zeit ist halt Geld, und wenn das Fußvolk vor lauter Muße nicht weiß, wohin es schlendern soll …«

Um uns hatte sich inzwischen eine kleine Traube von Spaziergängern versammelt, die uns interessiert zusahen, aber nicht zu dem Schluss kamen, dass diese beiden blutenden Männer in irgendeiner Weise Hilfe brauchen könnten.

»Jetzt würde ich an deiner Stelle langsam mal die Klappe halten«, warnte ich ihn und streckte ihm die Hand hin. »Los, hoch mit dir. Wir gehen jetzt rüber ins Katharinenhospital, die sollen uns mal durchchecken. Und dann sehen wir weiter.«

Das letzte kurze Stück durch den Park und über die Kriegsbergstraße schafften wir ohne weitere Probleme. Das lädierte Rad schleifte mein Begleiter hinter sich her, musste es auf dem Weg in die Notaufnahme aber im Eingangsbereich des Krankenhauses liegen lassen. Unsere Verletzungen waren bald versorgt, keiner hatte sich mehr als Prellungen und Platzwunden zugezogen, und als wir schließlich bandagiert und gesäubert vor dem Krankenhaus standen, streckte der andere mir die Hand hin.

»Luis«, sagte er, »so nennen sie mich alle. Irgendjemandem ist mal aufgefallen, dass ich einem dieser Extrembergsteiger ähnlich sehe, einem dieser Huber-Buam. Und weil keinem der Vorname des Kletterers eingefallen ist, haben sie mich halt Luis genannt. Nach Luis Trenker.«

Ich grinste.

»Immer noch besser als Günter, oder?«, fügte er hinzu.

»Nick«, sagte ich. »Ich bin … ich war der Freund von Lara.«

»Lara? Welche Lara?«

Das überraschte mich. War es so alltäglich, dass Fahrradkuriere von ihren Kundinnen in die Wohnung gezerrt wurden?

»Lara Klingelberger. Das Eckhaus am Eugensplatz. Die kannst du doch nicht vergessen haben!«

»Oh, Mann: Die meinst du? Bleib mir bloß fort mit der!« Er blies die Backen auf und schüttelte den Kopf. »Die hat sie echt nicht mehr alle.« Er musterte mich noch einmal genauer. »Ach, stimmt! Du warst an diesem Tag auch im Treppenhaus.

Jetzt, ohne das ganze Blut im Gesicht, erkenn ich dich überhaupt erst wieder.«

Ich nickte.

»Das war deine Freundin? Mann, sei froh, dass du sie los bist!«

»He!«, machte ich und hob die Hand, als wollte ich ihm eine scheuern.

»Okay, okay, aber für mich wär die zu stressig. Da blickt kein Mensch durch.«

»Wie meinst du das?«

»Na, die packt mich und zerrt mich in ihre Wohnung. Sie sieht gut aus, hat eine tolle Figur und ...« Er fing meinen warnenden Blick auf und hob sofort abwehrend die Hände. »Ist schon gut, und das weißt du ja alles selbst. Jedenfalls zieht die mich in die Wohnung und ich mach mit, fass sie an und geb ihr einen Kuss. Hinter mir fällt die Tür ins Schloss, und dann rammt sie mir auch schon das Knie zwischen die Beine und knallt mir eine. Ich bin erst einmal völlig verdattert dagestanden, dann habe ich zugesehen, dass ich wieder aus diesem Haus rauskam. Sendungen an diese Lara nehme ich seither nicht mehr an.«

Ich hätte mir bis zu diesem Zeitpunkt nicht vorstellen können, wie gerne man einen Fahrradkurier zu Bier und Schnitzel einlädt, der einen über den Haufen gefahren und den man eben noch für einen Nebenbuhler gehalten hat. Als wir satt waren und unser zweites Bier leerten, kannte Luis die ganze Geschichte, und wir verabschiedeten uns voneinander wie alte Bekannte.

— o —

Etwa zwei Wochen nach meinem nächtlichen Telefonat mit Felix stand Lara vor mir.

Giacomo hatte sie durch die Eisdiele zum Hinterhaus geführt. Die Tür war nicht abgeschlossen, und er ließ sie für Lara aufschwingen, als sei er mein Butler.

»Für dich«, sagte er überflüssigerweise und verschwand.

Zurück blieb Lara. Sie stand in der offenen Tür und nestelte am Saum ihres Sweatshirts herum. Mir fiel auf, dass sie weniger schick angezogen war, als ich das von ihr kannte. Auch trug sie kaum Schmuck. Und ich war mir nicht ganz sicher, aber ein bisschen sah sie aus, als habe sie vor kurzem geweint.

»Setz dich doch«, sagte ich, wies auf einen wackeligen Stuhl auf der anderen Seite des Couchtisches und sah sie unsicher an.

Was würde als Nächstes kommen? Wieder ein Wutausbruch? Beschwerden? Tränen?

»Sebastian hat mir gesagt, wo du wohnst.« Sie schaute sich um. »Ist nicht ganz so groß wie unsere Wohnung, was?« Sie lächelte, es wirkte wehmütig.

»Wie geht's dir?«, fragte sie nach einer längeren Pause.

»Muss«, antwortete ich und zuckte mit den Schultern. »Und dir?«

»Ja, geht schon.«

Sie kaute auf ihrer Lippe herum. Wir saßen uns gegenüber wie zwei Teenager beim ersten Rendezvous.

»Meinen Job im Stadtmarketing bin ich übrigens los.« Lara sagte es ganz ruhig, weder vorwurfsvoll noch bitter.

»Tut mir leid«, sagte ich.

»Ist schon okay. Ich arbeite jetzt freiberuflich. Die Plakatkampagne, die so ganz anders lief als geplant, hat mich wohl recht bekannt gemacht in der Szene. Ich kann mich vor Aufträgen kaum retten.«

»Schön.«

Wieder entstand eine Pause.

Dann spielte ein leichtes Lächeln um ihre Mundwinkel. »Ich habe übrigens auch eine Anfrage von jemandem, den du kennst. Ich soll denen im Bereich Social Media zur Hand gehen, Plakate entwerfen und mal testen, ob sich nicht virales Marketing für sie einsetzen ließe.«

»Für jemanden, den ich kenne?«

»Ja.« Sie sah mich an, ein spitzbübisches Grinsen machte sich auf ihrem Gesicht breit. »Sandra von Haarten hat mich angerufen. Ich soll für deine Theatertruppe arbeiten.«

Ich war verblüfft. Davon hatte mir Sandra gar nichts erzählt. Wobei sie das natürlich auch nicht musste. Ich war angestellter Autor von »Gschwend gscheid gschwätzt«, kein Mitinhaber.

»Ich wollte dich fragen, ob es dir recht ist, wenn ich den Auftrag annehme«, sagte Lara.

»Mir? Ja klar, mach nur.«

Sie wirkte ein wenig enttäuscht. Was hatte sie erwartet? Hätte ich ablehnen sollen? Oder mich offensichtlicher freuen? Ich wusste selbst nicht, was ich von dieser Nachricht halten sollte – würde ich künftig mit Lara zusammenarbeiten, aber privat …

»Gut«, sagte sie, erneut nach einer Pause. »Dann mach ich das.«

Wir saßen einige Minuten stumm da, bis mir auffiel, dass ich ihr noch nichts angeboten hatte.

»Magst du was trinken?«

»Nein, nein, ich … ich wollte noch aus einem anderen Grund mit dir reden.«

»Ich kann dir ein Wasser holen, Saft, einen Kaffee. Auch französischen Wein kannst du haben. Nur Trollinger …« Ich versuchte mich an einem bedauernden Lächeln. »Trollinger hab ich keinen da.«

Lara lächelte, und ich fasste neuen Mut.

»Kutteln und Spätzle sind auch aus«, fügte ich noch hinzu.

»Schade«, sagte sie und lächelte noch mehr.

»Schade? Echt?«

»Nein, war nur Spaß. Aber ich werd mich nicht mehr darüber lustig machen, versprochen! Deine Mutter hat …«

Ich stutzte. »Meine Mutter? Was ist mit ihr?«

»Ich hab mit ihr gesprochen. Sie hat mir ordentlich den Kopf gewaschen. Hat mir gutgetan.«

Sie fuhr sich durch die inzwischen schulterlangen Haare. Sie waren hellbraun, durchzogen von blondierten und schwarzen Strähnen.

»Schwarz ist übrigens meine echte Haarfarbe«, sagte sie und deutete auf ihre schwarzen Augenbrauen, die ihre schönen Augen wie gemalt einfassten. »Es kann nur sein, dass ich später mal einen Damenbart bekomme – das sieht in Schwarz natürlich scheiße aus. Ich hoffe, es stört dich nicht.«

»Nein, stört mich nicht«, sagte ich im Reflex.

Dann erst begriff ich, was sie da gerade gesagt und was sie damit angedeutet hatte.

»Heißt das, dass du …?«

Ich brachte die Frage nicht zu Ende, auch aus Angst, dass ich etwas falsch verstanden hatte und mir falsche Hoffnungen machte.

Aber Lara saß mir weiterhin lächelnd gegenüber und nickte nur.

»Jetzt hol ich uns doch was zu trinken. Hast du Zeit?«

»Jede Menge. Heute, morgen, bis zum Wochenende.«

Ich stand auf, sah immer noch ungläubig auf Lara hinunter, die mich anlächelte und in meiner Bruchbude unter den beiden Stellplätzen bei mir saß, als sei nie etwas gewesen. In der Küche kniff ich mich zweimal, aber Lara saß danach immer noch da. Ich stellte zwei Gläser und eine Flasche Merlot auf den Tisch.

»Sie hat allerdings Schraubverschluss«, warnte ich Lara, doch sie hatte die Flasche schon geschnappt, öffnete sie und schenkte uns beiden ein.

Wir stießen an, nahmen einen Schluck und ich sah ihr dabei die ganze Zeit über in die Augen. Ich war gerade dabei, in diesem großen runden Blau zu versinken, als sich Lara räusperte, ihr Glas abstellte und sich kerzengerade auf ihrem Stuhl hinsetzte.

»Ich glaube«, begann sie, »jetzt wäre kein schlechter Zeitpunkt, dir zu erzählen, wie es kommt, dass ich dich erst in der

Eisdiele beschimpfe und dann ein paar Wochen später hier bei dir in deiner … Wohnung sitze und mit dir anstoße.«

»Ich freu mich zwar einfach, dass es so ist. Aber ja, wenn du es mir erklären könntest, wäre es schön.«

Sie nickte mir lächelnd zu, dann sammelte sie sich, als müsse sie überlegen, wo sie am besten anfangen sollte.

»Du erinnerst dich doch an Felix?«

»Klar. Küchenhelfer in der Grünhütte, Programmierer der Flirt-App, hat Bratkartoffeln zu unserer Einweihungsparty mitgebracht, ein guter Freund von dir …«

»Genau der. Er hat mich vor etwa zwei Wochen angerufen und mich gebeten, einen Abend lang in der Grünhütte auszuhelfen. Es stellte sich heraus, dass die dort gar keine Hilfe gebraucht haben, sondern dass die Hütte an diesem Tag geschlossen war – und Felix hat mich schon am Parkplatz bei der Bergstation erwartet. Wir sind zusammen nach Wildbad hinuntergefahren, und dort hat er mir in einem netten Bistro zu Kaffee und Kuchen erzählt, dass du vor einer Weile auf dem Sommerberg warst und ihm von uns beiden erzählt hast. Er hat versucht, mir irgendeinen technischen Kram zu erklären – ich hab's nicht verstanden, und das war wohl auch egal. Jedenfalls hat er gesagt, dass er die Flirt-App jetzt überarbeitet hätte und dass der Algorithmus jetzt auch einige Ausschlusskriterien berücksichtigen würde, die bisher noch nicht Teil der Auswahlfilter waren. So oder so ähnlich hat er sich ausgedrückt.«

Ich zuckte mit den Schultern.

»Felix hat gesagt, das mit den Ausschlusskriterien habe er dir auch schon erklärt.«

»Ja, aber ich hab's ebenfalls nicht verstanden. Und weiter?«

»Er hat mich so lange bequatscht, bis ich endlich eine neue Suchanfrage gestartet habe. Ich …« Sie sah mich etwas schuldbewusst an. »Ich wollte ja eigentlich nicht, aber Felix … er hat einfach keine Ruhe gelassen. Und dann war's auch schon passiert.«

»Passiert?«

»Ja. Mir wurden die Treffer angezeigt, alle untereinander.«

»Oh …«

Ich konnte mir schon denken, dass Lara zu vielen Männern passte. Aber das hatte ich nun so deutlich doch nicht hören wollen.

»Alle Treffer untereinander, in einer langen Reihe – und jedesmal wurde *dein* Profil angezeigt.«

»Was soll das heißen, alle Treffer – und immer ich? Ich hab auf diesem 247luv4me-Portal nur einen einzigen Account. Nein, Quatsch, ich hab den gelöscht, ich habe also gar keinen Account mehr dort.«

»Dachte ich mir«, sagte Lara und nickte grinsend. »Felix, der alte Schlingel.«

Hatte er darauf angespielt, als er mich mitten in der Nacht angerufen hatte?

»Der hat natürlich getrickst, und ich hab ihn schnell durchschaut. Er war schon immer ein lausiger Schauspieler, und das Grinsen konnte er sich nicht annähernd verkneifen. Aber er hat mich mit seinem Taschenspielertrick doch nachdenklich gemacht. Zwei Nächte lang habe ich kaum mehr als ein, zwei Stunden geschlafen, und dann habe ich beschlossen, mit Leuten zu reden, die uns als Paar erlebt haben.« Sie kratzte sich an der Stirn. »Ich weiß nicht, ob es dir auch schon so gegangen ist: Du bist zugleich total wütend auf jemanden, weil er deiner Meinung nach richtig Mist gebaut hat – und im selben Moment würdest du am liebsten zu ihm hinrennen und dich für alles Mögliche entschuldigen, auch wenn du dich eigentlich im Recht fühlst.«

Sie lächelte mich an.

»Oder zu ihr«, fügte ich hinzu und nickte. »Ja, das kenn ich. Gut sogar.«

»Also wollte ich mir Rat holen. Ich bin zu meinen Eltern gefahren – und dort hat mich meine Oma zur Seite genommen. Sie hatte wohl mitbekommen, dass du und meine

Schwester am zweiten Weihnachtsfeiertag recht lange gleichzeitig abwesend wart, und sie hat mir geraten, Gabriele direkt darauf anzusprechen, statt mir alles Mögliche zurechtzuspinnen. Das habe ich gemacht, und Gabriele hat mir auch gleich bestätigt, dass da nichts war – und zwar vor allem, weil du sie zurückgewiesen hast. Sie lässt übrigens Grüße ausrichten. Sie ist schwanger, und sie sagte, das habe sie letztendlich dir zu verdanken.«

Mir fuhr der Schreck in die Glieder. War jetzt gleich wieder alles aus? Wie viele Frauen würden sich denn noch auf meine Kosten falsch benehmen oder falsch ausdrücken? Erst spielte Franzi ihr die liebestolle Nachbarin vor, dann …

Lara saß vor mir und grinste breit.

Was war denn jetzt los?

»Gabriele hat mir natürlich auch gesagt, dass sie das nur im übertragenen Sinn meint. Du hast ihr wohl geraten, sich lieber an ihren Ehemann zu halten – das hat sie dann auch gemacht.«

Ich atmete auf.

»Ich habe dann noch mit meinen Eltern gesprochen, auch mit Denise, Mia und Sarah, und sie alle …«

»Welche Sarah?«

»Sie war in Amsterdam dabei, du hast sie am Flughafen kurz gesehen. Alle drei haben mir geraten, dass ich mich noch einmal mit dir aussprechen soll. Und als ich wieder in Stuttgart war, sind nach und nach alle möglichen Leuten bei mir vorbeigekommen. Reza, Dorle, Raffaela und Jorge haben mit Engelszungen auf mich eingeredet. Jobst hat mir klargemacht, dass ich mit dem Vorher-Nachher-Plakat in deinen Augen ziemlichen Mist gebaut habe. Franzi ist auch gekommen und hat mir versichert, dass sie nichts von dir wollte und dass da auch nichts gelaufen ist zwischen euch beiden – und dass sie mir diese Türrahmen-Tanznummer nur vorgespielt hat, um mich eifersüchtig zu machen. Sie ist übrigens doch nicht ausschließlich an Frauen interessiert, wie sie vor kurzem herausgefunden hat. Du seist aber einfach nicht ihr Typ, lässt sie ausrichten. Sie hat jetzt einen Freund, der ist beim Ordnungsamt. Ich habe ihn mal im Treppenhaus gesehen. Ein fürchterlicher Langweiler. Und Sebastian hat auch bei mir geklingelt, er hat nur so für dich geschwärmt, und seine Frau Simona hat zumindest nicht über dich geschimpft. Soraya, die Tochter der beiden, findet dich etwas seltsam, aber ihr kleiner Bruder Thorben ist ganz begeistert von dir. Was immer du für ihn getan hast – da hast du einen glühenden Fan, für den du der Größte bist, Nick.«

»Schön.«

»Als ich mich in der Theaterscheuer zum Gespräch mit Sandra van Haarten getroffen habe, hat sie auch ein bisschen über dich und über die Umstände erzählt, unter denen es zu den Sketchen mit der blöden badischen Blondine kam. Lotte war auch da – sie hat mir noch einmal deine Version von der Szene im Videokeller bestätigt.«

Ich überlegte, ob sie mit irgendjemandem nicht gesprochen hatte, der an dieser Geschichte auch nur einen kleinen Anteil hatte.

Mir fiel ein Name ein, und ich grinste.

»Zu diesem Zeitpunkt war ich schon so weit, ich stand vor Sebastians Tür und wollte ihn fragen, ob du noch hier hinter der Eisdiele wohnst. Da kam sie die Treppe hoch und hat mich angesprochen.«

»Sie?« Mein Grinsen wurde dünner.

»Sabine, die Frau vom Sommerberg. Sie nennt sich manchmal Zsara und schafft in einer Wohnung an der Haußmannstraße an. Gar nicht weit entfernt von hier. Du kennst sie, und ich habe dich nackt an ihrem Fenster stehen sehen.«

Ich stöhnte. Nahm das denn nie ein Ende mit diesen Missverständnissen?

»Sie hat dir deine Visitenkarte gegeben, du hast sie daheim besucht, hast ihr dein Herz ausgeschüttet und bist über Nacht geblieben.«

Auch schon egal. Sollte Lara halt denken, was sie wollte. So langsam wurde mir das Ganze zu anstrengend. Ich ließ den Kopf hängen und machte mich auf den nächsten Wutausbruch Laras gefasst. Mir war nur nicht klar, warum sie die ganze Zeit so freundlich zu mir gewesen war, wenn sie mir doch nur wieder vorwerfen wollte, mit irgendjemandem rumzumachen, mit dem ich nichts anderes getan hatte als mich nett zu unterhalten.

Doch als ich den Kopf nach einer Weile wieder hob und sehen wollte, warum Lara nicht weiterredete, stand sie direkt neben mir. Sie lächelte mich an und ließ sich langsam neben mich auf die Couch sinken.

»Zsara, also Sabine, hat mir auch noch einmal ins Gewissen geredet. In breitestem Schwäbisch übrigens. Ich solle nur zusehen, dass wir uns wieder zusammenraufen. Sie gebe mir eine Woche Zeit, dann würde sie wieder nach dir sehen.«

Lara nahm meine Hand. »Und falls ich bis dahin nicht wieder alles zwischen uns eingerenkt haben sollte, würde sie sich um dich kümmern.«

Sie rückte etwas näher.

»Du hättest dir sogar erstmals in deinem Leben Schmuck gekauft – in meinem kleinen Lieblingsladen beim Dreifarbenhaus.«

Ich griff mir an den Hals und hob die Weißgoldkette ein wenig hoch.

Lara lächelte wieder, dann fuhr sie fort: »So einen wie dich, sagte sie dann noch, könnte sie sich gut an ihrer Seite vorstellen. Und wenn sie einen Mann wie dich mal am Haken hätte, würde sie ihn nicht mehr davonkommen lassen.« Sie rückte noch etwas an mich heran. »Ich glaube ja, dass sie da etwas geflunkert hat.«

»Hallo?«

»Ich nehme an, sie wollte mich eifersüchtig machen und mir klarmachen, wie gut wir zusammenpassen.«

»Und … hat sie da nicht recht?«

Statt einer Antwort gab mir Lara einen Kuss.

Dann schob sie mich noch einmal von sich weg und sah mich besorgt an. »Mit dem Fahrradkurier war übrigens nichts«, sagte sie und machte ein ganz zerknirschtes Gesicht. »Damit wollte ich *dich* eifersüchtig machen.«

»Ich weiß.«

Sie stutzte.

»Wie, das weißt du?«

»Er hat's mir selbst erzählt, vor ein paar Tagen. Ich hab ihn getroffen, oder eher er mich.«

Ich deutete auf ein paar Schrammen, die ich im Gesicht von dem Sturz zurückbehalten hatte, und erzählte ihr vom Zwischenfall im Park und von unserem anschließenden Gespräch.

»Er hat, glaube ich, ein bisschen Angst vor dir.«

Lara lächelte.

»Und du?«, fragte sie nach einer Weile.

»Auch, aber ...«

Weiter kam ich nicht. Sie beugte sich vor und gab mir einen langen Kuss, erst zärtlich, dann zunehmend leidenschaftlich, und bald darauf lagen wir uns in den Armen und begannen uns zu streicheln.

Dann gab es einen heftigen Ruck, einen lauten Schlag, und Lara und ich saßen auf dem Boden, inmitten der staubenden Überreste der Sperrmüllcouch. Wir lachten, bis wir husten mussten.

»Das wird hier nix, oder?«

Lara zog mich hoch und wollte mich schon aus meiner Bude führen. Aber ich rückte ihr einen Stuhl hin, legte eine DVD ein und beobachtete sie genau, um nur ja kein Detail ihrer Reaktion zu verpassen.

Sie sah eine nächtliche Kulisse, irgendeine Stadt, in der es Bindfäden regnete (was in meinen Trickfilmen durchaus wörtlich zu nehmen war). Ein Kater wurde in den Regen gescheucht, später suchte eine Knetfigur, die Audrey Hepburn nur sehr entfernt ähnelte, verzweifelt im Regen, fand den Kater endlich wieder, wandte sich dann dem Mann vor ihr zu und schließlich küssten die beiden sich lange und innig.

Die Knetfiguren waren mir ganz gut gelungen, und in der Großaufnahme der beiden Küssenden konnte man mit etwas Fantasie Lara und mich als die Hauptdarsteller erkennen. Lara allerdings mit blonden Haaren.

»Tut mir leid«, sagte ich, »den Wechsel zu …« Ich sah sie noch einmal an. »… zu dunkelblond-schwarz-blond hab ich verpasst.«

Doch der Clou der Filmszene war ohnehin die Tonspur. Den männlichen Helden sprach natürlich ich, der weiblichen Hauptfigur hatte ich Laras Stimme gegeben. In den ersten Wochen in der neuen Wohnung und auch während unserer Familienbesuche zu Weihnachten hatte ich Lara immer wieder gefilmt, und mit viel Fummelei konnte ich aus dem Ton dieser Aufnahmen Sätze zusammenschneiden, die halbwegs zu »Frühstück bei Tiffany« passten.

Als der Bildschirm schwarz wurde, »Moon River« aber noch nicht verklungen war, küsste sie mich noch einmal, zog mich dann aber von meinem Stuhl hoch. Die kommende Nacht würde ich offenbar wieder in unserer gemeinsamen Wohnung verbringen.

»Ich wollte dir noch ein paar Versprechen geben, bevor wir es wieder miteinander versuchen.«

Sie trat einen Schritt zurück und sah mich leicht amüsiert an.

»Okay, schieß los!«

»Also …«, begann ich und tat dabei recht feierlich, »ich verspreche dir, dass ich künftig für Trickfilmprojekte keine weiblichen Synchronstimmen mehr in meinen Videokeller lasse.«

»Gut«, sagte sie knapp und nickte sehr ernsthaft.

»Ich verspreche, dass ich nicht mehr bei einer Nachbarin einziehen werde.«

»Gut.«

»Und ich verspreche …«

Der dritte Punkt fiel mir etwas schwerer, aber James hatte so viel angerichtet in den letzten Monaten, dass es wohl sein musste.

»Ich verspreche, dass ich mit meinen Knetfiguren keine James-Bond-Filme mehr nachspielen werde!«

»Na ja«, sagte sie nun, und ihr breites Lächeln machte meine elende Bude auf einen Schlag zu einem Luxusapartment, »das kannst du dir noch in Ruhe überlegen.«

Sie hakte mich unter, ging los, und auf dem Weg zur Ausgangstür blieb sie noch einmal stehen und strahlte mich an.

»Wie sagt dein James Bond gleich nochmal? ›Sag niemals noi!‹«

Wir gingen in Laras … in unsere Wohnung, eng umschlungen, und als wir die Wohnungstür hinter uns schlossen, sah sie mich ganz merkwürdig an.

»Du kennst doch diesen Spruch, dass sich manche beim Sex Tiernamen geben, oder?«

»Äh …«, machte ich und wusste nicht recht, worauf sie hinauswollte.

Aber sie grinste so breit, dass es nichts Schlimmes sein konnte.

»Vielleicht sollten wir das mal mit badischen und schwäbischen Schimpfwörtern probieren. Du erinnerst dich noch an den Abend in der Pizzeria droben in Sillenbuch? Das muss ja nicht zwingend mit … mit Streit enden.«

Sie streifte ihre Bluse über den Kopf, ich warf meine Socken auf den Boden und nestelte an der Jeans.

»Labbeduddel«, raunte sie und ließ ihre Hose auf den Boden gleiten.

»Lombadier!« versetzte ich und stieg schon aus der Unterhose.

Mit »Murkser« zog sie mich an den Schultern zur Couch, und zu einem geseufzten »bleede Bix« legten wir uns hin.

In diesem Moment hielt Lara kurz inne, und ich hatte schon Angst, dass sie mir mein Schimpfwort womöglich übel nahm. Aber ich spürte sie in meinen Armen erst leicht zittern, dann schüttete sie sich förmlich aus vor Lachen, und für die nächste halbe Stunde war an nichts anderes als Lachen mehr zu denken.

Doch wir beruhigten uns allmählich, küssten uns, streichelten uns, und irgendwann begann Lara dann doch wieder mit ihrem »Labbeduddel«.

Tja, was soll ich sagen?

Es funktionierte.

ENDE